Clea

Le Quatuor d'Alexandrie

À mon père

NOTE

Les personnages de cette histoire, ainsi que la personnalité du narrateur, appartiennent tous à la fiction. Seule la ville est réelle.

La première et la plus belle des qualités de la nature est le mouvement, qui l'agite en tout temps; mais ce mouvement est simplement la conséquence perpétuelle des crimes, et il ne s'entretient que par le seul moyen des crimes.

D.A.F. de Sade

LIVRE PREMIER

I

Les orangers furent plus opulents que de coutume cette année-là. Les fruits rougeoyaient dans leurs berceaux de verdure satinée, comme des lanternes que le vent faisait palpiter, les livrant aux rayons du soleil, puis les dérobant à la vue. On aurait dit qu'ils voulaient, par cette profusion inhabituelle, célébrer notre départ imminent de la petite île — car le message longtemps attendu de Nessim était enfin arrivé, comme une injonction à regagner le monde des ténèbres. Un message qui devait me ramener inexorablement à cette ville unique, toujours balancée entre l'illusion et la réalité, entre la substance et les images poétiques que la seule mention de son nom éveillait en moi. Un souvenir, me disais-je, que les désirs et les intuitions avaient falsifié et qui n'avait qu'à moitié pris corps sur le papier. Alexandrie, capitale de la mémoire! Tous les écrits que j'avais empruntés aux vivants et aux morts, jusqu'à devenir moi-même une sorte de *post-scriptum* d'une lettre qui n'avait jamais été terminée, jamais envoyée...

Depuis combien de temps l'avais-je quittée? J'avais du mal à faire le calcul, et le calendrier donne peu d'indications sur les éternités qui séparent un moi d'un autre moi, un jour d'un autre jour; et en vérité j'avais vécu tout ce temps dans une Alexandrie selon mon esprit et mon cœur. Et page après page, pulsation après pulsation, je m'étais abandonné à l'organisme grotesque auquel nous avions jadis tous participé, vainqueurs comme vaincus. Une ville très ancienne, changeant sous les coups de pinceau de mille pensées assaillies par le doute et le désir de trouver des significations, une ville qui se cherchait désespérément une identité; quelque part là-bas, sur les sombres promontoires déchiquetés de l'Afrique, l'aromatique vérité persistait — les herbes vénéneuses du passé, les sucs et les moelles du souvenir. J'avais entrepris jadis d'amasser, de codifier, d'annoter le passé avant qu'il se perde à tout jamais — du moins c'est la tâche que je m'étais assignée. Et j'avais échoué (la tâche était peut-être surhumaine) — car à peine avais-je enveloppé l'un de ses aspects dans les bandelettes des mots que l'irruption de nouveaux éléments faisait éclater tout l'ensemble, toutes les pierres de l'édifice s'écroulaient, pour se rajuster selon de nouveaux plans invisibles, imprévisibles...

« Refaçonner la réalité », avais-je écrit quelque part, imprudemment, présomptueusement... car n'est-ce pas plutôt la réalité qui nous façonne et nous recompose lentement sur son métier? Pourtant, si j'avais été enrichi par l'expérience de cet intermède insulaire, c'était peut-être en raison de mon échec total à retracer la vérité profonde de la ville. Je me trouvais maintenant confronté avec la nature du temps, cette maladie de la psyché humaine. J'avais été forcé d'admettre ma défaite sur le papier. Mais le seul fait d'écrire m'avait, assez curieusement, accordé une nouvelle maturité, par l'*échec* même des mots qui s'enfoncent les uns à la suite des autres dans les cavernes insondables de l'imagination et vont se perdre dans des fentes inexplorées. C'est là une façon dispendieuse de commencer à vivre, oui; mais c'est aussi, que nous, les artistes, sommes portés à nourrir notre vie de ces étranges techniques de la quête de soi.

Mais alors... si j'avais changé, qu'en était-il de Balthazar, de Nessim, de Justine, de Clea? Quels nouveaux visages de mes amis allais-je découvrir après tout ce temps écoulé, lorsque je serais repris par le climat d'une ville nouvelle, une ville que la guerre avait maintenant absorbée? Troublante question pour laquelle je n'avais point de réponse. L'appréhension tremblait en moi comme l'aiguille affolée d'une boussole. Il était dur de renoncer au terrain conquis de mes rêves au profit de nouvelles images, de nouvelles villes, de nouvelles dispositions, de nouvelles amours. J'en étais venu à chérir mes rêves de cette ville comme un maniaque... Ne serait-il pas plus sage de rester où j'étais? me demandais-je. Peut-être. Je savais cependant qu'il me fallait partir. *Ce soir même*, je serais parti! Je n'arrivais pas à le concevoir, et j'étais obligé de me le répéter à haute voix.

Les dix jours qui avaient suivi la venue du messager, nous les avions passés dans le calme merveilleux de l'attente; le temps lui-même semblait de connivence : le ciel était d'un bleu immuable, la mer sans une ride. Nous étions encalminés entre deux paysages, déplorant d'avoir à quitter celui-ci, mais brûlant déjà de retrouver l'autre. Immobiles, comme des mouettes sur une pointe de rocher. Et déjà leurs images contradictoires se mêlaient et s'affrontaient dans mes rêves. La maison de l'île, par exemple, ses oliviers et ses amandiers au feuillage d'argent fumé, où rôdaient les cailles aux pattes rouges... clairières silencieuses où seule pouvait se concevoir l'apparition bondissante d'un satyre. A la simple et lumineuse perfection des formes et des couleurs, les autres prémonitions qui s'amoncelaient sur nous ne pouvaient se mêler. (Ciel ruisselant d'étoiles filantes, langues d'émeraude venant lécher le sable des plages désertes, cris des mouettes sur les routes blanches du Sud.) Ce monde grec était déjà assailli par les odeurs de la ville oubliée — promontoires où les rudes capitaines aux torses luisants de sueur avaient ripaillé jusqu'à ce que leurs intestins éclatent, avaient dégorgé leur corps de toute leur luxure dans les étreintes d'esclaves noires aux yeux d'épagneuls. (Les miroirs, la déchirante beauté du chant des canaris aux yeux crevés, le gargouillement des narguilés dans leurs fourneaux remplis d'eau de rose, l'odeur de patchouli et d'encens.) Ils se nourrissaient les uns des autres, ces rêves inconciliables. Et je revoyais mes amis (non plus comme de simples noms maintenant) à la clarté nouvelle de ce départ imminent. Ils n'étaient plus de purs fantômes nés de ma plume, ils renaissaient à leur vie propre — même les morts. La nuit, je retrouvais le bras de Melissa (située maintenant quelque part au-delà des regrets, car même dans ces rêves je savais qu'elle était morte), et tous deux nous allions par ces rues ondoyantes, au rythme de sa démarche légèrement chancelante, sa cuisse maigre se pressant contre la mienne à chaque pas. C'était avec une infinie tendresse que je revoyais tout cela maintenant — même la vieille robe de cotonnade et les chaussures fatiguées qu'elle portait les jours de congé. Elle n'avait pas eu le temps de poudrer le petit bleu sur sa gorge... une morsure d'amour. Puis elle se dissipait et je me réveillais dans un sanglot. L'aube descendait sur les oliviers, teintant d'argent leurs feuilles immobiles...

J'avais enfin retrouvé la paix de l'esprit. Cette poignée de jours immuablement bleus avant le dernier adieu, je les vivais précieusement, m'étourdissant de leur simplicité; et le soir, le feu de branches d'oliviers dans la vieille cheminée jetait des ombres dansantes sur la table et les chaises délabrées, sur le bol d'émail bleu garni des premiers cyclamens de la saison, sur le portrait de Justine qui serait emballé en dernier. La ville avait-elle quelque chose en commun avec tout cela — et avec ce printemps égéen en équilibre sur un fil entre l'hiver et les premières touffes blanches des fleurs d'amandiers? Ce n'était qu'un monde griffonné dans les marges d'un rêve, ou la simple répétition familière de la musique du temps, qui n'est que le désir exprimé par les battements du cœur. Et bien qu'il me fût infiniment cher, je n'avais pas la force de rester; cette ville que je haïssais (oui, je le savais maintenant, j'osais me l'avouer) me proposait quelque chose de différent — une nouvelle évaluation de l'expérience qui m'avait marqué. Je devais retourner une fois encore vers elle afin d'être capable de l'abandonner pour toujours, de m'en délivrer. Si j'ai parlé du temps, c'est que l'écrivain que je devenais, apprenait enfin à habiter ces espaces déserts qui manquent au temps — je commençais à vivre entre les battements de la pendule pour ainsi dire. Le présent permanent, qui est la véritable histoire de cette anecdote collective, l'esprit humain; lorsque le passé est mort et que le futur n'est représenté que par le désir et la peur, qu'est-ce que cet instant fugitif que l'on ne peut mesurer, auquel on ne peut échapper? Pour la plupart d'entre nous le prétendu Présent est pareil à un somptueux repas que des fées nous présentent... et éloignent de nous avant que nous puissions goûter un seul morceau. Comme le fantôme de Pursewarden, j'espérais pouvoir dire bientôt, et sincèrement : « Je n'écris pas pour ceux qui ne se sont jamais posé cette question : Où commence la vie réelle? »

Je me laissais aller à méditer ainsi, nonchalamment, étendu sur une roche plate au-dessus de la mer, grignotant une orange, parfaitement enveloppé dans une solitude qui serait bientôt engloutie par la ville, par le rêve torpide d'une Alexandrie se chauffant, tel un vieux reptile, dans la lumière pharaonique du grand lac cuivré. Les maîtres sensualistes de l'histoire abandonnant leur corps aux miroirs, aux poèmes, aux troupes frôlantes de jeunes garçons et de femmes, à l'aiguille de la seringue, à la pipe d'opium, à la mort vivante des baisers sans désir. Parcourant de nouveau ces rues en imagination, je redécouvrais qu'elles mesuraient, non seulement l'histoire humaine, mais toute l'échelle biologique des affections du cœur — depuis les extases de Cléopâtre peintes sur les fresques (étrange que ce fût ici, près de Taposiris que la vigne ait été découverte) jusqu'à la bigoterie d'Hypatie (feuille de vignes racornies, baisers de martyr). Et d'étranges visiteurs : Rimbaud, étudiant du Sentier Abrupt, a passé par ici, sa ceinture gonflée de pièces d'or. Et tous ces onirocrites, ces politiciens et ces eunuques bistres étaient pareils à une volée d'oiseaux à l'éblouissant plumage. Pris entre la pitié, le désir et la crainte, je revoyais toute la ville dépliée devant moi, habitée par les visages de mes amis et personnages. Je savais que je devais l'éprouver à nouveau, et une fois pour toutes.

Mais ce devait être un étrange départ, plein de petites touches inattendues — le messager, par exemple, un bossu dans son complet de soie argentée, une fleur à la boutonnière, un mouchoir parfumé dans sa manche! Et la soudaine animation du petit village qui avait jusque-là, par délicatesse, ignoré notre existence, à l'exception d'Athéna qui nous faisait présent, parfois, d'un poisson, d'une jarre de vin ou de quelques œufs de couleur qu'elle nous apportait enveloppés dans son châle rouge. Elle aussi s'attristait de notre départ; son vieux masque sévère et ridé se mouillait de larmes à la vue de notre mince bagage. « Mais ils ne vous laisseront pas partir sans un geste d'hospitalité, répétait-elle obstinément; le village ne vous laissera pas partir comme ça. » On allait nous offrir un banquet d'adieu!

Quant à l'enfant, j'avais répété avec elle toutes les phases de ce voyage (de toute sa vie en vérité) en le transposant grâce aux illustrations d'un conte de fées. Elle s'asseyait près de moi et regardait les images en écoutant attentivement. Elle ne se lassait pas de l'entendre; elle était plus que préparée à tout cela, elle était presque impatiente de prendre place dans la galerie de portraits que j'avais peints pour elle. Elle s'était imprégnée de toutes les couleurs confuses de ce monde chimérique auquel elle avait appartenu jadis de droit et qu'elle allait retrouver — un monde peuplé de ces présences — le père, sombre prince-pirate, la belle-mère, despotique reine...

— Elle est comme la carte?

— Oui. La reine de pique.

— Et elle s'appelle Justine?

— Elle s'appelle Justine.

— Sur l'image elle fume. Est-ce qu'elle m'aimera plus que mon père ou moins?

— Ils t'aimeront tous les deux.

Pour lui faire comprendre cela, j'avais dû faire appel au mythe et à l'allégorie — cette poésie de l'incertitude enfantine. Je lui avais fait apprendre par cœur cette parabole d'une Égypte qui allait lui révéler tout à coup (agrandis aux dimensions de dieux ou de mages) les portraits de sa famille, de ses ancêtres. Mais la vie n'est-elle pas un conte de fées qui perd ses pouvoirs magiques lorsque nous grandissons? Il n'importe. Elle était déjà grisée de l'image de son père.

— Oui, je comprends tout.

Avec un hochement de tête et un petit soupir elle serrait ces images peintes dans la boîte aux trésors de son esprit. De Melissa, sa mère morte, elle parlait moins souvent, et lorsqu'elle le faisait je lui répondais de la même façon, à l'aide du livre d'histoires; mais elle était déjà descendue, pâle étoile, au-dessous de l'horizon, dans l'immobilité de la mort, laissant le devant de la scène aux autres — les figures vivantes du jeu de cartes.

L'enfant avait lancé une mandarine dans l'eau et elle se penchait pour la regarder rouler doucement sur le fond de sable de la grotte. Elle reposait là, tremblotante comme une petite flamme caressée par les courants et les contre-courants.

— Maintenant regarde-moi, je vais aller la chercher.

— Pas dans cette eau glacée, tu attraperais la mort.

— Il ne fait pas froid aujourd'hui. Regarde.

Elle savait déjà nager comme une jeune loutre. De la roche plate dominant l'eau où j'étais allongé, je n'avais pas de mal à reconnaître en elle les yeux intrépides, légèrement obliques sur les bords, de Melissa; et, à certains moments, comme un grain de sommeil oublié dans les coins, le regard sombre et hésitant (suppliant, inquiet) de son père, Nessim. Je me rappelai la voix de Clea disant un jour, dans un autre monde, il y avait longtemps de cela. « Observez bien : si une fille n'aime ni danser ni nager, elle ne saura jamais faire l'amour. » Je souris et me demandai si cela était vrai en regardant la petite créature plonger en douceur dans l'eau claire et glisser gracieusement vers la cible comme un phoque, les pieds joints, les orteils pointés vers le ciel. La lueur du petit mouchoir blanc entre ses jambes. Elle saisit la mandarine entre ses dents et remonta à la surface en décrivant une spirale parfaite.

— Cours vite te sécher maintenant.

— Il ne fait pas froid.

— Fais ce qu'on te dit. Allons, dépêche-toi.

— Et le monsieur avec la bosse?

— Il est parti.

L'apparition inopinée de Mnemjian dans l'île l'avait fort impressionnée, et bouleversée, car c'est lui qui nous avait apporté le message de Nessim. Ce fut un étrange spectacle de le voir traverser la plage de galets avec un air d'affolement grotesque, comme s'il marchait sur des tire-bouchons et craignait à chaque pas de perdre l'équilibre. Je pense qu'il voulait nous montrer par là que depuis des années il n'avait jamais marché que sur les meilleures chaussées du monde civilisé. C'était un citadin qui avait oublié l'usage de la terre que l'on foule pieds nus. Il émanait de toute son apparence un air de préciosité et de finesse tout à fait incongru dans ce paysage. Il portait un complet argenté étincelant, des guêtres, une épingle de cravate ornée d'une perle, et ses doigts étaient cernés de lourdes bagues. Seul son sourire, un sourire de bébé, n'avait pas changé, et l'accroche-cœur luisant de brillantine était toujours dirigé vers le sinus frontal.

— J'ai épousé la veuve d'Halil. Aujourd'hui, je suis le plus riche barbier de toute l'Égypte, mon cher ami.

Il m'annonça la chose tout d'une traite, en s'appuyant sur une canne à pomme d'argent dont il n'avait manifestement pas l'habitude de se servir. Son œil mauve évalua d'un air quelque peu dédaigneux notre installation assez rustique, et il refusa de s'asseoir, craignant sans doute d'endommager son magnifique pantalon.

— Vous avez dû avoir la vie dure ici, hein? Cela manque un peu de *lux*, Darley.

Puis il poussa un soupir et ajouta :

— Mais maintenant vous allez revenir parmi nous.

Il fit un vague geste de sa canne pour signifier l'hospitalité que nous offrirait la ville, une fois encore.

— Quant à moi, je ne puis m'attarder. Je suis sur le chemin du retour. J'ai fait ce détour uniquement pour être agréable à Hosnani.

Il parlait de Nessim d'un ton noble et suffisant, comme s'il était maintenant son égal sur le plan social; puis il remarqua mon sourire et eut le bon goût d'éclater de rire avant de retrouver son sérieux.

— De toutes façons, je n'ai pas le temps, dit-il en époussetant sa manche d'un doigt aérien.

Cela avait au moins le mérite d'être vrai, car le bateau de Smyrne ne s'arrête que le temps de déposer le courrier et de décharger quelques marchandises : deux ou trois caisses de macaroni, quelques sacs de sulfate de cuivre, une pompe... Les habitants de l'île n'ont que peu de besoins. Nous prîmes ensemble le chemin du village, à travers les bosquets d'oliviers, tout en bavardant. Mnemjian allait toujours de sa démarche sautillante de colombe, mais j'étais heureux de pouvoir lui poser quelques questions sur la ville, et d'apprendre par ses réponses les changements que j'allais trouver là-bas, les éléments inconnus.

— Il s'est passé bien des choses depuis cette guerre. Le docteur Balthazar a été très malade. Vous êtes au courant des intrigues d'Hosnani en Palestine? L'écroulement de toute l'organisation? Les Égyptiens essaient de mettre tous leurs biens sous séquestre. Ils en ont déjà pris beaucoup. Oui, ils sont pauvres maintenant, et ils sont loin d'être tirés d'affaire. Elle est toujours assignée à résidence à Karm Abu Girg. Cela fait une éternité que personne ne l'a vue. Par privilège spécial, il travaille comme conducteur d'ambulance dans les docks. Très dangereux. Et il y a eu un méchant bombardement : il y a laissé un œil et un doigt.

— Nessim?

J'étais stupéfait. Le petit homme hocha la tête d'un air important. Cette nouvelle, cette image imprévisible de mon ami me frappa comme une balle.

— Bon Dieu, dis-je, et le barbier hocha de nouveau la tête comme pour approuver le bien-fondé de mon juron.

— Un rude coup, dit-il. C'est la guerre, Darley.

Puis brusquement une pensée plus souriante lui vint à l'esprit, et son sourire de bébé s'épanouit de nouveau, un sourire qui ne reflétait que les valeurs matérielles de l'Orient. Me prenant le bras, il poursuivit :

— Mais la guerre, c'est aussi une bonne affaire. Je coupe les cheveux de toute l'armée maintenant; ma boutique ne désemplit pas. Trois salons, douze employés! Vous verrez ça, c'est splendide. Comme dit Pombal, pour plaisanter : « Maintenant vous rasez les morts quand ils sont encore en vie. »

Et il partit d'un rire silencieux des plus distingués.

— Et Pombal, est-il toujours là-bas?

— Oui, bien sûr. C'est maintenant une personnalité importante des Forces Françaises Libres. Il a des entretiens privés avec Sir Mountolive. Lui aussi est toujours là. Vous verrez, il en reste aussi beaucoup d'autres de votre temps, Darley.

Mnemjian paraissait ravi d'avoir pu m'étonner aussi facilement. Puis il me dit quelque chose qui me fit violemment sursauter. Je m'arrêtai et le priai de répéter ce qu'il venait de dire, croyant avoir mal entendu.

— Je viens d'aller rendre visite à Capodistria.

Je le regardai un moment d'un air incrédule. Capodistria!

— Mais il est *mort!* m'écriai-je.

Le petit barbier se laissa aller en arrière, comme sur un fauteuil à bascule, et se mit à osciller sur ses jambes courtaudes. Cette fois la plaisanterie était très bonne, et il la savoura une longue minute. A la fin, en poussant un soupir de ravissement au souvenir de l'affaire, il tira lentement de sa poche intérieure une carte postale, du genre de celles que l'on trouve dans toutes les villes du pourtour de la Méditerranée et me la tendit en disant :

— Alors qui est-ce?

C'était une photo un peu brouillée, hâtivement développée par un photographe ambulant. On y voyait deux personnages marchant au bord de la mer. L'un des deux était Mnemjian. L'autre... En l'examinant attentivement on ne pouvait s'y tromper...

Capodistria portait des pantalons tubulaires du plus pur style edwardien, des chaussures noires très pointues, un long pardessus d'académicien garni de fourrure au col et aux poignets, et par-dessus le tout un chapeau melon qui le faisait irrésistiblement ressembler à une sorte de gros rat de dessin animé. Il s'était laissé pousser une moustache à la Rilke qui retombait légèrement aux coins de la bouche. Enfin, il tenait entre ses dents un long fume-cigarette. C'était incontestablement Capodistria.

— Mais qu'est-il donc... commençai-je, mais le petit Mnemjian ferma un œil et mit un doigt sur ses lèvres.

— Il y a toujours des mystères, dit-il.

Et comme pour mieux les préserver, il avala à la façon d'un gros crapaud, en me regardant dans les yeux d'un air de satisfaction méchante. Il aurait peut-être daigné m'expliquer ensuite de quoi il retournait si la sirène du courrier de Smyrne n'avait retenti à ce moment-là derrière le village. Pris de panique, il pressa vivement le pas.

— Dépêchons-nous. Ah! j'allais oublier de vous donner la lettre d'Hosnani.

Elle était pliée en deux au fond de sa poche intérieure, et il finit par la retirer, toute chiffonnée, en courant presque maintenant.

— Bon, eh bien, au revoir, dit-il. Tout est arrangé. A bientôt!

Je lui serrai la main et le regardai un moment se hâter vers l'embarcadère, surpris et indécis. Puis je repris le chemin de l'oliveraie et m'assis sur une grosse pierre pour lire la lettre de Nessim. Elle était brève et contenait tous les détails relatifs aux dispositions qu'il avait prises pour notre voyage. Un bateau viendrait nous chercher dans l'île. Il me fixait une date approximative et me demandait de me tenir prêt. Tout cela était exposé d'une façon claire et précise. Puis Nessim ajoutait en *post-scriptum*, de sa grande écriture : « Ce sera bon de se revoir, sans réserves d'aucune sorte. J'imagine que Balthazar vous a fait le récit de toutes nos infortunes. J'espère que vous n'exigerez pas un repentir excessif de la part de ceux qui ne vous veulent que du bien. Que le passé demeure pour nous tous un livre à jamais refermé. »

C'est ainsi que les choses se décidèrent.

Pour ces dernières journées, l'île nous régala noblement de son temps le plus doux et de ces austères simplicités des Cyclades qui nous allèrent au cœur comme la plus chaleureuse des accolades — et je savais que j'en aurais la nostalgie lorsque les miasmes de l'Égypte se seraient refermés sur ma tête.

Le soir du départ tout le village était dehors pour nous offrir le banquet promis : un agneau à la broche et du rezina, ce vin clair et chaud comme l'or. Les tables et les chaises avaient été disposées tout le long de la rue principale, et chaque famille apportait sa propre contribution au festin. Même ces deux fiers dignitaires, le maire et le pope, étaient là, présidant chacun un des bouts de la longue table. Il faisait froid, à rester assis là, à la clarté des lampes, comme s'il s'agissait vraiment d'une belle soirée d'été; mais la frêle lune printanière se levant sur la mer se mit, elle aussi, de la partie pour rehausser la blancheur des nappes et polir les verres de vin. Les vieux visages burinés, échauffés par les libations, rougeoyaient comme des chaudrons de cuivre. Sourires antiques, salutations archaïques, plaisanteries traditionnelles, courtoisies du vieux monde qui déjà disparaît, s'éloigne de nous. Vieux capitaines de flottilles de pêche aux éponges qui éclusaient toute leur paie dans des pots d'émail bleu... leurs chaudes accolades sentaient la pomme au four, leurs grandes moustaches roussies par le tabac se relevant vers leurs oreilles.

J'avais d'abord été touché, croyant que toute cette cérémonie était pour moi; mais je ne tardai pas à comprendre qu'elle était, en réalité, dédiée à mon pays. Être Anglais quand la Grèce était tombée aux mains de l'ennemi, c'était servir de cible à l'affection et à la gratitude de chaque Grec en particulier, et les humbles paysans de ce hameau ne le sentaient pas moins que les Grecs de partout ailleurs. Les toasts et les vœux résonnaient dans la nuit, et tous les discours s'envolaient comme des cerfs-volants, dans le grand style grec sonore et ampoulé. Ils semblaient dotés des rythmes de la poésie immortelle — la poésie d'une heure désespérée; et naturellement ce n'étaient que des mots, les pauvres mots creux que la guerre enfante si facilement et que les rhétoriciens de la paix useraient bientôt jusqu'à la corde.

Mais ce soir-là, la guerre les allumait comme des cierges, ces vieillards, et leur conférait une splendeur brûlante. Seulement les jeunes n'étaient pas là pour les réduire au silence et leur faire honte par leurs mines patibulaires : ils étaient partis en Albanie mourir parmi les neiges. Les femmes avaient des voix criardes, avec ces accents rauques et vibrants que donnent les larmes non versées, et au milieu des éclats de rire et des chants, leurs brusques silences s'abattaient... comme autant de tombes ouvertes.

Elle avait fondu si doucement sur nous au-dessus des vagues, cette guerre; progressivement, comme les nuages qui s'amoncellent d'un bord à l'autre de l'horizon. Mais elle n'avait pas encore lâché ses torrents. Seule sa rumeur lointaine étreignait le cœur d'espoirs et de craintes contradictoires. Elle avait semblé présager la fin de ce monde que l'on dit civilisé, mais cet espoir n'avait pas tardé à se révéler vain. Non, ce serait comme toujours, simplement la fin de la bonté, de la sécurité et de la modération; la fin des espérances de l'artiste, de la nonchalance, de la joie. A part cela, tout ce qui constituait encore la condition humaine allait trouver confirmation et s'amplifier; peut-être même une certaine sincérité commençait-elle à se faire jour à travers les apparences, car la mort accentue toutes les tensions et ne nous permet plus de nous satisfaire des demi-vérités qui nous font vivre en temps normal.

C'était tout ce que nous avions connu, jusque-là, de ce dragon mythique qui avait déjà planté ses griffes dans d'autres parties du monde. Tout? Oui, car si d'invisibles bombardiers avaient, à une ou deux reprises, souillé de leur passage les hautes régions du ciel, leur vrombissement n'avait jamais couvert le bourdonnement joyeux des abeilles de l'île — chaque maison possédait quelques ruches blanchies à la chaux. Et quoi encore? Un jour (et ceci parut plus réel) un sous-marin pointa son périscope dans la baie et inspecta la côte pendant d'interminables minutes. Nous étions en train de nous baigner à la pointe; nous vit-il? Nous le saluâmes par de grands gestes des bras, mais un périscope n'a pas de bras pour répondre. Peut-être avait-il découvert sur les plages plus au nord quelque chose de plus rare : un vieux phoque se chauffant au soleil comme un vieux musulman sur son tapis de prière. Mais ceci encore n'avait que peu de rapport avec la guerre.

Tout cela prit cependant plus de réalité lorsque le caïque, dépêché par Nessim, fit son entrée dans le petit port enveloppé de ténèbres cette nuit-là, monté par trois marins à la mine renfrognée, armés d'automatiques. Ce n'étaient pas des Grecs, bien qu'ils parlassent la langue avec une autorité acerbe. Ils étaient pleins d'histoires d'armées anéanties et décimées par le froid, mais en un sens il était déjà trop tard, car le vin avait embrumé l'esprit des vieux. Leurs récits devinrent rapidement ennuyeux. Mais ils m'impressionnèrent, ces hommes boucanés venus tout droit d'une civilisation appelée « guerre ». On les sentait mal à leur aise dans une assemblée aussi humaine et chaleureuse. Leurs traits étaient tendus au-dessus de leurs joues couvertes d'une barbe de plusieurs jours, comme tirés par la fatigue. Ils fumaient avec gourmandise, en rejetant la fumée par la bouche et les narines comme des sybarites. Quand ils bâillaient, on avait l'impression qu'ils tiraient leurs bâillements des profondeurs de leurs testicules. Nous nous confiâmes à eux avec méfiance car c'étaient les premiers visages antipathiques que nous voyions depuis longtemps.

A minuit, nous coupâmes la baie par le travers sous une lune déjà haute. Les adieux chaleureux et quelque peu incohérents qui s'épanchaient des plages blanches vers nous accompagnèrent quelque temps la nostalgie de ce départ et adoucirent les sombres perspectives de la nuit qui s'avançait. Dieu, que la langue grecque a des mots admirables pour vous souhaiter la bienvenue ou l'au revoir!

Nous longeâmes quelque temps la ligne de falaises d'un noir d'encre qui nous renvoyaient en écho le battement ferme et régulier des machines, puis la haute mer nous happa et nous imposa ses rythmes lents et puissants, onctueux et apaisants, comme par jeu. La nuit était suprêmement chaude et pure. Un dauphin vint bondir une fois, deux fois, dans notre sillage. Nous avions pris le cap.

Un sentiment d'exultation mêlé d'une profonde tristesse s'empara alors de nous : fatigue et bonheur tout ensemble. Je sentais le bon goût du sel sur mes lèvres. Nous bûmes une infusion de sauge sans échanger une parole. L'enfant était médusée par les beautés de ce voyage et contemplait, en retenant son souffle, la vibration phosphorescente de notre sillage qui ondulait derrière nous comme la chevelure d'une comète. Et au-dessus de nous couraient les branches du firmament, ornées d'étoiles grosses comme des fleurs d'amandier dans un ciel énigmatique. A la fin, tout étourdie de bonheur devant ces signes de bon augure et bercée par la pulsation des vagues et les vibrations régulières du moteur, elle s'endormit avec un sourire sur ses lèvres entrouvertes, en serrant contre sa joue sa poupée taillée dans une souche d'olivier.

Comment n'aurais-je pas évoqué le passé vers lequel nous retournions à travers les épais fourrés du temps, par les routes familières de la mer grecque? La nuit glissa au-dessus de moi, déroulant son ruban de ténèbres. La tiède brise du large me caressait les joues, douce comme une fourrure de renard. A mi-chemin du sommeil, je me laissais flotter parmi les algues âcres du souvenir, tirailler par les images d'une ville étalée comme une feuille aux nervures malades que ma mémoire avait peuplée de masques, ville tout à la fois maléfique et somptueuse. Je reverrais Alexandrie, je le savais, de l'œil d'un fantôme sur lequel le temps n'a plus de prise — car dès que l'on devient sensible à l'action d'un temps qui échappe à la contrainte du calendrier, on devient une manière de fantôme. C'est ainsi que je percevais les échos de paroles prononcées dans un passé lointain par d'autres voix. Balthazar disant : « Ce monde représente la promesse d'un bonheur unique et nous ne disposons d'aucun moyen pour le saisir. » Désirs sinistres, exacerbés et infirmes, que la ville imposait à ses familiers, macérant dans les cuves de ses propres passions anémiées. Baisers d'autant plus passionnés qu'ils sont aiguillonnés par le remords. Gestes accomplis dans la lumière ambrée de chambres aux persiennes closes. Vols de colombes blanches prenant d'assaut le ciel entre les minarets. Il me semblait que ces tableaux représentaient la ville telle que j'aurais voulu la revoir. Mais je me trompais, car chaque approche nouvelle est différente. Nous nous abusons toujours en croyant retrouver les êtres et les choses inchangés. L'Alexandrie qui se présenta à mes yeux, la première vision que j'en eus de la mer, jamais je n'aurais pu imaginer cela.

Il faisait encore noir lorsque nous stoppâmes au large du port invisible dont je devinais seulement le réseau de fortifications et de filets tendus contre les sous-marins. J'essayais de percer l'obscurité et d'en retrouver les contours. On ne rouvrait le barrage qu'à l'aube chaque jour, et pour l'instant la ville était plongée dans une opacité totale. Quelque part devant nous s'étendait la côte invisible de l'Afrique, avec son « baiser d'épines » comme disent les Arabes. Il était presque intolérable de se trouver si près des tours et des minarets de la ville et d'être impuissant à les faire apparaître. Je ne voyais même pas mes doigts devant mon visage. La mer était devenue une immense antichambre vide, une bulle de ténèbres sans épaisseur.

Puis la mer eut un frisson, comme une bouffée d'air passant sur un lit de braises, et les plus proches lointains parurent en rose, comme un coquillage, prenant alors, de seconde en seconde, la teinte plus soutenue, plus riche d'un pétale de fleur. Et brusquement, un faible et terrible gémissement rampa jusqu'à nous sur l'épiderme des vagues, palpitant comme le battement d'ailes de quelque terrifiant oiseau préhistorique : des sirènes qui hurlaient comme doivent hurler les damnés dans les limbes. Cela vous secouait les nerfs comme les branches d'un arbre. Et, comme en réponse à ce cri, des lumières commencèrent à jaillir de toutes parts, sporadiquement au début, puis en rubans, en bandes, en carrés de cristal. Le port dessinait tout à coup ses contours avec une parfaite netteté contre les sombres panneaux du ciel, tandis que de longs doigts de lumière d'un blanc poudreux se mettaient à arpenter gauchement le ciel; on eût dit les pattes de quelque insecte gourd, pourchassant une proie sur les parois glissantes de l'obscurité. Un essaim dense de fusées multicolores commencèrent alors à gravir les couches de brume entre les vaisseaux de guerre, déversant sur le ciel leurs gerbes éblouissantes d'étoiles, de diamants et de perles éclatées avec une merveilleuse prodigalité. L'air tout entier en était ébranlé. Des nuages de poudre rose et jaune s'élevaient avec les fusées pour briller sur les croupes luisantes des ballons de barrages qui flottaient partout. Même la mer semblait trembler. Je ne m'étais pas douté que nous fussions si près, ni que la ville pût être si belle sous les orgies d'une guerre. Elle s'était mise à enfler, à se déployer comme quelque mystique rose des ténèbres, et le bombardement l'accompagnait dans ce dépliement et inondait l'esprit. Nous nous aperçûmes avec surprise qu'il fallait crier pour nous faire entendre. Je me dis que nous contemplions les cendres ardentes de la Carthage d'Auguste, que nous assistions à l'agonie de l'homme des villes.

C'était beau et c'était stupéfiant. Les projecteurs avaient commencé à se concentrer en haut, à gauche du tableau, tremblant et vacillant comme les longues pattes malhabiles et embarrassées d'un faucheux. Ils se heurtaient, se chevauchaient et s'entrecroisaient fiévreusement, et il était manifeste qu'on leur avait signalé l'existence de quelque insecte qui devait se débattre dans la toile d'araignée des ténèbres extérieures. Ils se croisaient, se fondaient, fouillaient, se séparaient, inlassablement. Et enfin, nous vîmes ce qu'ils pourchassaient : six petits éphémères d'argent qui avançaient avec une insupportable lenteur. Le ciel se déchaînait autour d'eux, mais ils ne se départaient pas de leur fatale langueur; et avec une égale langueur, s'enroulaient les courbes de diamant brûlant que crachotaient les navires, ou les grosses bouffées cotonneuses des tirs d'obus qui marquaient leur progression.

Malgré le rugissement, qui maintenant nous assourdissait, il était néanmoins possible d'isoler nombre des sons distincts qui orchestraient le bombardement : le crépitement des éclats qui retombaient comme une averse de grêle sur les toits de tôle ondulée des buvettes du bord de mer; les voix mécaniques et mal assurées des signaleurs de navires répétant, d'une voix de poupée de ventriloque, des phrases à moitié intelligibles, quelque chose comme : « Trois degrés droite, trois degrés droite. » On distinguait même, au cœur de tout ce vacarme, une musique déchiquetée en quarts de ton qui vous poignardait; puis, aussi, le grondement prolongé de maisons qui s'écroulaient. Des taches de lumière disparaissaient et laissaient une béance de ténèbres où une petite flamme d'un jaune sale venait boire comme un animal assoiffé. Plus près (la surface de l'eau en faisait rejaillir l'écho), on pouvait entendre la riche moisson des douilles d'obus qui retombaient sur les ponts; un éclaboussement presque ininterrompu de métal doré éjecté des culasses des canons pointés vers le ciel.

Cela se poursuivit ainsi, une fête pour les yeux; mais le tourbillon de puissance insensée qu'elle révélait vous vrillait les vertèbres. Je n'avais encore jamais réalisé l'impersonnalité de la guerre. Il n'y avait pas place pour des êtres humains sous cette vaste ombrelle de mort chatoyante. Non, l'idée d'une présence humaine n'effleurait même pas l'esprit. On retenait son souffle, comme pour chercher un bref refuge dans cet arrêt momentané.

Puis, presque aussi soudainement qu'il avait débuté, le spectacle s'acheva. Le port disparut comme si le rideau s'était baissé devant lui, le flot de pierres précieuses se tarit, le ciel se vida, le silence nous engloutit, pour être déchiré de nouveau par ce hurlement affamé des sirènes qui vrillait les nerfs. Puis plus rien — une absence totale qui pesait des tonnes d'obscurité, d'où naissaient les petits bruits familiers de l'eau léchant les plats-bords. Une faible brise de terre vint alors nous étourdir des senteurs alluviales d'un estuaire invisible. Et je crus entendre — ou bien était-ce mon imagination? — le caquetage lointain des oiseaux sauvages sur le lac.

Nous attendîmes ainsi un long moment, dans une grande incertitude, tandis qu'à l'orient l'aube commençait à prendre possession du ciel, de la ville, du désert. Des voix humaines, lourdes comme du plomb, sortirent lentement du silence, éveillant la curiosité et la compassion — des voix d'enfants — et à l'ouest, un ménisque sanguinolent sur l'horizon. Nous nous mîmes à bâiller; il faisait froid tout à coup. Tout frissonnants, nous nous retournâmes, alors, cherchant le réconfort d'autres visages humains; nous nous sentions pareils à des orphelins dans ce monde aveugle partagé entre la lumière et les ténèbres.

Mais elle gravit l'un après l'autre les degrés de l'orient, cette aube familière; premiers ruissellements de citron et de rose qui allaient bientôt faire miroiter les eaux mortes de Mareotis; et, mince comme un fil d'argent, mais si indistinct qu'il fallait retenir son souffle pour s'en assurer, j'entendis (ou je crus entendre) le premier appel à la prière de quelque minaret encore inaperçu.

Restait-il donc encore des dieux à invoquer? Mais à peine cette question s'était-elle présentée à mon esprit que je vis, quittant le port, les trois petits bateaux de pêche — voiles couleur de rouille, de foie cru et de pruneau. Pris de biais par un courant, ils donnèrent un moment de la bande, et vinrent se tapir contre notre poupe comme des faucons. On pouvait entendre le raclement de l'eau qui léchait leur avant. Les petits personnages qui oscillaient comme des cavaliers sur leurs montures nous saluèrent en arabe et nous dirent que le port était ouvert et que nous pouvions entrer.

Nous manœuvrâmes avec circonspection, couverts par les batteries apparemment désertes. Notre petit bâtiment s'engagea dans le chenal principal entre les longues rangées de bâtiments de guerre, tel un *vaporetto* sur le Grand Canal. Je regardai autour de moi. Rien n'avait changé, et pourtant tout était incroyablement différent. Oui, la scène, le théâtre (des amitiés, du souvenir, de l'amour?) était le même; et pourtant une foule de petites différences sautaient aux yeux : les paquebots maintenant barbouillés de grotesques motifs cubistes blancs, kaki et gris sale; des canons pointant timidement le nez, comme des grues boulottes, emmaillotés dans des bâches serrées par des sangles; les ballons luisants de graisse suspendus dans le ciel comme au bout d'une rangée de potences. Ils me rappelaient les volées de pigeons argentés d'autrefois qui commençaient à s'élever par petites touffes, par bouffées, parmi les palmiers, plongeant vers les cimes de l'air à la rencontre du soleil. C'était un contrepoint troublant de connu et d'inconnu. Les voiliers, par exemple, rangés le long de la jetée du Yacht Club, sous leurs mâts et leurs cordages humides de rosée. Les pavillons et les bâches de couleur pendant inertes, raides, comme empesés. (Que de fois étions-nous venus ici, à cette même heure, dans le petit bateau de Clea, avec un panier rempli de pain, d'oranges et d'une fiasque de vin!) Que de journées passées à louvoyer le long de ces côtes croulantes, jalons d'une affection maintenant oubliée! Je m'étonnais de constater avec quelle émotion les yeux pouvaient voyager le long d'une rangée d'objets inertes amarrés à un quai recouvert de mousse, se délecter de souvenirs qu'ils ignoraient avoir amassés. Même les bâtiments français (bien qu'ils fussent maintenant humiliés, privés de leurs blocs de culasse, leurs équipages théoriquement consignés à bord) occupaient exactement la place où je les avais vus pour la dernière fois, dans cette vie disparue, couchés à plat ventre sur le marc de l'aube comme de maléfiques tombeaux, et immobiles, comme toujours, tapis devant les mirages ténus de la ville, dont les minarets caricoïdes changeaient de couleur à mesure que le soleil progressait dans le ciel.

Lentement, nous remontâmes la longue nef verte des grands vaisseaux, comme pour les passer en revue. Parmi tant de choses familières, les surprises étaient rares, mais de choix : un cuirassé gisant sur le flanc, réduit au silence; une corvette dont les superstructures avaient été rasées par un coup direct au but — canons fendus comme des carottes, pièces tordues sur elles-mêmes dans une contorsion d'agonie roussie. Un si gros paquet d'acier gris éclaté d'un seul coup, comme un sac en papier... Sur le pont, de petites silhouettes rassemblaient des débris humains avec une effroyable patience, et une impassibilité totale. Cela était aussi surprenant que de traverser un beau cimetière et d'arriver devant une tombe fraîchement creusée. (« C'est beau », dit l'enfant.) Oui, c'était beau, cette grande forêt de mâts et de tours qui se balançaient et s'inclinaient légèrement sous la poussée des sillages qui commençaient à s'enchevêtrer, ces allées et venues dans le matin naissant, ces klaxons qui mugissaient doucement, ces reflets qui se dissolvaient et se reformaient. On entendait même un orchestre de jazz qui déversait ses accents syncopés dans l'eau, quelque part, comme par un tuyau de vidange. Pour elle, ce devait être la musique qui convenait à une entrée triomphale dans la cité de l'enfance. Et je me surpris à fredonner doucement dans ma tête « *Jamais de la vie* », et m'étonnai de constater à quel point cet air pouvait me paraître ancien, désuet, et ne me concerner plus en rien! Elle regardait le ciel comme pour y chercher son père, l'image qui se formerait comme un nuage bienveillant au-dessus de nous et qui l'envelopperait toute.

Ce ne fut qu'à l'extrémité du grand dock que se révélèrent enfin les signes du monde nouveau où nous pénétrions : longues rangées de camions et d'ambulances, barrières, baïonnettes, et toute une foule de gnomes vêtus de bleu et de kaki. Là régnait une activité lente mais réfléchie et ininterrompue. De petites silhouettes troglodytes émergeaient des cages de fer et des cavernes qui bordaient les quais, s'affairant à mille tâches apparemment précises. Là aussi se trouvaient des navires découpés en portions géométriques qui exposaient leurs entrailles fumantes, navires le ventre ouvert comme pour une opération césarienne; et dans ces blessures grouillaient des files interminables de soldats et d'hommes en salopette bleue qui transportaient sur leur dos des cantines de fer, des ballots, des quartiers de bœuf saignants. Des portes s'ouvraient pour révéler des hommes à bonnet blanc qui retiraient des fours rougeoyants d'immenses plateaux chargés de miches de pain. Toute cette activité avait quelque chose d'incroyablement lent, mais se déployait sur une aire immense. Elle appartenait à l'instinct d'une race plutôt qu'à ses appétits. Et alors que le silence n'avait ici qu'une valeur comparative, les petits bruits devenaient concrets et impératifs — sentinelles faisant sonner leurs semelles cloutées sur les pavés, hurlement d'un remorqueur, bourdonnement d'une sirène de vapeur évoquant quelque mouche à viande géante prise dans une toile d'araignée. Tout cela appartenait à une ville nouvelle qui allait désormais me compter au nombre des siens.

Nous approchâmes lentement, cherchant un mouillage entre les petites embarcations du bassin; les édifices commencèrent à prendre des proportions imposantes. C'était aussi un moment d'exquise sensibilité, et j'avais le gosier serré (comme on dit) car j'avais déjà aperçu la silhouette qui, je le savais, devait venir nous attendre — là-bas au milieu du quai. Il était accoudé sur le capot d'une ambulance, et il fumait. Quelque chose dans son attitude fit vibrer une corde en moi et je compris, sans toutefois oser me l'affirmer, que c'était Nessim. Ce ne fut qu'une fois le bateau solidement amarré que je vis, le cœur battant en le reconnaissant vaguement sous son déguisement comme j'avais fait de Capodistria, que c'était bien mon ami Nessim!

Il avait un bandeau noir sur l'œil et portait une très longue capote militaire bleue aux épaules maladroitement rembourrées. Un képi lui couvrait presque les sourcils. Il paraissait beaucoup plus grand et plus maigre que l'image que j'avais gardée de lui — c'était peut-être l'effet de cette tenue, sorte de compromis entre la livrée de chauffeur et l'uniforme d'aviateur. Il avait dû se sentir observé, car il se redressa brusquement, et après un rapide regard circulaire, il nous repéra. Il jeta sa cigarette et s'avança le long du quai de sa démarche souple et alerte, en souriant d'un air embarrassé. J'agitai le bras mais il ne répondit pas à mon salut, se contentant de hocher légèrement la tête en se dirigeant vers nous.

— Regarde, dis-je non sans une certaine appréhension. C'est lui, ton père.

Elle regarda, les yeux écarquillés, les lèvres serrées, cette haute silhouette qui s'avançait vers nous, et qui s'arrêta, en souriant, à moins de deux mètres. Les marins s'affairaient encore aux amarres. Une passerelle fut larguée à grand fracas. Je n'arrivais pas à décider si ce lugubre bandeau noir sur l'œil ajoutait ou retranchait à son ancienne distinction. Il ôta son képi sans cesser de sourire, mais timidement, avec une tristesse voilée, et se passa la main dans les cheveux avant de se recouvrir.

— Nessim, dis-je, et il hocha la tête, sans répondre.

Un silence étreignit alors mon esprit tandis que l'enfant s'engageait sur la planche élastique. Elle avançait avec un air de ravissement total, fascinée par l'image plutôt que par la réalité. (La poésie est-elle donc plus réelle que la vérité des sens?) Et tendant les bras comme une somnambule, elle se jeta contre sa poitrine en poussant un petit rire étouffé. Je la suivis et Nessim, riant et la serrant contre lui, me tendit sa main amputée d'un doigt. J'eus l'impression de serrer une patte d'oiseau, dure et sèche. Il émit une sorte de sanglot étouffé, qu'il s'efforça aussitôt de dissimuler par un petit raclement de gorge. Ce fut tout. L'enfant s'agrippa à la capote de Nessim et grimpa, comme un singe à un tronc d'arbre, en nouant ses jambes autour de ses hanches. Je ne savais que dire, en fixant cet unique œil noir qui comprenait tout. Ses tempes avaient blanchi. On ne peut serrer une main à laquelle il manque un doigt aussi fort qu'on le voudrait.

— Comme c'est bon de se revoir.

Il se recula vivement et s'assit sur une borne d'amarrage, en cherchant son étui à cigarettes pour m'offrir le raffinement inaccoutumé d'une cigarette française. Nous étions muets l'un et l'autre. Les allumettes étaient humides et prenaient mal.

— Clea devait venir, dit-il à la fin, mais elle y a renoncé au dernier moment. Elle est partie au Caire. Justine est à Karm!

Puis, baissant la tête, il dit à mi-voix :

— Vous êtes au courant, n'est-ce pas?

Je fis oui de la tête, et il parut soulagé.

— Ce sera toujours cela de moins à expliquer. J'ai quitté mon service il y a une demi-heure et je suis venu vous attendre pour vous emmener. Mais peut-être...

A ce moment une nuée de soldats nous entoura pour vérifier nos passeports. Nessim s'occupa de l'enfant tandis que je cherchais mes papiers. Un officier les examina gravement, avec une sorte de sympathie dégagée, chercha mon nom sur une longue liste qu'il tira de sa poche, puis il m'informa que je devrais me présenter au Consulat, étant un « ressortissant réfugié ». Lorsqu'on m'eut délivré mon permis d'entrée je revins vers Nessim et lui dis ce qu'il en était.

— Au fond, cela tombe bien, ajoutai-je. Je devais y passer de toutes façons pour chercher une valise que j'ai laissée là-bas avec tous mes respectables habits... il y a combien de temps de cela, je ne saurais plus le dire.

— Une éternité, dit-il en souriant.

— Comment allons-nous faire?

Nous nous assîmes l'un près de l'autre en fumant en silence. C'était étrange et émouvant d'entendre autour de nous les accents de tous les comtés d'Angleterre. Un aimable caporal passa avec un plateau chargé de pots d'étain fumants contenant ce singulier breuvage, le thé de l'armée, et décoré de rondelles de pain blanc barbouillées de margarine. Un peu plus loin deux brancardiers traversèrent la scène d'un air indifférent, portant sur une civière un tas informe qui venait d'être retiré des décombres d'un immeuble bombardé. Nous mangeâmes avec appétit, ne sachant comment sortir de notre embarras. A la fin je dis :

— Pourquoi ne l'emmèneriez-vous pas avec vous? Je prendrai un tram pour aller voir le consul. J'irai me faire raser, puis j'irai déjeuner, et je serai à Karm ce soir si vous envoyez un cheval au gué.

— Très bien, dit-il avec un certain soulagement, et en embrassant l'enfant, lui suggéra ce programme à l'oreille.

Elle ne fit aucune objection; elle parut même ravie à l'idée de l'accompagner, ce qui me rassurait. Nous fîmes ensemble quelques pas avec un sentiment d'irréalité et nous regagnâmes la petite ambulance. Nessim se mit au volant, installa l'enfant à côté de lui et démarra. Elle sourit et battit des mains, j'agitai le bras en les regardant s'éloigner, heureux que la transition se fût si bien effectuée. Mais qu'il était étrange de se retrouver ainsi, seul avec la ville, tel un naufragé sur un récif familier. « Familier », oui! Car dès que l'on avait quitté la demi-lune du port, rien n'avait changé. Le petit tram gémissait et se tortillait sur ses rails rouillés, en suivant les courbes sinueuses de ces rues familières qui déroulaient, de chaque côté de moi, des images qui étaient les répliques absolument fidèles de mes souvenirs : échoppes des barbiers avec leurs rideaux de perles de couleur cliquetantes aux portes; cafés et leurs oisifs accoudés aux petites tables de fer (El Bab — toujours le même mur croulant et la table où elle avait pris place, immobile, accablée par le crépuscule bleu). Au moment de démarrer, Nessim m'avait regardé dans les yeux en me disant : « Darley, vous avez beaucoup changé », et je n'aurais pu dire si c'était là un reproche ou un compliment. Oui, j'avais changé; devant la vieille arche croulante d'El Bab, je souris au souvenir d'un baiser, maintenant préhistorique, sur mes doigts. Je me rappelai le léger tressaillement des yeux noirs tandis qu'elle prononçait cette belle et triste phrase : « On n'apprend rien de ceux qui répondent à l'amour qu'on leur porte. » Paroles qui brûlaient comme de l'alcool sur une plaie à vif, mais qui désinfectaient, comme le font toutes vérités. Et bien que je fusse tout occupé de ces souvenirs, je n'en voyais pas moins Alexandrie se dérouler à nouveau tout entière de chaque côté de moi — ses détails pittoresques, ses colorations insolentes, sa pauvreté et sa beauté également confondantes. Les petites échoppes obscures protégées du soleil par des lambeaux de sacs recelaient un fouillis de denrées et d'articles divers : cailles vivantes, gâteaux de miel, miroirs, porte-bonheur... Éventaires de fruits dont les merveilleux assortiments étaient rehaussés par les bouts de papiers multicolores sur lesquels ils étaient disposés : or chaud des oranges couchées sur des litières de pourpre et d'indigo. Caves enfumées rayées d'éclairs des chaudronniers. Selles et harnachements de chameaux aux savantes broderies, ornés de glands qui pendaient joyeusement. Poteries et perles de jade bleu contre le mauvais œil. Toute cette beauté prismatique était vivifiée par les innombrables courants de la foule, le hurlement des radios dans les cafés, les longs appels sanglotants des colporteurs, les imprécations des gamins, et les hululements démentiels des pleureuses dans une maison voisine autour du cadavre de quelque honorable sheik. Et voici, traversant le devant de la scène avec la parfaite insolence de ceux qui ne doivent rien à personne, que s'avancent des Éthiopiens au teint de prune sous leurs turbans d'une blancheur de neige, des Soudanais de bronze aux lèvres rouges comme braise, des Libanais et des Bédouins à la peau d'étain et au profil de crécelle formant comme des fils de lumière sur la noirceur uniforme des femmes voilées, ce sombre rêve musulman du Paradis caché qu'on ne peut entrevoir que par le trou de serrure de l'œil humain. Et, parcourant ces ruelles étroites en éraflant à chaque pas les murs de boue séchée de leurs énormes chargements chancelants de trèfle, les chameaux allaient cahin-caha, en posant leurs grosses pattes avec une infinie délicatesse. Cela me rappela Scobie me donnant une leçon sur la priorité des salutations : « Il faut comprendre que c'est une question de formes. En matière de politesse, ils en remontreraient aux Anglais, mon garçon. Il est inconvenant de lancer vos *Salaam Aleikum* à tout venant. C'est l'homme à dos de chameau qui doit saluer le premier un homme à cheval, l'homme à cheval saluer un homme à dos d'âne, l'homme à dos d'âne saluer un homme à pied, l'homme à pied un homme assis, un petit groupe saluer un groupe plus important, un jeune homme saluer un aîné... Chez nous on n'enseigne cela que dans les grandes écoles. Mais ici, le dernier des gamins connaît ce code sur le bout du doigt. Maintenant, répétez l'ordre de bataille après moi! » Il était plus facile de répéter la phrase que de se rappeler l'ordre de préséance au moment voulu, ce que j'essayai de faire en regardant autour de moi, souriant béatement. La boîte à joujoux de la vie égyptienne était toujours là, tous les personnages étaient en place — l'arroseur, le scribe, la pleureuse, la prostituée, l'employé, le prêtre — que ni le temps ni la guerre ne semblaient avoir touchés. Et je me sentis soudain gagné par une immense mélancolie, car pour moi ils faisaient maintenant partie du passé. Ma sympathie avait découvert en elle-même un nouvel élément : le détachement. (Scobie disait, dans les moments où il se laissait aller aux confidences : « Courage, mon gars, il faut toute la vie pour grandir. Les gens n'ont plus la patience. *Ma* mère m'a bien attendu neuf mois! » Une singulière pensée.)

En passant devant la mosquée Goharri, je me rappelai que j'avais rencontré là, un jour, Hamid le borgne frottant une tranche de citron contre un des piliers avant de la sucer. Il m'avait expliqué que c'était un remède infaillible contre la gravelle. Il habitait quelque part dans ce quartier de petits cafés pleins de splendeurs du cru : carafes d'eau parfumée à la rose, moutons entiers tournant sur la broche, farcis de pigeons, de riz, de noix. Tous les plats alléchants de Messer Gaster dont se délectaient les pachas ventripotents de la cité!

C'est de ce côté que, contournant le quartier arabe, le tram fait un bond et tourne brusquement en grinçant de toute sa ferraille. Pendant un moment on peut apercevoir, à travers la frise de bâtisses écroulées, un coin du port réservé aux embarcations de faible tirant d'eau. Les hasards de la guerre avaient accru leur nombre dans des proportions alarmantes. Encadrés par les dômes colorés, il y avait là des felouques et des *giassas* à voile latine, des caïques chargés de tonneaux, des schooners et des brigantins de toutes formes et de toutes tailles venus de tous les coins du Levant : une véritable anthologie de mâts et d'yeux égéens minces et hallucinés; de noms, de gréements et de destinations; immobiles, accouplés à leurs reflets, transis de lumière. Puis ils étaient brusquement arrachés au regard, et c'était le spectacle de la Grande Corniche qui se déroulait, magnifique promenade le long de la mer qui borde la ville moderne, la capitale hellène des banquiers et des visionnaires du coton — tous ces commis voyageurs de l'Europe dont les entreprises ont redonné sang et flamme au rêve de conquête d'Alexandre après les siècles de poussière et de silence qu'Amr lui avait imposés.

Là aussi bien peu de choses avaient changé, à part les bandes turbulentes de soldats qui circulaient partout et la floraison de nouveaux bars qui avaient surgi un peu partout pour les nourrir et les abreuver. Devant le « Cecil », de longues files de camions militaires avaient remplacé les taxis. Devant le Consulat, on avait posté une sentinelle de la marine, le fusil sur l'épaule, baïonnette au canon. Mais je ne voyais en eux que des visiteurs sans consistance qui ne réussissaient pas à altérer profondément le décor, tels des provinciaux qui viennent passer un jour ou deux dans une capitale à l'occasion d'une exposition. Bientôt une vanne s'ouvrirait et ils seraient emportés dans le grand réservoir des batailles du désert. Il y avait cependant des surprises. Au Consulat, par exemple, un gros homme ressemblant à une crevette atteinte de gigantisme qui tapotait l'une contre l'autre ses petites mains blanches dont les ongles longs et bombés avaient été soigneusement polis le matin même et qui m'accueillit avec familiarité.

— Ma tâche peut paraître ingrate, me dit-il d'une voix chantante, mais elle est nécessaire. Nous essayons de mettre la main sur tout homme possédant quelque aptitude spéciale avant que l'armée s'empare de lui. L'ambassadeur m'a communiqué votre nom et vous a désigné pour un poste aux services de la censure qui viennent d'être créés et dont le personnel est pour l'instant nettement insuffisant.

— L'ambassadeur?

Voilà qui était déconcertant.

— Vous êtes de ses amis, n'est-ce pas?

— Je le connais à peine.

— Quoi qu'il en soit, bien que la mise sur pied de ce service m'incombe entièrement, je suis tenu d'accepter ses suggestions.

Il y avait des dossiers à remplir. Le gros homme, qui se nommait Kenilworth, m'y aida de bonne grâce.

— Tout cela est un peu mystérieux, dis-je.

Il haussa les épaules et écarta ses mains blanches.

— Je vous suggère d'en discuter avec lui lorsque vous le rencontrerez.

— Je n'ai pas l'intention... dis-je.

Mais il ne servait à rien de discuter de cette affaire tant que je ne saurais pas ce qui se cachait là-dessous. Comment Mountolive...? Mais Kenilworth poursuivait :

— Je suppose qu'une semaine vous sera nécessaire pour vous installer en ville avant d'entrer en fonctions. Puis-je en aviser le service?

— Si vous voulez, dis-je tout désorienté.

Je fus aimablement congédié et je descendis dans les caves pour aller dénicher ma vieille cantine toute bosselée et y prendre quelques vêtements dont j'aurais besoin dans l'immédiat. J'en fis un paquet et je pris le chemin du « Cecil » où je me proposais de prendre une chambre, de m'offrir un bain, de me raser et de me préparer pour me rendre à Karm Abu Girg. Cette perspective commençait à éveiller en moi, sinon de l'angoisse, du moins l'anxiété que cause toujours un retour après une longue absence. Je musardai un moment sur la Corniche, admirant la mer immobile à mes pieds, lorsque la Rolls argentée aux chapeaux de roues jonquille s'arrêta près de moi; un personnage barbu en sortit et courut vers moi, les mains tendues. Ce n'est que lorsque je sentis ses bras m'enserrer les épaules et sa barbe me picoter les joues dans le plus pur style gaulois que je pus articuler :

— Pombal!

— Darley.

Puis, tenant mes mains serrées dans les siennes, les yeux humides, il m'entraîna vers un des bancs de pierre qui bordent la promenade face à la mer et il s'y laissa choir lourdement. Pombal arborait une tenue d'une élégance irréprochable. Ses poignets de chemise empesés crissaient sous sa veste. La barbe noire et la moustache lui conféraient un air imposant, avec une ombre de mélancolie. Mais ces artifices n'altéraient en rien sa personnalité. Il regardait le monde derrière cette façade, tel un Tibère costumé. Nous restâmes un long moment à nous dévisager en silence, saisis d'émotion. Nous savions l'un et l'autre que le silence douloureux que nous observions était dédié à la France, dont la chute ne symbolisait que trop clairement la défaite morale de l'Europe tout entière. Nous étions comme deux amis en deuil devant un invisible cénotaphe, méditant sur l'échec irrémédiable des volontés humaines. Je perçus toute la honte et le désespoir de cette tragédie peu glorieuse dans l'étreinte de sa main, et je cherchai désespérément les mots qui pourraient le consoler, lui assurer que la France ne pouvait mourir tant que des artistes naîtraient encore dans le monde. Mais, ce monde d'armées et de batailles était trop intense et trop concret pour qu'une telle pensée n'eût d'autre importance que secondaire — car l'art signifie véritablement la liberté, et c'était cela qui était en jeu. A la fin je parvins à lui dire :

— Cela ne fait rien. Aujourd'hui j'ai vu la petite croix de Lorraine bleue partout.

— Ah, vous comprenez, murmura-t-il en pressant de nouveau ma main. Je savais que vous comprendriez. Même lorsque vous lui adressiez les plus vives critiques, vous saviez qu'elle signifiait autant pour vous que pour nous.

Là-dessus, il se moucha avec un bruit de klaxon, dans un mouchoir propre, puis se renversa contre le banc de pierre. En l'espace d'une seconde, il était redevenu le timide, le gros, le sensible Pombal d'autrefois.

— Il y a tant de choses à vous raconter. Vous allez venir avec moi maintenant. Tout de suite. Si, si, pas un mot. Oui, c'est la voiture de Nessim. Je l'ai achetée pour qu'elle ne tombe pas entre les mains des Égyptiens. Mountolive vous a affecté à un poste excellent. J'habite toujours le même appartement, mais maintenant nous avons tout l'immeuble. Vous pourrez occuper tout l'étage du haut. Ce sera comme dans le bon vieux temps.

J'étais submergé par ce flot de paroles et par la stupéfiante diversité de perspectives qu'il me brossait avec une telle assurance, et apparamment sans attendre le moindre commentaire. Son anglais était devenu presque impeccable.

— Le bon vieux temps, bégayai-je.

Mais à ce moment, une expression de souffrance barra son visage empâté et il poussa un gémissement, serra ses mains entre ses genoux et articula ce mot :

— Fosca! (Son visage se tordit en une grimace comique et il me regarda bien en face.) Vous ne savez pas. (Il avait l'air presque terrifié.) Je l'aime.

Je ne pus m'empêcher d'éclater de rire, mais il hocha vivement la tête.

— Non, ne riez pas.

— C'est plus fort que moi, Pombal.

— Je vous en supplie.

Et, se penchant en avant avec une expression de désespoir, il se prépara à me faire une grave confidence. Ses lèvres remuèrent, mais aucun son n'en sortit. Il s'agissait manifestement d'une affaire d'une tragique importance. Il se racla la gorge et finit par trouver ses mots, tandis que des larmes commençaient à inonder ses yeux.

— Vous ne comprenez pas. *Je suis fidèle malgré moi!* (Il ouvrit la bouche comme un poisson hors de l'eau et répéta :) *Malgré moi.* Ça ne m'était encore jamais arrivé. *Jamais.*

Puis brusquement il se mit à pousser un hennissement désespéré avec cette même expression d'égarement terrifié. Je ne pus m'empêcher d'éclater de rire à nouveau. D'un seul coup il m'avait restitué Alexandrie tout entière, intacte — car le souvenir que j'en gardais ne pouvait être complet sans l'idée de Pombal amoureux. Mon rire fut contagieux et bientôt son ventre tressauta comme une masse de gelée.

— Assez, par pitié, me supplia-t-il à la fin d'un air comiquement pathétique, en continuant de glousser derrière sa barbe. Et je n'ai jamais couché avec elle, pas une seule fois. C'est cela qui est fantastique.

Cette déclaration nous fit redoubler de rire.

Mais le chauffeur se mit à klaxonner doucement, le rappelant brusquement à ses devoirs.

— Venez, s'écria-t-il. J'ai une lettre à remettre à Pordre avant neuf heures. Ensuite je vous déposerai à l'appartement. Nous pourrons déjeuner ensemble. A propos, j'ai Hamid avec moi; il sera ravi. Dépêchons-nous.

Une fois de plus, on ne me laissait pas le temps de formuler aucune objection. Mon paquet sous le bras, je l'accompagnai à la voiture que je connaissais si bien, notant avec un petit serrement de cœur que ses garnitures intérieures sentaient maintenant le cigare de luxe et la pâte à reluire. Mon ami bavarda comme une pie pendant tout le trajet jusqu'au Consulat français, et j'eus la surprise de constater que son attitude envers son chef avait entièrement changé. D'après ce que je compris, ils avaient abandonné tous deux leurs postes dans différentes capitales (Pombal à Rome) pour rejoindre les Forces Françaises Libres en Égypte. Il parlait maintenant de Pordre avec une réelle affection.

— Il est comme un père pour moi. Il a été magnifique, dit mon ami en roulant ses yeux noirs et expressifs.

Cela ne laissa pas de m'intriguer quelque peu jusqu'au moment où je les vis ensemble subitement et où je réalisai que c'était la défaite de leur pays qui avait créé entre eux ce nouveau lien. Pordre avait maintenant les cheveux tout blancs; sa gentillesse fragile et distraite avait fait place à la calme résolution d'un homme chargé de graves responsabilités et pour qui toute affectation eût été hors de mise. Les deux hommes se traitaient avec une courtoisie et une affection qui, en vérité, les faisaient davantage ressembler à un père et un fils qu'à deux collègues. La main que Pordre posait tendrement sur l'épaule de Pombal, le visage qu'il tournait vers lui, exprimaient une fierté empreinte de regret et de solitude.

Mais la vue qu'ils avaient de leur nouvelle Chancellerie n'était rien de moins que déprimante. Les grandes fenêtres donnaient sur le port, et sur cette flotte française immobilisée là comme le symbole de tout ce qu'il y avait de maléfique dans les astres qui présidaient au destin de la France. Je sentais que le spectacle de ces navires inutiles constituait pour eux un reproche permanent, une obsession. Ils ne pouvaient pas faire trois pas entre leurs hauts bureaux vétustes et le mur blanc sans se retrouver face à face avec cette répugnante rangée de navires. C'était comme une écharde logée dans le nerf optique. L'œil de Pordre s'allumait alors de remords et du fervent désir de réformer les lâches suppôts du personnage que Pombal dans ses moments les moins diplomatiques, appelait « *ce vieux Putain* ». Cela le soulageait de pouvoir donner libre cours à tout son ressentiment par la simple substitution d'une lettre. Nous étions là tous les trois à contempler le déprimant spectacle du port, lorsque le vieil homme explosa tout à coup :

— Pourquoi ne les internez-vous donc pas, vous autres, Anglais? Envoyez-les aux Indes avec les Italiens. Je ne comprendrai jamais cela. Pardonnez-moi. Mais vous rendez-vous compte qu'ils ont le droit de garder leurs armes légères, de monter la garde, et même de descendre à terre pour quelques heures, comme une simple flotte neutre? Les amiraux dînent en ville et intriguent tous pour Vichy. Il y a continuellement des bagarres dans les cafés entre nos gars et leurs marins.

Je vis que c'était là un sujet douloureux, toujours à vif, et qui était capable de les faire sortir de leurs gonds. Je m'efforçai de détourner la conversation, n'ayant que peu de consolations à leur offrir.

Tournant le dos à la fenêtre, je demandai à Pombal qui était ce soldat français dont une photo encadrée trônait sur son bureau. Les deux hommes me répondirent d'une même voix : « Il nous a sauvés. » Par la suite, je devais apprendre que cette tête fière et triste de chien du Labrador était celle de De Gaulle en personne.

La voiture de Pombal me déposa à l'appartement. Des murmures oubliés vinrent me hanter tandis que je sonnais. Hamid le borgne entrouvrit la porte et, après un instant de surprise, exécuta un curieux petit bond en l'air. En me reconnaissant, il avait sans doute failli me sauter au cou et s'était retenu juste à temps. Mais il posa deux doigts sur mon poignet et sautilla comme un pingouin solitaire sur une banquise avant de retrouver l'usage des formules de salutation plus savantes et traditionnelles.

— Ya Hamid, dis-je, aussi ravi que lui.

Et nous nous saluâmes gravement, en nous touchant le front et la poitrine, en inclinant la tête.

Une fois de plus, la maison avait été entièrement transformée, repeinte et retapissée, et meublée dans un style plus que douteux, lourd et conformiste. Hamid me conduisit de pièce en pièce avec une sorte d'exultation malicieuse, tandis que j'essayais mentalement de reconstituer les lieux originels d'après les souvenirs qui s'étaient maintenant fanés et transposés. (J'avais du mal à revoir Melissa quand elle s'était mise à crier, par exemple. A la place exacte se trouvait maintenant un buffet *modern' style* couronné d'une longue rangée de bouteilles. Et c'était là-bas, dans ce coin, que Pursewarden avait gesticulé un jour.) Des fragments de l'ancien mobilier me revenaient en mémoire. « *Ils doivent encore exister quelque part, ces pauvres vieux meubles...* » me dis-je en citant le vieux poète de la ville *. Le seul objet de connaissance était le vieux fauteuil de goutteux de Pombal, qui avait mystérieusement réapparu à son ancienne place sous la fenêtre. Il l'avait peut-être ramené de Rome avec lui. Le petit débarras où Melissa et moi... Hamid y logeait maintenant. Et il dormait sur ce même lit branlant... Un vertige me prit, tandis que j'essayais de retrouver le parfum et l'atmosphère de ces longs après-midi où... Mais le petit homme parlait. Il devait préparer le déjeuner. Puis il fouilla dans un coin et me glissa dans la main une photo craquelée qu'il avait dû voler à Melissa, un jour. C'était un instantané, déjà tout jauni, pris par un photographe ambulant. Nous descendions la rue Fouad bras dessus bras dessous, Melissa et moi. Elle détournait légèrement la tête et souriait, partageant son attention entre ce que je disais avec tant de conviction et les vitrines illuminées devant lesquelles nous passions. Il avait dû être pris, ce cliché, par un après-midi d'hiver, vers quatre heures. De quoi pouvais-je bien lui parler avec tant de chaleur? Je n'en avais pas la moindre idée. Tout cela m'était complètement sorti de l'esprit, et pourtant c'était inscrit là, noir sur blanc comme on dit. Les paroles que je prononçais étaient peut-être d'une importance capitale — ou bien n'étaient-ce que des futilités? J'avais un paquet de livres sous le bras et je portais ce vieil imperméable tout maculé que j'avais fini par donner à Zoltan. Il avait besoin de passer chez le teinturier. Mes cheveux aussi semblaient avoir besoin d'un sérieux coup de tondeuse dans le cou. Impossible de faire revivre cet après-midi évanoui de ma mémoire! J'examinai attentivement les détails accessoires de l'image, comme un restaurateur penché sur une fresque irrémédiablement effacée. Oui, c'était en hiver, c'était vers quatre heures. Elle portait son manteau en peau de phoque et tenait à la main un sac que je n'avais encore jamais vu en sa possession. « *Un soir d'août... mais était-ce en août?* » me récitai-je *.

Tournant de nouveau les yeux vers le lit délabré, je murmurai doucement son nom. Avec surprise, avec tristesse aussi, je m'aperçus qu'elle avait *entièrement disparu*. Les vagues s'étaient tout simplement refermées sur sa tête. C'était comme si elle n'avait jamais existé, comme si elle ne m'avait jamais inspiré la peine et la pitié qui (je me l'étais toujours dit) continueraient à vivre, transmuées en d'autres formes peut-être — mais à vivre glorieusement, éternellement. Je l'avais usée, son image, comme une vieille paire de chaussettes, et l'absolu de cette disparition me surprit et me révolta. L'« amour » pouvait-il donc s'user comme cela? « Melissa », répétai-je, en écoutant l'écho de ce nom bien-aimé résonner dans le silence. Le nom d'une plante triste, le nom d'un pèlerin à Eleusis. Était-elle maintenant moins qu'un parfum ou une saveur? Était-elle simplement un nœud de références littéraires griffonnées sur les marges d'un poème mineur? Et mon amour l'avait-il dissoute de cette étrange façon, ou était-ce simplement la littérature que j'avais tenté de tirer d'elle? Des mots, le bain acide des mots! Je me sentais coupable. J'essayai même (avec ce désenchantement latent si naturel aux sentimentaux) de l'*obliger* à réapparaître par un acte de la volonté, à réévoquer un seul de ces baisers de l'après-midi qui, jadis, avait représenté pour moi la somme des nombreuses significations de la ville. J'essayai même délibérément de faire venir des larmes dans mes yeux, d'hypnotiser le souvenir en répétant son nom comme un sortilège. Mais il ne sortit rien de ces efforts. Son nom n'avait définitivement plus aucun pouvoir! J'éprouvai une véritable honte d'être incapable d'évoquer le plus faible tribut à un malheur aussi absolu. Puis, tel le carillon d'une cloche lointaine, j'entendis la voix acerbe de Pursewarden disant : « Mais c'est pour notre contentement que le malheur nous est octroyé. Nous devons en faire nos délices, en jouir de toutes nos facultés. » Melissa n'avait été qu'un des nombreux déguisements de l'amour!

J'avais pris un bain et m'étais changé lorsque Pombal arriva en toute hâte pour déjeuner, plus amoureux, plus incohérent que jamais. Fosca, la cause, l'objet de son ravissement, était une réfugiée, et l'épouse d'un officier anglais. Comment avait pu naître cette passion soudaine et partagée? Il l'ignorait. Il se leva pour aller s'examiner dans la glace.

— Moi qui croyais tout savoir de l'amour, dit-il d'un air rêveur, comme s'adressant à son image, tout en peignant sa barbe avec ses doigts, jamais je n'aurais imaginé une chose pareille. Si vous m'aviez dit il y a un an seulement des choses comme celles que je suis en train de vous débiter, je vous aurais répondu : « Pouah! Ce ne sont là qu'obscénités pétrarchisantes! Des détritus du Moyen Age! » Je croyais même que la continence était néfaste à la santé, que le sacré machin s'atrophiait et dépérissait si on n'en faisait pas un fréquent usage. Et maintenant, regardez votre pauvre... non, votre joyeux ami! Je me sens enchaîné et bâillonné par l'existence même de Fosca. Tenez, la dernière fois que Keats est revenu du désert, nous sommes allés prendre une cuite. Il m'a emmené à la taverne du Golfe. J'avais sourdement envie — dans un sens expérimental — de *ramoner une poule*. Ne riez pas. C'était juste pour voir ce qui clochait dans ma cervelle. J'ai bu cinq armagnacs pour la chauffer un peu. Je commençais à me sentir tout à fait au point, théoriquement. Bon, me dis-je alors, je m'en vais pourfendre cette virginité. Je vais dépuceler cette image romantique une fois pour toutes, sinon les gens vont dire que le grand Pombal n'est plus un homme. Mais que s'est-il passé? J'ai été pris de panique! Mes sentiments étaient aussi blindés qu'un tank. La vue de toutes ces filles a fait surgir en moi l'image de Fosca dans tous ses détails. Tout, même ses mains sur ses genoux lorsqu'elle reposait son tricot! J'ai été aussi refroidi que si l'on m'avait renversé un ice-cream dans le dos. J'ai vidé mes poches sur la table et j'ai fiché le camp sous une grêle de pantoufles et les lazzi de mes amis. Je râlais ferme, naturellement. Notez bien que Fosca ne m'impose pas cela. Elle me dit de coucher avec des filles si j'en ai besoin. C'est peut-être cette liberté qui m'emprisonne? Qui sait? Je n'y comprends rien. C'est étrange que cette femme me traîne par les cheveux et me fasse descendre comme cela les chemins de l'honneur — je n'ai pas l'habitude.

A ce point de sa péroraison il se frappa doucement la poitrine avec un geste de reproche où perçait une certaine satisfaction de soi, et il revint s'asseoir en disant d'un air rêveur :

— Voyez-vous, elle est enceinte de son mari, et son sens de l'honneur lui interdit de tromper un homme en service actif, qui pourrait être tué d'un jour à l'autre. Surtout quand elle porte son enfant. *Ça se conçoit.*

Nous mangeâmes en silence pendant un moment, puis il explosa :

— Mais qu'est-ce que j'ai à faire de tout ça, dites-moi un peu? Nous nous contentons de parler, et cela suffit.

Il disait cela avec un léger mépris pour lui-même.

— Et lui?

Pombal soupira.

— C'est un homme excessivement bon et affable, animé de cette bienveillance nationale dont Pursewarden disait qu'elle était une sorte de névrose imposée par l'ennui mortel de la vie anglaise! Il est beau, il est gai, il parle trois langues. Et pourtant... ce n'est pas qu'il soit froid, non, pas exactement, mais il est tiède — je veux dire, quelque part, dans sa nature profonde. Je ne sais pas s'il est typiquement Anglais. En tout cas, il semble incarner des notions de l'honneur qui réjouiraient un troubadour. Ce n'est pas que nous autres Européens manquions d'honneur, naturellement, mais nous ne nous imposons pas des conduites, nous sommes naturels, quoi! Je veux dire que la maîtrise de soi devrait être plus qu'une concession à des manières d'être stéréotypées. Cela paraît un peu emberlificoté, hein? Oui, quand je songe à leurs relations, je ne sais pas très bien quoi penser. Je veux dire quelque chose comme ceci : dans le tréfonds de sa vanité nationale il croit vraiment que les étrangers sont incapables de fidélité en amour. Mais une telle sincérité, une telle fidélité lui viennent tout naturellement; il n'y a aucun effort de sa part pour respecter les formes. *Elle agit selon sa sensibilité.* Je crois que s'il l'aimait vraiment, au sens où je l'entends, il ne donnerait pas toujours l'impression d'avoir simplement condescendu à la sauver d'une situation intolérable. Je crois que quelque part au fond d'elle-même, bien qu'elle n'en ait pas conscience, le sentiment d'une injustice lui pèse; elle lui est fidèle... comment dire? Par une sorte de mépris? Je ne sais pas. Mais elle l'aime, de cette façon particulière, la seule qu'il lui accorde. C'est une femme sensible et pleine de délicatesse. Mais ce qui est étrange c'est que notre amour — dont nous ne doutons ni l'un ni l'autre, que nous nous sommes avoué et qui a été accepté — s'est trouvé curieusement teinté par ces circonstances. S'il m'a rendu heureux, il m'a fait perdre aussi de mon assurance; il y a des jours où je me révolte. J'ai l'impression que notre amour, que cette merveilleuse aventure commence à tourner au masochisme. Qu'il prend une teinte lugubre qui est celle de l'expiation. Je me demande si l'amour pour une *femme galante* pourrait être comme cela. Quant à lui, c'est un *chevalier* de la bourgeoisie, aussi incapable de faire souffrir une femme que de la faire jouir! Mais très gentil avec ça, d'une bonté, d'une droiture accablantes. Mais *merde*, on ne peut pas aimer judicieusement, sans une certaine notion de la justice, n'est-ce pas? Il la trompe en esprit sans en avoir conscience. Et je ne pense pas non plus qu'elle le *sache*, du moins pas consciemment. Mais lorsqu'ils sont ensemble on a l'impression d'être en présence de quelque chose d'incomplet, quelque chose qui n'a pas été cimenté et qui ne tient que par les bonnes manières et les conventions. Je dois vous paraître injuste, mais j'essaie de décrire exactement ce que je vois. Pour le reste nous sommes bons amis et j'ai même de l'admiration pour lui; quand il vient en permission nous allons dîner tous les trois et nous parlons politique. Ouf!

Il se renversa sur sa chaise, épuisé par son exposé; puis il se mit à bâiller sans retenue et consulta sa montre.

— Je suppose, poursuivit-il avec résignation, que vous allez trouver tout cela bien étrange, ces nouveaux aspects des gens; mais c'est que tout a pris un petit côté étrange ici, vous verrez. Tenez, Liza, la sœur de Pursewarden, par exemple — vous ne la connaissez pas? Elle est aveugle. Nous avons tous l'impression que Mountolive est fou d'elle. Elle est venue pour chercher les papiers de son frère et aussi pour réunir les matériaux d'un livre sur lui. C'est ce qu'on dit. Quoi qu'il en soit elle est toujours ici et elle habite à la Résidence d'été maintenant. Quand l'Ambassade est au Caire, il vient lui rendre visite tous les week-ends!

Il a l'air un peu malheureux maintenant — mais moi aussi peut-être bien?

Il se retourna pour consulter le miroir, puis hocha la tête d'un air rassuré.

— Au fond, je me trompe probablement, concéda-t-il.

La pendule sonna sur la cheminée et il sursauta.

— Je dois retourner au bureau, j'ai une conférence, dit-il. Et vous?

Je lui fis part de mon projet de faire le voyage de Karm Abu Girg. Il siffla et me jeta un regard pénétrant.

— Vous allez revoir Justine, hein?

Il réfléchit un moment, puis haussa les épaules d'un air de doute.

— C'est une recluse maintenant, vous savez. Assignée à résidence sur ordre de Memlik. Cela fait une éternité que personne ne l'a vue. Et je ne sais pas où en est Nessim non plus. Ils ont entièrement rompu avec Mountolive et, en tant que personnage officiel, je dois suivre sa ligne de conduite, aussi n'essayons-nous même jamais de nous rencontrer : je veux dire même si nous en avions l'occasion. Clea le voit de loin en loin. Pauvre Nessim, je le plains. Quand il était à l'hôpital elle n'a même pas pu obtenir l'autorisation d'aller le voir. Quel cirque! Un vrai quadrille, vous ne me croyez pas? Changez de partenaires jusqu'à ce que la musique s'arrête! Mais vous reviendrez, n'est-ce pas, et vous vous installerez ici. Bon, je préviendrai Hamid. Maintenant il faut que je file. Bonne chance.

J'avais l'intention de ne faire qu'une petite sieste en attendant la voiture, mais j'étais si fatigué qu'à peine allongé je sombrai dans un sommeil épais; et j'aurais peut-être fait le tour du cadran si le chauffeur ne m'avait réveillé. Encore tout engourdi je m'installai dans la voiture jadis si familière et regardai grandir autour de moi le paysage irréel de la région du lac avec ses palmiers et ses roues hydrauliques — l'Égypte qui vit à l'écart des villes, antique et pastorale, voilée de brumes et de mirages. D'anciens souvenirs se réveillaient, certains doux et plaisants, d'autres rêches comme de vieilles cicatrices. Le tissu cicatriciel des émotions anciennes qui allait bientôt se rouvrir. Le plus délicat serait de revoir Justine. M'aiderait-elle à contrôler et à évaluer ces précieuses « reliques de la sensation » comme les nomme Coleridge, ou bien serait-elle une gêne? Il était difficile de le savoir. Les kilomètres défilaient et l'angoisse et l'espérance couraient avec nous sans parvenir à se départager. Le Passé!

II

Terres antiques, dans toute leur intégrité préhistorique; solitudes lacustres à peine effleurées par le pied pressé des siècles où des lignées ininterrompues de pélicans, d'ibis et de hérons accomplissent leurs lentes destinées dans un total isolement. Tapis verts des carrés de trèfle, où grouillent les serpents et des nuées de moustiques. Un paysage où l'on n'entend nul chant d'oiseaux, mais domaine du hibou, de la huppe et du martin-pêcheur qui chassent le jour et qui se plument sur les rives de canaux aux eaux couleur de rouille. Meutes de chiens qui rôdent, à demi sauvages, buffles dont on a bandé les yeux qui font tourner les roues hydrauliques dans une éternité de ténèbres. Petits sanctuaires au bord des chemins — murs de boue séchée, sol de paille fraîche — où le voyageur pieux peut dire une prière en passant. L'Égypte! Voiles déployées comme des ailes d'oies parcourant les canaux et, parfois, une voix humaine, une bribe de chanson. Cliquètement rêche du vent froissant les maïs entre ses doigts. Boues liquides projetées par les averses dans l'air chargé de poussière faisant surgir partout des mirages, des perspectives spoliées. Un paquet de boue enfle et prend la taille d'un homme, un homme qui se fait haut comme une église. Des portions entières du ciel et de la terre se déplacent, se soulèvent comme un couvercle ou se retournent la tête en bas. Des troupeaux de moutons traversent ces miroirs distordus, apparaissent et disparaissent, aiguillonnés par les cris nasillards et chevrotants d'invisibles bergers. Une immense convergence d'images pastorales venues des déserts oubliés de l'histoire d'un monde très antique qui vit encore, côte à côte, avec celle que nous avons héritée. Nuages de fourmis aux ailes d'argent qui s'élèvent à la rencontre des incandescences de la lumière. Le claquement des sabots, sur les sentiers de boue séchée de ce monde perdu, résonne comme le battement d'un pouls et l'esprit nage et se noie parmi ces voiles et ces arcs-en-ciel en fusion.

Et, à la fin, en suivant les courbes des digues verdoyantes, voici la vieille maison bâtie en biais à une intersection de canaux mauves, ses volets fendus et décolorés soigneusement fermés, ses pièces ornées de trophées de derviches, de boucliers de peau, de lances tachées de sang et de magnifiques tapis. Seuls, les petits personnages sur les murs, agitent leurs ailes de celluloïd — épouvantails contre le mauvais œil. Le silence de la désuétude totale. Mais toute la campagne égyptienne partage, communique cette impression mélancolique d'avoir été abandonnée, de tomber en ruine, de cuire et de se craqueler, de s'effriter sous un soleil de cuivre en fusion.

On passe sous un porche et l'on éveille les échos endormis d'une cour plongée dans l'obscurité. Sera-ce un nouveau commencement ou un retour au point de départ ? Comment le savoir ?

III

ELLE se tenait tout en haut du grand escalier extérieur et regardait, à ses pieds dans la cour obscure, comme une sentinelle. Un chandelier dans sa main droite jetait un frêle cercle de lumière autour d'elle. Figée, tel un mannequin de cire dans un *tableau vivant*. J'eus le sentiment que le ton de sa voix, lorsqu'elle prononça mon nom pour la première fois, s'était fait délibérément plat et sans timbre, trahissant quelque étrange attitude d'esprit qu'elle s'était peut-être imposée. Ou peut-être n'était-elle pas tout à fait sûre que ce fût moi et interrogeait-elle simplement l'obscurité, essayant de m'en faire surgir comme quelque souvenir gênant et tenace qui aurait glissé hors de sa place. Mais le son de cette voix familière fut comme un sceau qui se brisait. J'éprouvai à ce moment-là le sentiment de m'éveiller d'un rêve qui aurait duré des siècles et, en gravissant lentement, avec circonspection, les marches grinçantes de l'escalier de bois, je sentis planer au-dessus de moi le souffle d'un nouvel empire sur moi-même. J'étais à peine parvenu à mi-chemin qu'elle parla de nouveau, d'un ton coupant cette fois, avec une sorte de menace contenue dans sa voix.

— J'ai entendu les chevaux et je me suis sentie brusquement prise de malaise. J'ai renversé du parfum sur toute ma robe. J'empeste, Darley. Ne m'en veuillez pas.

Elle avait beaucoup maigri. Tenant toujours le chandelier, elle fit un pas sur le palier, et après m'avoir regardé dans les yeux d'un air anxieux déposa un petit baiser froid sur ma joue droite. Froid comme une nécropole, sec comme du parchemin. Et alors le parfum dont elle s'était inondée me suffoqua, comme un puissant remugle qui émanait d'elle en vagues irrésistibles. La fixité de son attitude trahissait un manque d'assurance et la pensée qu'elle avait peut-être bu me traversa l'esprit. Je fus aussi légèrement choqué de constater qu'elle avait posé sur chacune de ses pommettes une tache de rouge vif qui faisait davantage ressortir la pâleur cadavérique de son visage qui ne portait aucune trace de poudre. Si elle était encore belle, c'était de la beauté passive d'une momie propertienne qu'on aurait maladroitement peinte pour donner l'illusion de la vie, ou d'une photographie coloriée sans soin.

— Ne regardez pas mes yeux, dit-elle ensuite d'un ton tranchant, impérieux.

Et je vis que sa paupière gauche tombait légèrement, ce qui aurait pu passer pour une œillade — surtout avec ce sourire de bienvenue qu'elle s'efforçait d'arborer à ce moment-là.

— Vous comprenez?

J'inclinai légèrement la tête. Je me demandai si ce rouge avait pour but de distraire l'attention de cette paupière tombante.

— J'ai une légère hémiplégie, ajouta-t-elle à mi-voix, comme si l'explication n'était destinée qu'à elle-même.

Et là, immobile devant moi, le chandelier à la main, elle donnait l'impression d'écouter quelque chose qu'elle seule pouvait entendre. Je lui pris la main et nous restâmes ainsi un long moment, les yeux dans les yeux.

— Ai-je beaucoup changé?

— Pas du tout.

— Bien sûr que si, j'ai changé. Nous avons tous changé.

Elle dit cela d'une voix sifflante, chargée de mépris. Elle prit ma main et la posa sur sa joue. Alors, hochant la tête d'un air embarrassé, elle se retourna et m'entraîna vers le balcon, d'une démarche raide et altière. Elle portait une robe de taffetas sombre qui bruissait lourdement à chacun de ses mouvements. La flamme de la bougie sautait et dansait sur les murs. Nous nous arrêtâmes devant la porte d'une pièce obscure et elle appela : « Nessim! » d'une voix sèche et sans réplique qui me blessa; comme si elle appelait un domestique. Au bout d'un moment Nessim sortit de l'ombre, obéissant comme un djinn.

— Darley est là, dit-elle, comme on tend un paquet, et déposant le chandelier sur une table basse elle alla s'étendre sur une chaise longue en osier et couvrit ses yeux de ses mains.

Nessim avait revêtu un costume d'une coupe plus familière. Il s'avança vers moi en souriant, avec cette expression de sollicitude que les années et les épreuves ne semblaient pas avoir altérée. Pourtant c'était différent; il avait quelque chose d'un chien battu, jetait des regards furtifs du côté de Justine, et parlait à voix basse, comme lorsqu'on se trouve dans la chambre d'une personne endormie. Une gêne tomba entre nous tandis que nous prenions place sur le balcon plongé dans la nuit et allumions des cigarettes. Le silence se bloqua comme un rouage coincé.

— La petite est au lit. Elle est ravie du palais comme elle dit, et nous lui avons promis un poney. Je crois qu'elle sera heureuse.

Justine poussa tout à coup un profond soupir, et sans découvrir ses yeux, déclara :

— Il dit que nous n'avons pas changé.

Nessim avala sa salive et poursuivit, sans relever la remarque, de la même voix basse :

— Elle voulait vous attendre, mais elle était trop fatiguée.

De nouveau la silhouette renversée dans son fauteuil, dans l'ombre, interrompit Nessim pour dire :

— Elle a trouvé le petit bonnet de circoncision de Narouz dans le placard. Je l'ai surprise en train de l'essayer.

Elle poussa un petit rire sec, comme un jappement, et je vis Nessim tressaillir et détourner la tête.

— Nous manquons de domestiques, dit-il à voix basse, rapidement, comme pour boucher les trous creusés dans le silence par la remarque de Justine.

Il parut manifestement soulagé lorsque Ali vint annoncer que le dîner était servi. Il prit le chandelier et nous pénétrâmes à sa suite à l'intérieur. La maison avait quelque chose de funèbre; le serviteur en robe blanche, la taille ceinte d'une large bande rouge ouvrant la marche, tenait le chandelier à bout de bras pour éclairer le chemin de Justine. Elle avançait d'un air préoccupé, lointain. Je la suivais, Nessim fermant la marche. Nous traversâmes ainsi en file indienne les corridors obscurs, les pièces hautes de plafond aux murs surchargés de tentures poussiéreuses, faisant grincer les planchers sous nos pas, et nous parvînmes enfin dans la salle où le souper était dressé : une pièce longue et étroite qui évoquait des raffinements d'un autre âge, un luxe ottoman peut-être — une salle dans le palais d'hiver abandonné d'Abdul Hamid peut-être, ses brise-vue lourdement ciselés en filigrane donnant sur une roseraie envahie par les herbes et les ronces. Ici la lumière des chancelles, avec leurs ombres lumineuses, formait un complément idéal à l'ameublement criard. En pleine lumière les ors, les rouges et les violets eussent été intolérables. Les flammes dansantes leur conféraient au contraire une splendeur tamisée.

Nous prîmes place à la table, et je remarquai de nouveau l'air inquiet, tendu de Nessim lorsqu'il jetait des regards autour de lui. On aurait dit qu'il s'attendait à quelque brusque explosion, quelque reproche imprévu de la part de Justine qu'il était prêt à parer, à esquiver avec une tendre politesse. Mais Justine nous ignorait. Elle commença par se verser un verre de vin rouge. Elle l'éleva devant la flamme pour en vérifier la couleur. Puis elle nous le présenta ensuite d'un geste ironique, le vida d'un trait et le reposa sur la table. Les touches de rouge de ses joues lui donnaient un air de vivacité qui s'accordait mal avec son regard à demi hébété. Elle ne portait aucun bijou. Ses ongles étaient recouverts d'un vernis doré. Posant ses coudes sur la table, elle appuya son menton sur une main et nous observa avidement un long moment, l'un après l'autre. Puis, comme si elle était rassasiée, elle poussa un soupir et dit :

— Oui, nous avons tous changé.

Se tournant alors vers son mari et pointant sur lui un doigt accusateur, elle ajouta :

— Lui, il a perdu un œil.

Nessim fit comme s'il n'avait pas entendu et tendit la corbeille de pain à Justine pour la détourner d'un sujet douloureux. Elle poussa un nouveau soupir et dit :

— Darley, vous paraissez en meilleure santé, mais vos mains sont devenues sèches et calleuses. Je l'ai senti sur ma joue.

— C'est sans doute d'avoir coupé du bois.

— Ah, c'est cela ! Mais vous avez bonne mine, très bonne mine.

(Une semaine plus tard elle devait téléphoner à Clea et lui dire : « Seigneur, comme il est devenu rustre. Le paysan a balayé toutes les traces de sensibilité qu'il pouvait y avoir en lui. »)

Nessim émit une petite toux nerveuse dans le silence, en touchant du doigt le bandeau noir qui couvrait son œil. Il était clair que le ton de Justine le crispait, et qu'il se méfiait de l'atmosphère pesante sous laquelle on pouvait percevoir, s'enflant lentement comme une vague, la tension d'une haine qui était encore l'élément le plus étrange de ce nouveau personnage qu'elle incarnait. Était-elle vraiment devenue une harpie ? Était-elle malade ? Il était difficile d'exhumer le souvenir de cette merveilleuse et sombre maîtresse d'antan dont tous les gestes, quelque malavisés et irréfléchis qu'ils fussent, rayonnaient de la splendeur nouvelle d'une totale générosité. (« Ainsi vous revenez, disait-elle d'une voix revêche, pour nous trouver tous emprisonnés à Karm. Comme de vieux chiffres dans un livre de comptes oublié. Mauvaises créances, Darley. Des repris de justice, voilà ce que nous sommes, hein, Nessim? »)

Il n'y avait rien à répondre à d'aussi amères remarques. Nous poursuivîmes notre repas en silence, servi par le diligent Ali. Nessim m'adressait de temps en temps une remarque brève, monosyllabique, sur des sujets neutres. Mais nous sentions le silence s'appesantir sur nous, comme un grand réservoir qui se vide. Bientôt nous allions rester là, plantés sur nos chaises comme des statues. Puis Ali revint, portant deux bouteilles thermos et un paquet de victuailles qu'il déposa au bout de la table.

— Alors tu repars ce soir?

Nessim hocha timidement la tête et dit :

— Oui, je suis encore de service. Puis s'éclaircissant la voix, il ajouta à mon intention : Ce n'est que quatre fois par semaine. Cela me donne quelque chose à faire.

— Quelque chose à faire! s'écria-t-elle d'un ton railleur. Belle occupation que de perdre un doigt et un œil! Dis-moi la vérité, mon cher, tu ferais n'importe quoi pour fuir cette maison. Puis, se penchant vers moi, elle ajouta : Pour me fuir, Darley. Il devient fou avec toutes les scènes que je lui fais. C'est ce qu'il dit.

Une telle vulgarité était horriblement embarrassante. Le domestique revint avec l'espèce d'uniforme soigneusement repassé, et Nessim se leva, s'excusant d'un mot et d'un pâle sourire. Nous étions seuls. Justine se versa un verre de vin. Puis, au moment de le porter à ses lèvres, elle me fit un clin d'œil et déclara à ma grande surprise :

— La vérité finira par éclater.

— Depuis combien de temps êtes-vous enfermée ici?

— Ne me parlez pas de cela.

— Mais n'y a-t-il aucun moyen...

— Il a réussi à échapper en partie. Pas moi. Buvez, Darley, buvez votre vin.

Je bus en silence, et au bout de quelques minutes Nessim réapparut, en uniforme et prêt à reprendre la route. Comme d'un commun accord nous nous levâmes tous les trois, le domestique prit le chandelier et notre lugubre procession reprit le chemin du balcon. Durant notre absence on y avait étendu des tapis, disposé des divans et des tables basses en marqueterie avec, sur chacune d'elles, un chandelier et de quoi fumer. La nuit était immobile, presque tiède. Les flammes vacillaient à peine. Les rumeurs du grand lac parvenaient jusqu'à nous à travers les ténèbres extérieures. Nessim prit rapidement congé et nous écoutâmes le pas de son cheval décroître sur la route du gué. Je me retournai pour regarder Justine. Le visage tordu par une grimace, elle tendit vers moi ses deux poignets, comme s'ils étaient liés par d'invisibles menottes. Au bout d'un long moment elle les laissa retomber sur ses genoux, en baissant la tête; puis brusquement, avec la vivacité d'un serpent, elle traversa l'espace qui nous séparait et s'assit à mes pieds en disant, d'une voix où se mêlaient le remords et le dépit :

— Pourquoi, Darley? Oh, *pourquoi?*

C'était comme si elle interrogeait non pas simplement le destin mais le cours de l'univers lui-même. Un écho de son ancienne beauté vibra presque en un éclair, dans ce mouvement de passion, pour me troubler. Mais ce parfum! De si près, le parfum dont elle s'était aspergée me donnait presque la nausée.

Mais toute la contrainte qui avait pesé sur nous s'évanouit d'un coup, et il nous fut enfin possible de parler. C'était comme si cette explosion avait fait éclater la bulle d'apathie qui nous avait enveloppés toute la soirée.

— Tu vois une Justine bien différente, s'écria-t-elle d'une voix où perçait une note de triomphe. Mais une fois de plus la différence est en toi, en ce que tu imagines voir!

Ses paroles crépitaient comme une avalanche de mottes de terre sur un cercueil vide.

— Comment se fait-il que tu n'éprouves aucune rancune contre moi? Oublier une telle trahison si facilement... quoi, c'est désarmant. Tu n'as pas de haine pour ce vampire? Ce n'est pas naturel. Et tu ne pouvais pas comprendre à quel point je me sentais humiliée de ne pas pouvoir te régaler, oui, te *régaler*, mon cher, des trésors de ma nature profonde d'amoureuse. Et cependant, c'est vrai, j'éprouvais du plaisir à me jouer de toi, je ne le cache pas. Mais je regrettais aussi de n'avoir à t'offrir que le pitoyable simulacre d'un amour (Ah! encore ce mot!) qui était miné par la duperie. Je suppose que ceci dénote encore l'insondable vanité féminine : de deux univers, de deux mots, désirer le pire — l'amour et la perfidie. Il est étrange pourtant que, maintenant que tu connais la vérité et que je me sens libre de t'offrir mon affection, étrange que je n'éprouve qu'un peu plus de mépris pour moi-même. Suis-je encore assez femme pour sentir que le véritable péché contre le Saint-Esprit est la malhonnêteté en amour? Mais quelles bêtises prétentieuses — car l'amour par nature n'admet nulle honnêteté.

Elle poursuivit ainsi, prêtant à peine attention à ma présence, réfutant mon existence, arpentant inlassablement la toile d'araignée qu'elle s'était tissée de toutes pièces, faisant surgir des images pour les décapiter aussitôt sous mes yeux. Qu'espérait-elle prouver? Puis elle posa un bref instant sa tête sur mes genoux en disant :

— Maintenant que je suis libre de haïr ou d'aimer il est comique de n'éprouver que de la rage devant ce sang-froid qui t'habite maintenant! Tu m'as échappé. Mais que pouvais-je attendre d'autre?

Et d'une certaine manière cela était étrangement vrai. A ma grande surprise je me sentais le pouvoir de la blesser pour la première fois, et même de la subjuguer uniquement par mon indifférence!

— Mais la vérité, dis-je, c'est que je n'éprouve aucune rancune envers le passé. Au contraire, je suis plein de gratitude parce qu'une expérience qui fut peut-être banale en soi (et peut-être même dégoûtante pour toi) m'a immensément enrichi.

Elle se détourna et me dit d'une voix acide :

— Alors nous devrions rire maintenant tous les deux.

Nous restâmes un long moment à contempler l'obscurité. Puis elle frissonna, alluma une cigarette et reprit le fil de son monologue intérieur.

— L'autopsie des décombres! Qu'as-tu bien pu y découvrir, je me le demande. Après tout, nous ignorions tout l'un de l'autre, chacun de nous proposait à l'autre des fictions de choix! Je suppose que personne ne connaît rien de personne. Longtemps après, dans les instants de remords, j'essayais d'imaginer que nous redevenions amants un jour, sur une nouvelle base. Quelle blague! Je me voyais te dédommageant, expiant ma rouerie, payant ma dette. Mais je savais que tu préférais toujours ton image mythique, encadrée par les cinq sens, à toutes les réalités. Et maintenant, dis-moi — lequel de nous deux fut le plus grand menteur? Je te trompais, tu te trompais toi-même?

Ces observations, qui en un autre temps, dans un autre contexte, auraient eu le pouvoir de me réduire en cendres, prenaient maintenant une nouvelle importance vitale. « Si dure que soit la route, on est au bout du compte forcé de s'accommoder de la vérité », écrit Pursewarden quelque part. Oui, mais je découvrais d'une manière inattendue que la vérité était nourrissante, vivifiante comme les embruns glacés d'une vague qui vous entraîne toujours un peu plus avant dans le sens de l'accomplissement de soi. Je voyais maintenant que ma Justine n'avait été rien de plus que l'œuvre d'un illussionniste, fondée sur l'armature défectueuse de paroles, d'actes et de gestes mal interprétés. Il n'y avait là rien de répréhensible en vérité; le véritable coupable, c'était mon amour qui avait inventé une image dont il se nourrissait. Il n'était pas davantage question de malhonnêteté, car l'image était colorée selon les nécessités de l'amour qui l'avait inventée. Les amants sont comme les médecins qui colorent une potion imbuvable pour que les étourdis l'avalent plus facilement! Non, il n'aurait pu en être autrement, je m'en rendais parfaitement compte.

Autre matière à réflexions : je voyais qu'amant et aimé, observateur et observé, émettaient réciproquement un champ magnétique l'un autour de l'autre. (« La perception a la forme d'une étreinte — le poison pénètre avec le baiser », comme l'écrit Pursewarden.) Ils déduisent alors les qualités de leur amour, ils le jugent d'après ce champ étroit avec ses immenses marges d'inconnu (« la réfraction »), et se mettent à le rapporter à une conception générale de quelque chose de constant dans ses qualités et d'universel dans son action. Que cette leçon était donc précieuse, tant pour l'art que pour la vie! Je n'avais fait que témoigner, dans tout ce que j'avais écrit, de la puissance d'une image que j'avais involontairement créée *par le seul fait de voir Justine*. Ce n'était pas une affaire de vérité ou d'erreur. Nymphe? Déesse? Vampire? Oui, elle était tout cela, et ni l'un ni l'autre. Comme toutes les femmes, elle était tout ce que l'esprit d'un homme (définissons l'« homme » : un poète perpétuellement acharné à sa propre perte) — souhaitait imaginer. Elle était là pour toujours, et elle n'avait jamais existé! Sous tous ces masques il n'y avait qu'une autre femme, toutes les femmes, comme un mannequin dans la boutique d'une couturière, attendant que le poète l'habille, lui insuffle la vie. Comprenant tout cela pour la première fois je réalisai avec terreur l'énorme pouvoir réfringent de la femme — la féconde passivité avec laquelle, de même que la lune, elle emprunte sa lumière au soleil mâle. Je ne pouvais éprouver qu'une immense reconnaissance pour une vérité aussi essentielle. Quelle importance avaient les mensonges, les tromperies, les folies, au regard de cette vérité?

Cependant, tandis que ce nouveau savoir forçait une fois de plus mon admiration pour elle — en tant que symbole de la femme, pour ainsi dire — je ne savais comment m'expliquer le nouvel élément qui s'y était glissé; un parfum de dégoût pour sa personnalité et ses attributs. Ce parfum! Sa richesse écœurante me donnait presque envie de vomir. Le contact de cette sombre tête contre mon genou soulevait en moi une vague de répulsion. J'étais presque tenté de l'embrasser une fois encore afin d'explorer plus avant la nouveauté inexplicable et insolite de ce sentiment! Se pouvait-il que des bribes d'information, des *faits* semblables au sable qui s'écoule dans le sablier de l'esprit, aient irrémédiablement modifié les qualités de l'image — changeant un objet jadis désirable en quelque chose qui maintenant me soulevait le cœur? Oui, la même démarche, exactement la même démarche de l'amour, me dis-je. Telle était la sinistre métamorphose provoquée par le bain acide de la vérité — comme dirait Pursewarden.

Et nous restions assis sur le balcon enveloppé de ténèbres, prisonniers de la mémoire, et nous parlions; et cette nouvelle disposition des êtres, cette opposition des nouvelles acquisitions de l'esprit demeurait immuable.

A la fin, elle alla prendre une lanterne et un manteau de velours et nous partîmes dans la nuit sans rides; au bout d'un moment nous arrivâmes au pied d'un grand arbre sacré, un *nubk*, dont les branches étaient chargées d'offrandes votives. C'est là qu'on avait trouvé le frère de Nessim, frappé à mort. Elle éleva la lanterne au-dessus de sa tête pour éclairer l'arbre, en me rappelant que le *nubk* est aussi la grande enceinte d'arbres qui entourent le Paradis de Mahomet.

— Cette mort de Narouz... Les gens disent que c'est Nessim qui l'a machinée — du moins c'est ce que disent les Coptes. C'est devenu une sorte de malédiction familiale qui pèse sur lui. Sa mère est malade, mais elle dit qu'elle ne reviendra jamais dans cette maison. Lui non plus ne désire pas qu'elle revienne. Il devient blême de rage quand je lui parle d'elle. Il dit qu'il voudrait la voir morte! Voilà, nous sommes cloîtrés ici tous les deux. Je passe mes nuits à lire... Devinez quoi? Un gros paquet de lettres d'amour qu'elle a laissées derrière elle! Les lettres d'amour de Mountolive! Que de confusion, que de coins encore inexplorés!

Elle leva la lanterne à la hauteur de mon visage et me regarda dans les yeux.

— Ah, mais je ne souffre que d'ennui, de spleen. Et aussi du désir d'avaler le monde. Depuis quelque temps je m'adonne aux drogues, dispensatrices du sommeil!

Et nous revînmes en silence à la grande maison bruissante, à son odeur de poussière.

— Il dit que nous nous évaderons un jour et que nous irons en Suisse; là-bas, au moins, il a encore de l'argent. Mais quand? Quand? Et maintenant cette guerre! Pursewarden disait que j'avais le sens de la culpabilité atrophié. C'est simplement que je n'ai plus la liberté de prendre des décisions. J'ai l'impression que ma volonté s'est brisée. Mais cela passera.

Puis brusquement, goulûment, elle me saisit la main et dit :

— Mais Dieu merci, tu es là. C'est un tel soulagement que de pouvoir parler. Nous passons des semaines ensemble sans échanger un seul mot.

Nous étions revenus nous asseoir sur les divans disgracieux, à la lueur des chandelles. Elle alluma une cigarette à bout d'argent et fuma à petites bouffées décidées en reprenant son monologue qui se déroulait dans la nuit, traçant ses courbes capricieuses comme un fleuve dans l'obscurité.

— Quand tout a échoué en Palestine, quand tous nos dépôts d'armes ont été découverts et saisis, les Juifs se sont aussitôt retournés contre Nessim, l'accusant de trahison sous le prétexte qu'il était un ami de Mountolive. Nous étions pris entre Memlik et l'hostilité des Juifs. Nous avions perdu tous nos appuis. Les Juifs m'ont expulsée. C'est alors que j'ai revu Clea; j'avais terriblement soif de nouvelles et pourtant je ne pouvais pas me fier à elle. Nessim est venu me chercher à la frontière. Il m'a trouvée comme une folle. J'étais désespérée! Et il pensait que c'était l'échec de nos plans qui m'avait mise dans cet état. C'était cela, oui, naturellement; mais il y avait une autre raison, plus profonde. Lorsque nous étions deux conspirateurs, unis par la même œuvre et les mêmes dangers, je me sentais passionnément et sincèrement éprise de lui. Mais quand je me suis trouvée assignée à résidence, obligée de tuer le temps avec lui seul pour toute compagnie, j'ai cru mourir d'ennui. Mes larmes, mes lamentations étaient celles d'une femme qui a pris le voile contre sa volonté. Ah, mais tu ne peux pas comprendre, toi qui es un homme du Nord. Non, comment pourrais-tu comprendre? Être capable d'aimer pleinement un homme, mais seulement dans une seule position pour ainsi dire. Vois-tu, lorsqu'il n'a rien à faire, Nessim n'est plus rien; il perd absolument toute saveur, et il n'a plus de goût pour rien. Et il perd alors tout pouvoir d'intéresser une femme, de l'émoustiller. En un mot, c'est le parfait idéaliste. Lorsque le sentiment d'un destin à accomplir le dévore il devient vraiment splendide. C'est en grand acteur qu'il m'a hypnotisée, qu'il m'a révélée à moi-même. Mais comme compagnon de cellule, dans la défaite, il engendre l'ennui, la migraine et des idées aussi banales que le suicide!

« C'est pour cela que de temps en temps je lui plante mes griffes dans la chair. Par désespoir!

— Et Pursewarden?

— Ah, Pursewarden! C'est encore quelque chose de différent. Je ne peux pas penser à lui sans sourire. Là mon échec fut d'un tout autre ordre. Le sentiment que j'éprouvais pour lui était — comment pourrais-je dire — presque incestueux, si tu veux; comme l'amour que l'on peut éprouver pour un grand frère très cher et incorrigible. J'ai fait tout ce que j'ai pu pour entrer dans sa confidence. Il était trop intelligent, ou peut-être trop imbu de lui-même. Il se défendait de m'aimer *en me faisant rire*. Mais grâce à lui cette idée tentante m'est venue qu'il y avait peut-être pour moi d'autres façons de m'ouvrir à la vie si seulement je pouvais les trouver. Mais il était malin. Il disait par exemple : « Un artiste affligé d'une femme, c'est comme un épagneul avec une tique dans l'oreille; ça démange, ça saigne, et on n'arrive pas à l'enlever. Une grande personne voudrait-elle...? » Peut-être n'était-il si attirant que parce qu'il était hors d'atteinte? Ces choses-là sont difficiles à exprimer. Le seul mot d' « amour » a servi à tant d'espèces différentes du même animal. C'est lui aussi qui m'a réconciliée avec toute cette histoire de viol, tu te rappelles? Toutes ces inepties d'Arnauti dans *Mœurs*, tous ces psychiatres! Une seule de ses remarques me piquait jusqu'au vif. Il disait : « Cela te faisait manifestement plaisir, comme à n'importe quelle enfant, et il est même probable que tu les recherchais. Tu as gaspillé tout ce temps à tenter de te réconcilier avec l'idée d'un outrage purement imaginaire. Essaie donc de te débarrasser de tous ces faux remords et de te dire que la chose a été à la fois agréable et insignifiante. Toutes les névroses sont faites sur mesure! » Il était étrange que quelques mots comme ceux-là, lancés d'un ton ironique, aient eu le pouvoir de faire ce que personne n'avait jamais pu faire pour moi. Brusquement tout semblait se soulever, devenir plus léger, remuer dans tous les sens, comme une cargaison qui ballotte dans la cale d'un navire. Et j'avais des vertiges, des malaises indéfinissables. Et ensuite, j'ai eu l'impression qu'un étau se desserrait. C'était comme si je retrouvais insensiblement l'usage d'une main paralysée.

Elle se tut un moment avant de poursuivre.

— J'ignore toujours comment il nous voyait. Peut-être nous méprisait-il, peut-être jugeait-il que nous étions les seuls responsables de nos misères. On ne peut guère le blâmer d'avoir tenu à ses secrets comme un arapède. Et pourtant il avait du mal à les garder, car il était affligé lui aussi d'une sorte de frein guère moins redoutable que le mien, quelque chose qui le vidait de toute sensation; de sorte que, au fond, sa force n'était peut-être qu'une grande faiblesse! Tu ne dis rien? Je t'ai blessé? J'espère que non; j'espère que tu as assez d'amour-propre pour regarder en face ces vérités de notre ancienne liaison. Je voudrais arracher *tout* cela de ma poitrine, je voudrais me réconcilier avec toi — peux-tu comprendre cela? Tout confesser, et essuyer l'ardoise. Tiens, même cette première après-midi, cette toute première après-midi où je suis venue chez toi, tu te rappelles? Tu m'as dit, un jour, comme cela avait été important. Tu étais malade, tu avais une insolation, tu te rappelles? Eh bien, il venait tout juste de me ficher à la porte de sa chambre et j'écumais de rage. Il est étrange de penser que toutes les paroles que je t'ai dites alors s'adressaient en réalité à lui, à Pursewarden! Dans ton lit c'est lui que j'embrassais et que je subjuguais en esprit. Et encore, pourtant, sur un autre plan, tout ce que j'éprouvais et faisais alors, c'était, en réalité, pour Nessim. Sous le gros tas d'ordures de mon cœur il n'y avait au fond que Nessim et l'organisation. Ma vie la plus intime était enracinée dans cette aventure démente. Tu peux rire maintenant, Darley! Laisse-moi te regarder rire, pour changer. Tu as l'air triste, mais pourquoi le serais-tu? Nous sommes tous pris dans le champ émotionnel que nous projetons les uns sur les autres — c'est toi-même qui m'as dit ça un jour. Notre seule maladie est peut-être de désirer une vérité que nous ne pouvons pas supporter plutôt que de nous contenter des personnages imaginaires que nous inventons.

Brusquement elle partit d'un rire sardonique et se leva pour jeter son mégot de cigarette dans la cour, par-dessus la balustrade. Puis elle se retourna et, de l'air sérieux, que l'on prend pour proposer un nouveau jeu à un enfant, elle frappa doucement dans ses mains en récitant :

— Pursewarden et Liza, Darley et Melissa, Mountolive et Leila, Nessim et Justine, Narouz et Clea... une chandelle pour éclairer leur lit, et une hache pour leur trancher la tête. L'espèce d'arabesque que nous dessinons devrait pouvoir servir à quelqu'un; ou n'est-ce qu'un feu d'artifice qui ne signifie rien? Sommes-nous des êtres *humains* ou rien de plus qu'une collection de marionnettes poussiéreuses suspendues dans un coin de l'esprit d'un écrivain? Tu dois te poser la question.

— Pourquoi as-tu parlé de Narouz?

— Après sa mort j'ai découvert des lettres adressées à Clea; dans son placard, avec son vieux bonnet de circoncision, il y avait un énorme bouquet de fleurs de cire et un cierge de la taille d'un homme. Comme tu le sais, c'est avec cela qu'un Copte fait sa demande en mariage. Mais il n'a jamais eu le courage de les envoyer! Si tu savais comme j'ai ri!

— Tu as ri?

— Oui, j'ai ri, j'ai ri aux larmes! Mais en réalité c'était de moi que je riais, de moi, de toi, de nous tous. On y retombe dessus à chaque pas, n'est-ce pas vrai? Sur tous les divans le même cadavre, dans tous les placards le même squelette? N'y a-t-il pas de quoi rire?

La nuit s'avançait; elle me conduisit à la lugubre chambre d'hôte où l'on m'avait préparé un lit, et elle posa le chandelier sur la commode ancienne. Je m'endormis presque aussitôt.

L'aube se levait à peine quand je m'éveillai, et la vis debout près du lit, entièrement nue, les mains jointes en signe de supplication comme un mendiant arabe, comme une pauvresse des rues. Je sursautai.

— Je ne te demande rien, dit-elle. Prends-moi seulement dans tes bras, pour me réchauffer. J'ai la tête qui éclate ce soir et malgré les drogues je n'arrive pas à trouver le sommeil. Je ne veux pas rester seule avec mes phantasmes. Rien que pour m'apaiser, Darley. Quelques caresses et un peu de tendresse, c'est tout ce que je te demande.

Je lui fis place à côté de moi, distraitement, encore à moitié endormi. Elle pleura en tremblant et en murmurant un bon moment avant que je réussisse à la calmer. Mais elle finit par s'endormir, sa tête sombre sur l'oreiller à côté de moi.

Je restai longtemps éveillé pour analyser, avec perplexité et étonnement, le dégoût qui s'était levé en moi, oblitérant tout autre sentiment. D'où venait-il? Ah, son parfum! Ce parfum insoutenable, et l'odeur de son corps. Quelques vers d'un poème de Pursewarden flottaient dans ma tête :

Par elle dédiée à quelles caresses ivres,
De bouches à moitié mangées, comme fruit blet
Où l'on ne mord qu'une seule fois,
Une bouchée des ténèbres où nous saignons.

L'image jadis merveilleuse de mon amour reposait maintenant au creux de mon bras, désarmée comme un patient sur la table d'opération, respirant à peine. Il était inutile de murmurer son nom, ce nom qui, jadis, exerçait sur mon sang une fascination si terrible qu'il avait le pouvoir d'en ralentir le cours dans mes veines. Elle n'était plus qu'une femme qui gisait là, souillée et écorchée, comme un oiseau mort dans un ruisseau, ses mains recroquevillées sur sa poitrine comme des petites pattes roides. C'était comme si un énorme portail de fer s'était refermé pour toujours sur mon cœur.

Le jour montait lentement. J'avais hâte qu'il me libère. J'étais impatient de partir.

IV

FLANANT à nouveau dans les rues de la capitale d'été, allant sous la lumière du printemps, sous le ciel sans nuages, le long de la mer bleue, incessante — rêvant tout éveillé — j'étais comme l'Adam des légendes du Moyen Age : un homme dont le corps est composé de tous les éléments du monde, dont la chair est la terre, dont les pierres sont les os, les fleuves et les vagues : le sang, dont les herbes forment les cheveux, dont la lumière est la vue, dont le vent est le souffle et les pensées sont les nuages. Je me sentais sans pesanteur, comme après une longue maladie dévastatrice, et je flottais à la dérive au-dessus des laisses de Mareotis et des traces toujours visibles de ses anciens appétits, de ses antiques et éternels désirs : une cité plongeant ses racines dans l'Histoire, aux cruautés intactes, assise entre un désert et un lac. Et tout en marchant, j'avais l'impression de tirer les rues de ma mémoire, de faire surgir ces sillons qui rayonnaient comme les branches d'une étoile de mer autour de son axe : le tombeau de son fondateur. Bruits de pas éveillant leurs échos enfouis... Des scènes et des conversations oubliées m'assaillaient tout à coup, surgies des murs, des tables de cafés, des chambres closes aux plafonds écaillés. Alexandrie, princesse et catin. Ville royale, *anus mundi*... Elle ne changerait pas tant que les races continueraient à fermenter ici comme du moût dans une cuve; tant que les rues et les places continueraient à dégorger la fermentation de toutes ces passions, ces rancunes, ces rages et ces calmes subits. Un désert fertile d'amours humaines jonché des ossements blanchissants de ses exilés. Hauts palmiers et minarets se mariant dans le ciel. Un essaim de demeures blanches bordant ces ruelles de boue à l'abandon, agacées tout au long de la nuit par la musique arabe et les cris des filles qui se dépouillaient si facilement du fardeau encombrant de leur corps (qui les démangeait) et offraient à la nuit des baisers passionnés auxquels l'argent n'ôtait pas la saveur. Dire la tristesse et la béatitude de cette conjonction humaine qui se perpétuait à l'infini, dire le cycle inépuisable des renaissances et des anéantissements que seul son dynamisme destructeur avait le pouvoir d'enseigner et de reformer... (« On ne fait l'amour que pour se confirmer sa solitude », disait Pursewarden, et une autre fois Justine ajoutait, comme une coda — en détournant la tête : « Les plus belles lettres d'amour d'une femme sont toujours celles qu'elle écrit à l'homme qu'elle trompe » — sur un balcon suspendu au-dessus d'une ville illuminée où les feuilles des arbres semblaient peintes par les enseignes électriques, où les pigeons semblaient tomber de leurs étagères...) Un grand gâteau de miel de visages et de gestes.

« Nous devenons ce que nous rêvons, disait Balthazar, en cherchant toujours entre les pavés gris la clé d'une montre qui est le Temps lui-même. Nous ne donnons réalité et substance qu'aux figures de l'imagination. » La cité n'offre aucune réponse à de telles propositions. Indifférente, elle s'enroule autour des vies dormantes ainsi qu'un gigantesque anaconda digérant son repas. Le pitoyable univers humain poursuit sa route parmi ces anneaux luisants, inconscient et sans foi, répétant à l'infini ses gestes de désespoir, de repentir et d'amour. Demonax le philosophe disait : « Personne ne désire être mauvais », et pour la peine on l'accusa de cynisme. Et Pursewarden en un autre temps, dans une autre langue, répliquait : « Même si l'on n'est encore qu'à demi éveillé, il est effrayant au début de voir que l'on se meut dans un monde de somnambules. Par la suite, on apprend à dissimuler ! »

Je sentais l'atmosphère de la ville me reprendre, ses beautés étiolées pousser ses tentacules pour me tirer par la manche. Je sentais venir d'autres étés, étés aux frais désespoirs, aux frais assauts des « baïonnettes du temps ». Ma vie allait pourrir à nouveau dans des bureaux étouffants sous le ronronnement tiède des ventilateurs électriques, à la lumière des ampoules poussiéreuses suspendues à leur fil, sous les plafonds craquelés de logements que leurs habitants avaient abandonnés. Au Café Al Aktar, devant une menthe verte, sur le vague fond sonore, triste et gargouillant des narguilés, j'aurais le temps d'interroger les silences qui suivent les cris des colporteurs et le claquement des dés sur les pistes. Les mêmes fantômes passeraient et repasseraient dans Nebi Daniel, les limousines étincelantes des banquiers emporteraient leurs précieuses cargaisons de dames peintes, aux parties de bridge, à la synagogue, chez les diseurs de bonne aventure ou dans les cafés élégants. Autrefois, tout cela avait le pouvoir de me blesser. Mais maintenant? Les bribes d'un quatuor, jaillissant d'un café, me rappelèrent Clea disant un jour : « L'homme a inventé la musique pour se confirmer sa solitude. » Mais si je passais ici avec attention et même une certaine tendresse, c'était parce que je l'avais déflorée moi-même, cette ville, et c'était dans ses mains que j'avais appris à attribuer un sens particulier au destin. Murs fanés, craquelés et ravaudés en un million de pièces couleur de nacre, imitant la peau des lépreux qui venaient gémir ici, à la lisière du quartier arabe; c'était simplement la peau de cette ville qui se desquamait et perdait ses croûtes au soleil.

Même la guerre avait pactisé avec la ville; elle avait même stimulé son commerce, grâce aux bandes désœuvrées de soldats qui déambulaient avec cet air sinistre de désespoir stoïque dont les Anglos-Saxons ne se départissent même pas dans le plaisir; leurs femmes désaimantées portaient toutes l'uniforme maintenant, ce qui leur donnait un air vorace — comme si elles pouvaient boire le sang des innocents pendant qu'il était encore chaud. Les bordels avaient proliféré et maintenant englobaient tout un quartier de la ville autour du vieux square. La guerre lui avait au moins apporté cela : un air de carnaval et de bamboche. Même les bombardements nocturnes étaient oubliés aussitôt que paraissait le jour, comme on chasse un cauchemar; c'était presque une inconvenance que d'y faire allusion. Pour le reste, rien n'avait profondément changé. Les courtiers étaient toujours assis sur les marches du cercle Mohammed Ali, plongés dans leurs journaux. Les antiques fiacres trottinaient toujours, allant à leurs affaires d'un pas nonchalant. La foule se pressait toujours sur la Corniche blanche pour jouir des premiers rayons printaniers. Les balcons s'ornaient toujours de linge mis à sécher et de filles qui gloussaient et caquetaient. Les Alexandrins allaient et venaient à l'intérieur du cyclorama nacré de la vie qu'ils imaginaient. « La vie est plus compliquée que l'on ne pense, mais beaucoup plus simple que nul n'ose l'imaginer. » Voix des filles, lancinement des quarts de ton arabes, bourdonnement métallique venu de la synagogue, ponctué par le tintement des sistres. Du carreau de la Bourse proviennent d'étranges cris, comme de quelque énorme animal en gésine. Changeurs disposant leurs pièces et leurs coupures comme des bonbons sur de grosses planches carrées. Des pachas coiffés du pot de fleurs écarlate traditionnel, enfoncés dans d'immenses voitures, passent, tels des sarcophages étincelants. Un nain joue de la mandoline. Un immense eunuque, avec un furoncle gros comme une broche, mange une pâtisserie. Un cul-de-jatte, fixé sur un chariot, bave. Et au milieu de cette frénétique accélération de l'esprit, je songeai brusquement à Clea — ses cils épais fragmentant chaque regard de ses yeux magnifiques — et je me demandai vaguement à quel moment elle apparaîtrait. Mes pas m'avaient ramené devant le goulet de la rue Lepsius, sous les fenêtres de la chambre rongée des vers avec sa chaise cannée qui craquait toute la nuit, où le vieux poète de la ville avait un jour récité *Les Barbares*. J'entendis de nouveau grincer les marches sous mes pieds. Sur la porte on avait épinglé une note en arabe qui disait « Silence ».

La voix de Balthazar me parut étrangement grêle et lointaine quand il me pria d'entrer. Les persiennes étaient baissées et la chambre était noyée dans la pénombre. Il était couché. Je reçus un choc quand je vis que ses cheveux étaient devenus tout blancs, ce qui le faisait ressembler à une antique version de lui-même. Il me fallut un bon moment pour réaliser qu'il avait cessé de les teindre. Mais comme il avait changé ! On ne peut s'écrier devant un ami : « Mon Dieu, comme vous avez vieilli ! » Pourtant, c'est ce que je faillis faire, malgré moi.

— Darley ! dit-il faiblement, et il me tendit ses mains, enveloppées d'énormes bandages, comme s'il portait des gants de boxe.

— Que vous est-il donc arrivé ?

Il poussa un grand soupir de contrariété et me fit signe de prendre une chaise. La chambre était dans un grand désordre. Un monceau de livres et de papiers gisaient sous la fenêtre. Un pot de chambre qui n'avait pas été vidé. Un échiquier avec toutes ses pièces renversées. Un journal. Un morceau de fromage sur une assiette, avec une pomme. Le lavabo plein d'assiettes sales. A côté de lui, dans un verre rempli d'un liquide trouble, baignait un râtelier étincelant sur lequel il lançait de temps en temps un regard de grande perplexité.

— On ne vous a rien raconté ? Cela m'étonne. Les mauvaises nouvelles, les scandales, voyagent si vite et si loin que je vous croyais déjà au courant. C'est une longue histoire. Faut-il que je vous la raconte, et que j'attire sur moi le regard de commisération plein de tact qu'a Mountolive lorsqu'il vient jouer aux échecs avec moi tous les après-midi ?

— Mais vos mains...

— J'y viendrai en temps voulu. C'est une petite idée que j'ai puisée dans votre manuscrit. Mais le véritable coupable, je crois, c'est ce râtelier dans le verre. Vous ne trouvez pas qu'elles ont un sourire ensorcelant, ces fausses dents? Je suis sûr que ce sont ces dents qui m'ont fait dérailler. Quand je me suis aperçu que j'allais perdre mes dents, alors j'ai commencé à me conduire comme une femme au retour d'âge. Comment expliquer autrement que je sois tombé amoureux comme un gamin?

Il cautérisa cette question d'un rire hébété.

— D'abord la Cabale — qui est maintenant dispersée! — tout est parti à vau-l'eau. Ce fut la ruée des mystagogues, des théologiens, toute la bigoterie vorace qui s'agglutine autour d'une secte pour déchiffrer le dogme! Mais la chose avait pour moi une signification particulière, une signification erronée et inconsciente, mais néanmoins très claire. Je croyais que, lentement, par étapes, je finirais par être délivré de la servitude de mes appétits, de la chair. J'imaginais que j'atteindrais enfin à un calme et un équilibre philosophiques qui effaceraient la nature passionnelle, qui stériliseraient mes actes. Naturellement je ne croyais pas avoir de tels *préjugés* à l'époque; j'étais persuadé que ma quête de la vérité était pure. Mais j'utilisais inconsciemment la Cabale à cette fin — au lieu de me donner à elle. Première erreur de calcul! Donnez-moi un peu d'eau de cette cruche, là-bas, voulez-vous?

Il but goulûment entre ses gencives roses toutes neuves.

— C'est alors que je me suis aperçu que j'allais perdre... mes dents, et cela m'a jeté dans un grand trouble. J'avais l'impression que c'était comme une sentence de mort, comme une confirmation de la vieillesse, du passage de l'autre côté de la vie. J'ai toujours été difficile avec les bouches, j'ai toujours détesté les mauvaises haleines et les langues chargées; mais plus que tout les fausses dents! Alors, inconsciemment, j'ai dû me pousser moi-même à cette chose ridicule — comme si c'était une tentative désespérée, avant que la vieillesse s'installe définitivement chez moi. Ne riez pas. *Je suis tombé amoureux* comme jamais cela ne m'était encore arrivé, du moins pas depuis l'âge de dix-huit ans. « Des baisers acérés comme des piquants », dit le proverbe; ou comme aurait dit Pursewarden : « Voilà encore ces foutues gonades en balade, le petit dragon de la semence, la vieille terreur biologique. » Mais, mon cher Darley, je vous jure que ce n'était pas une plaisanterie. J'avais encore mes dents à moi! Mais l'objet de ma flamme, un acteur grec, était l'amant le plus désastreux sur lequel on eût pu jeter son dévolu. La beauté d'un dieu, le charme d'une averse de flèches d'argent — et l'étroitesse d'esprit, le sordide, la vénalité, le vide d'un lamentable personnage. Voilà ce qu'était Panagiotis! Je le savais, mais je me disais que cela n'avait aucune importance. Je vis en lui le personnage de Séleucie qui inspira à Cavafy son poème.* Je m'injuriais devant la glace, mais j'étais incapable de me conduire autrement. Et en fait, cela n'aurait pas été plus loin s'il ne m'avait entraîné à d'infamantes scènes de jalousie. Je me souviens que ce vieux Pursewarden disait : « Ah, vous autres Juifs, vous avez l'art de souffrir », et je lui répliquais par une citation de Mommsen sur les abominables Celtes : « Ils ont ébranlé tous les États et n'en ont fondé aucun. Nulle part ils n'ont créé un grand État ou développé une culture propre et distincte. » Non, ce n'était pas là une simple manifestation d'amertume minoritaire : c'était le genre de passion meurtrière dont l'Histoire est coutumière et dont notre ville a connu maints exemples célèbres! Au bout de quelques mois j'étais devenu un ivrogne invétéré. Je traînais dans les bordels qu'il fréquentait. Je lui faisais des ordonnances pour obtenir des drogues qu'il vendait. Tout, plutôt que de le perdre. Je suis devenu aussi faible qu'une femme. Un terrible scandale, ou plutôt une série de scandales, a fini par me faire perdre pratiquement toute ma clientèle. (C'est Amaril qui fait marcher la clinique en attendant que je me relève.) Je me suis traîné à ses genoux en plein club, en le tenant par son manteau et en le suppliant de ne pas me quitter! On m'a frappé d'un coup de poing dans la rue Fouad, on m'a donné des coups de canne juste devant le Consulat français. Tous mes amis étaient consternés et faisaient tout ce qu'ils pouvaient pour parer un désastre. En vain. J'étais devenu parfaitement impossible. Et j'éprouvais même un étrange plaisir à me faire fouetter et mépriser, réduire à l'état d'épave! C'était comme si j'avais voulu avaler le monde, assécher le mal d'amour jusqu'à ce qu'il soit cicatrisé. J'étais poussé à toutes mes extrémités, et c'était moi qui poussais — ou étaient-ce les dents?

Il leur jeta un regard mauvais, soupira et hocha la tête comme sous l'effet d'une intense douleur au souvenir de toutes ces sottises.

Il est curieux de constater à quel point de petits objets inanimés peuvent parfois être responsables de la rupture complète d'un champ affectif; un amour qui se fonde sur une canine, un dégoût engendré par la myopie, une passion née de poignets velus. Ce fut finalement le doigtier vert qui l'écœura. Il ne pouvait supporter de sentir se déplacer sur son corps une main dont l'index était enserré dans un doigtier. Et pourtant, il fallait bien que je le porte, car mon doigt avait recommencé à suppurer; vous savez que j'ai une petite plaque d'eczéma qui me tourmente de temps en temps, le plus souvent quand je suis à plat ou au contraire surexcité. Elle parvient même parfois à traverser l'épaisse couche de bleu de méthylène que je mets dessus. J'ai tout essayé, mais sans succès, pour m'en débarrasser. Peut-être recherchais-je inconsciemment à le dégoûter de moi, comme un adolescent le ferait avec son acné? Qui sait?

— Et puis naturellement cela a eu une fin, comme toutes choses, même la vie probablement. Il y a peu de mérite à souffrir comme je l'ai fait, en silence, comme un cheval attelé, tourmenté par d'intolérables blessures qu'il ne peut pas atteindre avec sa langue. C'est alors que je me suis rappelé une remarque dans votre manuscrit sur la laideur de mes mains. Si je les coupais et les jetais à la mer comme vous le recommandiez fort judicieusement? Voilà la question qui s'est levée dans mon esprit. A cette époque, j'étais si abruti par les drogues et la boisson que je n'imaginais pas que je pusse sentir quoi que ce soit. Enfin, j'ai fait une tentative, mais c'est plus difficile qu'on ne pense, de couper un truc comme ça! J'étais comme ces idiots qui veulent se couper la gorge et qui s'arrêtent à l'œsophage. Ils en réchappent toujours. Mais quand j'ai renoncé tant cela faisait mal, j'ai songé à un autre écrivain, Pétrone. C'est fou le rôle que peut jouer la littérature dans notre vie! Je me suis allongé dans un bain chaud. Mais le sang ne voulait pas couler — ou peut-être n'en avais-je plus? Les quelques gouttes que j'ai réussi à faire sortir avaient la couleur du bitume. J'allais chercher d'autres moyens pour adoucir la douleur quand Amaril est arrivé d'une manière tout à fait abusive et s'est empressé de me donner un sédatif qui m'a plongé dans le coma pendant vingt-quatre heures, durant lesquelles il s'est employé à rafistoler mon cadavre et à mettre un peu d'ordre dans ma chambre. Après cela, j'ai été très malade, de honte je suppose. Oui, c'était surtout la honte, mais aussi, naturellement, j'étais très affaibli par les absurdes excès où je m'étais laissé entraîner. Je me mis alors entre les mains de Pierre Balbz qui m'arracha les dents et me fabriqua ces éblouissantes quenottes — *art nouveau!* Amaril essaya bien à sa manière gauche, de me psychanalyser — mais que peut-on dire de cette science très approximative qui a déjà étourdiment empiété d'un côté sur l'anthropologie et de l'autre sur la théologie? Il y a encore bien des choses qu'ils ignorent : par exemple que l'on se met à genoux à l'église parce que l'on se met à genoux pour pénétrer une femme, ou que la circoncision dérive de la taille de la vigne, sans quoi les feuilles prolifèrent, et elle ne produit pas de fruits! Je n'ai aucun système philosophique sur quoi m'appuyer alors que même Da Capo en possède un. Vous rappelez-vous l'exposé de Capodistria sur la nature de l'Univers? « Le Monde est un phénomène biologique qui ne parvient à son terme que lorsque tous les hommes ont eu toutes les femmes, et lorsque toutes les femmes ont eu tous les hommes. Évidemment, il y faut le temps. En attendant nous n'avons rien de mieux à faire que d'aider les forces de la nature en foulant le raisin le plus fort que nous pouvons. Quant à l'Au-delà — de quoi sera-t-il fait sinon de satiété? Le jeu des ombres dans le Paradis — jolies *hanoums* flottant à travers les écrans de la mémoire, ni désirées, ni désirant être désirées. Les deux pôles enfin en repos. Mais on ne peut évidemment pas y parvenir d'un seul coup. Patience? *Avanti!* » Oui, j'ai eu le temps de ruminer pas mal sur ce lit, en écoutant les craquements de la chaise cannée et les bruits de la rue. Mes amis ont été très bons pour moi et n'ont cessé de me rendre de fréquentes visites, avec des cadeaux et des conversations qui me laissaient de terribles maux de tête. Et j'ai fini par remonter lentement, très lentement, à la surface. Je me suis dit : « C'est la vie qui est le maître. Nous vivons à rebours de notre intelligence. C'est la souffrance qui nous apprend le plus. » J'ai vraiment appris quelque chose, mais à quel prix!

« Si seulement j'avais eu le courage de m'attaquer sincèrement à mon amour j'aurais mieux servi les idées de la Cabale. Vous trouvez que c'est là un paradoxe? Peut-être. Au lieu de laisser mon amour empoisonner mon intellect et mes restrictions intellectuelles empoisonner mon amour. Mais si je suis maintenant réhabilité et prêt à faire ma rentrée dans le monde, il me semble que toute la nature est vide! Je me réveille encore en criant : « Il est parti pour toujours ! Les vrais amants n'existent « que pour le bénéfice de l'amour. »

Il émit un sanglot enroué et se glissa hors des draps, l'air ridicule dans sa longue chemise de nuit en finette, pour aller prendre un mouchoir dans la commode. Puis il s'arrêta devant la glace et dit, en s'adressant à son image :

— La plus chère, la plus tragique des illusions est peut-être de croire que nos actions peuvent ajouter ou retrancher quelque chose à la somme de bien et de mal dans le monde.

Puis il hocha lugubrement la tête et regagna son lit en tassant les oreillers derrière son dos :

— Et cette grosse brute de Père Paul qui parle d'acceptation ! On ne peut accepter le monde que si l'on reconnaît pleinement la prodigieuse dose de bien et de mal qu'il renferme. Et l'habiter réellement, l'explorer jusqu'au bout de cette compréhension humaine limitée, sans la moindre contrainte — voilà tout ce qui est nécessaire pour l'accepter. Mais quel travail ! On est là, et le temps passe, et on passe son temps à s'interroger sur lui. Toutes les espèces de temps qui s'écoulent à travers le sablier, le temps d'une éternité, le temps d'un instant et le temps de l'oubli; le temps du poète, du philosophe, de la femme enceinte, du calendrier... Même « le temps c'est de l'argent » apparaît dans le tableau; mais si vous songez que l'argent est un excrément pour les freudiens, vous comprendrez que le temps doit l'être aussi ! Darley, vous arrivez au bon moment, car c'est demain que mes amis vont me réhabiliter. C'est Clea qui, la première, a eu cette idée touchante. La pensée de me montrer en public après toutes mes turpitudes me paralysait de honte. Comment affronter de nouveau la ville — voilà le problème. C'est dans des moments comme celui-là que l'on mesure la valeur de ses amis. Demain une petite délégation viendra me chercher, et me trouvera habillé, les mains bandées de façon moins visible, mes dents bien en place. Naturellement, je porterai des lunettes noires. Mountolive, Amaril, Pombal et Clea. Deux à chaque bras. Nous descendrons toute la rue Fouad ainsi, puis nous prendrons un café à la terrasse de Pastroudi où nous resterons un bon moment. Mountolive a retenu la plus grande table au restaurant Mohammed Ali et se propose de m'offrir un dîner de vingt couverts pour célébrer ma résurrection d'entre les morts. C'est là un magnifique geste de solidarité qui fera certainement taire les mauvaises langues. Le soir je suis invité à dîner chez les Cervoni. Grâce à un aussi providentiel concours d'amis je réussirai peut-être, à la longue, à reprendre confiance en moi et à persuader mes anciens patients de revenir. N'est-ce pas merveilleux de leur part — et n'est-ce pas là tout à fait dans la tradition de la ville? Je vais pouvoir revivre, sinon pour aimer, du moins pour sourire de ce sourire solide et étincelant que seul Pierre Baltz contemplera avec tendresse — la tendresse de l'artisan pour son œuvre.

Il leva au-dessus de sa tête ses deux mains gantées de blanc à la manière d'un boxeur pénétrant sur le ring et salua d'un air lugubre une foule imaginaire. Puis il se laissa de nouveau aller sur ses oreillers et me regarda d'un air apitoyé.

— Où Clea est-elle partie? demandai-je.

— Nulle part. Elle était ici hier après-midi et demandait après vous.

— Nessim m'a dit qu'elle était allée je ne sais où.

— Peut-être au Caire pour la journée. Et vous, où étiez-vous donc passé?

— Je suis allé passer la nuit à Karm Abu Girg.

Un long silence s'ensuivit, durant lequel nous nous dévisageâmes. Par délicatesse, il n'osait pas formuler les questions qui, naturellement, se présentaient à son esprit; et pour ma part je ne voyais pas la nécessité de fournir aucune explication. Je pris une pomme et mordis dedans.

— Et les écritures? dit-il après un long silence.

— Je me suis arrêté. Je ne me sens pas capable d'aller plus loin pour le moment. Je n'arrive pas à trouver le lien harmonieux entre la vérité et les illusions qui sont nécessaires à l'art tout en masquant habilement les lacunes — vous savez, comme le bâti d'une couture. J'y songeais justement à Karm, en revoyant Justine. Je me disais qu'en dépit de toutes les erreurs de jugement du manuscrit que je vous ai envoyé, le portrait avait tout de même une certaine véracité poétique — psychographique si vous préférez. Mais l'artiste qui ne peut souder ensemble les éléments n'est pas à la hauteur de sa tâche. Je suis sur une mauvaises voie.

— Je ne vois pas pourquoi. Cette découverte devrait vous encourager au contraire. Je veux dire en ce qui concerne la nature mouvante de toute vérité. Chaque fait peut avoir un millier de motivations, toutes également valables, et chaque fait peut avoir un millier de visages. Et il y a tant de vérités qui n'ont rien à voir avec les faits! C'est à vous de les dépister. A chaque point du temps c'est toute la multiplicité qui se tient à vos côtés. Allons, Darley, ceci devrait vous stimuler et donner à votre œuvre les rondeurs d'une femme enceinte.

— Eh bien non, au contraire, c'est justement ce qui m'embarrasse. Pour le moment du moins. Et maintenant que me voilà de retour dans l'Alexandrie réelle d'où j'ai tiré tant de mes personnages, je n'éprouve pas le besoin d'écrire davantage — ou en tout cas d'écrire quelque chose qui ne réponde pas entièrement aux difficiles critères que je vois se profiler derrière l'art. Rappelez-vous ce qu'écrivait Pursewarden : « Un roman devrait être un acte de divination par les entrailles, et non le compte rendu minutieux d'une partie de croquet sur une pelouse de presbytère! »

— Oui.

— Et c'est bien ce qu'il devrait être. Mais maintenant que je me retrouve en présence de mes modèles j'ai honte de les avoir sabotés. Si je m'y remets ce sera pris sous un autre angle. Mais il y a encore tant de choses que j'ignore, et que je ne connaîtrai probablement jamais, sur vous tous. Capodistria, par exemple, comment le faire cadrer dans l'ensemble?

— Vous parlez comme si vous saviez qu'il est vivant!

— Mnemjian me l'a dit.

— Oui. Le mystère n'est pas très compliqué. Il travaillait pour Nessim et il s'est compromis par une sérieuse étourderie. Il devenait nécessaire qu'il disparaisse. Cela venait à point au moment où il était au bord de la faillite financière. L'argent de l'assurance devenait plus nécessaire que jamais! Nessim a tout réglé, et c'est moi qui ai fourni le cadavre. Vous savez que nous ne sommes jamais à court de cadavres : des pauvres, des gens qui font don de leur corps, ou même qui les vendent par avance pour une somme déterminée. Les facultés de médecine en ont toujours besoin. Il n'était donc pas difficile d'en obtenir un qui fût relativement frais. J'ai essayé de vous mettre sur la voie de la vérité, mais vous n'avez pas saisi mes allusions. Bref, tout s'est déroulé comme prévu, et Da Capo habite maintenant dans une jolie tour à la Martello, partageant son temps entre l'étude de la magie noire et certains projets de Nessim dont j'ignore tout. Je ne vois d'ailleurs Nessim que très rarement, et Justine pas du tout. Bien qu'ils soient autorisés à recevoir des invités avec l'accord préalable de la police, ils n'invitent jamais personne à Karm. Justine téléphone de temps à autre à quelques amis pour bavarder un moment, et c'est tout. Vous êtes privilégié, Darley. Ils ont dû vous obtenir un permis. Mais je suis soulagé de vous voir en aussi bonne forme. Vous avez fait un pas en avant, n'est-ce pas?

— Je n'en sais rien. Peu m'importe.

— Vous serez heureux cette fois, je le sens; beaucoup de choses ont changé, mais il y a aussi beaucoup de choses qui sont restées les mêmes. Mountolive m'a dit qu'il vous avait recommandé pour un poste dans les services de la censure, et que vous habiterez probablement chez Pombal en attendant de vous retourner.

— Voilà encore un mystère! Je connais à peine Mountolive. Pourquoi s'est-il tout à coup institué mon bienfaiteur?

— Je ne sais pas, à cause de Liza peut-être?

— La sœur de Pursewarden?

— Ils sont à la Résidence d'été pour quelques semaines. Je pense que vous ne tarderez pas à entendre parler de lui, de tous les deux.

On frappa à la porte et un domestique entra pour faire le ménage; Balthazar se redressa sur ses oreillers et donna quelques instructions. Je me levai pour partir.

— Il n'y a plus qu'un problème qui me préoccupe, dit-il. Laisserai-je mes cheveux comme ils sont? J'ai l'air d'avoir deux cent soixante-dix ans quand ils ne sont pas teints. Mais je crois en fin de compte qu'il vaut mieux les laisser ainsi, pour symboliser mon retour d'entre les morts; la vanité punie par l'expérience, hein? Oui, je n'y toucherai pas. Je crois que je les laisserai définitivement comme ils sont.

— Tirez à pile ou face.

— C'est peut-être ce que je ferai. Je vais me lever cet après-midi pour marcher un peu; c'est extraordinaire comme on se sent faible quand on a perdu l'habitude. Quinze jours de lit, et on perd l'usage de ses jambes. Il ne faut pas que je tombe dans la rue demain, sinon les gens vont croire que je suis encore ivre, et cela flanquerait toute notre petite comédie par terre. Quant à vous, il faut vous mettre en quête de Clea.

— Je passerai à son atelier.

— Je suis heureux que vous soyez de retour.

— Moi aussi, en un sens.

Et dans l'incohérente animation colorée de la rue, il était difficile de ne pas se sentir comme un ancien habitant de la ville qui était revenu de l'autre côté de la tombe pour lui rendre visite. « Où trouverais-je Clea ? »

V

Elle n'était pas chez elle, mais sa boîte aux lettres était vide, ce qui laissait supposer qu'elle avait déjà pris son courrier et qu'elle était sortie prendre un *café crème* en lisant, comme elle avait coutume de le faire autrefois. Il n'y avait personne à l'atelier non plus. Cela m'amusait de partir à sa recherche en jetant un coup d'œil dans tous les cafés que nous fréquentions jadis, et je descendis la rue Fouad d'un pas de flâneur vers Baudroit, le Café Zoltan et le Coquin. Mais je ne la trouvai nulle part. Au Coquin, il y avait un vieux garçon qui se souvenait de moi; oui, il l'avait aperçue ce matin de bonne heure qui descendait la rue Fouad, un carton à dessin sous le bras. Je continuai mon circuit, jetant un coup d'œil par les vitrines, scrutant les boutiques de bouquinistes, et j'arrivai ainsi au Select, sur le bord de mer. Mais elle n'était pas là non plus. Je revins à l'appartement et trouvai un billet de sa main : elle me disait qu'elle ne pourrait pas me rencontrer avant la fin de l'après-midi, qu'elle me téléphonerait ici; c'était ennuyeux parce que j'allais être obligé de passer la plus grande partie de la journée seul : mais je décidai de mettre cette liberté à profit en allant rendre visite à Mnemjian dans sa boutique remise à neuf et de m'offrir une coupe de cheveux et une barbe post-pharaoniques. (« Le bain de natron », comme l'appelait Pursewarden.) Cela me donnerait aussi le temps de défaire mes bagages.

Mais le hasard a voulu que nos chemins se croisent. J'étais allé faire quelques menus achats dans une papeterie, et j'avais pris au plus court par la petite place appelée Bab El Fedan. Mon cœur se mit à battre la chamade pendant un moment : elle était assise à cette même place où (ce premier jour) j'avais vu Melissa contemplant sa tasse de café d'un air de scepticisme amusé, le menton dans les mains. Le même emplacement et la même heure, exactement, où j'avais jadis rencontré Melissa, et où j'avais fini par rassembler, avec quelle peine, assez de courage pour entrer et lui parler. Cela me donna un étrange sentiment d'irréalité de répéter cet acte oublié après tout ce temps; c'était comme de déverrouiller une porte fermée à clé depuis une génération. Mais ce n'était pas Melissa, c'était Clea, et sa tête blonde était penchée d'un air de concentration enfantine au-dessus de sa tasse. Elle était en train de secouer trois fois le dépôt de marc et le verser dans la soucoupe pour « interroger l'avenir » dans les dessins qui s'y formaient en séchant — un geste familier.

— Vous n'avez pas changé. Vous dites toujours la bonne aventure!

— Darley!

Elle se leva en poussant un cri de joie et nous nous embrassâmes tendrement. C'est avec une étrange émotion, presque avec le sentiment d'une découverte, que je sentis sa bouche chaude et riante sur la mienne, ses mains sur mes épaules. Comme si, quelque part, une vitre volait en éclats, et que l'air pur pénétrait dans une pièce restée fermée depuis longtemps. Nous nous étreignîmes ainsi en souriant un long moment.

— Vous m'avez fait sursauter! J'allais justement partir vous chercher à l'appartement.

— Nous nous sommes couru après toute la journée.

— J'avais du travail. Mais Darley, comme vous avez changé! Vous n'êtes plus voûté comme autrefois. Et vos lunettes...

— Je les ai cassées par accident, il y a des siècles déjà, et je me suis alors aperçu que je n'en avais pas vraiment besoin.

— J'en suis enchantée pour vous. Bravo! Dites-moi, remarquez-vous mes rides? Je commence à en avoir quelques-unes, je le crains. Trouvez-vous que j'ai beaucoup changé?

Elle était beaucoup plus belle que le souvenir que j'avais gardé d'elle, plus mince, avec une gamme subtile de nouveaux gestes et de nouvelles expressions qui suggéraient une nouvelle et troublante maturité.

— Votre rire n'est plus le même.

— Vraiment?

— Oui. Il est plus grave et plus mélodieux. Mais je ne veux pas vous flatter! C'est un rire de rossignol — si les rossignols rient!

— Vous allez me faire rougir, et je vais me mettre à croasser. Ce serait dommage, parce que j'ai tellement envie de rire avec vous.

— Clea, pourquoi n'êtes-vous pas venue me rencontrer au port?

Elle fronça le nez un moment, puis, posant la main sur mon bras, elle se pencha de nouveau sur la fine boue noire qui séchait rapidement dans la soucoupe en formant de fines ondulations, semblables à des dunes de sable.

— Allumez-moi une cigarette, me dit-elle d'un ton suppliant.

— Nessim m'a dit que vous aviez changé d'avis au dernier moment.

— Oui, c'est vrai.

— Pourquoi?

— J'ai eu tout à coup le sentiment que ce serait inopportun. Ma présence aurait compliqué les choses en quelque sorte. Vous aviez des comptes à rendre, des détails à mettre au point, de nouvelles relations à explorer... enfin, jusqu'à ce que vous ayez vu Justine. Je ne sais pas pourquoi. Si, au fond, je sais. Je n'étais pas sûre que le cycle changerait vraiment, je ne savais pas dans quelle mesure vous aviez ou n'aviez pas changé. Vous êtes un fichu correspondant et je n'avais aucun moyen de juger de votre état d'esprit. Il y a si longtemps que vous ne m'avez pas écrit, n'est-ce pas? Et puis l'enfant, et tout ça. Après tout, les gens sont parfois comme un vieux disque usé qui tourne inlassablement sur le même sillon. Cela aurait pu être le cas pour vous et Justine. Alors ce n'était pas à moi à venir m'interposer, puisque, pour vous, je ne suis... Vous comprenez? Je voulais vous laisser respirer.

— Et si j'avais tourné comme un vieux disque?

— Non, il n'en est rien.

— Comment le savez-vous?

— Cela se lit sur votre visage, Darley. Je l'ai vu au premier coup d'œil!

— Je ne sais pas très bien comment vous l'expliquer...

— Vous n'avez rien à expliquer, s'écria-t-elle d'une voix chantante, et ses yeux me souriaient avec de petites étincelles de joie. Ce que nous attendons l'un de l'autre est totalement différent. Nous sommes libres d'*oublier!* Vous êtes d'étranges créatures, vous les hommes. Écoutez, j'ai arrangé cette première journée ensemble comme un tableau, comme une charade. Venez, et vous verrez l'étrange immortalité que l'un de nous a gagnée. Voulez-vous vous en remettre entièrement à moi? Il y a si longtemps que j'attends de pouvoir servir de truchement à... mais non, je ne vous le dirai pas. Et laissez-moi payer ce café.

— Et que dit le marc de café?

— Rencontres imprévues!

— Je crois que vous inventez.

Le ciel s'était couvert dans l'après-midi et le crépuscule tomba rapidement. Les violets du couchant commençaient déjà à s'infiltrer dans les rues du bord de mer. Nous prîmes un vieux fiacre qui attendait, comme un orphelin, dans une file de taxis devant la gare Ramlegh. Le vieux cocher au visage couturé de cicatrices nous demanda si nous voulions un « fiacre d'amour » ou un « fiacre ordinaire », et Clea en riant choisit cette dernière variété, qui était moins chère que l'autre.

— O fils de la vérité! dit-elle. Quelle femme emmènerait un mari bien bâti dans une chose pareille quand elle a un bon lit chez elle qui ne coûte rien?

— Dieu est miséricordieux, dit le vieillard d'un ton de sublime résignation.

Et nous prîmes la courbe blanche de l'Esplanade avec ses marquises palpitantes, la mer paisible s'étendant à notre droite jusqu'à l'horizon livide. Que de fois nous avions fait ce chemin autrefois pour aller rendre visite au vieux pirate dans sa minable chambrette de Tatwig Street.

— Clea, où diable allons-nous?

— Vous verrez.

Je le revoyais si nettement, le cher vieillard. Je me demandai un instant si son maigre fantôme errait encore dans son sinistre logement, en sifflotant pour le perroquet vert et en récitant : « *Taisez-vous, petit babouin.* » Je sentis le bras de Clea serrer le mien quand nous tournâmes à gauche et pénétrâmes dans la fourmilière de la ville arabe aux rues enfumées par les tas de détritus que l'on faisait brûler ou les préparatifs de repas richement épicés et les odeurs de pain chaud qui s'échappaient des fours des boulangers.

— Mais vous m'emmenez chez Scobie ! Pourquoi cela ? m'écriai-je tandis que notre phaéton engageait son cheval efflanqué dans la rue familière.

— Patience, vous verrez, me dit-elle à l'oreille; et je vis que ses yeux brillaient d'un plaisir malicieux.

La maison n'avait pas changé. Nous franchîmes le haut porche ténébreux, comme nous l'avions fait si souvent par le passé. Dans la pénombre de la petite cour, j'avais l'impression de contempler un vieux daguerréotype jauni par les ans, et je vis qu'elle avait été considérablement élargie. Les murs de plusieurs bâtisses adjacentes avaient été rasés ou s'étaient écroulés, et elle avait maintenant près de vingt mètres carrés. Ce n'était plus qu'un terrain vague au sol rougeâtre, criblé de trous et jonché de détritus. Dans un coin, se trouvait un petit sanctuaire dont je ne me souvenais pas d'avoir jamais remarqué la présence. Il était entouré d'une énorme et affreuse grille de fer moderne et s'ornait d'un petit dôme blanc et d'un arbre desséché, l'un et l'autre fort défraîchis. Je reconnus là un des nombreux *Maquams* dont l'Égypte est parsemée, lieu que la mort d'un ermite ou d'un saint homme a rendu sacré et où les croyants viennent prier ou solliciter sa protection en y accrochant des ex-voto. Ce petit sanctuaire avait, comme tant d'autres, un air misérable et abandonné, comme si son existence avait été complètement oubliée depuis des siècles. Je jetai un coup d'œil à la ronde, et j'entendis la voix claire de Clea lancer :

— *Ya* Abdul!

Je perçus dans sa voix une note d'ironie contenue, mais je ne parvenais pas à comprendre pourquoi. Un homme s'avança vers nous en scrutant l'obscurité.

— Il est presque aveugle. Je doute qu'il vous reconnaisse.

— Mais qui est-ce? dis-je, presque exaspéré par tout ce mystère.

— C'est l'Abdul de Scobie, me chuchota-t-elle brièvement, puis elle se tourna vers l'homme et dit : « Abdul, as-tu la clé du *Maquam* d'El Scob? »

L'ayant reconnue, il la salua en exécutant des passes savantes devant sa propre poitrine et tira un énorme trousseau de clés en disant, d'une voix de basse profonde :

— Tout de suite, O Dame, en faisant tinter longuement les clés comme font tous les gardiens de sanctuaires pour effrayer les djinns qui se tiennent toujours à la porte des lieux saints.

— Abdul! m'écriai-je en un murmure de surprise. Mais c'était un jeune homme.

Je n'arrivais pas à le reconnaître sous cette carcasse décharnée, sa démarche de centenaire et sa voix croassante.

— Venez, me dit Clea, je vous expliquerai plus tard. Venez seulement voir le sanctuaire.

Toujours médusé, j'emboîtai le pas au gardien. Après avoir longuement fait carillonner ses clés et frappé contre les murs, il déverrouilla le portail grinçant et nous précéda à l'intérieur. Il faisait une chaleur suffocante dans ce petit tombeau sans air.

Une petite mèche brûlait dans un coin et répandait une lueur cireuse et tremblotante. Au centre, se trouvait ce que je présumais être la tombe du saint. Elle était recouverte d'un carré d'étoffe vert brodé de motifs dorés aux arabesques compliquées. Abdul le retira avec des gestes empreints de vénération, découvrant alors un objet si stupéfiant que je laissai échapper malgré moi un cri de surprise. C'était une baignoire en tôle galvanisée, sur un des pieds de laquelle étaient gravés en relief ces mots : « *The Dinky Tub' Crabb's. Luton.* » Elle était remplie de sable fin et ses quatre pieds de crocodile hideux avaient été peints en bleu, la couleur qui éloigne les djinns. C'était bien là le plus étrange objet de vénération que l'on pût découvrir dans un tel endroit, et c'est avec un mélange d'amusement et d'épouvante que j'entendis Abdul, qui était le gardien de l'objet, murmurer les prières traditionnelles au nom d'El Scob, tout en effleurant successivement de la main tous les ex-voto qui étaient accrochés aux murs comme des petits glands blancs. Ces ex-voto étaient, naturellement, constitués par des morceaux de tissu que les femmes déchirent de leurs sous-vêtements et dédient au saint qui, croient-elles, les guérira de la stérilité et leur permettra de concevoir. Diable! On venait invoquer la vieille baignoire de Scobie pour accorder la fécondité aux femmes stériles — et avec succès, à en juger d'après le nombre d'offrandes.

— El Scob était un saint homme? dis-je dans mon arabe hésitant.

L'être recroquevillé sous le châle en haillons qui lui enveloppait la tête s'inclina encore plus bas et croassa :

— De la lointaine Syrie il est venu. Ici il a trouvé le repos. Son nom illumine le juste. Il marchait sur le chemin de l'innocence.

Je croyais rêver. Je pouvais presque entendre la voix de Scobie disant : « Oui, c'est un bon petit sanctuaire prospère, comme il sied à un sanctuaire. Je ne fais pas fortune, notez bien, mais je rends service! » Et quand je sentis les doigts de Clea me serrer le coude je crus bien que je ne pourrais pas retenir l'énorme rire qui enflait dans ma gorge. Nous quittâmes ce trou étouffant et nous nous retrouvâmes dans la cour baignée d'ombre tandis qu'Abdul replaçait religieusement l'étoffe sur la baignoire et regarnissait la lampe. Puis il referma soigneusement la grille à clé, accepta le pourboire de Clea en se confondant en remerciements proférés d'une voix rauque, et s'évanouit dans l'ombre. Nous nous assîmes sur un tas de vieilles pierres.

— Je n'ai pas osé entrer, dit-elle. J'avais peur que nous n'éclations de rire, et je ne voulais pas risquer de choquer ce pauvre Abdul.

— Clea! La *baignoire* de Scobie!

— Je sais.

— Mais comment est-ce arrivé, une chose pareille?

Clea se mit à rire.

— Il faut que vous me racontiez!

— C'est une histoire merveilleuse. C'est Balthazar qui l'a découverte. Scobie est maintenant officiellement El Yacoub. Du moins c'est sous ce nom que le sanctuaire est enregistré sur les livres de l'Église copte. Mais comme vous venez de l'apprendre, il est en réalité El Scob! Vous savez comme on oublie et on laisse à l'abandon ces *Maquams* de saints. Ils tombent en désuétude et en même temps les gens perdent complètement le souvenir du saint originel; il n'est pas rare qu'une dune de sable finisse par les engloutir. Mais il arrive aussi qu'ils ressuscitent pour ainsi dire. Un jour, brusquement, voilà qu'un épileptique se trouve guéri là, ou bien le sanctuaire envoie une prophétie à une folle, et hop!, le saint se réveille, on le ressuscite. Eh bien durant tout le temps que notre vieux pirate habitait cette maison, El Yacoub était là, au fond du jardin, mais personne ne le savait. Il avait été muré, des bicoques avaient poussé là... et vous savez comme on est extravagant en matière d'architecture dans ce quartier. Enfin, on l'avait complètement oublié. Et Scobie, après sa mort, est devenu l'objet d'un souvenir attendri de la part du voisinage. Des légendes commencèrent à circuler sur son compte. Il avait, disait-on, l'art de préparer des potions magiques (comme le Whisky Maison?). Un culte a commencé à fleurir autour de lui. On disait que c'était un nécromancien. Les joueurs invoquaient son nom avant de lancer leurs dés ou d'abattre leurs cartes. La formule « El Scob a craché sur cette carte » est devenue proverbiale dans le quartier. On disait aussi qu'il avait le pouvoir de se changer en femme à volonté (!) et que les impuissants avec qui il couchait alors retrouvaient toute leur virilité. Il pouvait aussi faire concevoir les femmes stériles. Certaines donnèrent même son nom à leurs enfants. Bref, il ne lui fallut pas longtemps pour rejoindre la cohorte des saints d'Alexandrie, seulement, naturellement, il n'avait pas de sanctuaire — parce que tout le monde savait sans se l'avouer que le Père Paul avait volé son corps, l'avait enseveli dans un drapeau et l'avait enterré dans le cimetière catholique. Ils le savaient parce que beaucoup d'entre eux assistaient à la cérémonie et avaient beaucoup apprécié l'épouvantable aubade que lui avait donnée la clique de la police dont Scobie avait fait partie à une époque, je crois bien. Je me demande souvent s'il jouait d'un instrument, et duquel? Du trombone à coulisse peut-être? Quoi qu'il en soit, ce fut durant cette période, où sa sainteté n'attendait pour ainsi dire qu'un Signe, un Prodige, une Confirmation, que ce mur s'écroula fort à propos, pour découvrir le (peut-être indigné?) Yacoub en question. Oui, mais il n'y avait pas de tombeau dans le sanctuaire. Même si l'Église copte qui a fini, à contrecœur, par accepter Yacoub sur ses livres, ne sait rien de lui, si ce n'est qu'il est venu de Syrie. Ils ne sont même pas sûrs s'il était musulman ou non! Moi, je mettrais ma main au feu qu'il était juif. Ils ont cependant sérieusement interrogé les plus anciens habitants du quartier et ont fini par établir son nom. Une fête s'organisa spontanément durant laquelle la baignoire de Scobie qui avait été responsable de tant de morts (Allah est grand!) fut solennellement déposée dans le sanctuaire après avoir été consacrée et remplie de sable sacré du Jourdain. Officiellement les Coptes ne pouvaient accepter Scob et insistèrent pour que seul Yacoub fût reconnu; mais les fidèles ne voulaient connaître que Scob. C'était un dilemme insoluble, mais ce sont de merveilleux diplomates, et le clergé a fermé les yeux sur la réincarnation d'El Scob : ils font comme si El Scob n'était qu'une prononciation locale pour El Yacoub. De la sorte, tout le monde sauvait la face. En fait, et vous avez là un exemple de cette merveilleuse tolérance qui n'existe nulle part ailleurs dans le monde, ils ont même enregistré dans les formes la date de naissance de Scobie, probablement parce qu'ils ignorent celle de Yacoub. Savez-vous qu'il y aura même un *mulid* annuel en son honneur le jour de la Saint-Georges! Abdul a dû se rappeler son anniversaire parce que ce jour-là Scobie accrochait toujours aux montants de son lit, un fil portant des fanions, aux couleurs de toutes les nations, qu'il empruntait à son marchand de journaux. Et il prenait une bonne cuite aussi, c'est vous qui me l'avez dit un jour, il chantait des chansons de marin et il récitait *Le Vieux Pavillon Rouge* jusqu'à ce que les larmes lui coulent le long des joues!

— C'est merveilleux de gagner l'immortalité de cette façon!

— Comme il doit être heureux, le vieux pirate!

— Il doit bien rire! Devenir le saint patron de son quartier!

Oh, Darley, je savais que cela vous réjouirait. Je viens souvent ici, au crépuscule, comme maintenant; je m'assois sur une pierre et je ris en moi-même, et je me réjouis pour le cher vieil homme.

Nous restâmes un long moment assis à contempler le petit sanctuaire que la nuit grignotait insensiblement, riant et parlant paisiblement comme il convient devant le sanctuaire d'un saint! Ravivant le souvenir du vieux pirate à l'œil de verre dont le fantôme arpentait toujours ces pièces qui tombaient doucement en ruine au premier étage. Les lumières de Tatwig Street brillaient vaguement, non pas avec leur éclat habituel, mais sourdement, car tout le quartier proche du port devait observer le black-out, et la célèbre rue était comprise dans ce secteur.

— Et Abdul, dis-je brusquement. Que lui est-il arrivé?

— Oui, j'ai promis de vous raconter. C'est Scobie qui lui avait acheté sa boutique de barbier, vous vous rappelez? Eh bien Scobie lui a donné un jour un avertissement solennel : il ne désinfectait pas ses rasoirs et on l'accusait de propager la syphilis. Il n'en a pas tenu compte parce qu'il pensait que Scobie n'irait pas jusqu'à faire un rapport officiel sur lui. Mais en cela il se trompait, et les conséquences furent terribles. Les policiers sont venus et l'ont battu presque à mort; il a perdu un œil dans l'affaire. Amaril a passé presque une année à essayer de le remettre en état. Là-dessus il s'est mis à dépérir et il a dû abandonner sa boutique. Pauvre homme. Mais je crois qu'on n'aurait pu trouver meilleur gardien pour le sanctuaire de son maître.

— El Scob! Pauvre Abdul!

— Maintenant il a trouvé le réconfort de la religion et en plus de cet emploi il prêche un peu et récite les suras. Vous savez, je crois qu'il a oublié le vrai Scobie. Je lui ai demandé un jour s'il se rappelait le vieux monsieur du premier et il m'a jeté un regard vague en marmonnant quelque chose; comme s'il s'efforçait de retrouver au fond de sa mémoire quelque chose d'insaisissable, de trop lointain. Le vrai Scobie avait disparu, comme Yacoub, et c'est El Scob qui a pris sa place.

— J'éprouve un peu ce que devaient éprouver les Apôtres... Je veux dire, participer ainsi à la naissance d'un saint, d'une légende; pensez donc, nous avons connu le vrai Scobie, nous avons entendu le son de sa voix...

Alors, à mon ravissement, Clea entreprit une admirable imitation du vieillard, reproduisant si fidèlement son monologue décousu que je croyais l'entendre revivre; peut-être répétait-elle simplement ses paroles qu'elle avait retenues par cœur?

— Oui, vous savez, le jour de la Saint-Georges j'me paie toujours une petite muffée à la santé de l'Angleterre et à la mienne. Je donne toujours un petit coup de langue ou deux à la mariée, comme dirait Toby, même si ça dégage quelques bulles après ça. Mais, Dieu vous bénisse, je ne suis pas un véhicule hippomobile — toujours sur mes deux quilles, moi. C'est la coupe qui réconforte sans en... en... nivrer. Encore une expression de Toby. Il était plein de citations littéraires. Pas étonnant : il avait toujours un bouquin sous le bras. Dans la marine, il passait pour un type bizarre, et plusieurs fois on lui a cherché des histoires. « Qu'est-ce t'as là? » qu'ils lui lançaient, et Toby, qui n'avait pas la langue dans sa poche, prenait son air pincé et répliquait du tac au tac : « Qu'est-ce que tu crois, Bouffi? Mon acte de mariage, pardi! » Mais c'était toujours des gros bouquins où je nageais complètement, et pourtant j'aime la lecture. Une année c'était le Théâtre de Stringbag, un auteur suédois à ce que j'ai compris. Une autre année c'était « Fosse » de Guêtre. Toby disait que c'était une éducation libérale. L'école de la vie, pourrait-on dire. Mais mon papa et ma maman ont été tués très jeunes et on est restés trois pauvres petits orphelins. Ils nous avaient destinés à de grandes choses, mon père avait décidé qu'un de nous entrerait dans les ordres, le deuxième ferait carrière dans l'armée et le troisième serait marin. Peu après ça, mes deux frères se sont fait écraser par le train spécial du Prince Régent près de Sidcup. Pour *eux* c'était fini. Mais tout ça était dans les journaux et le Prince a envoyé une couronne. Mais moi je restais tout seul. J'ai été obligé de faire mon chemin sans protections... sans ça je serais sans doute Amiral à l'heure qu'il est...

La fidélité de son imitation était absolument impeccable. Le petit vieux s'était levé de sa tombe et se mettait à aller et venir devant nous de sa démarche flageolante, jouant avec la longue-vue sur l'antique volette à gâteaux, ouvrant et refermant sa Bible délabrée ou s'agenouillant sur ses rotules grinçantes pour attiser le feu en expulsant un mince filet d'air de ses deux maigres soufflets. Son anniversaire! Je me souvenais de l'avoir trouvé, un de ces soirs-là, plutôt mal en point après une trop copieuse libation de cognac, mais dansant, complètement nu, au son d'une musique de sa propre fabrication : un peigne entouré d'un morceau de papier de soie.

En me rappelant le jour de sa fête je me mis à mon tour à l'imiter, pour amuser Clea et entendre encore son rire si émouvant.

— Oh! C'est vous, Darley! Vous m'avez fait peur. Entrez donc, je faisais un petit pas de danse en souvenir du bon vieux temps. C'est mon anniversaire. Oui. J'aime bien me rappeler le passé de temps en temps. Dans ma jeunesse j'étais un fameux lapin, ça j'ai pas peur de le dire. J'en connaissais un bout à la Velouta. Vous voulez voir? Ne riez pas si je suis *in puris*. Asseyez-vous là sur cette chaise et regardez. Maintenant, avancez, choisissez votre cavalière, trois pas en avant, trois pas en arrière! Ça a l'air facile comme ça, mais ouiche! La douceur n'est qu'apparente. Je les savais toutes à une époque, le quadrille des Lanciers, la scottish, le Cercle circassien. N'avez jamais vu une *demi-chaîne anglaise* je parie? Plus de votre temps, hein. C'est que j'aimais danser, vous savez, et je me suis tenu au courant de tout ce qui se faisait pendant des années. Je suis allé jusqu'au hootchi-hootchi — n'avez jamais vu ça? Oui, l'*h* est aspiré comme dans Habacuc. Il faut l'agrémenter de petits mouvements aguichants qu'on appelle les séductions orientales. Des ondulations, si vous préférez. Faut avoir un fameux sens de l'équilibre, mais il faut se remuer tout en glissant, tenez, comme ça.

« Il se mit à prendre une pose absurde de séduction orientale et virevolta lentement en agitant son derrière tout en fredonnant un air qui copiait fidèlement les traînements et les chutes des quarts de ton arabes. Il fit ainsi le tour de la chambre en girant et virevoltant et finit par s'écrouler sur son lit, épuisé et triomphant, riant, gloussant et hochant la tête d'un air satisfait et approbateur, puis tendit le bras pour prendre la cruche d'*arak* dont la préparation était un de ses secrets parmi d'autres. Il avait dû en trouver la recette dans les pages du *Vade Mecum du Voyageur en Terres Étrangères*, de Postlethwaite, un ouvrage qu'il gardait dans sa malle fermée à clé et par lequel il jurait à tout propos. Il renfermait, disait-il, tout ce qu'un homme, se trouvant dans la situation de Robinson Crusoé, doit savoir — même le moyen de faire du feu en frottant deux morceaux de bois; c'était une mine de renseignements merveilleux. (« Pour préparer l'arak de Bombay, faire dissoudre « deux grains de fleur de benjoin dans un quart de bon rhum « et l'alcool prendra le parfum de l'arak. ») C'était quelque chose comme cela.

« — Oui, ajoutait-il gravement, le vieux Postlethwaite est imbattable. Il y a quelque chose chez lui qui convient à tous les tempéraments et à toutes les situations. Je dirai même que c'est un génie.

« Postlethwaite n'avait failli qu'une fois à sa réputation : lorsque Toby avait dit qu'il y avait une fortune à faire dans la mouche espagnole si seulement Scobie pouvait en réunir une assez grande quantité pour l'exportation. « Mais le chameau ne m'avait pas « expliqué le « quoi ni qu'est-ce », et c'est la seule fois que Postlethwaite m'a laissé en panne. Vous savez ce qu'il dit là-dessus, sous la rubrique Cantharide? J'ai trouvé ça si mystérieux que j'ai retenu le passage par cœur pour le répéter à Toby à sa prochaine visite. Le vieux Postlethwaite dit ceci : « La poudre « de cantharides, lorsqu'elle est employée à l'usage interne, est « diurétique et rubéfiante. » Qu'est-ce que ça peut bien vouloir dire, hein, je vous le demande? Et quel rapport cela peut-il avoir avec l'idée de Toby de gagner beaucoup d'argent avec ce machin? Un genre de ver, ça doit être. J'ai demandé à Abdul, mais je ne connais pas le mot arabe.

« Reposé par cet intermède, il retourna admirer dans le miroir sa face ridée de vieille tortue. Puis une pensée soudaine assombrit sa mine. Considérant une petite portion fripée de son anatomie il dit : « Et dire que c'est ça que Postlethwaite appelle « un tissu *simplement* érectile ». Pourquoi ce *simplement*, je me « le suis toujours demandé. Ces hommes de médecine ont par- « fois de ces expressions obscures. Rien qu'un bout de tissu « érectile, hein! Et pourtant quelle source de tracas innom- « brables. Ah, la la! si vous aviez vu ce que j'ai vu il ne vous « resterait pas la moitié des forces nerveuses que j'ai encore « aujourd'hui. »

« Et le saint prolongea ainsi la célébration de son anniversaire en enfilant un pyjama et en s'offrant un court récital qui comprenait la plupart de ses refrains favoris et une curieuse petite chansonnette qu'il ne chantait que pour les anniversaires. Elle s'appelait *Le Méchant Capiston* et le refrain se terminait ainsi :

C'était un fameux luron, hardi donc,
C'était un sacré fripon, digue don
Hardi Ho sur la bourrique, donc!

« Alors, ayant complètement épuisé ses faibles jambes en dansant, et ses chansons ayant pratiquement asséché son maigre filet de voix, il lui restait encore quelques brèves charades qu'il adressait au plafond, les mains croisées derrière sa tête.

« — Où allait souper le bourreau du roi Charles, et que commandait-il?

« — Je ne sais pas.

« — Donnez votre langue au chat?

« — Oui.

« — Eh bien, il prenait de la cervelle à La Tête du Roi.

« Gloussements ravis, petits rires étranglés.

« — Savez-vous pourquoi un ecclésiastique n'a pas besoin de voiture?

« — Je ne sais pas.

« — Donnez votre langue au chat?

« — Oui.

« — Parce qu'il porte des habits sacerdotaux. (Ça sert d'auto.)

« Et la voix s'éteignait progressivement, la tête se laissait aller, les yeux se fermaient, les petits gloussements se faisaient soupirs, et c'est ainsi que le saint finissait par s'endormir, la bouche ouverte, le jour de la Saint-Georges. »

Et nous quittâmes la courette maintenant plongée dans la nuit, en nous donnant le bras, riant du rire de compassion que méritait l'image du vieillard — un rire qui, en quelque sorte, redorait l'icône, regarnissait les lampes autour du sanctuaire. Nos pas résonnaient à peine dans la rue déserte. Le quartier, autrefois illuminé par les ampoules électriques, n'était plus éclairé maintenant que par des lampes à huile qui projetaient leurs lueurs blafardes un peu partout, de sorte que nous avancions dans une obscure forêt piquetée de vers luisants qui donnaient encore plus de mystère aux voix et aux activités que l'on devinait dans les maisons autour de nous. Et au bout de la rue où nous attendait le fiacre délabré, nous fûmes assaillis par la fraîche haleine de la nuit marine qui allait s'infiltrer petit à petit dans la ville et qui disperserait la lourde humidité suffocante du lac. Nous montâmes en voiture; le soir s'installait autour de nous, frais comme les feuilles veinées d'un figuier.

— Et maintenant, je vous invite à dîner, Clea, pour célébrer ce nouveau rire que vous avez!

— Non. Je n'ai pas encore fini. J'ai encore quelque chose à vous montrer, d'un genre tout différent. Voyez-vous, Darley, je voulais recomposer la ville pour vous, afin que vous puissiez circuler de nouveau dans le tableau à votre aise et vous y sentir chez vous — si l'on peut employer cette expression à propos d'une ville d'exilés, ne croyez-vous pas? Et se penchant en avant — je sentis son haleine sur ma joue — elle lança au cocher : A l'Auberge Bleue!

— Encore des mystères.

— Non. Ce soir la vertueuse Semira fait sa première apparition en public. C'est presque un vernissage pour moi — vous savez, n'est-ce pas, qu'Amaril et moi sommes les auteurs de son adorable nez? Ces longs mois d'attente ont été une terrible aventure; et elle a été très patiente et très courageuse sous les bandages et les agrafes. Maintenant c'est fini. Ils se sont mariés hier. Ce soir, tout Alexandrie sera là pour la voir. Nous ne pouvons pas ne pas y être, n'est-ce pas? Cela marque quelque chose qui n'est que trop rare dans notre ville et que vous, en qualité d'observateur sensible, saurez apprécier. Il s'agit d'Amour Romantique avec des majuscules. J'y ai pris une part active, aussi laissez-moi me rengorger un peu; j'ai tenu les rôles de duègne, d'infirmière et d'artiste, tout cela pour Amaril. Voyez-vous, Semira n'est pas très intelligente, et j'ai dû passer des heures et des heures auprès d'elle pour la préparer à sa sortie dans le monde. J'ai également dirigé ses lectures, je lui ai appris à s'exprimer, à écrire correctement, bref j'ai essayé de la former un peu. C'est étrange, mais Amaril ne semble pas considérer cette énorme distance entre leurs deux éducations comme un obstacle. Il ne l'en aime que davantage. Il dit : « Je sais qu'elle est naïve. C'est ce qui la rend si délicieuse. »

« N'est-ce pas là la fine fleur de la logique romantique? Et il a préparé sa réhabilitation avec des raffinements d'imagination. Je pensais qu'il était dangereux de jouer les Pygmalion, mais je commence à comprendre, maintenant seulement, la puissance d'une image. Tenez, par exemple, il a pensé qu'il serait bon qu'elle ait une activité personnelle, et savez-vous quelle profession il lui a trouvée? C'est très intelligent de sa part. Elle n'aurait pas pu entreprendre des études spécialisées, aussi, avec mon aide, lui a-t-il appris à préparer des poupées. Comme cadeau de mariage, il lui a offert une très jolie petite clinique pour poupées qui promet de devenir la plus élégante de la ville, mais qui n'ouvrira officiellement qu'à leur retour de voyage de noces. Semira a accueilli ce projet avec un réel enthousiasme.

Pendant des mois nous avons disséqué et réparé des poupées en prévision de ce jour! Un étudiant en médecine n'aurait pas fait preuve de plus de zèle. « La seule façon de garder une femme « vraiment stupide que l'on adore, dit Amaril, c'est de lui don- « ner quelque chose à faire de ses mains. »

Nous descendîmes ainsi cahin-caha la longue courbe de la Corniche et nous nous enfonçâmes à nouveau dans la zone éclairée de la ville, où les réverbères aux ampoules bleues venaient l'un après l'autre glisser un œil dans notre voiture; et j'eus tout à coup l'impression que le passé et le présent venaient de se rejoindre sans transition, et que tous mes souvenirs et toutes mes impressions s'étaient ordonnés selon un dessin parfait dont la métaphore était toujours la ville scintillante des déshérités — une ville qui maintenant s'efforçait d'étendre doucement ses ailes prismatiques et gluantes de libellule sur la nuit. L'Amour Romantique! Pursewarden l'appelait « Le Démon Comique ».

L'Auberge n'avait pas du tout changé. Elle faisait en quelque sorte partie du mobilier inamovible de mes rêves, et les Alexandrins (tels des visages peuplant un rêve) étaient assis autour des tables fleuries, dans une béate oisiveté qu'un orchestre discret accompagnait de sa musique douce. Les cris de bienvenue rappelaient les générosités disparues de l'antique cité. Athena Trasha, des cigales d'argent suçant les lobes de ses oreilles, taquinant Pierre Balbz qui prenait de l'opium parce que cela faisait « fleurir les os ». Les Cervoni, toujours dignes, et les petites Martinengo toujours aussi évaporées. Ils étaient tous là. Tous sauf Nessim et Justine. Même ce cher Pombal, en grand habit de soirée, si impeccablement repassé et amidonné qu'il ressemblait à un haut-relief monumental exécuté pour le tombeau de François Ier. Il était avec Fosca, une brune au teint chaud que je n'avais pas encore rencontrée. Leurs mains se touchaient et ils étaient figés dans une curieuse immobilité d'extase. Pombal était assis très droit, attentif comme un lapin, et ils se regardaient dans les yeux. Il avait l'air ridicule. (« Elle l'appelle Georges-Gaston, cette jeune et belle matrone, ce qui le ravit, je me demande bien pourquoi », dit Clea.)

Nous allâmes lentement, de table en table, saluant de vieilles connaissances comme nous l'avions fait si souvent par le passé, pour gagner la table placée dans une petite niche qui portait une plaque en celluloïd marquée du nom de Clea; j'eus alors la surprise de voir du néant surgir Zoltan, le garçon, qui me serra la main avec chaleur. Il avait été promu au rang de maître d'hôtel et portait maintenant une livrée éblouissante, avec les cheveux coupés en brosse. Il semblait être aussi dans le secret, car il dit à mi-voix à Clea que tout était prêt, et il se permit même de ponctuer cette déclaration d'un clin d'œil.

— J'ai posté Anselme à la porte. Dès qu'il verra arriver la voiture du docteur Amaril il nous préviendra. Alors la musique jouera *Le beau Danube Bleu* — c'est Mme Trasha qui l'a demandé.

Il joignit les mains d'un air d'extase et avala sa salive comme un gros crapaud.

— Quelle bonne idée Athena a eue là. Bravo! s'écria Clea.

C'était là une délicate pensée, en effet, car Amaril était le meilleur valseur d'Alexandrie, et bien qu'il n'eût rien d'un fat il était toujours absurdement ravi de ses prouesses de danseur. Cela ne pouvait manquer de le toucher.

Nous n'eûmes pas longtemps à attendre; les minutes commençaient à peine à devenir pesantes lorsque l'orchestre, qui avait joué en sourdine jusque-là — comme s'il guettait le bruit de la voiture — se tut brusquement. Anselme parut au coin du vestibule en agitant une serviette. C'était le signal : ils arrivaient! Les musiciens piquèrent un long arpège frémissant comme un tzigane qui prolonge à l'infini la dernière note de sa mélodie, puis, lorsque la belle silhouette de Semira apparut entre les palmiers, ils attaquèrent gravement, en douceur, les premières mesures du *Beau Danube Bleu*. Brusquement, je fus ému de voir Semira hésiter au seuil de cette salle de bal peuplée d'inconnus; malgré la splendeur de sa robe et de ses bijoux, tous ces yeux braqués sur elle l'intimidaient, lui faisaient perdre tout son courage. Elle se balança d'un air de douce hésitation qui me fit penser à un voilier qui oscille quand l'amarre est lâchée et que le foc faseille — comme s'il méditait lentement avant de virer de bord, avec un soupir presque audible, pour prendre le vent sur sa joue. Mais passé cet instant de charmante irrésolution, Amaril apparut derrière elle et lui prit le bras. Lui aussi, me sembla-t-il, était pâle et nerveux, en dépit de l'élégante recherche de sa mise qui lui était habituelle. Surpris ainsi, dans une attitude voisine de la panique, il avait l'air absurdement jeune. Puis il reconnut la valse et lui bégaya quelque chose à l'oreille, les lèvres tremblantes, la conduisit gravement entre les tables rangées au bord de la piste et, dans une lente et parfaite envolée, ils se mirent à danser. Avec les premières figures de la valse l'assurance leur revint à tous deux — cela se lisait clairement sur leurs traits. Ils s'arrêtèrent, s'immobilisèrent comme des feuilles et Semira ferma les yeux tandis qu'Amaril retrouvait son sourire habituel, gai et plein d'assurance. Alors les applaudissements fusèrent de tous les coins de la salle. Même les garçons paraissaient émus et le brave Zoltan tira un mouchoir de sa poche, car Amaril jouissait de l'affection de tous.

Clea, elle aussi, semblait bouleversée par l'émotion.

— Oh, vite buvons un verre, dit-elle; je sens que j'ai une grosse boule dans la gorge et si je pleure mon maquillage sera fichu.

Ce fut alors, pendant un moment, une salve bien nourrie de bouchons de champagne qui sautaient de toutes parts, la piste de danse s'emplit de valseurs et les lumières commencèrent à changer de couleur. Je voyais le visage souriant de Clea virer au bleu, puis au rouge et au vert au-dessus de sa coupe de champagne; elle me regardait avec une expression ironique mais heureuse.

— J'ai envie d'être pompette ce soir, pour célébrer la réussite de ce nez. Je pense que nous pouvons boire à leur avenir sans réserve car ils ne se quitteront jamais; ils sont ivres de cet amour dont nous lisons les merveilles dans les romans de chevalerie et les légendes du Moyen Age : le chevalier et la dame délivrée. Et vous verrez, il y aura bientôt des enfants qui auront tous mon adorable nez.

— Rien n'est moins sûr.

— Eh bien, laissez-moi le croire.

— Allons danser, voulez-vous?

Et nous nous mêlâmes à la foule des danseurs dans le vaste cercle, qui scintillait sous ses lustres tournants et prismatiques, en écoutant le rythme de la batterie ponctuer le mouvement de notre sang, nous laissant emporter par la cadence lente et grave qui déroulait ses longues guirlandes d'algues marines oscillant dans les eaux peu profondes de quelque lagune, soudés aux danseurs, soudés l'un à l'autre.

Nous ne restâmes pas tard. En sortant, la caresse de l'air frais et humide la fit frissonner et elle s'écroula à demi sur moi, en me saisissant le bras.

— Qu'avez-vous?

— Je me suis sentie mal tout à coup. C'est passé.

De nouveau, nous roulions dans la ville le long de la promenade du bord de la mer que n'effleurait aucun souffle, engourdis par les claquements des sabots du cheval sur le macadam, le cliquetis du harnais, l'odeur de paille et les accords mourants de la musique qui s'échappait de la salle de bal pour aller s'éteindre entre les étoiles. Nous laissâmes le fiacre devant le « Cecil » et poursuivîmes à pied, par les rues tortueuses et désertes, en direction de son appartement, nous donnant le bras en écoutant sonner nos pas amplifiés par le silence. Dans la vitrine d'un libraire il y avait quelques romans, dont un de Pursewarden. Nous nous arrêtâmes un moment pour percer l'ombre de la boutique, puis reprîmes sans hâte notre chemin. Devant sa porte elle me dit :

— Vous entrez un moment?

Ici aussi, l'atmosphère de fête était visible. Une petite table était dressée : des fleurs, un seau à champagne.

— Je ne savais pas que nous resterions dîner à l'Auberge et j'avais préparé un en-cas, dit Clea en plongeant ses doigts dans l'eau glacée; enfin, nous pourrons toujours prendre un verre ensemble.

Ici, au moins, il n'y avait rien qui pût désorienter ou défigurer le souvenir, car tout était exactement tel que je me le rappelais. Je revenais dans cette chambre bien-aimée comme on retrouve un tableau que l'on aime. Rien n'avait changé, les rayons chargés de livres, les lourdes planches à dessin, le petit piano droit et le coin avec la raquette de tennis et le fleuret d'escrime; sur le secrétaire, jonché de lettres, de dessins et de factures, se trouvaient les chandeliers qu'elle était en train d'allumer. Une pile de toiles était tournée contre le mur. J'en retournai une ou deux que j'examinai avec curiosité.

— Seigneur! Vous êtes devenue abstraite, Clea.

— Je sais! Balthazar les déteste. Ce n'est qu'une phase, je pense, aussi ne les considérez pas comme irrévocables ou définitives. C'est une manière différente de mobiliser son sentiment de la peinture. Vous les trouvez horribles?

— Non, elles sont plus fortes, il me semble.

— Hum. C'est la lumière des chandelles qui les flatte.

— Peut-être.

— Venez vous asseoir, j'ai préparé à boire.

Comme d'un commun accord nous nous assîmes sur le tapis, comme cela nous arrivait bien souvent autrefois, les jambes croisées « comme des tailleurs arméniens », ainsi qu'elle l'avait fait remarquer un jour. Nous levâmes nos verres à la lueur rosée des flammes qui ne vacillaient pas dans l'air immobile, dessinant de leur éclat spectral la bouche souriante et les traits candides de Clea. Et ici, enfin, dans cette pièce, mémorable, sur le tapis passé, nous nous embrassâmes avec — comment dire cela? — un calme souriant et grave, comme si la coupe du langage avait débordé silencieusement et s'était répandue en éloquents baisers qui tenaient lieu de toutes les paroles, acquittant le silence, parachevant la pensée et le geste. Ils étaient comme de légères formations de nuées dégagées d'une innocence nouvelle, de la véritable souffrance qu'est l'absence de désir. Je me rendis compte, au souvenir de cette nuit lointaine que nous avions passée dans les bras l'un de l'autre, dans un sommeil sans rêves, que mes pas m'avaient ramené devant cette porte close dont l'accès m'avait jadis été refusé, m'avaient ramené une fois de plus à ce point dans le temps : ce seuil, au-delà duquel l'ombre de Clea se déplaçait, souriante et insouciante comme une fleur, après un immense et aride détour dans un désert créé de toutes pièces par mon imagination. Je n'avais pas su alors trouver la clé de cette porte. Et maintenant, d'elle-même, elle s'ouvrait lentement. Alors que l'autre porte qui m'avait jadis donné accès à Justine s'était refermée à tout jamais. Pursewarden ne parlait-il pas un jour de « panneaux coulissants »? Mais c'était de livres qu'il parlait, non du cœur humain. Dans son visage ne se reflétaient maintenant ni ruse, ni préméditation, mais seulement une sorte de superbe malice qui s'était emparée de ses beaux yeux, qui s'exprimait par le geste ferme et réfléchi dont elle guidait mes mains à l'intérieur de ses manches pour s'offrir tout entière à leur étreinte. Ou encore, prenant ma main et la posant sur son cœur, et murmurant : « Écoute! Il s'est arrêté de battre! » Nous nous attardâmes ainsi, ainsi nous aurions pu rester, comme les personnages ravis en extase de quelque tableau oublié, savourant sans hâte le bonheur accordé à ceux qui commencent à se délecter l'un de l'autre sans réserve, sans mépris, sans amertume, sans aucun des masques prémédités de l'égoïsme — ces limitations inventées de l'amour humain; et soudain l'obscurité de la nuit se fit plus aveugle, enfla de l'effroyable tumescence d'un son qui, tels les frénétiques battements d'ailes d'un oiseau préhistorique, engloutit toute la chambre, les chandelles, les êtres. Elle frissonna lorsque les sirènes se mirent à hurler, mais elle ne fit pas un mouvement; et tout autour de nous la ville se mit à bruire comme une fourmilière. Ces rues qui avaient été si obscures et silencieuses commencèrent à s'emplir des échos de gens qui couraient se réfugier dans les abris, dans un froissement de feuilles mortes soulevées par une bourrasque de vent. Des bribes de conversations ensommeillées, de cris, de rires, montèrent jusqu'à la fenêtre silencieuse de la petite chambre. La rue s'était remplie aussi soudainement que le lit à sec d'une rivière sous la première averse de printemps.

— Clea, tu devrais descendre dans l'abri.

Mais elle se serra plus près, secouant la tête comme une femme étourdie de sommeil, ou peut-être de la douce explosion de baisers qui éclataient comme des bulles d'oxygène dans notre sang calme et patient. Je la secouai doucement par les épaules et elle murmura :

— Je suis trop difficile pour mourir avec un tas de gens dans un abri comme dans un vieux nid de rats. Allons dormir ensemble et ignorer la grossière réalité du monde.

Et c'est ainsi que cette tendresse devint aussi une sorte de défi au tourbillon qui, dehors, battait et brisait comme un orage de canons et de sirènes, embrasant les pâles cieux de la ville dans la splendeur de ses éclairs. Et nos baisers eux-mêmes affirmaient une volonté qui ne peut venir que de la prescience et de la présence de la mort. Il aurait été bon de mourir à n'importe quel moment alors, car l'amour et la mort avaient uni leurs mains. C'était aussi une bravade de sa part que de s'endormir ainsi dans le creux de mon bras comme un oiseau sauvage épuisé d'avoir lutté contre une branche engluée, comme si c'était une belle nuit d'été paisible et ordinaire. Allongé, les yeux ouverts à côté d'elle, écoutant le tintamarre infernal de la canonnade et observant les bonds et les sursauts de la lumière derrière les persiennes, je me remémorai ce jour où, dans un lointain passé, parlant des illuminations de l'amour et de son pouvoir de rester longtemps en sommeil dans chaque âme, elle avait ajouté gravement : « L'amour que vous éprouvez pour Melissa, c'est le même amour qui essaie de se réaliser à travers Justine. » Cela, comme un prolongement, se trouverait-il vrai de Clea aussi ? Je répugnais à le penser — car ces étreintes fraîches et spontanées étaient aussi primitives que l'invention et n'étaient en rien des copies mal exécutées d'actions passées. Elles étaient les improvisations mêmes du cœur — du moins c'est ce que je me disais en cet instant, en essayant de toutes mes forces de retrouver les éléments des sentiments que j'avais autrefois tissés autour d'autres visages. Oui, des improvisations sur la réalité même, et dépourvues ici des amères impulsions de la volonté. Nous avions navigué jusque dans ces eaux calmes sans la moindre préméditation, toutes voiles dehors; et pour la première fois il me paraissait naturel d'être où je me trouvais, entraîné vers le sommeil, son corps paisible reposant à côté de moi. Même les longs roulements de la canonnade qui ébranlaient les maisons, même la grêle d'éclats qui balayaient les rues, ne pouvaient troubler le silence rêveur que nous moissonnions ensemble. Et lorsque nous nous éveillâmes pour constater que tout était calme à nouveau, elle alluma une unique chandelle et nous restâmes étendus l'un près de l'autre à cette lueur vacillante, les yeux dans les yeux et parlant dans un murmure.

— Je ne suis jamais bien, la première fois, pourquoi cela?

— Moi non plus.

— As-tu peur de moi?

— Non. Et je n'ai pas peur de moi non plus.

— Avais-tu imaginé cela?

— Nous avons dû l'imaginer tous les deux. Sinon cela ne serait pas arrivé.

— Chut! Écoute.

La pluie tombait maintenant à torrent comme cela se produisait souvent avant l'aube à Alexandrie, fraîchissant l'air, lavant les feuilles rêches des palmiers des jardins municipaux, les grilles des banques et les trottoirs. Dans la ville arabe, les rues de terre battue exhaleraient une odeur de cimetière aux tombes fraîches. Les marchands de fleurs sortiraient leurs bouquets; je me rappelais leur cri : « Œillets, doux comme l'haleine d'une jeune fille! » Du port, les odeurs de goudron, de poisson et de saumure monteraient dans les rues désertes à la rencontre des flaques inodores de l'air du désert qui, plus tard, avec les premiers rayons de soleil, pénétreraient dans la ville par l'est et sécheraient ses façades humides. Quelque part, brièvement, le chuintement de la pluie fut étreint par le tourment ensommeillé d'une mandoline, dédiant à l'aurore un petit air pensif et mélancolique. Je redoutais l'intrusion d'une seule pensée ou d'une idée qui, s'insérant entre ces purs instants de paix souriante, risquerait de les paralyser, de les muer en instruments de tristesse. Je songeais aussi au long voyage que nous avions accompli à partir de ce même lit, depuis la nuit que nous y avions passée ensemble, à travers tant de climats et de contrées diverses, pour nous retrouver une fois de plus au point de départ, repris par le champ magnétique de la ville. C'était un nouveau cycle qui s'ouvrait sur la promesse de tous les baisers et toutes les caresses éblouies que nous pouvions maintenant échanger — où cela nous mènerait-il ? Je songeais à quelques mots qu'Arnauti écrivait à propos d'une autre femme, dans un autre contexte : « Tu te dis que c'est une femme que tu tiens dans tes bras, mais en la regardant dormir tu vois d'un seul coup tout son passé biologique, l'oracle infaillible des cellules qui se groupent et s'ordonnent dans le visage bien-aimé à jamais mystérieux — répétant à l'infini le léger renflement du nez humain, une oreille empruntée à la volute d'un coquillage, un sourcil qui reproduit le dessin des fougères, ou des lèvres inventées par des bivalves dans leur union rêveuse. Tout ce processus est humain, porte un nom qui vous crève le cœur et propose le rêve dément d'une éternité que le temps réfute à chaque inspiration. Et si la personnalité humaine n'était qu'une illusion ? Et si, comme nous l'enseigne la biologie, chaque cellule de notre corps se trouvait remplacée par une autre au bout de sept ans ? Au mieux, ce que je tiens là, dans mes bras, n'est qu'une sorte de fontaine de chair qui jaillit continuellement, et ce qu'appréhende mon esprit ne sera jamais qu'un arc-en-ciel de poussière. » Et comme un écho venu d'un autre point de la boussole, j'entendais la voix pointue de Pursewarden qui affirmait : « Il n'y a pas d'Autre; il n'y a que soi-même perpétuellement aux prises avec ce problème : la découverte de soi ! »

J'avais de nouveau glissé dans le sommeil; quand je m'éveillai en sursaut, le lit était vide et de la chandelle éteinte il ne restait qu'un petit amas de cire informe. Elle était à la fenêtre, debout devant les rideaux tirés, nue et mince comme un arum, et regardait l'aube se lever sur les toits de la ville arabe. Dans cette lumière printanière alourdie de rosée, profilée sur le silence qui pèse sur toute une ville avant que les oiseaux l'éveillent, je perçus la voix suave du *muezzin* aveugle de la mosquée récitant l'*Ebed* — une voix suspendue comme un cheveu, dans les hauteurs aériennes, aux fraîcheurs de palmiers d'Alexandrie. « Je loue la perfection de Dieu, Celui qui existe éternellement; la perfection de Dieu, le Désiré, l'Existant, le Seul, le Suprême; la perfection de Dieu, l'Unique, l'Éternel »... La grande prière s'enroulait en spires luisantes autour de la ville tandis que je contemplais sa tête grave et passionnée, tournée pour observer le soleil qui, dans son ascension, teintait de lumière les minarets et les palmiers : en extase et éveillée. Et tout en écoutant, je sentis l'odeur chaude de ses cheveux sur l'oreiller à côté de moi. Le bonheur d'une liberté toute neuve m'étourdit comme si j'avais bu à ce que la Cabale appelait jadis « La Fontaine de Toutes Choses Existantes ». J'appelai « Clea », doucement, mais elle n'entendit pas; et je me rendormis. Je savais que Clea partagerait tout avec moi, qu'elle ne dissimulerait rien — pas même ce regard de complicité que les femmes réservent à leur miroir.

LIVRE II

I

Ainsi la ville réaffirmait son emprise sur moi — cette même ville qu'un glissement dans le temps faisait moins âpre et moins terrifiante qu'elle ne l'avait été jadis. Si certaines parties de l'ancien édifice s'étaient écroulées, d'autres avaient été rénovées. Durant les premières semaines de mes nouvelles fonctions j'avais eu le loisir de me sentir tour à tour un familier et un étranger, de mesurer la stabilité au regard des changements, le passé au regard du présent. Et si le cercle de mes amis restait à peu de chose près le même, de nouvelles influences se manifestaient, de nouveaux vents s'étaient levés; nous avions tous entrepris, tels ces petits personnages animés d'un mouvement de rotation dans une vitrine de bijoutier, de tourner les uns vers les autres de nouvelles facettes de nous-mêmes. Les circonstances aussi favorisaient un nouveau contrepoint, car la ville ancienne et apparemment inchangée était maintenant entrée dans la pénombre de la guerre. Pour ma part, je la voyais maintenant telle qu'elle avait toujours dû être : un petit port modeste établi sur un banc de sable, une mare stagnante, moribonde et sans âme. Certes cet élément inconnu, la « guerre », lui avait conféré une sorte de valeur moderne trompeuse, mais ceci appartenait au monde invisible des stratégies et des armées et nous restait étranger, à nous, ses habitants; elle avait vu sa population se gonfler de milliers de réfugiés en uniforme, et ses longues nuits d'angoisse triste n'étaient que relativement dangereuses, car pour l'instant l'ennemi limitait strictement ses opérations au port maritime. Seul un faible secteur du quartier arabe se trouvait directement sous son feu; la ville haute demeurait à peu près intouchée, à quelques erreurs de tir près. Non, c'était seulement au port que l'ennemi en avait, inlassablement, comme un chien qui gratte et gratte sans cesse une petite plaie suppurante. Le jour, à un kilomètre de là, les banquiers vaquaient tranquillement à leurs affaires aussi impunément que s'ils se fussent trouvés à

New York. Les intrusions dans leur monde étaient rares et accidentelles. C'était une pénible surprise que de se trouver parfois devant une vitrine soufflée, ou devant un immeuble dont la façade s'était écroulée d'un bloc, révélant les vêtements de ses locataires pendus en festons aux arbres avoisinants. Ceci était contraire à ce que l'on pouvait considérer comme le cours normal des choses, et ces tableaux avaient un caractère de rareté aussi choquant que quelque terrible collision de voitures en pleine rue.

En quoi les choses avaient-elles donc changé? Ce n'était pas le danger, mais un élément moins aisément analysable qui donnait à la notion de guerre un caractère distinctif : la sensation de quelque changement dans la gravité spécifique des choses. Comme si la quantité d'oxygène dans l'air que nous respirions se trouvait régulièrement et mystérieusement réduite de jour en jour. Et parallèlement à cette inexplicable sensation d'empoisonnement du sang, d'autres poussées d'une espèce purement matérielle survenaient, occasionnées par l'énorme population mouvante de soldats chez qui la floraison de la mort libérait les passions et les débauches enfouies au cœur de toute foule. Leur gaieté frénétique s'efforçait de contrebalancer la gravité du drame où ils étaient engagés; la ville subissait parfois les violentes explosions de leur nostalgie et de leur ennui refoulés, et bouillonnait alors dans une atmosphère saturée par l'esprit délirant du carnaval; c'était une poursuite du plaisir, affligeante et débridée qui troublait et fracturait les anciennes harmonies sur lesquelles les rapports entre les êtres avaient jadis reposé, et menaçait de rompre les liens qui nous unissaient. Je pense à Clea et à son horreur de la guerre et de tout ce qu'elle représente. Elle craignait, je crois, que la réalité vulgaire et gorgée de sang de ce monde en guerre, qui s'étendait autour de nous, ne finît par contaminer et infester nos baisers. « Est-ce faire la dégoûtée que de vouloir garder la tête froide, éviter cet afflux sexuel du sang vers la tête que provoque la guerre, qui excite les femmes d'une façon insoutenable? Je n'aurais jamais pensé que l'odeur de la mort pût les exciter à ce point! Darley, je ne veux pas participer à ces saturnales de l'esprit, me trouver mêlée à ces débordements de bordels! Et tous ces pauvres hommes entassés ici... Alexandrie est devenue un immense orphelinat où tout le monde s'efforce de saisir la dernière chance de sa vie. Tu n'es pas ici depuis assez longtemps pour sentir cette tension, ce désarroi. La ville a toujours été pervertie, mais elle prenait son plaisir selon son style, son antique tempo, même dans des lits de passage; mais jamais debout contre un mur, un arbre ou un camion! Maintenant il y a des jours où la ville a l'air d'un grand urinoir public. Quand on rentre chez soi on bute sur des corps d'ivrognes. J'imagine qu'on leur a volé jusqu'à leur sensualité, à ces pauvres êtres privés de soleil, et qu'ils trouvent une compensation dans la boisson! Mais il n'y a aucune place pour moi dans tout ça. Je n'arriverai jamais à voir ces soldats comme le fait Pombal. Il les couve des yeux comme un enfant — comme s'ils étaient des jolis soldats de plomb — parce qu'il voit en eux le seul espoir de liberté pour la France. Moi, je n'éprouve que de la honte pour eux, comme de voir des amis habillés en forçats. Par honte et par sympathie j'ai envie de tourner la tête. Oh, Darley, c'est un peu stupide, et je sais que c'est d'une injustice grotesque. Et ce n'est peut-être, au fond, que de l'égoïsme. Alors je me force à leur servir le thé dans leurs cantines, à changer leurs pansements, à organiser des concerts pour eux. Mais je me recroqueville de plus en plus au fond de moi. J'avais toujours cru pourtant que l'amour des êtres s'épanouissait mieux dans le malheur commun. Ce n'est pas vrai. Et maintenant, j'ai peur que toi aussi tu ne commences à m'aimer déjà moins pour toutes ces absurdités de pensée, ces dégoûts du sentiment. C'est presque un miracle dans un tel monde que d'être là, tous les deux, assis à la lueur des chandelles. Tu ne peux pas me blâmer si j'essaie de protéger cela de l'intrusion du monde extérieur, n'est-ce pas? Et ce que je hais le plus encore dans tout cela, c'est la sentimentalité qui finit par appeler la violence! »

Je comprenais ce qu'elle voulait dire et ce qu'elle craignait; et pourtant, des profondeurs de mon égoïsme, j'étais heureux de ces pressions extérieures, car elles circonscrivaient parfaitement notre monde, elles nous enfermaient plus étroitement ensemble, elles nous isolaient! Dans le monde d'autrefois, j'eusse été obligé de partager Clea avec une armée d'autres amis et admirateurs. Plus maintenant.

Curieusement, aussi, certains des éléments extérieurs qui nous entouraient, nous obligeant malgré nous à participer à ces luttes à mort, donnaient à notre passion toute neuve un sentiment de plénitude qui ne se fondait pas sur le désespoir mais qui, néanmoins, reposait tout aussi sûrement sur le sentiment de l'impermanence. Elle était du même ordre, quoique d'une nature différente, que les tristes ruts orgiastiques des diverses armées; il était parfaitement impossible de désavouer la vérité, à savoir que la mort (non seulement celle toute proche mais la mort qui flottait dans notre air) aiguise les baisers, donne une acuité insoutenable à toutes les étreintes, toutes les pressions de mains. Et bien que je ne fusse pas soldat, le noir point d'interrogation rôdait dans nos pensées, car les véritables épanchements du cœur étaient influencés par quelque chose dont nous participions tous, quoique à contrecœur : tout un monde. Si la guerre ne signifiait pas une façon de mourir, elle signifiait une façon de vieillir, de goûter à la véritable odeur rance des choses humaines et d'apprendre à affronter vaillamment le changement. Chaque baiser était la fin d'un chapitre au-delà duquel nul ne pouvait dire ce qu'il y aurait. Durant ces longues et paisibles soirées, avant que débute le bombardement, nous nous asseyions sur le petit carré de tapis à la lueur des chandelles, discutant de ces choses, ponctuant nos silences de baisers qui étaient les seules réponses adéquates que nous puissions donner de la condition humaine. Et durant ces longues nuits entrecoupées du sursaut des sirènes, gisant nus l'un contre l'autre, jamais (comme par une tacite convention) nous ne parlions d'amour. Prononcer ce mot eût été reconnaître une variété plus rare mais moins parfaite de l'état qui nous tenait sous son charme, qui parachevait cette liaison nullement préméditée. Il y a quelque part dans *Mœurs* une dénonciation passionnée de ce mot (je ne me souviens pas dans la bouche de qui — de Justine peut-être?) : « On peut le définir comme une prolifération cancéreuse d'origine inconnue qui peut se fixer n'importe où à l'insu du sujet, et sans qu'il le désire aucunement. Que de fois avez-vous en vain essayé d'aimer la personne « qui convenait », même si votre cœur savait ne l'avoir trouvée qu'après une quête harassante? Non, un sourcil, un parfum, une démarche, une envie sur le cou, l'odeur d'amande d'une haleine — tels sont les complices que recherche l'esprit pour comploter votre perte. »

Au souvenir de passages semblables d'une sauvage pénétration — et ils sont nombreux dans ce livre étrange — je me tournais vers Clea endormie et j'étudiais son profil afin de... l'ingérer, de boire toute sa personne sans en perdre une goutte, de fondre les battements de mon cœur dans les siens. « Quel que soit notre désir de réduire la distance, nous demeurons toujours aussi éloignés les uns des autres », écrivait Arnauti. Il semblait que cela ne fût plus vrai pour nous. Ou me faisais-je simplement illusion une fois de plus, réfractant la vérité par les désordres inhérents à ma propre vision? Je constatais avec surprise que je ne le savais pas, et ne m'en souciais plus; j'avais cessé de fouiller dans mon esprit, j'avais appris à la prendre comme une pure gorgée d'eau fraîche.

— Tu m'as regardée dormir?

— Oui.

— C'est déloyal! Mais à quoi pensais-tu?

— A un tas de choses.

— C'est déloyal de regarder dormir une femme, quand elle n'est pas sur ses gardes.

— Tes yeux ont encore changé de couleur : ils sont gris fumée maintenant.

(Sa bouche dont le rouge avait légèrement débordé sous les baisers. Les deux petites virgules, presque des pointes, qui semblaient toutes prêtes à se transformer en fossettes lorsque les sourires nonchalants éclateraient à la surface. Elle s'étire, croise les bras derrière sa tête, et rejette son casque de cheveux blonds qui capte le reflet dansant des flammes. Elle n'avait jamais possédé une telle autorité sur sa beauté autrefois. Elle avait acquis de nouveaux gestes, lents et onduleux, mais experts cependant à exprimer cette nouvelle maturité; une sensualité limpide qui n'était plus maintenant tiraillée par les hésitations, par les doutes. La « sotte petite oie » d'autrefois s'était muée, transformée en cette femme à la beauté sereine et imposante dont le corps et l'esprit avaient trouvé leur harmonie réciproque. Comment cela s'était-il produit?)

Moi : — Ce journal de Pursewarden, comment diable l'as-tu déniché? Je l'ai emporté au bureau aujourd'hui.

Elle : — C'est Liza. Je lui avais demandé quelque chose en souvenir de lui. Absurde. Comme si on pouvait l'oublier, la brute! Il est partout. Est-ce que ses notes t'ont surpris?

Moi : — Oui. C'est comme s'il était apparu en chair et en os à côté de moi. La première chose sur laquelle je suis tombé c'est un portrait de mon nouveau chef, Maskelyne. Il semble que Pursewarden ait travaillé avec lui à une époque. Veux-tu que je te le lise?

Elle : — Je le connais.

(« Comme la plupart de mes compatriotes, il y a un grand panneau lumineux cloué à la porte de son esprit qui dit « NE DÉRANGER SOUS AUCUN PRÉTEXTE ». Dans un lointain passé, on a dû le remonter et le placer sous un globe de verre comme une pendule précieuse. Depuis lors, il fonctionne au même rythme, à la manière d'un métronome. Ne vous laissez pas intimider par la pipe. Elle n'a d'autre but que de donner l'air pensif. L'homme blanc fume puff puff, les hommes blancs pensent puff puff. En fait, l'homme blanc est profondément, profondément endormi sous les insignes de sa profession, sa pipe, son nez et le mouchoir fraîchement repassé qui dépasse de sa manche. »)

Elle : — As-tu lu ce passage à Maskelyne?

Moi : — Bien sûr que non.

Elle : — Il y a là-dedans des choses blessantes pour chacun de nous; c'est peut-être pour cela que je me suis entichée de ce cahier! En le lisant, j'ai l'impression d'entendre la voix de cette grande brute. Tu sais, mon chéri, je crois que je suis la seule personne qui ait aimé le vieux Pursewarden pour lui-même de son vivant. J'avais trouvé la bonne longueur d'ondes. Je l'aimais pour lui-même, dis-je, parce qu'il n'avait strictement pas d'*ego*. Certes, il pouvait être parfois ennuyeux, difficile, cruel — comme n'importe qui. Mais toute son attitude démontrait une chose : sa profonde connaissance d'un fait. C'est pour cela que son œuvre survivra et continuera de répandre de la lumière pour ainsi dire. Allume-moi une cigarette, tu veux? Il avait taillé une marche dans une paroi un peu trop vertigineuse pour moi — en ce point où l'on regarde vers le sommet parce qu'on a peur de regarder à ses pieds! Justine dit quelque chose comme cela. C'est sans doute qu'elle a saisi la même chose en un sens — mais je la soupçonne d'éprouver simplement de la reconnaissance à son égard, comme un animal dont le maître a retiré une épine de la patte. Il avait une intuition très féminine et beaucoup plus vive qu'elle — et tu sais que les femmes sont attirées par les hommes qui sont femmes par un certain côté. Elles se disent que c'est la seule espèce d'amant capable de s'identifier suffisamment à elles pour... les délivrer de n'être que femmes. Catalyseurs, affûteuse... La plupart d'entre nous doivent se contenter du rôle de *machine à plaisir!*

Moi : — Pourquoi ris-tu, tout à coup, comme cela?

Elle : — Je me rappelle le jour où je me suis conduite comme une idiote avec Pursewarden. J'imagine que je devrais en avoir honte! Tu verras ce qu'il dit de moi dans le carnet. Il m'appelle « une juteuse petite oie du Hanovre, la seule femme vraiment callipyge de toute la ville »! Je ne sais pas ce qui m'a pris, sauf que je ne savais plus où j'en étais avec ma peinture. Elle m'avait complètement asséchée. J'étais bloquée, et la seule vue d'une toile me donnait la migraine. J'ai fini par décider que c'était le problème de ma sacrée virginité qui était la cause de tout le mal. Tu sais, c'est terrible d'être vierge — c'est comme de ne pas avoir son baccalauréat. On aspire a être délivrée de ça et pourtant... en même temps on souhaite faire cette précieuse expérience avec un homme qui ne vous soit pas indifférent, sans quoi cela ne serait d'aucune valeur pour votre être intérieur. Alors, par un de ces coups de tête qui, autrefois, confirmaient ma stupidité aux yeux de tous, je décidai... devine quoi? De m'offrir sinistrement au seul artiste en qui je savais que je pouvais avoir confiance, pour me délivrer de ma misère. Je me disais que Purswarden comprendrait l'état où je me trouvais et qu'il aurait une certaine considération pour mes sentiments. Cela m'amuse de me rappeler la façon dont je m'étais habillée : un tailleur de tweed foncé, des souliers plats et des lunettes noires. Tu vois, j'étais aussi timide que désespérée. J'ai fait les cent pas dans le corridor de l'hôtel pendant un siècle, en tremblant de désespoir et d'appréhension, mes lunettes noires enfoncées sur mes yeux. Il était dans sa chambre. Je l'entendais siffloter comme il faisait toujours quand il peignait une aquarelle; un sifflotement faux et énervant au possible! A la fin, je me suis précipitée sur lui comme un pompier pénétrant dans une maison en flammes et je lui ai déclaré tout de go, les lèvres tremblantes : « Je suis venue vous demander de me dépuceler, je vous en supplie, parce que je ne peux pas avancer dans mon travail tant que vous ne le ferez pas. » J'ai dit cela en français. En anglais cela aurait eu quelque chose d'obscène. Il a pris un air abasourdi. Pendant une seconde, j'ai vu passer sur son visage toute une succession d'émotions contradictoires. Puis, tandis que je me laissais tomber sur une chaise en fondant en larmes, il partit d'un grand éclat de rire. Pendant un bon moment, il ne put s'arrêter; les larmes lui coulaient le long des joues, et moi je reniflais derrière mes lunettes noires. A la fin, il s'effondra sur son lit, épuisé, et resta allongé, les yeux au plafond. Puis il se leva, me prit par les épaules, ôta mes lunettes, m'embrassa, et replaça mes lunettes sur mon nez. Puis, les poings sur les hanches, il se remit à rire. « Ma chère Clea, dit-il, n'importe qui rêverait de vous avoir dans son lit, et je dois vous avouer que dans un coin de mon esprit, j'ai souvent laissé vagabonder cette pensée, mais... cher ange, vous avez tout gâché. Ce n'était pas comme cela qu'il fallait vous y prendre. Pardonnez-moi d'avoir éclaté de rire! Mais vous avez effectivement gâché mon rêve. Venir vous offrir de *cette* façon, sans me *désirer*... c'est une telle insulte à la vanité du mâle que je serais incapable de satisfaire à votre requête. Je devrais probablement me sentir flatté que vous m'ayez choisi de préférence à tout autre — mais ma vanité est beaucoup plus exigeante que cela! En fait, c'est comme si vous m'aviez versé un pot de chambre sur la tête! Je chérirai toujours le souvenir du compliment que vous m'avez fait et je regretterai d'avoir refusé, mais... ah! si seulement vous vous y étiez prise autrement, quel plaisir je me serais fait de vous obliger! Qu'aviez-vous besoin de me montrer que je vous étais indifférent? »

« Là-dessus, il se moucha gravement, dans un coin du drap, me prit mes lunettes pour les essayer et alla se regarder dans la glace. Puis il revint vers moi et me regarda dans les yeux; cette fois nous éclatâmes de rire tous les deux. J'éprouvais un terrible soulagement. Et lorsque j'eus réparé les dégâts causés à mon maquillage, il m'autorisa à l'emmener dîner pour discuter le problème de la peinture avec une magnifique et généreuse honnêteté. Le pauvre, avec quelle patience il écouta ma litanie! Il dit : « Je ne peux vous dire que ce que je sais, et ce n'est pas beaucoup. D'abord il faut que vous sachiez et que vous compreniez intellectuellement ce que vous voulez faire — ensuite vous devrez aller un peu à l'aveuglette pour atteindre ce que vous cherchez. Le véritable obstacle, c'est nous-mêmes. Je crois que les artistes sont faits de vanité, d'indolence et d'amour-propre. C'est l'enflure de l'ego, son débordement sur l'un ou l'autre de ces fronts qui paralyse le travail. Vous commencez à prendre peur de l'importance que vous accordez à ce que vous faites. C'est du narcissisme. Comme solution je proposerai d'appliquer un bon cataplasme sur les parties enflammées — dites à votre moi d'aller au diable et de ne pas faire un drame de ce qui devrait essentiellement être *amusant*, *joyeux*. » Il a encore parlé de bien d'autres choses ce soir-là, mais j'ai oublié le reste; ce qui est drôle, c'est que le seul fait de lui parler, le seul fait de l'écouter, semblait éclairer la route, déblayer le chemin. Le jour suivant, il m'envoya une page de notes obscures sur l'Art [1]. Le lendemain matin,

1. Voir en fin de volume, p. 1024.

je me remettais au travail, claire comme une clochette. Peut-être m'avait-il dépucelée d'une certaine façon? Je regrettais de ne pas pouvoir le remercier comme il le méritait, mais je compris qu'il avait raison. Je devais attendre que la marée se renverse. Et cela n'est arrivé que bien plus tard, en Syrie. Ce fut quelque chose d'amer et de définitif, et j'ai commis les fautes habituelles dues à l'inexpérience, j'ai payé pour elles. Faut-il que je te raconte?

Moi : — Seulement si tu en as envie.

Elle : — Eh bien, je me suis trouvée brusquement et sans espoir amoureuse d'un homme que j'admirais depuis des années, mais que je n'avais jamais imaginé sous les traits d'un amant. Le hasard ne nous a réunis que pour quelques mois. Je crois que ni l'un ni l'autre n'avions prévu ce brusque coup de foudre. Nous avons pris feu tous les deux, comme si une loupe invisible s'était amusée à concentrer le soleil sur nous, à notre insu. Il est curieux qu'une expérience aussi déchirante puisse également être tenue pour bonne et enrichissante. Je suppose que je désirais même un peu souffrir — sinon je n'aurais pas commis toutes ces erreurs. Il avait déjà donné sa parole à une autre femme, de sorte que, dès le début, nous savions l'un et l'autre que cette liaison serait sans lendemain. Pourtant (et voilà bien encore un trait de ma fameuse sottise), je désirais beaucoup avoir un enfant de lui. Un moment de réflexion aurait dû suffire à me prouver que cela était impossible; mais je n'ai réfléchi que lorsque j'étais déjà enceinte. Je me dis alors que je ne me souciais pas de le voir partir et épouser quelqu'un d'autre : j'aurais au moins son enfant! Mais quand je lui ai appris la chose — au moment même où mes lèvres laissaient échapper ces mots — je me suis réveillée brusquement et j'ai compris que cela ne servirait qu'à perpétuer un lien auquel je n'avais pas le droit de prétendre. Pour parler clair, j'aurais abusé de lui, en lui imposant une responsabilité qui aurait empoisonné son mariage. Je réalisai cela en un éclair, et j'avalai ma langue. Par bonheur, il n'avait pas entendu mes paroles. Il était couché comme toi maintenant, à moitié endormi, et il n'avait pas compris ce que je lui avais annoncé dans un murmure. « Que disais-tu? » me dit-il. J'inventai je ne sais quelle autre phrase à la place. Un mois plus tard, il quittait la Syrie. C'était une belle journée d'été toute bourdonnante d'abeilles. Je savais que je devrais détruire l'enfant. Je le regrettais amèrement, mais je ne voyais pas d'autre issue honorable. Tu vas sans doute penser que j'avais tort, mais même maintenant je suis heureuse de m'y être résolue, car cela aurait continué quelque chose qui n'avait pas le droit d'exister hors de ces quelques mois merveilleux. A part cela je n'avais rien à regretter. Cette expérience m'avait considérablement mûrie. J'en éprouvais une grande reconnaissance, et je considère toujours qu'elle a été enrichissante. Si je me sens maintenant généreuse en amour, c'est peut-être parce que j'ai une dette à payer, une dette d'amour que seul un autre amour peut rembourser. Je suis entrée dans une clinique et tout s'est bien passé. Après quoi le brave vieil anesthésiste me montra la répugnante cuvette où reposait le pâle petit homuncule avec ses petits membres. Le vieil homme le retourna curieusement avec une sorte de spatule — comme on retourne une tranche de bacon dans la poêle à frire. Mais je ne fus pas à la hauteur de sa curiosité scientifique et je faillis me trouver mal. En souriant, il me dit : « C'est fini. Comme vous devez vous sentir soulagée! » Et c'était vrai. Malgré ma tristesse, j'éprouvais un réel soulagement d'avoir fait ce que j'estimais être le mieux. Une impression de désarroi aussi; mon cœur se sentait comme le nid d'un moineau qui aurait été pillé. Et je suis retournée dans les montagnes, avec le même chevalet et la même toile blanche. C'est drôle, mais je me suis rendu compte que ce qui précisément me blessait le plus dans ma chair de femme enrichissait l'artiste en moi. Naturellement il m'a manqué pendant longtemps : une présence physique qui s'attache à vous sans que l'on s'en rende compte, comme un bout de papier à cigarette qui vous colle aux lèvres. Quand on l'enlève, ça fait mal. Des morceaux de peau viennent avec! Mais douloureux ou non, j'ai appris à supporter et même à chérir cet éloignement, car cela m'a permis de me réconcilier avec une autre illusion. Ou plutôt de saisir le lien entre le corps et l'esprit avec une vision nouvelle — car le physique n'est que la périphérie, le contour de l'esprit, sa partie solide. C'est par l'odorat, le goût, le toucher que nous nous appréhendons les uns les autres, que nous nous enflammons l'esprit; c'est par les odeurs du corps après l'orgasme, par le parfum des haleines, par le goût de la langue que nous nous « connaissons » d'une manière absolument primitive. C'était un homme parfaitement ordinaire, sans dons exceptionnels; mais il exhalait des odeurs de bons objets naturels : le pain chaud, le café fumant, la cordite, le bois de santal. Dans le domaine de ces *rapports*, il me manquait comme peut manquer un repas sauté — je sais que cela peut paraître vulgaire de dire cela!

Paracelse dit que les pensées sont des actes. De tous les actes, je suppose que le sexe est le plus important, celui où nos esprits se révèlent le plus. Mais il semble que ce soit une maladroite paraphrase de la *pensée* poétique, intellectuelle, qui se façonne en forme de baiser ou d'étreinte. L'amour sexuel est connaissance, tant sur le plan de l'étymologie que des faits nus; « il la connut », comme dit la Bible! Le sexe est la charnière ou l'assemblage qui réunit simplement les deux bouts mâle et femelle de la connaissance — un nuage d'inconnaissance! Lorsqu'une culture fait faillite sur le plan sexuel, toute connaissance est entravée. Nous, les femmes, nous savons cela. C'était lorsque je t'ai écrit pour te demander si je pouvais venir te rendre visite dans ton île. Comme je te sais gré de ne pas m'avoir répondu. A l'époque, cela aurait été une erreur. Ton silence m'a sauvée! Ah, mon chéri, pardonne-moi si mon bavardage t'ennuie; je vois que tu as sommeil! Mais avec toi c'est si bon de pouvoir parler après avoir fait l'amour! C'est si nouveau pour moi. A part toi, il n'y a que le cher Balthazar — dont la réhabilitation, à propos, se poursuit à grands pas. Mais il te l'a dit? Il a été submergé d'invitations depuis le banquet de Mountolive, et je crois qu'il n'aura pas de mal à retrouver toute sa clientèle d'antan.

Moi : — Mais il ne s'est pas encore réconcilié avec ses dents.

Elle : — Je sais. Et il n'a pas encore retrouvé tout son équilibre nerveux. Mais il fait de grands progrès et je crois qu'il n'aura pas de rechute.

Moi : — Et la sœur de Pursewarden?

Elle : — Liza? Je crois que tu l'admireras; mais je ne sais pas si elle te plaira. Elle est assez impressionnante, elle a même quelque chose d'effrayant. Sa cécité ne paraît pas une infirmité chez elle, elle semble plutôt lui donner une lucidité plus vive. Elle vous écoute comme elle écouterait de la musique, avec une telle intensité que l'on se sent presque gêné de la banalité des paroles que l'on dit. Elle ne lui ressemble pas, elle est très belle, quoique d'une pâleur de mort, et ses gestes sont vifs et assurés, comme chez la plupart des aveugles. Je ne l'ai jamais vue manquer une poignée de porte ou trébucher sur un tapis, ou s'arrêter pour s'orienter dans un endroit inconnu. Toutes les petites erreurs de jugement que font les aveugles, comme de parler à une chaise que son occupant vient de quitter... elle n'en commet aucune. Parfois on se demande si elle est réellement aveugle. Elle est venue ici pour chercher ses effets et réunir les matériaux nécessaires à une biographie de son frère.

Moi : — Balthazar m'a laissé entendre qu'il y avait un petit mystère là-dessous.

Elle : — Il ne fait pas de doute que Mountolive est furieusement épris d'elle; d'après ce qu'il a pu confier à Balthazar, cela a commencé à Londres. C'est certainement une liaison quelque peu insolite pour un personnage aussi respectueux des usages, et il est manifeste qu'ils en souffrent beaucoup tous les deux. Je les imagine souvent, à Londres, sous la neige, se trouvant brusquement face à face avec le Démon Comique! Pauvre David! Mais pourquoi prends-je ce ton condescendant pour parler de lui? Heureux David! Oui, je peux te raconter quelques petites choses, glanées au cours de sa conversation. Brusquement, dans un taxi vétuste filant en direction des faubourgs, elle se tourna vers lui et lui dit qu'on lui avait prédit, il y avait des années de cela, qu'elle rencontrerait un sombre et noble étranger et qu'elle l'avait reconnu dès qu'elle avait entendu sa voix. Il ne la quitterait jamais. Elle lui demanda seulement de lui laisser vérifier cela, en appuyant ses doigts froids sur tout son visage, puis elle se renversa sur son siège en poussant un soupir! Oui, c'était lui. Cela dut être une étrange sensation pour Mountolive que de sentir les doigts de l'aveugle parcourir son visage comme les doigts sensibles d'un sculpteur. David dit qu'un frisson le parcourut, que tout son sang reflua de son visage et qu'il se mit à claquer des dents! En gémissant tout haut, il raidit sa mâchoire et serra les dents. Puis ils restèrent ainsi, la main dans la main, en tremblant tous deux tandis que les faubourgs enneigés défilaient autour d'eux. Ensuite elle lui prit le doigt et le posa sur l'exacte configuration dans sa main qui prédisait un changement de vie, et l'apparition de ce personnage inattendu qui en serait la cause! Balthazar ne croit guère à de telles prophéties, tout comme moi, et il ne peut s'empêcher de ricaner comme un vieux hibou en relatant cette histoire. Mais jusqu'ici il semble que le charme ait continué d'opérer, de sorte que tout sceptique que tu sois, tu ne pourras pas dénier une certaine part de vérité dans cette prophétie! Bref, à la mort de son frère, elle est arrivée ici, et s'est mise à trier ses papiers et manuscrits et à interroger les gens qui le connaissaient. Elle est venue me voir une ou deux fois; j'étais assez embarrassée, mais je lui ai dit tout ce que je me rappelais de lui. J'ai l'impression qu'elle voulait surtout savoir si j'avais été sa maîtresse ou non. Elle tournait et retournait sans cesse autour du pot, en essayant de me faire dire ce que, bien entendu, elle n'osait demander ouvertement. Je crois, non, je suis sûre qu'elle m'a tenue pour une menteuse parce que tout ce que je lui ai dit n'était pas très conséquent. C'est peut-être parce que mes propos étaient si vagues qu'elle a cru que j'avais quelque chose à cacher. A l'atelier, j'ai toujours le négatif en plâtre du masque mortuaire que j'ai appris à Balthazar à exécuter. Elle le tint un moment contre son sein, comme pour l'allaiter, avec une expression d'intense douleur, et ses yeux aveugles semblèrent s'agrandir jusqu'à dévorer tout son visage et le transformer en un gouffre d'interrogation. J'étais horriblement embarrassée et mon cœur se serra lorsque je remarquai tout à coup, collés au plâtre, quelques poils de sa moustache. Et quand elle essaya d'appliquer le négatif sur son propre visage, j'ai failli lui retenir la main de peur qu'elle ne les sentît. C'était absurde! Mais ses façons me déroutaient et me bouleversaient. Ses questions me crispaient. Ces entretiens avaient quelque chose de honteusement peu concluant, et je faisais intérieurement des excuses à Pursewarden de faire si piètre figure; après tout, on devrait pouvoir trouver des choses intelligentes à dire sur un grand homme dont on a reconnu le génie de son vivant. Pas comme le pauvre Amaril qui a été si furieux de voir le masque mortuaire de Pursewarden en compagnie de ceux de Keats et de Blake à la *National Portrait Gallery*. C'est à peine s'il a pu se retenir de gifler l'objet insolent. Au lieu de cela, il s'écria : « *Salaud!* Pourquoi ne m'as-tu pas dit que tu étais un grand homme qui traversait ma vie? Je me sens frustré de ne pas avoir soupçonné ton existence, comme un enfant qu'on a oublié de prévenir, et qui a manqué le spectacle du Lord Maire passant dans son carrosse! » Moi je n'avais pas cette excuse, mais je ne savais que dire. Vois-tu, ce qui m'a surtout frappée, c'est que Liza manque d'humour; quand je lui dis que lorsque je pensais à Pursewarden je ne pouvais m'empêcher de sourire intérieurement, elle se contenta de froncer le sourcil d'un air intrigué. Je me dis qu'après tout ils n'avaient peut-être jamais ri ensemble; pourtant leur seule véritable ressemblance physique tient dans l'alignement des dents et le dessin de la bouche. Quand elle est lasse, elle a à peu près la même expression insolente que lui lorsqu'il lançait une boutade! Mais je pense qu'il te faudra la voir toi aussi, pour lui dire ce que tu sais, ce que tu te rappelles de lui. Devant ces yeux aveugles, on ne sait pas par où commencer! Quant à Justine, elle a eu la chance d'échapper à Liza jusqu'ici; j'imagine que la rupture entre Mountolive et Nessim est une excuse suffisante. Ou peut-être David lui a-t-il laissé entendre qu'il serait compromettant pour lui qu'elle se mît en rapport avec elle. Peut-être devras-tu lui en faire un portrait, car les seules allusions à Justine dans les carnets de Pursewarden sont cruelles et superficielles. En es-tu déjà à ce passage dans le cahier? Non? Tu verras. Je crains bien qu'aucun de nous n'en sorte indemne. Quant à un mystère quelconque, je crois que Balthazar se trompe et que le seul problème qui les tourmente est l'effet que produit sur lui sa cécité. J'en suis même sûre, si j'en crois le témoignage de mes yeux. Dans le vieux télescope de Nessim... oui, celui-là même! Il était au Palais d'Été, tu te rappelles? Quand les Égyptiens ont commencé à exproprier Nessim, tout Alexandrie s'est mise en quatre pour soutenir son favori. Nous lui avons tous acheté quelque chose, avec l'intention de le lui rendre quand la tourmente sera passée. Les Cervoni ont acheté les chevaux arabes, Ganzo la voiture, qu'il a revendue à Pombal, et Pierre Balbz, le télescope. Comme il n'avait pas la place de le loger, Mountolive lui a permis de le déposer sur la véranda de la résidence d'été de la Légation, un site idéal. De là on embrasse tout le port et la plus grande partie de la ville, et en été les invités peuvent s'amuser à observer les étoiles. Bref, un après-midi où j'étais allée les voir, on me dit qu'ils étaient partis faire une promenade, ce qui, entre parenthèses, est devenu une habitude quotidienne pendant tout l'hiver. Ils descendaient en voiture jusqu'à la Corniche, et de là ils marchaient le long de la baie de Stanley pendant une demi-heure en se donnant le bras. Comme je n'avais rien à faire, je me mis à jouer avec le télescope et balayai négligemment le fond de la baie. La mer était grosse, le vent soufflait et faisait voler les drapeaux noirs qui signalaient les zones dangereuses aux baigneurs. Il n'y avait que quelques voitures à l'extrémité de la ville, personne sur la route. Presque aussitôt, je vis la voiture de l'Ambassade déboucher à un tournant et s'arrêter devant la mer. Liza et David en descendirent et se dirigèrent vers la plage. Je les distinguais avec une netteté surprenante; j'avais l'impression que je pourrais les toucher en tendant la main. Ils discutaient avec animation, et son visage semblait crispé par la douleur. Je grossis l'image et je m'aperçus alors avec saisissement que je pouvais littéralement lire leurs paroles sur leurs lèvres! C'était une impression extraordinaire, bouleversante. Je ne pouvais pas « entendre » ce qu'il disait parce que je le voyais légèrement de dos, mais Liza regardait directement dans mon objectif, comme un gros plan de cinéma. Le vent ébouriffait ses mèches noires sur ses tempes, et ses yeux aveugles lui donnaient l'air étrange d'une vivante statue grecque. A travers ses larmes, elle criait : « Non, vous ne pouvez pas avoir une ambassadrice aveugle », en tournant la tête à droite et à gauche comme si elle cherchait un moyen de fuir cette horrible évidence — qui, je dois l'avouer, ne m'avait pas un instant effleurée jusque-là. David lui tenait les épaules et lui disait avec force quelque chose qu'elle refusait d'entendre. Puis elle se dégagea brusquement, d'un bond de biche, enjamba le parapet et atterrit sur le sable; puis elle se mit à courir vers la mer. David lui cria quelque chose et resta une seconde à gesticuler au sommet des marches de pierre qui mènent à la plage. Je le voyais alors distinctement, comme un portrait animé, dans son beau complet de bonne coupe poivre et sel, la fleur à la boutonnière et le vieux gilet brun aux boutons de bronze qu'il affectionne. Il s'agitait d'un air inquiet et parfaitement inefficace, et sa moustache volait au vent. Après une seconde d'hésitation, il sauta sur le sable à son tour et se mit à courir après elle. Elle entra très vite dans l'eau qui rejaillit, noircissant sa jupe et la plaquant contre ses cuisses. Le froid dut la saisir, car elle s'arrêta, indécise tout à coup, et se retourna, tandis qu'il se précipitait sur elle, la prenait par les épaules et la serrait dans ses bras. Ils restèrent ainsi un moment — c'était tellement étrange — tandis que les vagues battaient à leurs pieds. Puis il la ramena vers la route, et son visage avait alors un air de gratitude et d'exultation comiques — comme s'il était tout simplement ravi de ce geste étrange. Je les regardais se hâter vers la voiture. Le chauffeur, inquiet, se tenait au bord de la route, sa casquette à la main, manifestement soulagé de n'avoir pas été obligé d'appeler au secours. Je me dis alors : « Une ambassadrice aveugle? » Et pourquoi pas? Si David avait l'esprit plus vil, il pourrait penser : « L'originalité de la chose, loin de desservir ma carrière, la favoriserait au contraire, en me créant des sympathies artificielles à la place de la respectueuse admiration qu'on me manifeste uniquement en raison de mon rang! » Mais c'est un homme trop honnête pour qu'une telle idée lui vienne à l'esprit.

« Quand ils rentrèrent pour le thé, trempés, il paraissait transporté. « Nous avons eu un petit accident », déclara-t-il gaiement, tandis qu'ils se retiraient pour aller se changer. Et naturellement personne ne fit allusion à l'escapade de l'après-midi. Plus tard, il me demanda de faire le portrait de Liza, et j'acceptai. Je ne sais pourquoi j'éprouvai une certaine inquiétude à cette pensée. Je ne pouvais refuser, mais j'ai trouvé jusqu'ici mille prétextes pour remettre cette tâche, et je la remettrais indéfiniment si je le pouvais. C'est d'autant plus étrange qu'elle serait un modèle splendide, et cela nous permettrait de nous connaître mieux et de faire fondre la contrainte que j'éprouve en sa présence. En outre, j'aimerais sincèrement faire cela pour lui, car nous sommes bons amis. Mais voilà... je suis curieuse de savoir ce qu'elle veut te demander sur son frère. Et j'aimerais bien entendre ce que tu lui diras. »

Moi : — Son souvenir semble tellement insaisissable que l'on est forcé de réviser chaque jugement sur son compte à peine formulé. Je commence à me demander si l'on a le droit de se prononcer ainsi sur les êtres que l'on ne connaît pas.

Elle : — Je pense, mon chéri, que tu as la manie de l'exactitude et la phobie des vérités incomplètes qui est... heu, injuste pour la vérité elle-même. Existe-t-il une seule chose qui ne soit imparfaite? Je ne pense pas que la Vérité puisse avoir le moindre trait commun avec la vérité humaine; pas plus qu'il ne doit y avoir entre El Scob et Yacoub la plus petite ressemblance, par exemple. Moi-même j'aimerais me contenter du symbolisme poétique qu'il propose, de la forme de la nature elle-même pour ainsi dire. C'était peut-être cela que Pursewarden essayait d'exprimer dans ses attaques sanglantes contre toi — en es-tu arrivé aux passages intitulés « Mes conversations muettes avec Frère Baudet »?

Moi : — Pas encore.

Elle : — Ne te formalise pas trop. Tu dois absoudre l'animal par un bon rire bien franc, car après tout il était des nôtres. Le degré de réalisation n'a pas grande importance. Comme il le dit lui-même : « Il n'y a pas assez de foi, de charité ou de tendresse pour meubler ce monde d'un seul rayon d'espoir mais tant que cet étrange cri de tristesse — les douleurs de l'enfantement d'un artiste — retentira sur le monde, tout ne sera pas perdu! Ce triste petit vagissement de la seconde naissance nous assure que tout est encore en balance. Prends garde, lecteur, car l'artiste c'est toi, nous tous — la statue qui doit se dégager du morne bloc de marbre qui la contient et se mettre à vivre. Mais quand?

Quand? » Ailleurs, il dit encore : « La religion n'est rien de plus que de l'art abâtardi au point qu'il est devenu méconnaissable. » Une remarque très caractéristique. C'était là essentiellement ce qui l'éloignait de Balthazar et de la Cabale. Pursewarden avait renversé toute la proposition centrale.

Moi : — Pour les besoins de sa cause.

Elle : — Non. Pour satisfaire ses propres besoins immortels. Il n'y avait rien de malhonnête dans tout cela. Si on est né artiste, c'est perdre son temps de vouloir remplir les fonctions de prêtre. Il faut être fidèle à sa vision des choses, tout en en reconnaissant le caractère limité. Il y a une sorte de perfection à atteindre en se mesurant à ses propres capacités — à quelque niveau que ce soit. Ceci doit, d'une certaine manière, éliminer les luttes, et aussi les illusions. Pour ma part, j'ai toujours admiré Scobie comme un exemple parfaitement heureux de cet accomplissement selon sa propre nature. On peut dire qu'il fut une parfaite réussite.

Moi : — Oui, je le crois aussi. Je pensais à lui aujourd'hui. On a prononcé son nom au bureau, je ne sais plus à quel sujet. Clea, imite-le encore. Tu le fais si bien que j'en reste muet d'admiration.

Elle : — Mais tu connais toutes ses histoires.

Moi : — Mais non. Elles sont inépuisables.

Elle : — Si seulement je pouvais imiter son expression! Son air de chouette lugubre, le mouvement de son œil de verre! Très bien, ferme les yeux et écoute l'histoire de la dégringolade de Toby, une de ses nombreuses dégringolades. Tu es prêt?

Moi : — Oui.

Elle : — Il me l'a racontée au cours d'un dîner juste avant mon départ pour la Syrie. Il m'avait dit qu'il avait eu une petite rentrée de fonds et il a insisté pour m'emmener au « Lutetia » en grande pompe, et nous avons dîné de *scampi* et de chianti. Cela commençait comme ça, à voix basse, sur le ton de la confidence : « Un des traits les plus caractéristiques de Toby c'était une superbe effronterie, le fruit d'une parfaite éducation! Vous ai-je dit que son père siégeait aux Communes? Non? C'est drôle, je croyais vous en avoir parlé en passant. Oui, c'était un personnage très haut placé, ça on peut le dire. Mais Toby n'en a jamais tiré orgueil. En fait, il me demandait toujours d'être discret sur ce sujet et de ne pas en parler à ses compagnons de bord. Il ne voulait aucune faveur, comme il disait. Il ne voulait pas non plus qu'on lui fasse de la lèche sous prétexte que son père était député. Il voulait traverser la vie incognito, qu'il disait, et ne devoir sa carrière qu'à son travail. Vous savez, il était toujours en bisbille avec le pont supérieur. C'étaient ses convictions religieuses plus que tout le reste, je crois bien. Il avait gardé la nostalgie de la soutane, ce vieux Toby. Et c'était un esprit des plus brillants. La seule carrière qui lui aurait vraiment plu, c'était celle d'aumônier. Mais il n'a pas réussi à se faire ordonner. *Ils* disaient qu'il buvait trop. Mais *lui* il prétendait que c'était parce que sa vocation était si forte qu'elle le poussait aux excès. Si seulement on l'avait ordonné, il disait que tout serait rentré dans l'ordre. Il aurait cessé de boire. Il m'a souvent dit ça quand il était sur la ligne de Yokohama. Quand il était soûl, il voulait absolument dire la messe. Naturellement, les gens se sont plaints et à Goa le capitaine a fait venir un évêque à bord pour essayer de le raisonner. Mais ça n'a servi à rien. « Scurvy, qu'il me disait, Scurvy, je mourrai en « martyr de ma vocation, voilà tout. » Mais il n'y a rien de tel dans la vie que de savoir ce qu'on veut. Et Toby, lui, il savait ce qu'il voulait. Et je n'ai pas été surpris un jour, après plusieurs années, de le voir débarquer en soutane. Comment avait-il réussi à se faire admettre dans l'Église, ça il n'a jamais voulu me le dire. Mais un de ses compagnons de bord disait qu'il avait déniché à Hong Kong un évêque catholique métissé de Chinois qui l'avait ordonné en cachette. Une fois les articles signés, scellés et enveloppés, il n'y avait plus rien à faire, et l'Église n'avait plus qu'à dire *Amen*, Chinois ou pas. Après cela, il devint une sainte terreur, disant la messe partout et distribuant des images pieuses. Le navire où il était aumônier a fini par en avoir plein le dos de lui et l'a congédié. Ils ont prétendu qu'on l'avait vu à terre un sac de femme sous le bras : un coup monté! Toby nia la chose et dit que c'était un objet religieux, une chasuble ou un truc comme ça qu'ils avaient pris pour un sac de femme. Bref, écœuré, il a fini par se trouver un bateau de pèlerins. Là enfin il était à son affaire : il disait la messe du matin au soir dans le salon des premières, et là il n'y avait personne pour faire obstacle au nom du Seigneur. Mais je m'aperçus avec inquiétude qu'il buvait encore plus qu'avant, et qu'il avait maintenant un drôle de rire fêlé. Ce n'était plus le vieux Toby d'autrefois. Je n'ai pas été surpris d'apprendre qu'il avait encore eu des ennuis. Je crois qu'on l'avait soupçonné d'avoir dit la messe en état d'ébriété et d'avoir fait une allusion peu flatteuse au postérieur de l'évêque. Mais c'est là que se révèle sa superbe intelligence, car lorsqu'il passa en cour martiale, il a eu réponse à tout. Je ne sais pas au juste comment fonctionnent ces cours martiales de l'Église, mais j'imagine que ce bateau de pèlerins devait être bourré d'évêques, et ils ont tenu un conseil de guerre prévôtal dans le salon des premières. Mais Toby était bien trop malin pour eux. Il n'y a rien de tel que l'éducation pour vous apprendre le sens de la repartie. Comme système de défense, il a dit que si quelqu'un l'avait entendu respirer trop bruyamment pendant la messe, c'était à cause de son asthme; quant au second chef d'accusation, il n'avait jamais mentionné le postérieur de qui que ce fût. Il avait parlé du *fox-terrier* d'un évêque! N'est-ce pas éblouissant? Ça c'est la meilleure du vieux Toby, quoique je ne l'aie jamais vu à court d'une réponse astucieuse. Bref, les évêques ont été si ébranlés qu'il s'en est tiré avec un avertissement et mille *Ave Maria* comme pénitence. Ce n'était rien pour Toby; ce n'était même rien du tout parce qu'il avait acheté un petit moulin à prières chinois et c'est lui qui disait les *Ave Maria* à la place de Bulgie. C'était un simple petit appareil brillamment adapté à notre époque en quelque sorte. Il disait que cela simplifiait la prière; en fait, on pouvait prier en pensant à autre chose. Plus tard, quelqu'un le dénonça et on le lui confisqua. Nouvel avertissement pour le pauvre Toby. Mais maintenant il avait pris le parti de hocher la tête en riant d'un air méprisant. Il allait tout droit vers la dégringolade, voyez-vous. Il commençait à s'en faire accroire. Je remarquais le changement qui s'opérait chez lui parce qu'il faisait maintenant escale ici presque toutes les semaines avec sa cargaison de pèlerins. Je crois que c'étaient des Italiens qui allaient visiter les lieux saints. Et Toby faisait l'aller et le retour avec eux. Mais il avait changé. Il avait toujours des ennuis maintenant, et je crois qu'il oubliait toute retenue. Il était devenu complètement lunatique. Un jour il est venu me voir habillé en cardinal avec une barrette rouge et une espèce d'abat-jour à la main. « Bon Dieu, Toby! lui dis-je, sidéré. Tu n'es même « pas archidiacre! » Plus tard, il s'est fait vertement attraper pour s'être habillé au-dessus de son rang, et je voyais bien que ça ne tarderait guère avant qu'il se fasse ficher à la porte pour ainsi dire. J'ai fait ce que j'ai pu pour tenter de le raisonner, en employant tous les arguments d'un vieil ami, mais rien à faire. J'ai même essayé de le pousser à se remettre à la bière, mais ça n'a servi à rien. Toby ne connaissait plus que le whisky maintenant. Une fois, j'ai été obligé de le faire ramener à bord par la police. Il était vêtu d'un habit de prélat. Un *schibboleth* qu'ils appellent ça, je crois bien. Et il a essayé de prononcer un anathème contre la ville, du haut du pont supérieur. Il agitait une abside ou un machin dans ce goût-là. La dernière vision que j'ai eue de lui fut celle de cinq ou six vrais évêques s'efforçant de le retenir. Ils étaient presque aussi rouges que la robe qu'il avait empruntée. Bouh! Quel chahut ils faisaient, ces Italiens! Mais quand ils l'ont pris en flagrant délit de siffler le vin sacramentel, là ça a fait déborder le vase! Vous savez qu'il porte le Sceau du Pape, non? On l'achète chez Cornford, le magasin de produits ecclésiastiques de Bond Street, béni, scellé et empaqueté. Eh bien! Toby avait *brisé le sceau.* Ça, c'était la fin. Je ne sais pas s'ils l'ont excommunié ou quoi, mais en tout cas il a été proprement rayé des cadres. Quand je l'ai revu, après ça, il était l'ombre de lui-même, et habillé comme un vulgaire matelot. Il buvait toujours sec, mais d'une manière différente maintenant. « Scurvy, qu'il disait, maintenant je bois « seulement pour expier mes péchés. Je bois par pénitence, et « plus par plaisir. » Toute cette tragédie l'avait rendu très morose et inquiet. Il parlait d'aller au Japon et d'entrer dans un monastère là-bas. La seule chose qui l'a empêché de le faire, c'est qu'on vous rase la tête et qu'il ne pouvait se résoudre à se séparer de ses cheveux qui étaient longs et qui faisaient, à juste titre, l'admiration de ses amis. « Non, disait-il après avoir « discuté de la chose, non, Scurvy, mon vieux, je ne pourrais « pas me balader chauve comme un œuf, après tout ce que « j'ai déjà enduré. A mon âge, j'aurais l'air d'être tout nu. D'ail- « leurs, quand j'étais môme, j'ai attrapé des teignes et j'ai perdu « toute ma belle couronne. Ça a pris un temps fou pour repous- « ser. C'était si long que j'ai eu bien peur qu'elle ne refleurisse « plus jamais. Maintenant, je ne pourrais pas souffrir de m'en « séparer encore une fois. Non, pour rien au monde. » Je comprenais parfaitement son dilemme, mais je ne voyais aucune solution pour lui. Il ne serait jamais taillé pour cette existence, le pauvre Toby, toujours à nager contre le courant. Mais c'est justement ça qui faisait son originalité. Pendant quelque temps, il a gagné sa vie en faisant chanter tous les évêques qu'il avait confessés avant la première messe, et il a même réussi à passer deux fois des vacances gratis en Italie. Mais de nouvelles tuiles lui sont tombées sur la tête, et il s'est embarqué pour l'Extrême-Orient, travaillant dans les Foyers du Marin quand il était à terre, et racontant à tout le monde qu'il allait faire fortune en passant des diamants en contrebande. Je le vois très rarement maintenant, peut-être une fois tous les trois ans, et il n'écrit jamais; mais je n'oublierai jamais ce vieux Toby. Il a toujours été un gentleman, malgré ses petites erreurs, et à la mort de son père, il espère avoir quelques centaines de livres par an de revenu. Alors, nous nous associerons avec Budgie, à Horsham, et nous lancerons le commerce des seaux hygiéniques sur une base réellement scientifique. Ce vieux Budgie n'est pas capable de tenir des livres. Ce sera moi qui m'en occuperai, j'ai de la pratique avec mes années de service dans la police. Du moins c'est ce que dit toujours ce vieux Toby. Je me demande où il peut bien être maintenant? »

Le récital s'acheva, le rire s'éteignit brusquement et une nouvelle expression apparut sur le visage de Clea, une expression que je ne lui avais jamais vu prendre. Quelque chose entre le doute et l'appréhension qui jouait comme une ombre sur sa bouche. Elle ajouta, avec un naturel étudié et quelque peu tendu :

— Ensuite, il m'a dit la bonne aventure. Je sais que tu vas rire. Il disait qu'il ne pouvait faire cela qu'avec certaines personnes et à certains moments. Me croiras-tu si je te dis qu'il m'a décrit, avec une fidélité parfaite et dans tous ses détails, mon aventure syrienne?

Puis elle tourna brusquement la tête et, à ma grande surprise, je vis que ses lèvres tremblaient. Je posai ma main sur son épaule tiède et dis, très doucement :

— Clea.

Alors, brusquement, elle s'écria :

— Oh, laisse-moi tranquille. Tu ne vois donc pas que j'ai envie de dormir?

II

MES CONVERSATIONS MUETTES AVEC FRÈRE BAUDET

(Extraits du carnet de Pursewarden.)

IL faut toujours que nous y revenions sans cesse — comme le bout de la langue dans une dent creuse — à ce problème de l'écriture! Comme malgré nous; c'est effrayant. Les écrivains ne peuvent-ils donc s'empêcher de parler boutique? Non. Mais avec ce vieux Darley, je suis pris d'une sorte de vertige convulsif car, alors que nous avons tout en commun, je me rends compte que je suis incapable de lui parler. Si, attention, je lui parle bien, interminablement, passionnément, hystériquement, mais sans ouvrir la bouche! Pas moyen de glisser un coin entre ses idées qui, ma foi, sont sensées, logiques, l'essence même de la « saine raison ». Deux types perchés sur leur tabouret devant le comptoir, grignotant pensivement l'Univers comme ils feraient d'un sucre d'orge! L'un parle à voix basse, une voix bien timbrée, utilisant le langage avec tact et intuition; l'autre s'agite sur ses fesses en criant dans son esprit d'un air penaud, mais en ne répondant que par oui ou par non à ces propositions bien tournées qui sont, pour la plupart, incontestablement justes et valables! Ceci pourrait peut-être constituer le germe d'une nouvelle? (Mais Frère Baudet, il y a toute une dimension qui manque à ce que tu dis. Comment peut-on exprimer cela en anglais d'Oxford?) Mais l'homme perché sur son tabouret n'en poursuit pas moins, le sourcil froncé d'air triste de pénitent, son exposé sur le problème de l'acte créateur — je vous demande un peu! De temps à autre, il jette un regard craintif à son persécuteur — car d'une curieuse façon, j'ai l'air de le tourmenter; sinon, il ne s'acharnerait pas toujours sur moi, pointant le bouton de son fleuret sur les crevasses de mon amour-propre, ou à l'endroit où il s'imagine que je range mon cœur. Non, nous nous contenterions de bribes de conversations plus simples, telles que des considérations sur le temps qu'il fait. Il flaire une énigme en moi, quelque chose qui réclame un coup de sonde. (« Mais Frère Baudet, je suis clair comme de l'eau de roche! Le problème est là, ici, nulle part! ») Parfois, quand il discourt comme cela, je me sens soudain pris par l'envie de lui sauter sur les épaules et de parcourir ainsi la rue Fouad en le cravachant avec une encyclopédie et en criant : « Réveille-toi, crétin! Laisse-moi te prendre par tes grandes oreilles d'âne et t'emmener au galop à travers les figures de cire de notre littérature, parmi les Kodaks bon marché prenant chacun leurs instantanés monochromes de la prétendue réalité! Ensemble nous circonviendrons les furies et nous deviendrons célèbres pour notre peinture du paysage anglais, de la vie anglaise qui se meut au rythme grave d'une autopsie! M'entends-tu, Frère Baudet? »

Il n'entend pas, il ne veut pas entendre. Sa voix me parvient de très loin, comme si la ligne était défectueuse. « Allô! Tu m'entends? » crié-je en secouant le récepteur. J'entends sa voix, presque totalement couverte par le grondement des chutes du Niagara. « Qu'y a-t-il? Tu disais que tu voulais apporter ta contribution à la littérature anglaise? Quoi, disposer quelques brins de persil sur ce turbot mort? Souffler avec conviction dans les narines de ce cadavre? As-tu mobilisé toutes tes réserves, Frère Baudet? As-tu réussi à oublier toute ton éducation? Peux-tu grimper comme un cambrioleur en relâchant les sphincters? Mais alors, que diras-tu à tous ces gens dont la vie affective est à peu près celle de braves hôteliers suisses? Je vais te le dire. Je te le dirai, pour vous en épagrner la peine, à vous autres artistes. Un simple mot : *Edelweiss*. Dis-le d'une voix basse et bien timbrée, avec un accent distingué, et graisse-le d'un soupir! Tout le secret est là, dans un mot qui pousse à la limite des neiges éternelles! Alors, ayant résolu le problème de la fin et des moyens, tu devras faire face à un problème tout aussi embarrassant — car si par hasard une œuvre d'art devait traverser la Manche, on la renverrait sûrement à Douvres sous prétexte que sa tenue est inconvenante! Ce n'est pas facile, Frère Baudet. (Peut-être serait-il plus sage de demander, à la France, l'asile intellectuel?) Mais je vois que tu ne me suis pas. Tu continues du même ton imperturbable à me décrire la scène littéraire que Gray, le poète, a résumée une fois pour toutes dans ce vers : « Le troupeau « flâne dans la prairie en courbant la tête! » Ici je ne peux pas réfuter la vérité de ce que tu dis. C'est convaincant, c'est plein de justes aperçus, c'est soigneusement étudié. Mais j'ai pris mes précautions contre une nation qui a l'âge mental d'une vieille mémé. Tous mes livres ont une jaquette rouge portant cette légende : INTERDIT AUX VIEILLES FEMMES DES DEUX SEXES. (Cher D. H. L., si faux, si vrai, si grand, que son fantôme souffle sur nous tous !) »

Il repose son verre qui tinte légèrement sur le comptoir et en soupirant se passe la main dans les cheveux. La gentillesse n'est pas une excuse, me dis-je. La bonté désintéressée ne dispense pas des besoins essentiels à la vie de l'artiste. Vois-tu, Frère Baudet, il y a ma vie et puis la vie de ma vie. Elles appartiennent au même arbre, comme le fruit et l'écorce. Ce n'est pas par cruauté que je dis cela. C'est simplement que je ne suis pas indulgent !

— Comme vous avez de la chance de ne pas vous préoccuper des problèmes techniques, dit Darley d'un ton plaintif, avec une note de désespoir dans la voix. Je vous envie. Mais en fait, il ne m'envie pas, non, pas du tout. Frère Baudet, je vais te conter une histoire : « Un couple d'anthropologues chinois arrivèrent un jour en Europe pour étudier nos mœurs et nos croyances. Ils moururent de rire et furent enterrés avec les honneurs militaires ! » Que penses-tu de ça? Nous avons converti nos idées en une sorte de tourisme payant.

Darley parle en louchant sur son verre de gin. Je réponds sans mot dire. En vérité, je suis assourdi par l'emphase de mes paroles. Elles résonnent dans mon crâne comme les éructations réfléchissantes de Zarathoustra, comme le vent soufflant dans la barbe de Montaigne. De temps à autre, je le saisis par les épaules et je lui crie : « La littérature doit-elle être un pionnier ou du bromure? A toi de décider ! »

Il ne comprend pas, il ne m'entend pas. Il sort à l'instant de la bibliothèque, du bistrot ou d'un concert de Bach (la sauce lui dégouline encore du menton). Nous avons aligné nos chaussures sur la barre de cuivre poli au bas du comptoir. L'après-midi commence à bâiller autour de nous avec sa promesse fade de filles à baiser. Et voilà Frère Baudet discourant sur le livre qu'il est en train d'écrire et qui le désarçonne périodiquement, comme un cheval rétif. En réalité, ce n'est pas l'art qui est en question, c'est nous-mêmes. Nous contenterons-nous toujours de cette macédoine en conserve rance du roman subventionné? Ou de la crème glacée, fatiguée de poèmes qui s'endorment en pleurant dans les réfrigérateurs de l'esprit? S'il était possible d'adopter une scansion plus audacieuse, un rythme plus vif, nous respirerions tous plus librement! Pauvres livres de Darley — seront-ils toujours des descriptions si douloureuses des états d'âme de... l'omelette humaine? (L'art surgit au point où une forme est sincèrement honorée par un esprit éveillé.)

— Celle-ci est pour moi.

— Non, mon cher, c'est pour moi.

— Si. Si, j'insiste.

— Non, c'est ma tournée.

Cette aimable joute me donne la seconde dont j'avais besoin pour noter quelques traits frappants en vue de mon autoportrait sur une manchette passablement élimée. Je crois que cela couvre toute la largeur de la chose avec une admirable concision. Article premier : « Comme tous les gros hommes, j'ai tendance à me prendre pour mon propre héros. » Article deux : « Comme tous les jeunes gens, j'étais bien parti pour devenir un génie, mais heureusement, j'ai appris à rire. » Article trois : « J'ai toujours souhaité acquérir la vision de l'Œil de l'éléphant. » Article quatre : « J'ai compris que pour devenir artiste, il faut se défaire de tout le complexe des égoïsmes qui conduisent à croire que le seul moyen de mûrir est de s'exprimer! C'est parce que c'est impossible, que j'appelle ça la Blague Universelle! »

Darley est en train de parler des déceptions! Mais, Frère Baudet, c'est le désenchantement qui est l'essence du jeu. Avec quelles sublimes espérances avons-nous pris Londres d'assaut, nos valises bourrées de nos précieux manuscrits, dans le bon vieux temps. Tu te rappelles? Avec quelle émotion avons-nous contemplé Westminster Bridge en récitant le médiocre sonnet de Wordsworth et en nous demandant si sa fille perdit de sa beauté en devenant Française. La métropole tout entière semblait frémir d'impatience devant notre talent, notre habileté, notre intelligence. En passant sur le Mall, nous nous demandions qui étaient tous ces gens — ces grands hommes aux traits de faucons perchés sur des balcons et des socles, observant la ville dans leurs grosses jumelles. Que cherchaient-ils si ardemment? Qui étaient-ils, ces personnages si composés, au regard d'acier? Timidement, nous arrêtions un policeman pour le lui demander. « Ce sont des éditeurs, disait-il doucement. Des éditeurs! Nos cœurs cessaient de battre. Ils sont à la recherche d'un talent neuf. » Seigneur! C'était donc nous qu'ils attendaient et qu'ils cherchaient! Alors, le policeman baissa respectueusement la voix et, sur le ton de la confidence, nous dit : « *Ils attendent la naissance d'un nouveau Trollope!* » Te rappelles-tu comme ta valise te parut lourde tout à coup en entendant ces mots? Comme ton sang se ralentit, comme tes jambes devinrent molles? Frère Baudet, nous avons timidement songé à une sorte d'illumination telle que Rimbaud en avait rêvé — un poème inquiétant qui ne fût ni didactique ni descriptif, mais qui *contaminerait* — qui ne fût pas simplement une intuition rationalisée, je veux dire, revêtue de mica! Nous étions entrés dans le mauvais magasin, et ici notre argent n'avait pas cours. Un frisson nous parcourut quand nous vîmes descendre le brouillard sur Trafalgar Square et s'enrouler autour de nous comme les membres d'un ectoplasme! Un million de moralistes mangeurs de petits pains mollets attendaient qui? Pas nous, Frère Baudet, mais le crâne ennuyeux Trollope! (Si vous n'êtes pas satisfait de votre forme, allez chercher la *curette.*) Et vous vous étonnez que mon rire sonne un peu faux? Vous vous demandez ce qui m'a fait devenir un timide petit faiseur d'aphorismes sur la nature?

Pourquoi faut-il, grimé en interrogation,
Que je me tape et la liqueur et le flacon?

Nous qui ne sommes, après tout, que les pauvres artisans de la psyché de notre nation, que pouvons-nous attendre d'autre que le rejet automatique et naturel par un public qui se froisse de toute intrusion dans son âme? Et il a bien raison. Il n'y a là aucune injustice, car moi non plus je n'aime pas qu'on fasse intrusion chez moi, Frère Baudet, tout comme toi. Non, ce n'est pas une question d'injustice, c'est une question de malchance. Mes livres ont dix mille sujets d'être impopulaires, mais je ne t'en dirai qu'un, car il renferme tous les autres. La conception que se fait de l'art une culture puritaine est quelque chose qui sanctionne sa moralité et flatte son patriotisme. Rien d'autre. Je te vois hausser le sourcil. Même toi, Frère Baudet, tu conçois l'irréalité foncière de cette proposition. Néanmoins, elle explique tout. Une culture puritaine, *argal*, ne sait pas ce qu'est l'art —

et peut-on s'attendre à ce qu'elle s'en soucie? (Je laisse la religion aux évêques — c'est là qu'elle peut faire le plus de mal!)

Ni œil chassieux, ni jambe torse
Ni contrefait d'aucune part,
Nul ne m'accusera d'entorse
A la substance de mon art.

Ma patience est le rouet du temps.
Cadence pure est filée de néant.

Petit à petit nous composons nos anthologies personnelles de l'infortune, nos dictionnaires de verbes et de noms, nos copules et nos gérondifs. Ce policeman symptomatique du crépuscule de Londres, c'est à nous en premier qu'il a donné son message! Ce personnage débonnaire a mis la vérité dans une coquille de noix. Et nous voilà tous les deux dans une ville étrangère bâtie de paillettes de cristal dont les mœurs, si nous les décrivions, seraient tenues pour des fantaisies de nos cervelles dérangées. Frère Baudet, il nous reste encore à apprendre la leçon la plus dure de toutes : que l'on ne peut forcer la vérité, mais qu'il faut lui laisser plaider sa cause elle-même! Tu m'entends? La ligne est défectueuse de nouveau, je t'entends de très loin. Oh, la, la! Quelle friture!

Poète, prends le large et laisse aux autres les fadaises
Et honore Vénus deux fois par nuit si tu le peux.
Et puisqu'elle est bovine, la muse anglaise,
Titille-lui sa clochette : elle n'y sentira que du feu!
L'Art est, de la Vérité, l'inéquivoque Non-entité.
Si ce n'est pas ça, alors, dis, qu'est-ce que c'est?

Comme j'écrivais dans ma chambre hier soir, je vis une fourmi sur la table. Elle passa près de l'encrier, puis je la vis hésiter devant la blancheur de la feuille où j'avais écrit le mot « Amour »; ma plume trembla, la fourmi fit demi-tour, et brusquement ma bougie se mit à couler et s'éteignit. De clairs octaves de lumière jaune tremblotèrent derrière mes prunelles. J'avais eu l'intention de commencer une phrase par les mots « Défenseurs de l'amour »... mais l'idée avait coulé avec la bougie! Un peu plus tard, juste au moment où j'allais m'endormir, une idée me sauta à l'esprit. Sur le mur, au-dessus de mon lit, j'écrivis au crayon ces mots : « Que faire quand on ne peut partager ses idées sur l'amour? » Et j'entendis mon soupir exaspéré en glissant dans le sommeil. Le matin je me réveillai clair comme un appendice perforé, et j'inscrivis ma propre épitaphe sur la glace avec mon savon à barbe :

> « *Je n'ai jamais su de quel côté*
> *Mon art était beurré.* »
> *Telle fut la dernière vérité*
> *Par le pauvre Pursewarden énoncée!*

Quant aux défenseurs de l'amour, j'étais heureux qu'ils aient disparu, car ils m'auraient irrésistiblement emmené du côté du sexe — cette mauvaise dette suspendue dans la conscience de mes compatriotes. La quiddité! La quiddité et l'essence véritable de ce monde détraqué, et le seul terrain où nos talents aient la possibilité de se déployer, Frère Baudet. Mais un seul mot sincère, honnête et sans emphase dans ce secteur fera immédiatement braire et gémir les intellectuels de notre pays! Le sexe, pour eux, c'est la Ruée vers l'Or ou la Retraite de Russie. Et pour nous? Non, mais si tu veux que nous soyons sérieux un moment, je t'expliquerai ce que je veux dire. (Coucou, coucou, le joyeux air, déplaisant à l'oreille en peau de porc.) Par là, j'entends beaucoup plus qu'ils ne l'imaginent. (L'étrange et triste silhouette hermaphrodite du crépuscule londonien — le soldat de la Garde attendant son noble dans Ebury Street.) Non, c'est là un tout autre sujet, que l'on ne peut trouver si l'on ne traverse ce terrain vague des esprits partiaux. Notre sujet, Frère Baudet, est le même, toujours et irrémédiablement le même — je t'épèle le mot : a...m...o...u...r... Cinq lettres, un volume pour chaque lettre [1]! Le *point faible* de la psyché humaine, le lieu d'élection du cancer majeur! Comment, depuis les Grecs, tout cela s'est-il fourré dans le Grand Cloaque? C'est un de ces épais mystères dont les Juifs détiennent la clé si mon Histoire ne se trompe pas. Cette race douée et embarrassante qui n'a jamais connu l'art mais qui a épuisé toutes ses énergies créatrices dans la construction de systèmes éthiques, nous a tous dotés, a littéralement imprégné la psyché de l'Occidental, de toute la gamme des idées basées sur des interdits sexuels et « raciaux » pour aider au pro-

1. En anglais : *l-o-v-e*, quatre lettres, quatre volumes... C'est le mot-clé du *Quatuor*. *(N. d. T.)*

grès de la race! J'entends Balthazar grogner et battre la queue! Mais bon Dieu, d'où viennent ces fantaisies de fleuves de sang purifié? Ai-je tort d'aller chercher dans les effroyables prohibitions dont la liste se trouve dans le *Lévitique*, une explication à la furie démente des Frères de Plymouth et d'une multitude d'autres sectaires tout aussi sinistres? Voilà des siècles que la Loi de Moïse nous pince les testicules; d'où l'air pâle et hébété de nos filles et de nos garçons. D'où l'effronterie affectée des adultes sclérosés dans une perpétuelle adolescence! Parle, Frère Baudet! Comprends-tu? Si je me trompe, tu n'as qu'à le dire! Mais dans ma conception du mot de cinq lettres — dont je suis surpris qu'il n'ait pas été censuré avec les trois autres par l'imprimeur anglais — je suis assez audacieux et rapide. Je veux parler de *toute la sacrée gamme* — depuis les petites fractures incomplètes du cœur humain jusqu'à sa complicité spirituelle la plus haute avec le... heu, les voies absolues de la Nature, si tu veux. Assurément, Frère Baudet, c'est là une étude de l'homme malséante? Le grand collecteur de l'âme? On pourrait dresser la carte de nos soupirs!

Zeus bascule Héra, mais il s'aperçoit
Qu'elle voudrait, mais ne peut pas :
Exténuée par ses abus,
Non, vraiment elle n'en peut plus.

Lors, refusant cette défaite,
Zeus se fait, sans l'être, un peu bête :
Ours et taureau, aigle et bélier,

Ont vite fait de la délier.
On sait la puissance des dieux,
Mais... que de queues!

Mais là je m'interromps, un peu confus, car je vois que je cours le risque de ne pas me prendre au sérieux comme je le devrais! Et ceci est une impardonnable offense. Et puis je n'ai pas très bien entendu ta dernière remarque; il s'agissait, je crois, du choix d'un style. Oui, Frère Baudet, le choix d'un style est très important; dans le potager de notre culture domestique, tu trouveras d'étranges et terribles fleurs dont toutes les étamines se tiennent droites. Oh! écrire comme Ruskin! Quand le pauvre Effie Grey essaya d'aller se coucher, il fit déguerpir la fille! Oh, écrire comme Carlyle! Pâté de l'esprit. Quand un Écossais vient à la ville, croyez-vous que le printemps soit bien loin? Non. Tout ce que tu dis est sincère et plein de vérités; vérités relatives, et sincérité quelque peu insincère, mais enfin, je vais tout de même essayer de réfléchir à cette invention des scoliastes, car la clarté du style t'importe autant qu'à moi,

Comment s'y prendre? Keats, qui se grisait de mots cherchait des résonances entre les sons vocaliques qui lui renverraient un écho de son moi profond. Il frappait le cercueil vide de sa mort précoce d'un doigt impatient, écoutant les mornes échos de son immortalité certaine. Byron était désinvolte avec l'anglais, et traitait la langue comme un maître traite un domestique; mais comme le langage n'est pas un laquais, d'étranges lianes tropicales poussaient entre les fentes de ses vers et manquaient d'étrangler l'homme. Il vécut réellement, sa vie fut réellement imaginaire; sous la fiction de son moi passionnel, il y a un mage, bien qu'il n'eût pas conscience du fait. Donne s'arrêtait quand il avait touché le nerf, faisant gémir tout le crâne. « La vérité devrait vous ébranler de douleur, » pensait-il. Il nous blesse, craignant sa propre facilité; en dépit de la souffrance causée par l'arrêt, son vers doit être mastiqué et réduit en bouillie. Shakespeare fait baisser la tête à toute la Nature. Pope, enragé de méthode, tel un enfant constipé, frotte ses surfaces au papier de verre pour que nos pieds glissent dessus. Ce sont les grands stylistes qui sont les moins sûrs de leurs effets. Ils ne savent pas que ce qui les hante c'est d'avoir si peu à dire! Eliot applique un tampon de chloroforme glacé sur un esprit trop étroitement enfermé dans les connaissances qu'il a glanées. Son honnête souci de la mesure et sa détermination de reprendre la hache du bourreau sont un défi à nous tous; mais où est le sourire? Au moment où nous allons essayer de danser, il nous fait un croc-en-jambe et nous nous relevons avec une entorse! Il a choisi la grisaille de préférence à la lumière, et il partage sa ration avec Rembrandt. Blake et Whitman sont des paquets mal foutus pleins de vases sacrés chipés dans le temple et qui se répandent partout quand la ficelle casse. Longfellow annonce l'ère des inventions, car c'est lui qui, le premier, a imaginé le piano mécanique. Vous tournez la manivelle, et ça déclame. Lawrence était un membre du pur chêne, avec la circonférence et l'envergure requises. Pourquoi leur a-t-il montré que ça suppurait, s'offrant ainsi à leur rage et à leurs flèches? Auden aussi n'arrête pas de parler. Il a émancipé le langage familier...

Mais je m'arrête, Frère Baudet; car il est évident que ceci n'est ni de la haute ni même de la basse critique! Je ne vois pas ce genre entrer dans nos plus vénérables universités où ils en sont encore à essayer péniblement d'extraire de l'art quelque ombre de justification de leur mode de vie. Il doit sûrement y avoir un grain d'espoir, se demandent-ils anxieusement. Après tout, il doit y avoir un grain d'espoir pour d'honnêtes chrétiens dans cette litanie qu'on nous rabâche de génération en génération. Ou bien l'art ne serait-il que le petit bâton blanc qu'on donne à l'aveugle et à l'aide duquel il tâtonne sur une route qu'il ne voit pas, mais dont il est certain qu'elle existe? Frère Baudet, c'est à toi d'en décider!

Lorsque Balthazar me taquinait sur ma manie de l'équivoque, je répliquais, sans prendre un seul instant de réflexion : « Les mots étant ce qu'ils sont, il vaut peut-être mieux dire toujours le contraire de ce que l'on pense. » Plus tard, en repensant à ce propos (que j'ignorais avoir tenu), il me parut la sagesse même! Voilà pour les pensées conscientes : vois-tu, nous autres Anglo-Saxons, sommes incapables de penser *par* nous-mêmes; de penser *à* nous, oui. Quand nous pensons *à* nous, nous sommes capables d'exécuter une grande variété de jolis numéros avec mille accents différents, depuis celui, fêlé, du Yorkshire, jusqu'à la voix du speaker de la B. B. C., la bouche pleine de purée de pommes de terre brûlante. Nous excellons dans ces exercices, car nous nous voyons tout près de la réalité, comme un objet sous le microscope. Cette idée d'objectivité est vraiment un prolongement flatteur de notre sens de l'humour. Quand on se met à penser *par* soi-même, on ne peut pas user de *lieux communs* — et nous vivons de poncifs et de clichés! Ah, je t'entends soupirer : encore un de ces écrivains anglais, un de ces distingués geôliers de l'âme! Ce qu'ils peuvent être emmerdants! Si vrais et si tristes.

Et merde pour Albion,
Mère de tous les poncifs!
S'il faut baiser, baisons
Des cons joyeux et bien lascifs
Plutôt que son fade croupion!

Mais si tu veux agrandir l'image, regarde l'Europe, l'Europe qui s'étend, disons, de Rabelais à Sade. Un progrès de la conscience stomacale à la conscience cérébrale, de la chair et de la nourriture à la douce (douce!) raison. Accompagné de tous les malheurs interchangeables qui se jouent de nous. Un progrès de l'extase religieuse à l'ulcère du duodénum! (Il est probablement plus sain d'être entièrement dépourvu de cervelle.) Mais, Frère Baudet, c'est là peut-être quelque chose dont tu ne tiens pas compte quand tu décides de concourir pour le titre de champion des poids lourds de l'an deux mille. Trop tard pour te plaindre. Tu croyais pouvoir t'en tirer simplement en démontrant ton habileté à manier les mots. Mais les mots... ce n'est qu'une harpe éolienne, ou un xylophone de bazar. Même un phoque peut apprendre à tenir un ballon de football en équilibre sur son nez ou à jouer du trombone à coulisse dans un cirque. Qu'y a-t-il derrière?...

Non, mais sérieusement, si tu veux être... je ne dirai pas original, mais simplement contemporain, tu devrais essayer un carré — comme au poker — sous forme de roman; passer un axe commun à travers les quatre histoires, par exemple, et dédier chacune d'elles aux quatre points cardinaux. Un continuum, ma foi, incarnant non pas un *temps retrouvé*, mais un *temps délivré*. La courbure de l'espace te donnerait un récit de forme stéréoscopique, tandis que la personnalité humaine vue à travers un continuum deviendrait peut-être prismatique? Qui sait? Je jette cette idée. Je peux imaginer une forme qui, si elle était satisfaite, pourrait soulever en termes humains les problèmes de causalité ou d'indétermination... Rien qui fût très *recherché* d'ailleurs. Juste une histoire ordinaire, un garçon rencontre une fille... Mais en t'y prenant de cette façon-là, tu ne courrais pas, comme la plupart de tes contemporains, sur une ligne en pointillés!

Voilà le genre de question que vous serez bien obligé de vous poser un jour (« Nous n'irons jamais à La Mecque! » comme disait une des sœurs de Tchékhov dans une pièce dont j'ai oublié le titre.)

Il aimait la nature, et après la nature
Ce qu'il aimait le mieux c'était les nus.
Nuit et jour pourchassant les femelles
Il s'échauffait les joues devant que leur chauffer le cul :
Mais hélas, il était tombé sur un million de prudes.

Qui ose rêver de capturer l'image flottante de la vérité dans sa macabre multiplicité? (Non, non, dînons joyeusement des miettes d'un vieux cataplasme jeté au rebut et que la science nous classifie d'après notre uniforme de collège.)

Quels sont ces personnages que je vois devant moi, pêchant dans les eaux troubles de l'Église d'Angleterre?

On écrit, Frère Baudet, pour les esprits affamés, pour les naufragés de l'âme! Ils seront toujours une majorité même quand tout le monde serait millionnaire. Aie du cran, parce qu'ici tu seras toujours maître de ton public! Le génie qu'on ne peut aider, il faut l'ignorer poliment.

Je ne veux pas dire non plus qu'il est inutile de ne pas pratiquer continuellement et posséder à fond ton métier. Non. Un bon écrivain doit être capable d'écrire n'importe quoi. Mais le grand écrivain obéit à des contraintes qui sont déterminées par la structure même de la psyché et dont on ne peut faire abstraction. Où est-il? Où est-il?

Allons, collaborons à une œuvre à quatre ou cinq étages, veux-tu? « Pourquoi le vicaire a fauté » ferait un bon titre, non? Vite, ils attendent ces personnages hypnagogiques parmi les minarets de Londres, les *muezzins* du commerce. « Le vicaire reçoit-il une femme avec ses appointements, ou seulement ses appointements? Lis les mille pages suivantes et tu l'apprendras! » La vie anglaise toute crue — tel un pieux mélodrame joué par des marguilliers criminels condamnés à vie à des doutes sexuels! Comme cela, nous pourrons poser un chauffe-théière sur la réalité pour notre profit mutuel, et écrire tout cela dans une prose simple qui se distingue tout juste de la tôle galvanisée. Comme cela, nous mettrons un couvercle à une boîte qui n'a pas de côtés! Frère Baudet, concilions-nous un monde d'insouciants grippe-sous qui lisent pour vérifier, non leurs intuitions, mais leurs préjugés!

Je me rappelle ce cher Da Capo disant un soir : « Aujourd'hui, j'ai eu cinq femmes. Je sais que cela vous paraîtra excessif. Je n'essayais pas de me prouver quoi que ce soit. Mais si je disais que j'avais mélangé cinq thés pour flatter mon palais ou cinq tabacs pour flatter ma pipe, vous ne dresseriez pas l'oreille. Au contraire, vous admireriez mon éclectisme, n'est-ce pas? »

Le grassouillet Kenilworth me disait un jour au Foreign Office, d'un ton plaintif, qu'il venait à l'instant de « passer voir »

Joyce, par curiosité, et qu'il avait été surpris et peiné de le trouver si rude, si arrogant et d'humeur si vive. « Mais, lui dis-je, il faisait vivre sa famille en donnant des leçons à des cancres à un shilling six l'heure! Il aurait eu le droit de se sentir à l'abri des intrusions d'êtres ineffables tels que vous qui s'imaginent que leur bonne éducation leur donne automatiquement droit de regard sur l'art; que l'art fait partie de l'équipement social, des aptitudes de classe, comme l'aquarelle pour les dames du beau monde au siècle dernier! J'imagine son pauvre cœur se serrant en étudiant votre visage, avec son expression de condescendance capricieuse — l'insondable amour-propre que l'on voit parfois passer sur la face d'un poisson rouge pourvu d'un titre héréditaire! » Nous ne nous sommes plus jamais adressé la parole après cela, et c'était tout ce que je demandais. L'art de se faire des ennemis nécessaires! Il y avait cependant une chose que j'aimais en lui : il prononçait le mot « Civilisation » comme s'il y avait dedans un virage en épingle à cheveux.

(Voilà Frère Baudet qui se lance sur le symbolisme maintenant, et ce qu'il dit est fort intelligent, je dois l'admettre.) Le symbolisme! L'abréviation du langage dans un poème. L'aspect héraldique de la réalité! Le symbolisme est la grande trousse à réparations de la psyché, Frère Baudet, le fondé de pouvoir de l'âme. La musique du relâchement des sphincters qui imite les ondulations des progrès de l'âme à travers la chair humaine, jouant en nous comme de l'électricité! (Un jour qu'il était ivre, le vieux Parr déclara : « Oui, mais tout comprendre, c'est tout souffrir! »).

Bien sûr. Mais nous savons que l'histoire de la littérature est l'histoire du rire et de la souffrance. Les impératifs auxquels on ne peut échapper sont : *Ris jusqu'aux larmes, pleure jusqu'au fou rire!*

Les plus grandes pensées sont accessibles à tous les hommes. Pourquoi faut-il que nous luttions ainsi? Parce que la compréhension est une fonction non de la ratiocination mais de la croissance de la psyché. Et c'est là, Frère Baudet, que nous ne sommes plus d'accord. Toutes les explications du monde seraient incapables de combler la brèche. Il n'y a que la réalisation! Un jour, tu t'éveilleras de ton sommeil dans un grand éclat de rire. *Ecco!*

A propos de l'Art, je me dis toujours : pendant qu'ils regardent le feu d'artifice appelé Beauté, tu dois leur faire entrer la vérité dans les veines comme un virus qui traverse tous les filtres! Plus facile à dire qu'à faire. Comme on met du temps à embrasser le paradoxe! Même moi je n'y suis pas encore; toutefois, comme ce petit groupe d'explorateurs, « Bien que nous fussions encore à deux journées de marche des chutes, nous perçûmes tout à coup leur grondement qui enflait dans le lointain! » Ah! ceux qui le méritent pourront obtenir un jour un Acte de Re-Naissance d'une administration compréhensive. Ceci leur donnera le droit de recevoir tous, gratis, une récompense réservée à ceux qui ne désirent rien. L'économie céleste, sur laquelle Lénine est étrangement muet! Ah! les lugubres faces des muses anglaises! Pâles personnes en blouse et collier de perles offrant du thé et des petits sablés aux imprudents!

Ah les appas des Grâces victoriennes :
Nez rougeaud, dent chevaline,
Au cou des perles à foison,
Gros paquet de nichons,
Et sous les bras riche toison.

La société! Compliquons-nous l'existence au point qu'elle agisse comme une drogue sur la réalité! Injuste! Injuste! Mais, mon cher Frère Baudet, le genre de livre que j'ai en tête se caractérise par cette qualité idéale qui nous rendra riches et célèbres : *une absence totale de braguette!*

Quand je veux faire enrager Balthazar je lui dis : « Si seulement les Juifs voulaient s'*assimiler* ils sauraient bien nous montrer comment nous débarrasser partout du puritanisme. Ne possèdent-ils pas le brevet du système clos, la réponse éthique? Même nos absurdes prohibitions et inhibitions en matière de nourriture sont copiées sur les mélancoliques litanies de leurs prêtres sur la chair et la volaille. Oui! Nous autres artistes, ce n'est pas la politique qui nous intéresse, mais les valeurs — voilà notre champ de bataille! Si nous pouvions desserrer l'étreinte du prétendu royaume des cieux qui a fait couler tant de sang sur la terre, nous redécouvririons dans le sexe la clé d'une quête métaphysique qui est notre *raison d'être* ici-bas! Si le système clos et l'exclusivité morale du droit divin se relâchaient un peu, que ne pourrions-nous faire! » Quoi, en effet? Mais le cher Balthazar fume son Lakadif d'un air sombre et hoche sa tête ébouriffée. Je songe aux soupirs de velours noir de Juliette et je me tais. Je songe aux doux knosps blancs — ressemblant à des fleurs en bouton — qui décorent les tombes des femmes musulmanes! Ah, la douce, la flasque et insipide mansuétude de ces femelles de l'esprit! Non, mon histoire est nettement faible. L'Islam aussi roupille comme le pape.

Frère Baudet, suivons les progrès de l'artiste européen depuis l'enfant insupportable jusqu'au pleurnichard en passant par le dévoyé! Il a conservé en vie la psyché de l'Europe grâce à sa faculté de se tromper, grâce à son éternelle poltronnerie — voilà sa fonction! Le Chialeur du Monde Occidental! Chialeurs du monde entier, unissez-vous! Mais je m'empresse d'ajouter, de peur que ceci n'ait un air cynique ou désespéré, que je suis rempli d'espoir. Car toujours, à tout moment, il y a eu la possibilité qu'un artiste rencontre ce que j'appelle seulement le Grand Soupçon! Toutes les fois que cela arrive le voilà aussitôt libre de jouir de son rôle fécondateur; mais cela ne peut arriver aussi pleinement et complètement que cela devrait, tant que le miracle ne se produit pas : le miracle de la République idéale de Pursewarden! Oui, je crois en ce miracle. Notre existence même d'artistes l'affirme! C'est le oui dont parle le vieux poète de la cité dans ce poème dont tu m'as montré un jour une traduction *. Le *fait* qu'un artiste né affirme et réaffirme cela à chaque génération. Le miracle est ici, conservé dans la glace pour ainsi dire. Un beau jour il fleurira : alors l'artiste se trouvera brusquement mûri et il acceptera la pleine et entière responsabilité de ses origines dans le peuple, et aussitôt le peuple reconnaîtra sa valeur et sa signification particulières, et le saluera comme l'enfant qui était en lui et qui attendait de naître, la Joie enfantine! Je suis certain que cela viendra. Pour l'instant, ils sont pareils à des lutteurs qui s'observent et se tournent autour, en cherchant une prise. Mais quand elle viendra, cette grande seconde aveuglante de l'illumination — alors seulement nous pourrons nous passer de la hiérarchie en tant que forme sociale. La nouvelle société — si différente de tout ce que nous pouvons imaginer encore — naîtra autour du petit temple blanc et sévère de la Joie naissante! Hommes et femmes se rassembleront autour de lui, croissance protoplasmique du village, de la ville, de la capitale! Rien ne barre la route à l'avènement de cette République idéale, si ce n'est que, dans chaque génération, la vanité et la paresse de l'artiste ont toujours fait pendant à la douillette cécité du peuple. Mais prépare-toi, prépare-toi! C'est là, ici, nulle part!

Les grandes écoles de l'amour s'ouvriront, et les connaissances sensuelles et intellectuelles prendront appui l'une sur l'autre. L'animal humain verra sa cage ouverte, et tout son fumier culturel et tous les excréments coprolithiques de ses croyances seront nettoyés. Et l'esprit humain, rayonnant de lumière et de rire, foulera l'herbe verte d'un pied léger de danseuse; émergera pour cohabiter avec les formes temporelles et fera des enfants au monde des élémentaires — ondines et salamandres, sylphes et sylvains, vulcains et gnomes, anges et gobelins.

Oui, étendre le registre de la sensualité physique pour embrasser les mathématiques et la théologie; alimenter les intuitions au lieu de les émousser. Car culture signifie sexe, la connaissance fondamentale, et là où la faculté est mutilée ou atrophiée, ses dérivatifs tels que la religion surgissent rabougris ou déformés — et au lieu de la rose mystique emblématique vous obtenez des choux-fleurs hébraïformes du genre mormons ou végétariens; au lieu d'artistes vous avez des pleurnichards, au lieu de philosophie vous avez de la sémantique.

L'énergie créatrice et l'énergie sexuelle vont de pair. Elles se transforment mutuellement — le sexe solaire et l'esprit lunaire entretenant un éternel dialogue. Ensemble ils chevauchent la spirale du temps. Ils embrassent la totalité des mobiles humains. La vérité ne se trouve que dans nos entrailles — la vérité du Temps.

« La copulation est la poésie du peuple! » Oui, et aussi l'université de l'âme; mais une université qui pour l'instant n'a ni subventions, ni livres, ni étudiants. Si, il y en a quelques-uns.

Quelle merveille que la lutte à mort de Lawrence : réaliser pleinement sa nature sexuelle, se libérer des entraves de l'Ancien Testament; il a traversé le firmament tel un grand poisson mâle luttant vaillamment; il fut le dernier des martyrs chrétiens. Son combat est le nôtre : délivrer Jésus de Moïse. Pendant un court instant cela parut possible, mais saint Paul a rétabli l'équilibre et les menottes de fer de la prison judaïque se sont refermées à jamais sur l'âme en pleine croissance. Pourtant dans *L'Homme qui était mort*, il nous dit en termes clairs ce que devrait être — ce qu'aurait dû signifier la résurrection de Jésus : la véritable naissance de l'homme libre. Où est-il? Que lui est-il arrivé? Viendra-t-il jamais?

Mon esprit tremble de joie quand je contemple cette cité de lumière qu'un accident divin pourrait à tout instant faire surgir devant nos yeux! L'art y trouvera sa forme et son lieu véritables, et l'artiste pourra jouer comme une fontaine sans contrainte, sans même essayer de lutter. Car je vois de plus en plus nettement l'art comme une sorte de fumier nécessaire à la psyché. Il ne renferme aucune intention, c'est-à-dire aucune *théologie*. En nourrissant l'âme, en la fumant il l'aide à trouver son niveau, comme l'eau. Ce niveau est une innocence originelle — qui a inventé la perversion du Péché Originel, cette dégoûtante obscénité de l'Occident? L'art, tel un habile masseur sur un terrain de jeu, est toujours prêt à venir à la rescousse; et tout comme le fait un masseur, ses soins apaisent les tensions de la musculature de la psyché. C'est pour cela qu'il se porte toujours sur les points douloureux, que ses doigts appuient sur les muscles noués, les tendons affligés de crampes — les péchés, perversions et autres points déplaisants que nous répugnons à accepter. En les révélant avec sa rude tendresse, il dénoue les tensions, détend la psyché. L'autre partie du travail, si tant est qu'il y ait un autre travail, doit appartenir à la religion. L'art est uniquement un facteur de purification. Il n'affirme rien. Il est la servante du contentement silencieux, qui n'est essentiel qu'à la joie et à l'amour! Ces étranges croyances, Frère Baudet, vous les trouverez tapies sous mes sarcasmes, que l'on pourrait décrire comme une simple technique thérapeutique. Comme dit Balthazar : « Un bon docteur, et dans un certain sens le psychiatre, fait en sorte que le malade ne guérisse pas trop vite. On agit ainsi pour voir s'il y a vraiment du ressort, car le secret de la guérison est dans le malade et non dans le docteur. La seule chose à faire est de provoquer la réaction! »

Je suis né sous l'influence de Jupiter, héros de la veine comique! Mes poèmes, comme de la musique douce pénétrant les sens engorgés des jeunes amoureux seuls dans la nuit... Qu'est-ce que je disais? Ah, oui, la meilleure chose à faire avec une grande vérité, ainsi que l'a découvert Rabelais, c'est de l'enterrer sous une montagne de folies où elle peut attendre confortablement les pioches et les pelles des élus.

Entre l'infini et l'éternité est tendue la mince corde raide sur laquelle les êtres humains doivent marcher, attachés par la ceinture! Ne sois pas consterné par ces désagréables propositions, Frère Baudet. Elles partent d'un sentiment de pure joie, et ne sont pas contaminées par le désir de prêcher! C'est pour un public d'aveugles que j'écris — mais ne le sommes-nous pas tous? Le bon art montre du doigt, comme un homme trop malade pour parler, comme un bébé! Mais si, au lieu de suivre le direction qu'il indique, tu le prends pour une chose en soi, possédant une sorte de valeur absolue, ou comme une thèse sur un sujet qui peut être paraphrasé, alors tu tombes complètement à côté; tu te perds immédiatement dans les abstractions stériles de la critique. Essaie de te dire qu'il n'a essentiellement pour objet que d'invoquer l'ultime et salutaire silence — et que le symbolisme contenu dans la forme et le propos n'est qu'une structure de référence à travers laquelle, comme dans un miroir, on peut se faire une idée d'un univers apaisé, un univers qui ne soit plus l'ennemi de soi-même. Alors, comme un nourrisson, tu « allaiteras l'univers à chaque soupir »! Nous devons apprendre à lire entre les lignes, entre les vies.

Liza disait : « Mais sa perfection même nous donne l'assurance qu'il arrivera à son terme. » Elle disait juste; mais les femmes ne veulent pas accepter le temps et les injonctions de la seconde, préfiguratrice de la mort. Elles ne voient pas qu'une civilisation n'est rien de plus qu'une grande métaphore qui décrit les aspirations de l'âme individuelle sous une forme collective — comme peut le faire un roman ou un poème. La lutte va toujours dans le sens d'un surcroît de conscience. Mais hélas! Les civilisations meurent dès qu'elles deviennent conscientes d'elles-mêmes. Elles prennent conscience, elles perdent courage, l'élan des mobiles inconscients n'est plus là. Elles commencent alors désespérément à s'imiter devant le miroir. Cela ne sert à rien. Il y a sûrement une attrape là-dessous. Oui, c'est le temps qui est une mystification! L'Espace est une idée concrète, mais le Temps est abstrait. Dans le tissu cicatriciel du grand poème de Proust on perçoit nettement cela; son œuvre est la grande académie de la conscience du temps. Mais comme il refusait de mobiliser la signification du temps, il n'a pu s'empêcher de retomber dans la mémoire, cette mère de l'espoir!

Oui! Mais comme il était juif il avait l'espoir — et avec l'Espoir vient le désir irrésistible de s'immiscer dans les choses. Nous, Celtes, nous frayons avec le désespoir qui seul engendre le rire et les fables désespérés de ceux qui sont éternellement privés d'espoir. Nous cherchons à atteindre l'inatteignable, et nous sommes voués à cette quête qui n'a pas de fin.

Pour lui, mon expression « le prolongement de l'enfance dans l'art » n'aurait aucun sens. Frère Baudet, le plongeoir, le trapèze, se trouvent juste à l'est de cette position! Un bond à travers les étoiles vers un nouveau statut — seulement attention à ne pas manquer le cerveau!

Pourquoi, par exemple, ne reconnaissent-ils pas en Jésus le grand humoriste qu'il est, le comédien? Je suis persuadé que les deux tiers des *Béatitudes* sont des plaisanteries et des brocards à la manière de Chuang Tzu. Des générations de mystagogues et de pédants en ont perdu la raison. Je suis sûr de cela parce qu'il a dû savoir que la Vérité disparaît quand on en parle. On peut la suggérer, mais non la communiquer en termes explicites, et l'ironie est la seule arme permettant d'atteindre ce but.

Voyons un autre aspect du problème; c'est toi, il y a un moment à peine, qui faisais remarquer combien nos observations étaient pauvres pour tout ce qui concernait autrui — les limitations de la vue elle-même. Bien dit! Mais si tu traduis cela en termes d'esprit, tu as l'image d'un homme cherchant par toute la maison les lunettes qu'il a sur le front. Voir c'est imaginer! Et quelle meilleure illustration de cela, Frère Baudet, que ta façon de voir Justine, éclairée par intermittence par les enseignes électriques de l'imagination? Ce n'est évidemment pas la même femme, celle qui a commencé à me poursuivre et celle qui a fini par s'enfuir devant mon rire sarcastique. Là où tu ne voyais que douceur et séduction, je voyais une dureté tout spécialement calculée, qu'elle n'avait pas inventée mais que tu suscitais en elle. Tous ces bavardages d'arrière-gorge, le besoin d'extérioriser l'hystérie, me faisaient penser à un malade tirant fébrilement sur son drap! Ce furieux besoin d'incriminer la vie, d'expliquer ses états d'âme, me faisait penser à un mendiant exhibant ses plaies pour attirer la pitié. Avec elle j'avais toujours l'esprit qui me démangeait! Il y avait cependant beaucoup de choses admirables en elle, et je satisfaisais ma curiosité en explorant les contours de son caractère avec une certaine sympathie — les configurations d'un malheur qui était véritable, bien qu'il dégageât toujours une odeur de crayon gras! L'enfant, par exemple!

— Je l'ai trouvée, naturellement. Ou plutôt c'est Mnemjian qui l'a trouvée. Dans un bordel. Elle est morte de je ne sais plus quoi. Méningite peut-être bien. Darley et Nessim sont venus me tirer de là. Je me suis brusquement rendu compte que je ne pouvais pas souffrir l'idée de la trouver; pendant tout le temps que je l'ai cherchée, j'ai vécu sur l'espoir de la trouver. Mais avec la mort de l'espoir, je me suis retrouvée sans aucun but.

Je le reconnus, cependant au fond de moi quelque chose ne cessait de me crier que ce n'était pas vrai, me refusait de me laisser le reconnaître, bien que consciemment je l'eusse déjà fait!

Le mélange d'émotions contradictoires était si intéressant que je les ai notées dans mon carnet entre un poème et une recette de gâteau mousseline que m'avait donnée El Kalef. Elles se classaient ainsi :

1. Soulagement d'en avoir fini avec cette recherche.
2. Désespoir d'en avoir fini; plus aucun but dans la vie.
3. Horreur de la mort.
4. Soulagement de la mort. Quel avenir possible?
5. Intense sentiment de honte (ne comprends pas ça).
6. Désir soudain de poursuivre les recherches pour rien plutôt que d'admettre la vérité.
7. Préféré continuer à me nourrir de faux espoirs!

Une déconcertante collection de fragments à laisser parmi les analectes d'un poète moribond! Mais voici où je voulais en venir. Elle me dit : « Naturellement ni Nessim, ni Darley n'ont rien remarqué. Les hommes sont si stupides, ils ne remarquent jamais rien. J'aurais peut-être même pu l'oublier et rêver que je n'avais vraiment rien trouvé si Mnemjian, qui voulait la récompense, n'avait été si convaincu de la réalité de son affaire qu'il fit toute une histoire. Balthazar parla même de faire une autopsie. Je fus même assez folle pour aller le trouver dans sa clinique et lui proposer de l'argent pour qu'il dise que ce n'était pas mon enfant. Il a été rudement surpris. Je voulais qu'il nie une vérité dont je savais parfaitement qu'elle était vraie *pour ne pas avoir à changer ma conception des choses*. Je ne voulais pas être privée de mon chagrin, si tu préfères; je voulais que cela continue — je voulais continuer à chercher passionnément ce que je n'osais pas trouver. Je réussis même à effrayer Nessim et je m'attirai ses soupçons avec mes bouffonneries à propos de son coffre privé. Et ainsi, pendant longtemps, j'ai continué à chercher machinalement jusqu'à ce que je fusse capable de supporter le poids de la vérité et de me réconcilier avec elle. Je les revois si nettement, ce divan, cette baraque. »

Là-dessus elle arbora sa plus belle expression, qui était d'une profonde tristesse, et elle posa ses mains sur ses seins. « Veux-tu que je te dise quelque chose? *Je la soupçonnais de mentir*. C'était là une pensée indigne mais... après tout je suis un être indigne. »

Moi : — Es-tu retournée là-bas?

Elle : — Non. J'en ai souvent eu envie, mais je n'ai jamais osé. Elle frissonna. Dans mon souvenir je me suis attachée à ce vieux divan. Il doit encore se trouver quelque part. Vois-tu, je ne suis pas encore tout à fait sûre que tout cela n'était pas un rêve.

Aussitôt j'ai pris ma pipe, mon violon et mon chapeau à la Sherlock Holmes. J'ai toujours aimé les mystères.

— Retournons là-bas, lui dis-je vivement.

Au pire, me dis-je, une telle visite la purgera. En fait, c'était là faire preuve d'esprit pratique au plus haut point que cette suggestion, et à ma grande surprise, elle se leva sans hésiter et mit son manteau. Nous partîmes en silence, en nous donnant le bras, vers les faubourgs ouest de la ville.

La ville arabe était en fête ce jour-là; c'était un grouillement de lumières et de drapeaux. Mer d'huile, petits nuages haut perchés, et une lune considérant tout cela de l'œil réprobateur d'un archimandrite. Odeurs de poisson, de cardamome et de fritures de viscères farcies à l'ail, et de cumin. Les mandolines s'arrachaient leurs petites âmes, se grattaient comme sous le feu d'invisibles puces — grattaient, grattaient la nuit pouilleuse jusqu'au sang! L'air était lourd. On avait l'impression de le trouer à chaque inspiration, et on le sentait entrer et sortir comme dans un soufflet de cuir. Eheu! C'était macabre, tout ce bruit et ces lumières. Et on parle de la poésie de l'Orient! J'aime encore mieux l'Hôtel Métropole de Brighton! Nous traversâmes ce secteur de lumière d'un pas vif et décidé; elle allait en baissant la tête, plongée dans ses pensées. Puis les rues se firent plus sombres, plus étroites, plus tortueuses, et à la fin nous arrivâmes dans un espace vide où seule brillait la lumière des étoiles, devant une sorte de grande bâtisse sinistre. Elle avait ralenti son allure, elle avançait avec moins d'assurance, et cherchait à repérer une porte. Elle me chuchota : « C'est le vieux Mettrawi qui tient cette maison. Il est infirme. La porte est toujours ouverte, mais il entend tout ce qui se passe de son lit. Prends-moi la main. » Je n'ai jamais été particulièrement intrépide, et j'avoue que je ne me sentais pas très rassuré en pénétrant dans cette obscurité de four. Sa main était ferme et froide, sa voix nette et ne trahissant aucune émotion, ni excitation, ni peur. Il me semblait entendre détaler d'énormes rats dans cette carcasse pourrie qui était comme la structure même de la nuit. (Un jour, parmi des ruines, j'avais aperçu, à la lueur d'un éclair, leurs gros corps gras et luisants festoyant sur un tas de détritus.) « Mon Dieu, priai-je en silence, souvenez-vous que bien que je sois un poète anglais je ne mérite pas d'être dévoré par les rats. » Nous prîmes un long corridor de ténèbres dont le plancher grinçait sous nos pieds; des planches manquaient par-ci par-là, et je me demandais si nous ne marchions pas sur un vide sans fond! Cela sentait la cendre et cette inoubliable odeur de la peau noire quand elle transpire. Une odeur épaisse, fétide, comme la cage des lions au zoo. C'était l'obscurité elle-même qui transpirait — et pourquoi pas? L'obscurité doit avoir la peau d'Othello. J'ai toujours été un froussard, et je fus saisi tout à coup par une furieuse envie d'uriner; mais j'écrasai cette idée comme un cafard. Ma vessie n'avait qu'à attendre. Nous continuâmes ainsi notre progression dans le noir grinçant et suffocant. Brusquement elle murmura : « Je crois que nous y sommes! » et elle ouvrit une porte donnant sur une obscurité tout aussi impénétrable. Mais ce devait être une pièce assez vaste car il y faisait plus frais. On sentait l'espace bien qu'on ne pût évaluer aucune distance. Nous prîmes tous deux une profonde inspiration.

— Oui, dit-elle à voix basse, et cherchant une boîte d'allumettes dans son sac de velours, elle en fit craquer une d'une main hésitante. En dépit de la petite lueur vacillante, la pièce était si haute que le plafond n'était qu'un brouillard de ténèbres. Une grande fenêtre aux carreaux cassés reflétait faiblement le ciel étoilé. Les murs écaillés étaient couverts d'une moiteur vert-de-grisâtre, et leur seule décoration consistait en de petites silhouettes de mains bleues qui couraient au hasard sur les quatre murs. Comme si une bande de pygmées devenus fous s'étaient mis à galoper sur les murs en se tenant sur les mains! Sur la gauche, presque au centre de la pièce, se trouvait un vaste et sinistre divan, flottant sur les ténèbres comme un catafalque viking; une relique délabrée de quelque calife turc. L'allumette s'éteignit. « C'est ici », dit-elle, et me mettant la boîte dans la main elle s'éloigna de moi. Quand je craquai une autre allumette je l'aperçus penchée sur le divan, la joue posée sur le tissu crasseux, le frappant à petits coups voluptueux, de la paume de sa main. Elle était parfaitement calme. Puis elle croisa les mains, et elle me fit penser alors à une lionne assise dans une pose parfaitement immobile, les pattes sur son déjeuner. Cet instant était pénétré d'une sorte de tension inquiétante, mais son visage n'en reflétait rien. (Les êtres humains sont pareils à des tuyaux d'orgue, me dis-je alors. Vous tirez un registre marqué « Amant » ou « Mère », et les émotions requises sont lâchées — larmes, soupirs ou caresses. J'essaie parfois de me dire que nous sommes tous des réponses conditionnées et non des êtres humains. Je veux dire, cette notion d'âme individuelle ne nous a-t-elle pas été greffée par les Grecs dans le fol espoir que, par sa seule beauté, elle « prendrait » — comme on dit d'un vaccin qu'il prend? Que nous touchions aux profondeurs du concept et attisions la flamme céleste dans chacun de nos cœurs? A-t-elle pris ou non? Qui peut le dire? Certains d'entre nous en ont encore une, mais comme elle paraît rudimentaire. Peut-être...)

— Ils nous ont entendus.

On distingua un mince grognement de voix dans l'obscurité, et brusquement le silence se peupla de piétinements étouffés sur le bois pourri. A la lueur expirante d'une allumette je vis un rai de lumière, comme quelque chose de très lointain — comme la porte d'un foyer s'ouvrant dans le ciel. Puis des voix, des voix de fourmis! Les enfants arrivèrent par une sorte d'écoutille, de trappe taillée dans le noir, revêtues de leur chemise de nuit de coton, absurdement fardées. Avec des bagues aux doigts et des clochettes aux orteils. « Partout où elle ira elle aura de la musique! » L'une d'entre elles portait une bougie collée sur une soucoupe. Elles se répandirent autour de nous et, de leurs petites voix nasillardes, nous demandèrent avec une foudroyante franchise ce que nous désirions qu'elles nous fassent — mais elles furent étonnées de voir Justine assise à côté du catafalque viking, tournant à demi la tête vers elles, en souriant.

— Je crois que nous devrions partir, dis-je d'une voix étouffée, car elles sentaient affreusement, ces minuscules apparitions, et elles manifestaient un désagréable penchant à nouer leurs bras osseux autour de ma taille tout en me faisant mille cajoleries. Mais Justine se tourna vers l'une d'elles et lui dit :

— Apporte la lumière ici pour que nous puissions tous voir. Et lorsque la bougie fut posée au milieu de la pièce elle se retourna brusquement, croisa ses jambes sous elle et, de la voix aux inflexions chantantes et modulées qu'ont les conteurs ambulants, elle chantonna : « Maintenant approchez-vous, et qu'Allah vous bénisse, et écoutez la merveilleuse histoire que je vais vous conter. » Ses paroles eurent un effet magnétique; elles s'éparpillèrent instantanément autour d'elle comme un vol de feuilles mortes, en se serrant le plus près possible d'elle. Certaines grimpèrent même sur le vieux divan, en gloussant et en se poussant du coude de plaisir. Et de cette même voix riche et triomphante, saturée de larmes non versées, Justine reprit de la voix du conteur professionnel : « Ah, écoutez mes paroles, vous tous les vrais croyants, et je vous dévoilerai l'histoire de Yuna et d'Aziz, de leur grand amour aux innombrables pétales, et des mésaventures qui leur advinrent par le fait d'Abu Ali Saraq el Maza. En ce temps-là, sous le règne du grand calife, alors que de nombreuses têtes tombaient et que les armées étaient en marche... »

C'était la poésie barbare qui convenait à l'endroit et à l'heure, et au petit cercle de visages ratatinés, au divan, à la lumière vacillante; et le rythme étrangement captivant de l'arabe à la lourde imagerie chatoyante, l'épais brocard des répétitions allitératives, les accents nasillards, lui conféraient une splendeur laïque qui me faisait monter les larmes aux yeux — des larmes avides! Quelle nourriture épicée pour l'âme! Je songeai alors à la pauvreté de ce que nous, les modernes, avons à offrir à nos lecteurs affamés. Les contours épiques, voilà ce que possédait son histoire! J'en étais jaloux. Que ces petits mendiants étaient riches. Et j'enviais aussi son auditoire. Il s'enfonçait dans son histoire, il s'y laissait couler. On pouvait voir apparaître leurs âmes, comme des souris se glissant hors de leur trou, sur ces petits visages peinturlurés, ces expressions d'émerveillement, d'attente et de joie. Dans ce crépuscule jaunâtre c'étaient des expressions d'une terrible vérité. On voyait comment elles seraient adultes — la sorcière, la bonne épouse, la jacasse, la mégère. La poésie les avait dénudées jusqu'à l'os, laissant s'épanouir leur nature en des masques qui dépeignaient fidèlement leurs petits esprits rabougris!

Je ne pouvais m'empêcher de lui rendre grâces pour me donner un des moments les plus significatifs et les plus mémorables dans une vie d'écrivain. Je mis mon bras autour de son épaule et m'assis, saisi de ravissement tout autant que les fillettes, en suivant les longues courbes sinueuses de l'immortelle histoire qu'elle déroulait devant nos yeux.

Lorsque l'histoire fut terminée, elles ne voulurent plus nous laisser partir. Elles s'accrochaient à elle en criant : « Encore une, encore une! » Quelques-unes saisirent sa jupe et l'embrassèrent en regardant Justine d'un air suppliant, désespéré. « Nous n'avons pas le temps, dit-elle calmement, mais je reviendrai, mes petites. » C'est à peine si elles se soucièrent de l'argent qu'elle distribua, et elles nous escortèrent en une grappe serrée le long des corridors obscurs de cet antre de ténèbres. A la porte je me retournai, mais ne vis qu'une poignée d'ombres dansantes. Elles nous dirent adieu avec des voix d'une douceur déchirante. Nous retraversâmes en silence, pénétrés d'un profond contentement, la ville délabrée, putréfiée par le temps, et nous ne nous arrêtâmes que devant la mer, nous appuyant contre le parapet de pierre froide, en fumant sans échanger une parole! A la fin, elle tourna vers moi un visage terriblement las et murmura : « Raccompagne-moi, maintenant, je suis rompue de fatigue. » Nous hélâmes un vieux fiacre qui flânait et, en cahotant, nous descendîmes la Corniche, paisibles comme deux banquiers revenant d'un congrès. « Je suppose que nous sommes tous en quête du secret de la croissance », dit-elle lorsque nous nous quittâmes; et elle n'ajouta rien de plus.

C'était là une étrange remarque à faire en guise d'adieu. Je la regardai monter avec lassitude les marches de la grande maison en cherchant la clé dans son sac. J'étais encore sous le charme de l'histoire de Yuna et d'Aziz!

Frère Baudet, tu n'auras jamais l'occasion de lire ces fastidieuses élucubrations, et c'est bien dommage; cela m'amuserait de voir ton air embarrassé. Pourquoi l'artiste devrait-il toujours s'efforcer de saturer le monde de ses propres angoisses? m'as-tu demandé un jour. Oui, pourquoi en effet? Je te donnerai une autre formule : gongorisme émotionnel! J'ai toujours excellé dans la confection de formules polies.

O Solitude, ô tourment
Du plus intime vêtement
Que persécute le désir!
Viens, ma mie, prends-moi dans ta main :
Plus qu'hier et moins que demain
Je t'aime quand tu me fais jouir!

Et plus tard, flânant sans but, qui est-ce que je rencontre? Un Pombal légèrement titubant qui sortait du Casino, un pot de chambre plein de billets de banque à la main, et l'envie dévorante de boire une dernière coupe de champagne que nous allâmes prendre à l'Étoile. Étrange, mais je n'avais pas envie de fille ce soir-là; Yuna et Aziz avaient en quelque sorte barré la voie. Je regagnai le mont Vautour avec une bouteille dans la poche de mon imperméable, pour affronter une fois de plus les malheureuses pages de mon livre qui, dans vingt ans, fera l'objet de mille raclées dans les petites classes de nos écoles. Cela paraissait un désastreux présent à faire aux générations encore dans l'œuf; j'aurais préféré laisser quelque chose comme Yuna et Aziz, mais depuis Chaucer ce n'est plus possible; c'est peut-être la sophistication du public qui en est responsable. A la pensée de tous ces petits derrières cuisants, je refermai rageusement mes carnets. Mais le champagne est une boisson merveilleusement apaisante, et il m'empêcha de me laisser aller au découragement. C'est alors que je tombai sur une petite note que toi, Frère Baudet, avais glissée sous la porte un peu plus tôt ce soir-là : un billet flatteur où tu me disais avoir prisé les poèmes de moi que publiait *Anvil* (une coquille par vers); et les écrivains étant ce qu'ils sont, je commençai à avoir meilleure opinion de toi et je levai mon verre à ta santé. A mes yeux, tu étais devenu un critique au jugement sûr; et une fois de plus je me demandai, d'une voix intérieure exaspérée, pourquoi je ne t'avais pas consacré plus de temps? C'était vraiment une grosse négligence de ma part. Et en m'endormant, je me promis de t'inviter à dîner le lendemain soir pour bavarder un bon coup avec toi — de métier, bien sûr, de quoi aurions-nous pu parler tous les deux? Oui, mais voilà! Un écrivain est rarement un brillant causeur; je savais que, muet comme Goldsmith, je resterais assis les mains dans le creux de mes aisselles pendant que *toi* tu tiendrais le crachoir!

Dans mon sommeil, je déterrais une momie aux lèvres couleur de pavot, vêtue d'une longue robe de mariée comme les poupées en sucre des Arabes. Elle souriait mais ne s'éveilla pas, malgré mes baisers et mes paroles persuasives. Une fois son œil s'ouvrit à demi; mais il se referma aussitôt et elle retomba dans son silence souriant. Je murmurais son nom, qui était Yuna, mais qui s'était bizarrement transformé en Liza. Et comme c'était peine perdue je l'enterrais à nouveau sous les dunes mouvantes qui ne garderaient plus trace de sa sépulture, car le vent brouillait rapidement toutes les formes. Je m'éveillai aux premières lueurs de l'aube et pris un fiacre pour aller me rafraîchir le corps et l'esprit à la plage de Rushdi. La plage était déserte à cette heure, à part Clea dans son maillot de bain bleu, à l'autre bout, ses merveilleux cheveux flottant autour d'elle, tel un blond Botticelli. Je lui fis un petit signe et elle agita le bras en retour, mais ne fit pas mine de se lever pour venir bavarder, ce dont je lui fus reconnaissant. Nous restâmes allongés à plusieurs centaines de mètres l'un de l'autre, fumants et mouillés comme des phoques. Je songeai un instant à sa peau d'été d'une merveilleuse teinte de café brûlé, avec le petit duvet de cheveux couleur de cendre blanche sur les tempes. Je la respirai métaphoriquement, comme une bouffée de café fraîchement grillé, rêvant à ses cuisses blanches où couraient de petites veines bleues ! Bien, bien... Elle aurait mérité qu'on lui fasse du plat si elle n'avait pas été aussi belle. Mais le feu de cette chair mettait tout à nu et éblouissait le désir, m'obligeant à m'abriter d'elle.

On ne pouvait tout de même pas lui demander de les envelopper de bandelettes pour faire l'amour ! Et pourtant... bien des hommes tiennent absolument aux bas noirs ! Où veut-il en venir, ce pauvre Pursewarden ?

Sa prose donnait des complexes
A toutes les classes moyennes.
A ses idées on fit la chasse
Comme funestes pour les masses.
Son œuvre fut mise à l'index
Pour sa nature délétère.
Réveille-toi, Angleterre!

Frère Baudet, ce que nous appelons vivre n'est en réalité qu'un acte de l'imagination. Le monde — que nous voyons toujours comme le Monde « extérieur » — n'obéit qu'à l'introspection ! Mis en présence de ce paradoxe cruel mais nécessaire, le poète constate qu'il lui pousse une queue et des ouïes, pour mieux nager contre les ténébreux courants de l'ignorance. Ce qui peut paraître un acte de violence arbitraire est précisément le contraire, car en renversant ainsi le cours des choses il unit le vide bouillonnant et insouciant de l'humanité au plein immobile, paisible, inodore et insipide dont elle tire ses mobiles, son essence. (Oui, *mais tout comprendre c'est tout souffrir!*) S'il devait abandonner son rôle, tout espoir de trouver un point d'appui sur la surface glissante de la réalité serait à jamais perdu, et tout disparaîtrait dans la nature ! Mais cet acte, l'acte poétique, cessera d'être nécessaire lorsque tout le monde pourra l'accomplir par lui-même. Qu'est-ce qui les empêche? demandes-tu. Eh bien, c'est que nous éprouvons tous une peur innée d'abandonner notre pitoyable moralité rationalisée — et le salut poétique que j'annonce ne peut s'accomplir que de l'autre côté. Il n'est effrayant que parce que nous refusons de reconnaître en nous-mêmes les horribles gargouilles qui ornent les mâts totémiques de nos églises — le meurtrier, le menteur, l'adultère et ainsi de suite. (Une fois qu'on les a reconnus ces masques de papier mâché s'évanouissent d'eux-mêmes.) Quiconque accomplit cet énigmatique saut dans la réalité héraldique de la vie poétique découvre que la vérité possède son éthique *sui generis!* Plus besoin de porter un bandage herniaire. Dans la pénombre de cette espèce de vérité la moralité est négligeable parce qu'elle est une *donnée*, une partie de la chose et non pas simplement un frein, une inhibition. Elle doit se vivre, et non se penser! Ah, Frère Baudet, ceci passera peut-être pour un lointain écho des préoccupations « purement littéraires » qui t'obsèdent; mais si tu ne t'attaques pas à cette portion du champ avec ta faucille tu ne moissonneras jamais rien en toi, et ainsi tu ne rempliras jamais ta véritable fonction ici-bas.

« Mais comment? » me demandes-tu d'un ton plaintif. Et là, sincèrement, tu me tiens à ta merci, car les choses opèrent différemment en chacun de nous. Je ne fais que suggérer que tu n'es pas encore assez désespéré, assez résolu. Il y a une certaine paresse d'esprit quelque part en toi, au cœur des choses. Mais alors, à quoi bon lutter? Si cela doit arriver, cela arrivera sans que tu n'y sois pour rien. Tu as peut-être raison de flâner comme tu le fais, et d'attendre. J'étais trop présomptueux. Je croyais qu'il me fallait l'empoigner par les cornes, cette question vitale de mon droit à naître. Pour moi elle se fondait sur un acte de la volonté. Aussi pour des gens comme moi je disais : « Force la serrure, enfonce la porte. Défie l'Oracle, dévisage-le, refuse-le afin de devenir le poète, celui qui ose! »

Mais je me rends compte que l'épreuve peut apparaître sous n'importe quels dehors, et peut-être même se manifester par un bon coup appliqué entre les yeux ou par quelques lignes griffonnées au dos d'une enveloppe abandonnée sur une table de café. La réalité héraldique peut frapper de n'importe où, au-dessus ou au-dessous, peu lui importe. Sinon l'énigme subsiste. Tu aurais beau parcourir le monde et coloniser les antipodes avec tes vers, tu n'entendrais pas toi-même ces chants.

III

JE m'aperçus que je lisais ces passages des carnets de Pursewarden avec toute l'attention et l'amusement qu'ils méritaient, et sans que me vienne à l'esprit l'idée de me « disculper » — pour employer l'expression de Clea. Au contraire, il me semblait que ses observations ne manquaient pas de justesse, et que les flèches empoisonnées qu'il décochait à mon image étaient tout à fait justifiées. En outre, il est utile autant que salutaire de voir le portrait que fait de vous, avec une franchise aussi mordante, quelqu'un que l'on admire! Mais je fus tout de même un peu étonné de ne pas éprouver la moindre blessure d'amour-propre. Non seulement je ne me sentais atteint dans aucune de mes parties vives, mais même, de temps en temps, en riant tout haut de ses sorties, je me surprenais à l'apostropher à mi-voix, comme s'il était devant moi en chair et en os, en train de proférer plutôt que de coucher par écrit ces vérités si dures à digérer. « Ah, mon salaud, disais-je entre mes dents. Attends un peu. » Comme si un jour ou l'autre l'occasion me serait donnée de lui demander des comptes, de liquider notre différend! Et je fus troublé, lorsqu'en relevant la tête, je réalisai tout à coup qu'il avait déjà quitté la scène, qu'il avait disparu derrière le rideau; il avait une telle présence, et une façon de surgir n'importe où, avec ce curieux mélange de force et de faiblesse qui faisait de lui un personnage énigmatique.

— Qu'est-ce qui vous fait rire? dit Telford, toujours à l'affût d'une plaisanterie de bureau, pourvu qu'elle ait la saveur morbide voulue.

— Un carnet.

Telford était un homme corpulent, engoncé dans des vêtements toujours mal coupés, le cou serré par un nœud papillon bleu à pois roses. Il avait le teint couperosé de ceux qui saignent abondamment à la moindre distraction du rasoir; aussi le voyait-on presque tous les matins avec un petit tampon de ouate collé quelque part sous l'oreille ou le menton. Volubile et débordant de fausse bonhomie, on avait toujours l'impression qu'il se battait avec son dentier mal assujetti. Il avalait fréquemment, puis ouvrait la bouche comme une carpe quand il lâchait une de ses plaisanteries ou riait de ses bons mots comme un homme roulant sur une bicyclette sans pneus, tandis que ses dents du haut jouaient des castagnettes. « Ha, ha, voilà qui est fameux, mon vieux ! » s'exclamait-il à tout propos. Mais nos rapports se bornaient à des questions de service, et c'était un collègue somme toute supportable; nous n'étions pas écrasés de besogne, et comme il avait une longue pratique de l'administration, il était toujours prêt à me donner des conseils ou à m'aider dans mes nouvelles fonctions de censeur. Et je me divertissais aux récits qu'il ramenait sans cesse sur le tapis d'un « bon vieux temps » mythique, l'époque où lui, le petit Tommy Telford, avait été un personnage important, le second en rang et en pouvoir après le grand Maskelyne, notre chef actuel. Quand il parlait de lui, il disait toujours « le général », et il laissait clairement entendre que le service avait connu des jours plus florissants : ce qui était autrefois le Deuxième Bureau des Affaires arabes, avait été ravalé au rang de simple service de la censure et devait maintenant se contenter de fourrer son nez dans la correspondance des civils à destination du Moyen Orient. Un rôle subalterne comparé à l'« Espionnage », mot qu'il prononçait en quatre syllabes distinctes.

Les récits de ce glorieux passé, à jamais enfui, constituaient le Cycle homérique pour ainsi dire de la vie du bureau que l'on chantait avec nostalgie durant les pauses ou lorsque quelque incident, tel qu'un ventilateur refusant tout à coup de fonctionner, rendait tout travail impossible dans ces locaux étouffants. C'est par Telford que j'appris la longue guerre sans merci que s'étaient livrée Pursewarden et Maskelyne — guerre qui en un sens se poursuivait sur un autre plan entre le taciturne général et Mountolive, car Maskelyne désirait plus que tout au monde abandonner ses vêtements civils et rejoindre son régiment. Ce désir avait été contrarié. « Mountolive, expliquait Telford avec force petits soupirs (en agitant ses mains gercées et grassouillettes, parsemées de nœuds de veines bleuâtres comme des raisins secs dans un gâteau) — Mountolive « avait contacté » le ministère de la Guerre et l'avait persuadé de ne pas accepter la démission de Maskelyne. » Je dois dire que le général, que je voyais peut-être deux fois par semaine, donnait l'impression d'un homme qui dissimule, sous des dehors maussades, sa fureur d'être confiné dans un service civil alors qu'il y avait tant à faire dans le désert. « Voyez-vous, disait ingénument Telford, avec la guerre il y a des tas de galons à gagner, mon vieux, des tas. Le général a bien le droit de songer à sa carrière lui aussi. Pour nous c'est différent. Nous sommes des civils-nés pour ainsi dire. » Venu en Orient par le commerce des raisins de Corinthe, il avait vécu notamment à Zante et à Patras. Les motifs de son installation en Égypte étaient obscurs. Peut-être se trouvait-il plus à l'aise dans une grande colonie anglaise. Mrs Telford était une petite femme boulotte qui utilisait un rouge à lèvres violet et portait des chapeaux qui ressemblaient à des pelotes d'épingles. Elle ne se manifestait qu'aux réceptions de l'Ambassade, le jour de l'anniversaire du roi. (« Mavis adore sa petite réception officielle, oui, elle adore. »)

Mais si la guerre administrative avec Mountolive s'était soldée jusque-là par un échec, le général avait tout de même, disait Telford, la consolation de voir que Mountolive se trouvait embarqué sur la même galère, car ce dernier ne semblait pas moins désireux que lui d'abandonner son poste et avait demandé son transfert à plusieurs reprises. (Ce qui faisait « glousser d'aise » Telford, comme il se délectait plaisamment à le dire.) Malheureusement, la guerre était venue contrecarrer sa politique d'immobilisme en matière de personnel et Kenilworth, qui ne jouissait pas de la sympathie de l'ambassadeur, avait été délégué par Londres pour exécuter sur place cette politique. Si le général de brigade se trouvait ligoté par les intrigues de Mountolive, celui-ci se trouvait à son tour ligoté par la récente nomination du conseiller personnel — ligoté « pour la durée de la guerre »! Telford se frottait les mains d'un geste onctueux en me révélant tout cela! « C'est l'histoire du voleur volé, disait-il. Et je vous parie que le général s'arrangera pour ficher le camp avant Sir David. Retenez bien ce que je vous dis, ma vieille branche. » Un simple hochement de tête solennel lui suffisait pour estimer que son pari était pris.

Telford et Maskelyne étaient unis par un lien d'une étrange sorte qui m'intriguait. Le soldat solitaire et laconique, et le volubile commis voyageur... Que diable pouvaient-ils bien avoir en commun? (Quand je voyais leurs noms inscrits côte à côte, sur les rôles poussiéreux, cela me faisait irrésistiblement penser à des duettistes de music-hall ou à une firme de respectables croque-morts !) J'avais cependant l'impression que ce lien était fait d'admiration, car Telford manifestait à son chef des marques de respect grotesques, et il fallait le voir se démener autour de lui, toujours prêt à prévenir ses ordres afin de mériter la suprême jouissance d'un mot d'approbation. Ses « Oui, Monsieur », « Non, Monsieur » sortaient tout humides de ses fausses dents branlantes avec la régularité stupide d'un coucou jaillissant de la porte de son chalet. Et cette adulation n'avait rien d'affecté. C'était en réalité une sorte de flamme administrative, car même en l'absence de Maskelyne, Telford parlait de lui avec la plus profonde vénération. Son rang, sa personnalité et son jugement l'impressionnaient visiblement. Par curiosité, j'essayai de voir Maskelyne par les yeux de mes collègues, mais je ne trouvai rien de plus qu'un soldat de bonne éducation aux capacités médiocres avec cet accent aux intonations blasées qu'affectent les élèves de nos grandes écoles. Pourtant... « Le général est un gentleman de fer, disait Telford avec une émotion si sincère que les larmes lui montaient aux yeux. Il est d'une droiture à toute épreuve, ce bon général. Jamais il ne s'abaisserait à quelque chose indigne de lui. » C'était peut-être vrai, mais cela ne rehaussait pas pour autant le personnage à mes yeux.

Telford s'était lui-même attribué un certain nombre de tâches de peu d'importance qu'il remplissait avec un zèle touchant— telles qu'acheter le *Daily Telegraph* datant d'une semaine et le poser tous les matins sur le bureau du grand homme. Il avait une curieuse façon de marcher sur la pointe des pieds lorsqu'il traversait le bureau vide de Maskelyne (car nous nous mettions au travail de bonne heure) comme s'il craignait de laisser des traces de pas derrière lui. Il glissait positivement jusqu'à la grande table, et il fallait voir alors avec quelle tendresse il pliait le journal et passait la main sur les plis avant de le poser respectueusement sur le buvard vert : on aurait dit une femme rangeant dans son armoire la chemise bien amidonnée et fraîchement repassée de son mari.

De son côté, le général ne dédaignait pas l'hommage de cette admiration sincère. J'imagine qu'il est peu d'hommes pour y résister. Je trouvai d'abord étrange qu'il vînt nous rendre visite une ou deux fois par semaine, sans aucun but précis, allant d'un bureau à l'autre, en faisant à l'occasion une plaisanterie plate et conventionnelle, désignant celui à qui elle s'adressait en pointant vers lui le tuyau de sa pipe d'un geste imprécis, presque timide. Mais au cours de ces visites, sa face de lévrier au teint basané avec des petites pattes d'oie sous les yeux ne se départissait jamais de son flegme fragile, et sa voix gardait ses mêmes inflexions étudiées. Au début, dis-je, ces apparitions m'intriguaient, car Maskelyne n'avait rien du bon vivant recherchant la compagnie, et sa conversation se limitait le plus souvent à des questions de service. Puis un jour je décelai, dans la lente figure élaborée qu'il traçait entre nos bureaux, les traces d'une inconsciente coquetterie — cela me rappelait la façon dont un paon déploie sa magnifique queue ocellée devant la femelle, ou les arabesques que décrit un mannequin pour mettre en valeur la robe qu'elle porte lors d'une présentation de haute couture. En fait, Maskelyne ne venait que pour se faire admirer, pour étaler les richesses de sa personnalité et de son éducation devant Telford. Était-il possible qu'une aussi facile conquête lui donnât l'assurance intérieure dont il manquait? Il est malaisé de se prononcer là-dessus. Mais l'admiration béate de son collègue le réchauffait indubitablement. Je suis certain que c'était parfaitement inconscient, ce geste d'un homme très seul vers le seul admirateur sincère que la vie lui ait jamais donné. Mais l'éducation qu'il avait reçue ne lui permettait d'y répondre que par une certaine condescendance. En secret il méprisait Telford de n'être pas un gentleman. « Ce pauvre Telford » pouvait-on l'entendre soupirer lorsqu'il se croyait seul. « Ce pauvre Telford. » L'accent de commisération qu'il avait pour dire cela trahissait sa pitié pour un homme estimable mais parfaitement dénué de toute inspiration.

La fréquentation quotidienne de ces deux personnages ne souleva pour moi aucun problème durant cet été suffocant. Le travail me laissait une entière liberté d'esprit. Mes fonctions étaient modestes et ne comportaient aucune obligation sociale. Telford habitait du côté de Rushdi une petite villa de banlieue, loin du centre, tandis que Maskelyne quittait rarement sa chambre lugubre au dernier étage du « Cecil ». De sorte que, dès que je franchissais la porte du bureau, je pouvais les oublier complètement et me replonger dans la vie de la ville, ou du moins ce qu'il en restait.

D'autre part, ma nouvelle liaison avec Clea ne présentait aucun problème, peut-être parce que nous évitions délibérément de la définir de façon trop précise : nous laissions notre amour suivre son cours naturel, accomplir son propre destin. Par exemple, je n'habitais pas en permanence chez elle, car lorsqu'elle travaillait à une toile qui réclamait toute son attention, elle avait besoin de plusieurs jours de solitude complète. Ces répits, qui pouvaient durer une semaine ou plus, aiguisaient et rafraîchissaient la tendresse sans l'endommager. Mais il arrivait aussi qu'après avoir décidé de rester trois jours ou une semaine sans nous voir, nous nous rencontrions le soir même, par hasard, et que, par faiblesse, nous oubliions nos conventions et reprenions la vie commune!

Parfois je l'apercevais à la fin de l'après-midi, assise à la petite terrasse de bois peint du café Baudrot, le regard perdu dans le vague, ses carnets de croquis fermés à côté d'elle. Assise, immobile comme un lapin, elle avait oublié d'essuyer sur ses lèvres la fine moustache de crème de son *café viennois!* Dans ces moments-là, il me fallait tout mon sang-froid pour ne pas sauter par-dessus la petite balustrade de bois et aller la serrer dans mes bras, tant un petit détail touchant de cette sorte la rallumait tout entière, chaude et vivante dans la mémoire de ma chair — tant elle paraissait enfantine et sereine — et me rendait notre séparation insupportable! Et réciproquement, il m'arrivait (alors que je lisais sur un banc du jardin public) de sentir ses mains fraîches se poser sur mes yeux et de me retourner brusquement pour l'étreindre et me griser à nouveau du parfum de son corps à travers sa légère robe d'été. Ou bien — et très souvent au moment précis où je pensais à elle — elle arrivait à l'improviste dans l'appartement en disant : « Je sentais que tu m'appelais », ou encore : « J'ai eu tout à coup l'impression que tu me désirais très fort. » Ces rencontres non préméditées avaient une douceur aiguë et haletante qui ranimait notre flamme et la faisait bondir très haut. C'était comme si nous avions été séparés pendant des années, et non depuis quelques jours à peine.

Ces séparations volontaires faisaient l'admiration de Pombal qui, pour sa part, n'était pas capable d'une telle fermeté dans ses relations avec Fosca. Il se réveillait le matin avec son nom sur les lèvres. Son premier geste était de lui téléphoner pour s'enquérir avec appréhension de sa santé — comme si son absence l'avait exposée à de terribles dangers inconnus. Lorsqu'il était de service, il était à la torture toute la journée. Il venait déjeuner au triple galop pour aller la revoir. En toute justice, je dois dire que sa passion était partagée, car leurs relations avaient la pureté de deux retraités. S'il était retenu tard dans la soirée par un dîner officiel, elle ne tenait plus en place. (« Non, ce n'est pas sa fidélité qui me tracasse, c'est sa sécurité. Vous savez bien qu'il conduit comme un fou. ») Heureusement, durant cette période, les bombardements quotidiens du port ralentissaient considérablement la vie sociale, aussi pouvaient-ils passer presque toutes leurs soirées ensemble, à jouer aux cartes, aux échecs, ou à lire à haute voix. Je découvris en Fosca une jeune femme intelligente, d'un sérieux presque excessif, manquant un peu d'humour, mais loin d'être aussi bégueule que j'avais pu le craindre d'après la description que m'en avait faite Pombal le premier soir. Elle avait un visage expressif dont les rides prématurées trahissaient son expérience de réfugiée. Elle n'éclatait jamais de rire, et de son sourire émanaient des ondes de tristesse réfléchie. Mais elle n'était pas sotte, et tenait toujours prête une réponse spirituelle et intelligente — ces qualités d'*esprit* que les Français apprécient à si juste titre chez une femme. Le fait qu'elle approchait du terme de sa grossesse semblait rendre Pombal encore plus prévenant envers elle et il se comportait vraiment comme si la venue de l'enfant le comblait de joie. Ou essayait-il simplement de laisser entendre qu'il était de lui ? (Comme un pied de nez destiné aux gens qui auraient pu penser qu'il n'était plus « un homme »...) Comment le savoir ? En été, l'après-midi, il prenait son cotre et l'emmenait faire un tour dans le port. Fosca, nonchalamment étendue à l'arrière, une main pendant dans l'eau, chantait pour lui de sa belle petite voix d'oiseau. Alors il était aux anges : il battait la mesure avec ses doigts et il avait ainsi tout à fait l'air d'un père de famille. Le soir ils faisaient une partie d'échecs — une curieuse distraction pour des amoureux; et dès que le bombardement commençait, ils se bouchaient les oreilles avec des tampons confectionnés à l'aide de bouts filtres de cigarettes, car le crépitement des *shrapnells* le rendait nerveux. Ils pouvaient ainsi se concentrer sur leur jeu dans le plus parfait silence !

Mais à une ou deux reprises, cette paisible harmonie fut obscurcie par des événements extérieurs qui suscitèrent des doutes et des craintes assez compréhensibles dans une liaison qui n'avait rien de nébuleux — je veux dire qui avait été *discutée* et disséquée, mais non vécue jusqu'au bout. Je le trouvai un jour faisant les cent pas dans le salon, d'un air abattu. Il était en robe de chambre et en pantoufles et il avait les yeux rouges.

— Ah, Darley ! soupira-t-il en se jetant sur sa chaise de goutteux et en se prenant la barbe comme s'il voulait l'arracher. Nous ne les comprendrons jamais, jamais. Les femmes! Quel malheur! Je suis peut-être idiot. Fosca! Son mari!

— Quoi? Il s'est fait tuer? demandai-je.

— Non, dit-il en hochant tristement la tête. Non, il a été fait prisonnier et envoyé dans un camp en Allemagne.

— Bon, et alors?

— Alors j'ai honte, voilà tout. Je ne m'étais pas vraiment rendu compte jusqu'à l'annonce de cette nouvelle, et elle non plus, que c'était *sa mort* que nous attendions en réalité. Inconsciemment, naturellement. Maintenant elle est pleine de remords, de dégoût. Mais tout simplement, nous avions bâti notre avenir sur cette idée qu'il allait disparaître. C'est monstrueux. Sa mort nous aurait laissé le champ libre; maintenant le problème se trouve différé pour des années peut-être, peut-être pour toujours...

Il paraissait complètement bouleversé et s'éventait avec un journal en marmonnant.

— Les choses prennent un tour étrange, poursuivit-il. Car si Fosca avait trop de délicatesse pour lui avouer la vérité tant qu'il était au front, elle ne pourra pas davantage le faire tant qu'il sera prisonnier. Je l'ai laissée en larmes. Tout est remis en question *jusqu'à la fin de la guerre.*

Il grinça des dents et me regarda fixement. Je ne savais que dire pour le consoler.

— Pourquoi ne lui écrit-elle pas pour tout lui dire?

— Impossible! Ce serait trop cruel. Et avec l'enfant qui va naître? Même moi, Pombal, je ne lui demanderais pas de faire une chose pareille. Jamais. Je l'ai trouvée *en larmes*, mon ami, le télégramme à la main. Elle me dit d'une voix brisée par l'émotion : « O Georges-Gaston, pour la première fois j'ai eu honte de mon amour quand j'ai compris que nous souhaitions qu'il meure plutôt qu'il soit fait prisonnier comme cela. » Cela vous semble peut-être compliqué, mais vous ne savez pas à quel point elle est sensible, délicate, honnête, fière, et tout. Puis il s'est produit une chose étrange. Notre chagrin à tous deux était si grand qu'en essayant de la consoler j'ai glissé et nous avons commencé à faire vraiment l'amour sans nous en apercevoir. Ce devait être un étrange tableau. Et une opération pas facile. Puis lorsque nous sommes revenus à nous, elle s'est remise à pleurer en disant : « Maintenant, pour la première fois, je crois que je vous déteste, Georges-Gaston, parce que maintenant notre amour est sur le même plan que celui de n'importe qui. Nous l'avons dégradé. » Les femmes s'arrangent toujours pour vous mettre dans votre tort. J'étais si heureux d'avoir enfin... Ses paroles m'ont plongé dans un grand désespoir. Je suis parti en courant. Je ne l'ai pas revue depuis *cinq heures*. C'est peut-être la fin? Ah, dire que cela aurait pu être le commencement de quelque chose qui, au moins, nous aurait soutenus jusqu'à ce que nous y voyions plus clair.

— Elle est peut-être trop stupide.

Pombal parut consterné par ma remarque.

— Comment pouvez-vous dire cela! Tout vient de son exquise délicatesse d'esprit, au contraire. J'ai déjà bien assez de chagrin comme ça, ne dites pas encore des bêtises pareilles d'une si belle âme.

— Alors, téléphonez-lui.

— Son téléphone est en dérangement. Aïe! C'est pire que d'avoir mal aux dents. Pour la première fois de ma vie, j'ai même songé au suicide. Vous voyez à quel point j'en suis arrivé.

Mais à ce moment précis la porte s'ouvrit et Fosca entra dans la pièce. Elle aussi avait pleuré. Elle s'immobilisa d'un air de dignité presque comique en tendant les mains à Pombal, qui émit un grognement de plaisir inarticulé, traversa la pièce d'un bond et alla l'étreindre passionnément. Puis il la prit par l'épaule et lentement, d'un pas accablé de bonheur, il l'emmena dans sa chambre où ils s'enfermèrent.

Plus tard, ce soir-là, je le rencontrai dans la rue Fouad; il exultait.

— Hurrah! s'écria-t-il en courant vers moi et en jetant son chapeau en l'air. *Je suis enfin là!*

Le chapeau décrivit une large parabole et retomba au milieu de la chaussée où il fut aussitôt écrasé par trois voitures qui se suivaient. Pombal joignit les mains et sourit de plus belle, comme si ce spectacle le comblait d'une joie intense. Puis, levant son visage lunaire au ciel comme pour y chercher un signe ou un présage, il me saisit la main et s'écria :

— Ah, la divine logique des femmes! Sincèrement il n'y a rien de plus merveilleux sur terre que la vue d'une femme étudiant ses sentiments. C'est adorable. Notre amour... Fosca! C'est un amour complet maintenant. Vraiment, je n'en reviens pas. Jamais je n'aurais raisonné de façon aussi juste. Écoutez : elle ne pouvait pas se résoudre à tromper un homme que la mort pouvait frapper à tout instant. Bien. Mais maintenant qu'il est en sécurité derrière les barbelés, c'est différent. Nous sommes libres à présent de nous conduire normalement. Naturellement, nous ne pouvons rien lui dire encore, il en souffrirait trop. Nous nous servirons simplement dans le garde-manger, comme disait Pursewarden. Mon cher ami, n'est-ce pas merveilleux? Fosca est un ange.

— Je crois qu'elle est tout simplement femme.

— Femme! Ce mot, si merveilleux soit-il, est trop faible pour une âme comme elle.

Et il se mit à pousser des gémissements de bonheur et à me donner des tapes sur l'épaule.

— Je vais chez Pierantoni lui acheter un cadeau, quelque chose de cher... Moi qui n'ai jamais fait de cadeaux aux femmes, pas une seule fois dans toute mon existence! Cela m'a toujours paru absurde. J'ai vu un jour un film sur les pingouins à l'époque des amours. Le mâle, dont la grotesque ressemblance avec l'homme est frappante, ramasse des pierres qu'il dépose devant la dame de son choix quand il lui fait la cour. C'est sa façon à lui de se mettre en valeur. Et voilà que je me conduis comme un pingouin mâle. Peu importe. Maintenant notre aventure ne peut avoir qu'un heureux dénouement.

Paroles fatales, que je me suis souvent rappelées depuis, car quelques mois plus tard Fosca devait définitivement quitter la scène.

IV

Je fus longtemps sans entendre parler de la sœur de Pursewarden; je savais seulement qu'elle habitait là-bas, à la résidence d'été de la Légation. Pour ce qui est de Mountolive, je savais qu'il venait du Caire passer une soirée à Alexandrie tous les dix jours environ, car ses visites étaient consignées dans les minutes du bureau. Au début, j'attendais un signe de lui, mais avec le temps, je finis presque par oublier leur existence comme je supposais qu'ils avaient dû oublier la mienne. Aussi la voix de Liza me causa-t-elle une réelle surprise au téléphone du bureau — dans cette atmosphère ronronnante où les surprises étaient rares et accueillies avec joie. Une voix étrangement désincarnée qui aurait pu être celle d'un adolescent, me dit : « Je crois que je ne vous suis pas inconnue. Vous étiez un ami de mon frère et j'aimerais vous rencontrer pour que vous me parliez de lui. » Elle m'invita à dîner pour le lendemain; la façon dont elle me présenta la chose (« un dîner en privé, sans cérémonie et sans caractère officiel ») me laissa supposer que Mountolive y assisterait. J'éprouvai un sentiment de curiosité inhabituel en remontant la longue allée bordée de buis et en passant sous le petit taillis de pins qui entourait la résidence d'été. La nuit était chaude; pas un souffle d'air; cette immobilité présageait la formation d'un *khamsine* quelque part dans le désert, qui plus tard roulerait ses nuages de poussière par les rues et les places de la ville comme des colonnes de fumée. Mais l'atmosphère était encore sèche et limpide.

Je sonnai à deux reprises sans résultat, et je commençai à supposer qu'elle ne fonctionnait pas lorsque j'entendis approcher un pas feutré. La porte s'ouvrit, et je me trouvai devant Liza. Sa beauté me frappa, bien qu'elle fût d'une taille légèrement au-dessous de la moyenne. Elle portait une robe noire d'étoffe soyeuse, avec un large décolleté d'où sa gorge mince et sa tête sortaient comme de la corolle d'une fleur. Elle me présentait son visage aveugle, empreint d'une curieuse expression de triomphe fébrile, le menton levé dans une attitude de défi inquiétant — comme si elle offrait son cou adorable à un invisible bourreau. Je me nommai et aussitôt elle sourit, hocha la tête et répéta mon nom dans un murmure tendu comme un fil.

— Dieu merci, vous êtes venu enfin, dit-elle, comme si elle avait vécu dans l'attente de ma visite depuis des années !

Je fis quelques pas et elle ajouta alors vivement :

— Je vous prie de me pardonner, mais... je n'ai pas d'autre moyen de connaître les visages.

Et je sentis tout à coup ses doigts tièdes et doux sur mon visage, qui se déplaçaient rapidement, comme s'ils lisaient un texte en braille; j'éprouvai un étrange malaise, fait de sensualité et de dégoût, au contact de ces doigts experts qui couraient sur mes lèvres et mes joues. Elle avait les mains petites et bien découpées; ses doigts donnaient une extraordinaire impression de fragilité, car ils étaient légèrement recourbés aux extrémités pour présenter au monde, telles des antennes, leurs tendres spatules blanches. J'avais vu un jour une pianiste célèbre qui avait exactement les mêmes doigts, si sensibles qu'ils semblaient s'enfoncer dans les touches quand ils les effleuraient. Elle poussa un léger soupir, comme de soulagement, et me prenant le poignet, me fit traverser le hall et m'introduisit dans le salon au riche mobilier officiel et sans personnalité où m'attendait Mountolive debout devant la cheminée, l'air grave et paraissant quelque peu mal à son aise. Une radio jouait en sourdine quelque part. Nous échangeâmes une poignée de main où je perçus quelque chose d'infirme, d'indécis, impression que renforça encore sa voix hésitante quand il s'excusa de son long silence.

— Je devais attendre que Liza soit prête, me dit-il assez mystérieusement.

Mountolive avait beaucoup changé. Certes, il présentait toujours les marques de cette élégance superficielle que requéraient ses fonctions, et sa mise était d'un goût irréprochable (même dans le privé, un diplomate a l'air d'être en uniforme, me dis-je avec mélancolie). Il était toujours aussi affable et prévenant. Mais il avait vieilli. Je notai qu'il devait maintenant porter des lunettes pour lire, car j'en vis une paire sur un numéro du *Times* à côté du sofa. Et il se laissait pousser une moustache qu'il ne taillait pas et qui modifiait le dessin de sa bouche en accentuant encore la mollesse délicate des traits. Il semblait difficile de l'imaginer aux prises avec une passion bouleversant les critères de l'éducation qu'il avait reçue. Et maintenant, en les considérant tour à tour, je n'arrivais pas à croire ce que Clea m'avait dit au sujet de son amour pour cette aveugle étrange qui me fixait de ses grands yeux vides, assise sur le sofa, les mains croisées sur ses genoux — ces mains rapaces, avares, de musicienne. S'était-elle enroulée, tel un petit serpent haineux, au cœur de la vie paisible de Sir David? J'acceptai le verre qu'il me tendit et, dans la chaleur de son sourire, je retrouvai l'admiration et l'affection que je me souvenais de lui avoir jadis portées. Que je lui portais toujours.

— Nous étions tous deux très désireux de vous rencontrer, et tout particulièrement Liza, car elle pense que vous serez peut-être en mesure de l'aider. Mais nous parlerons de cela plus tard.

Et avec une brutale douceur, il se détourna du véritable objet de ma visite pour me demander si mes nouvelles fonctions me plaisaient. Un échange de plaisanteries courtoises s'ensuivit, qui provoquèrent les réponses neutres appropriées. Mais j'y glanai cependant quelques indications nouvelles.

— Liza tenait absolument à ce que vous restiez ici; aussi nous avons fait tout ce qu'il a été possible pour cela!

Pourquoi? Simplement pour que je me soumette à un interrogatoire au sujet de son frère, qu'à la vérité je n'avais pas connu beaucoup, et qui m'était devenu plus mystérieux de jour en jour — le personnage s'effaçant de plus en plus à mes yeux derrière l'artiste? Il était clair que je devais attendre le moment qu'elle jugerait bon pour m'éclairer là-dessus. Mais il était déconcertant de perdre ainsi son temps à des banalités.

Pendant tout cet échange de propos inoffensifs, je me rendis compte que la jeune femme ne disait rien — pas un mot. Elle restait assise là, sur le sofa, attentive et lointaine, comme planant sur un nuage. Je remarquai qu'elle portait un ruban de velours noir autour du cou. Et je compris que sa pâleur, qui avait tant frappé Clea, était probablement due au fait qu'elle ne pouvait pas se farder devant un miroir. Mais elle avait vu juste quant au dessin de sa bouche, car à une ou deux reprises, je saisis une expression sarcastique qui était une réplique exacte de celle de son frère.

Un domestique fit rouler la table du dîner, et nous prîmes place en échangeant toujours des propos badins; Liza mangeait rapidement, comme si elle mourait de faim, et avec autant de dextérité que si elle voyait réellement l'assiette que Mountolive lui servait. Je remarquai toutefois que ses doigts tremblaient légèrement quand ils se saisissaient de son verre. Enfin, lorsque le repas fut achevé, Mountolive se leva avec un air de soulagement à peine déguisé et s'excusa.

— Je vais vous laisser seuls pour que vous puissiez parler boutique avec Liza. J'ai encore un travail à terminer à l'Ambassade ce soir. Vous voudrez bien m'excuser, j'espère?

Je vis une ombre d'appréhension passer un instant sur le visage de Liza, mais qui fut bien vite remplacée par une expression à mi-chemin entre le désespoir et la résignation. Ses doigts palpèrent doucement, d'une manière équivoque, le gland d'un coussin. Lorsque la porte se fut refermée sur Mountolive, elle garda encore un moment le silence, mais un silence quasi surnaturel, la tête penchée en avant, comme si elle essayait de déchiffrer un message écrit dans la paume de sa main. Puis elle se mit à parler, d'une petite voix froide, en détachant ses mots comme pour rendre plus clair le sens de ses paroles.

— Je n'imaginais pas que ce serait si difficile à expliquer lorsque j'ai songé à faire appel à vous. Ce livre...

Puis un long silence tomba. Je vis que de fines gouttelettes de sueur brillaient sur sa lèvre supérieure, et que ses tempes paraissaient tendues par l'effort. J'eus pitié de sa détresse et lui dis :

— Je ne peux prétendre l'avoir bien connu, si nous nous rencontrions souvent. En fait, je crois que nous n'éprouvions pas une grande sympathie l'un pour l'autre.

— Au début, reprit-elle d'un ton tranchant, pour couper court à mes imprécisions, j'ai pensé que je pourrais vous persuader d'écrire ce livre sur lui. Mais maintenant, je vois qu'il faut que vous sachiez tout. Je ne sais par où commencer. Je me demande même s'il est possible de transcrire les faits de sa vie et de les publier. Mais j'y ai songé, d'abord parce que les éditeurs insistent—ils disent qu'il y a actuellement une grande demande de la part du public, et surtout à cause du livre que ce petit journaliste est en train d'écrire, s'il ne l'a déjà fait. Je veux parler de Keats.

— Keats? m'écriai-je, surpris.

— Je crois qu'il est ici; mais je ne le connais pas. C'est la femme de mon frère qui lui a proposé ce travail. Elle le détestait, voyez-vous, depuis qu'elle a tout découvert; elle s'est imaginé que mon frère et moi avons tout fait pour gâcher sa vie. Sincèrement, elle me fait peur. Je ne sais pas ce qu'elle a dit à Keats, ni ce qu'il écrira. Maintenant je vois qu'en vous priant de venir ici, je souhaitais vous amener à écrire un livre qui... d'une certaine manière, déguiserait la vérité. Je ne m'en suis vraiment rendu compte que lorsque je me suis trouvée en votre présence. Cela me causerait une peine intolérable si quelque chose devait ternir la mémoire de mon frère.

J'entendis un roulement de tonnerre quelque part vers l'est. Elle se leva, comme prise de panique, et après un moment d'hésitation, se dirigea vers le piano à queue et frappa un accord. Puis elle referma le couvercle et se retourna vers moi en disant :

« J'ai peur du tonnerre. Permettez-moi de tenir votre main très fort. »

Elle avait la main glacée. Alors, en rejetant ses beaux cheveux noirs, elle dit :

— Voyez-vous, nous étions amants. C'est là toute notre histoire. Il a essayé de se détacher de cet amour. Mais son mariage n'y a pas résisté. Ce ne fut peut-être pas honnête de sa part de ne pas lui avoir avoué la vérité avant de l'épouser. Les choses prennent parfois un tour étrange. Pendant de nombreuses années, nous avons connu un bonheur parfait, lui et moi. S'il s'est terminé tragiquement, on ne peut en incriminer personne, je pense. Il n'a pas pu se libérer de l'emprise que j'avais sur son esprit, malgré tous ses efforts. Et je n'ai pas pu me libérer de lui, bien que je ne l'aie jamais sincèrement désiré, jusqu'au jour où... jusqu'au jour qu'il avait prédit bien des années auparavant, où est apparu l'homme qu'il appelait toujours « le sombre étranger ». Il le voyait très nettement quand il regardait dans le feu. C'était David Mountolive. Pendant un certain temps, je ne lui ai pas dit que j'avais rencontré l'amour, l'amour fatal. (David ne voulait pas. La seule personne à qui nous en ayons parlé fut la mère de Nessim. David m'en avait demandé la permission.) Mais mon frère n'ignorait rien, et après un long silence il m'écrivit pour me demander si l'étranger était venu. Lorsqu'il reçut ma lettre, il sembla se rendre compte brusquement que nos relations risquaient de connaître le même sort que ses rapports avec sa femme — non pas par les heurts qui auraient pu survenir entre nous, mais du seul fait de mon existence. Alors, il s'est suicidé. Il s'en est expliqué longuement dans la dernière lettre qu'il m'a adressée. Je peux la réciter par cœur. Il écrivait :

« Depuis des années, j'attendais ta lettre avec impatience. Souvent, bien souvent, je l'ai écrite pour toi dans ma tête, te la dictant mot par mot. Je savais que, dans ton bonheur, tu songerais aussitôt à m'exprimer ta gratitude passionnée pour ce que je t'ai donné — le pouvoir de comprendre tout amour à travers le mien : de sorte que lorsque l'étranger est venu, tu étais prête... Et le voici, ce message longtemps attendu, et me disant qu'il avait lu les lettres. Et j'ai connu pour la première fois un sentiment de soulagement inexprimable en lisant ces lignes. Et de joie — une joie que je n'aurais jamais cru ressentir un jour dans ma vie — à la pensée que tu allais enfin pénétrer tout à coup dans la richesse et la plénitude de la vie, enfin délivrée de l'image de ton frère torturé ! Des bénédictions tombaient de mes lèvres. Mais alors, lentement, tels des nuages qui s'élèvent et se dispersent, j'éprouvai le lourd tiraillement d'une autre vérité, tout à fait imprévisible, tout à fait inattendue. La crainte que, tant que je serai vivant, quelque part dans le monde, tu te trouves incapable d'échapper aux chaînes où je t'ai si cruellement maintenue toutes ces années. A cette idée, mon sang se glaça dans mes veines — car je sais sincèrement que c'est quelque chose de beaucoup plus définitif que tu attends de moi, s'il faut que tu renonces à moi pour commencer à vivre. Je dois réellement t'abandonner, me retirer vraiment de la scène et ne plus permettre à nos cœurs vacillants un seul autre battement équivoque. Oui, j'avais savouré cette joie par avance, mais je n'avais pas prévu qu'elle ferait naître en moi une aussi claire représentation de la mort. Voilà qui était une nouveauté ! Oui, je ne puis t'offrir un cadeau de mariage plus parfait ! Et si tu considères au-delà du chagrin immédiat, tu verras comme la logique de l'amour semble parfaite à celui qui est prêt à mourir pour lui. »

Elle émit un bref sanglot et inclina la tête. Elle prit ensuite mon mouchoir dans ma poche et le pressa contre ses lèvres tremblantes. J'étais stupéfait de la terrible révélation qu'elle venait de me faire. Outre la pitié que j'éprouvais pour Pursewarden, je le découvrais sous un nouveau jour, je comprenais à quel point de maturité il était parvenu, à quelle illumination. Bien des choses me devenaient claires. Mais aucun mot de consolation ou de commisération n'aurait pu faire justice d'une situation aussi tragique. De nouveau, elle parlait.

— Je vous donnerai les lettres secrètes; vous les lirez et vous me conseillerez. Ce sont des lettres qu'il m'envoyait à intervalles irréguliers et que je ne devais ouvrir que lorsque David serait venu. Il me les lirait alors, et nous les détruirions ensemble — du moins c'est ce qu'il m'avait demandé de faire. N'est-ce pas étrange, cette certitude qu'il avait? Les autres lettres m'étaient lues de la façon habituelle, naturellement; mais ces lettres secrètes, et elles sont nombreuses, sont toutes percées d'un trou d'épingle dans le coin supérieur gauche. Ainsi je pouvais les reconnaître et les mettre de côté. Elles sont dans cette valise là-bas. J'aimerais que vous les emportiez pour les lire. Oh, Darley, vous n'avez pas dit un mot. Êtes-vous prêt à m'aider dans cette terrible situation? J'aimerais pouvoir lire sur votre visage.

— Certes, je vous aiderai. Mais comment le puis-je, et en quoi exactement?

— En me conseillant, en me disant ce que je dois faire! Rien de tout cela ne serait arrivé si ce petit journaliste ne s'était mêlé de nous, s'il n'était allé voir sa femme.

— Votre frère a-t-il désigné un exécuteur littéraire?

— Oui. C'est moi son exécuteur littéraire.

— Alors, vous avez le droit de vous opposer à la publication de tous les inédits de votre frère tant qu'ils ne sont pas tombés dans le domaine public. En outre, je ne vois pas comment de tels faits pourraient être rendus publics sans votre permission, même dans une biographie non autorisée. Vous n'avez aucun sujet de vous alarmer à ce propos. Il n'y a pas un écrivain sensé qui oserait toucher à de tels documents; et s'il s'en trouvait un, pas un éditeur au monde n'oserait les publier. Je crois que la meilleure chose à faire est d'essayer de découvrir ce que Keats a l'intention de mettre dans son livre. Au moins nous saurons à quoi nous en tenir.

— Je vous remercie, Darley. Je ne pouvais pas entrer en contact avec Keats moi-même parce que je savais qu'il travaillait pour elle. Je la hais et elle me fait peur — peut-être à tort. Je suppose aussi que je me sens coupable de lui avoir fait du mal sans le vouloir. Ce fut une déplorable erreur de sa part de ne rien lui avoir dit avant leur mariage; je crois qu'il s'en est rendu compte lui aussi, car il a voulu m'éviter de commettre la même faute lorsque David est enfin apparu. Ce qui explique les lettres secrètes, qui ne laissent aucun doute là-dessus. Pourtant tout s'est passé exactement comme il l'avait décidé, comme il l'avait annoncé. Le tout premier soir où j'ai parlé de cela à David, je l'ai aussitôt emmené chez moi pour les lire. Nous nous sommes assis sur le tapis devant le feu et il me les a lues l'une après l'autre de cette voix inoubliable — la voix de l'étranger.

Elle eut un étrange sourire aveugle au souvenir de cette scène que j'imaginais avec un sentiment de compassion pour Mountolive assis devant le feu, lisant ces lettres d'une voix hésitante, stupéfait par la révélation du rôle qu'il avait joué à son insu dans cette sinistre mascarade, un rôle qui l'attendait depuis des années sans qu'il s'en doutât. Liza était assise à côté de moi, perdue dans ses pensées, la tête inclinée. Elle remuait lentement les lèvres, comme si elle lisait quelque chose de difficile à déchiffrer tout au fond d'elle-même, comme si elle récitait quelque chose pour elle seule. Je lui pressai doucement la main, comme pour l'éveiller.

— Je dois vous quitter maintenant. Mais pourquoi voulez-vous que je lise ces lettres? Ce n'est pas nécessaire.

— Maintenant que vous connaissez le meilleur et le pire, j'aimerais avoir votre avis. Elles doivent être détruites. C'était le vœu de mon frère. Mais David estime qu'elles appartiennent à ses écrits, et que nous avons le devoir de les conserver. Je n'arrive pas à prendre une décision. Vous êtes écrivain. Essayez de les lire par les yeux de l'écrivain, comme si vous les aviez écrites vous-même, et dites-moi si vous souhaiteriez qu'elles subsistent ou qu'elles soient détruites. Elles sont toutes dans cette valise. Il y a encore un ou deux fragments que vous pourrez peut-être m'aider à éditer si vous avez le temps et si vous estimez qu'ils en valent la peine. Il m'a toujours déconcertée — sauf lorsque je le tenais dans mes bras.

Et soudain une expression de rage haineuse passa sur son visage blême. Comme si un souvenir désagréable venait de la piquer. Elle passa sa langue sur ses lèvres sèches, et, comme nous nous levions en même temps, elle ajouta d'une petite voix voilée :

— Il y a encore une chose. Puisque vous êtes allé déjà si loin dans l'intimité de nos vies, pourquoi ne pas aller jusqu'au bout? J'ai toujours gardé ceci sur moi.

Plongeant la main dans une poche de sa robe, elle en retira une photo et me la tendit. Elle était jaunie et craquelée : je vis une petite fille aux longs cheveux noués par un ruban, assise sur un banc, dans un parc, qui regardait l'objectif avec un sourire mélancolique et désabusé; elle tenait à la main un bâton blanc. Il me fallut un moment avant de pouvoir retrouver dans les traits à demi effacés de la bouche et du nez, ceux de Pursewarden lui-même, et de me rendre compte que la petite fille était aveugle.

— Vous la voyez? dit Liza dans un murmure frémissant et tendu qui m'ébranla les nerfs — un mélange de sauvagerie, d'amertume, et d'angoisse triomphante. Vous la voyez? C'était notre enfant. Elle est morte. Alors il fut pris de remords pour une situation qui ne nous avait causé que de la joie jusqu'à ce jour, et depuis ce moment nos relations se sont altérées; et cependant, en un sens, notre amour en devint plus intense, et nous nous sommes trouvés plus proches l'un de l'autre que jamais. Ce n'était plus seulement la passion qui nous liait, mais le sentiment de notre faute. Je me suis souvent demandé pourquoi. Un terrible bonheur sans faille et puis... un beau jour, comme un rideau de fer qui tombe : *coupables*.

Le mot tomba comme une étoile filante et expira dans le silence. Je pressai sa main — elle était de glace — et lui dis :

— Je prendrai les lettres.

— Merci, dit-elle dans un murmure, épuisée. Je savais que nous gagnerions un ami en vous. Je sais que je peux compter sur vous.

Comme je refermais doucement la porte d'entrée derrière moi, j'entendis de nouveau un accord frappé sur le piano — un seul accord qui resta un moment en suspens dans le silence, ses vibrations s'épuisant insensiblement, comme un écho. En passant sous les arbres, j'aperçus Mountolive qui se glissait vers la porte de service. Je compris tout à coup qu'il avait dû faire les cent pas dans le parc, en proie à une douloureuse appréhension : il avait l'air d'un écolier attendant, à la porte du directeur, le moment de recevoir une correction. Je me sentis ému et pris de sympathie pour lui, pour sa faiblesse, pour l'effroyable situation où il se trouvait.

Je fus surpris de constater qu'il était encore tôt. Clea était allée passer la journée au Caire et ne devait rentrer que plus tard dans la soirée. J'emportai la petite valise chez elle et je m'installai par terre sur un tapis pour l'ouvrir.

Dans cette chambre paisible, à la lueur des chandelles, je me mis à lire les lettres secrètes avec un curieux pressentiment, une sorte de crainte; il est toujours effrayant d'explorer les secrets les plus intimes d'un étranger. Cette impression, loin de se dissiper, se changea au contraire à mesure que je lisais, en une sorte de terreur, presque d'horreur, à la pensée de ce qui allait suivre. Quelles lettres ! Féroces, maussades, brillantes, disertes — le torrent de mots jaillis de cette main toute proche s'écoulait inlassablement, constellé d'images éblouissantes et dures comme du diamant, en une frénésie de désespoir, de remords et de passion terriblement lucide. Je me mis à trembler comme en présence d'un grand maître, à trembler et à marmonner. Avec un choc intérieur, je me rendis compte qu'il n'y avait rien dans toute la littérature qui pût se comparer à elles ! Tous les chefs-d'œuvre que Pursewarden avait pu écrire pâlissaient devant ces lettres à l'éclat et à la prolixité furieux et spontanés. Littérature, me dis-je ! Mais ces lettres étaient de la vie même, et non son image, sa représentation coulée dans une forme travaillée — la vie même, le grand courant unique de la vie avec tous ses pitoyables souvenirs empoisonnés par la volonté, ses chagrins, ses terreurs et ses soumissions. Ici, l'illusion et la réalité se trouvaient fondues en une seule vision aveuglante d'une passion parfaite, incorruptible, qui planait sur l'esprit de l'écrivain comme une sombre étoile — l'étoile de la mort ! La beauté et la douleur terribles que cet homme exprimait avec une telle aisance — oh, la terrifiante profusion de ses dons ! — me désespéraient et en même temps m'accablaient de joie. Quelle cruauté, quelle richesse ! C'était comme si les mots lui sortaient par tous les pores de son corps — malédictions, gémissements, larmes de joie et de désespoir — tout cela soudé à la furieuse et rapide notation musicale d'un langage parachevé par son propos. Là enfin les amants étaient confrontés, nus jusqu'à l'os, jusqu'à la moelle.

Pendant cette étrange et effrayante expérience j'entrevis, l'espace d'un moment, le vrai Pursewarden, l'homme qui m'avait toujours échappé. Je songeai avec honte aux médiocres passages que je lui avais consacrés dans le manuscrit intitulé *Justine* — à l'image que je m'étais faite de lui ! Par envie ou par jalousie inconsciente, je m'étais inventé un Pursewarden à la mesure de mes critiques. Dans tout ce que j'avais écrit là c'étaient uniquement mes propres faiblesses que je lui avais imputées — j'avais même été jusqu'à l'accuser de travers complètement faux, tel qu'un sentiment d'infériorité sociale dont je souffrais et qui n'avait jamais été son fait. C'est en lisant ces lettres seulement que je réalisai que la connaissance poétique ou transcendante annule d'une certaine façon la connaissance relative, et que ses humeurs noires n'étaient que des traits ironiques décochés à cette connaissance énigmatique dont le champ d'opération se situe au-dessus, au-delà de la quête des vérités relatives. Il n'y *avait* aucune réponse aux questions que j'avais soulevées en toute bonne foi. C'est lui qui avait raison. Aveugle comme une taupe, j'avais creusé dans le cimetière des faits relatifs, j'avais amassé les événements, les observations, et j'avais délibérément ignoré le potentiel mythique qui couve sous les faits. J'avais appelé cela la quête de la vérité! Mais c'est aussi que je n'avais eu aucun moyen d'être instruit de ces choses — si ce n'est par des sarcasmes que j'avais trouvés si blessants. Car maintenant je me rendais compte que son ironie était en réalité de la tendresse retournée comme un gant! Et en découvrant Pursewarden ainsi pour la première fois, je compris qu'il avait cherché, à travers son œuvre, à saisir la tendresse même qu'il y a au fond de toute logique, au fond des Choses Telles Qu'Elles Sont; non pas la logique du syllogisme ou les limites de l'émotion, mais la véritable essence de la découverte des faits, la vérité *toute nue*, la perception intuitive... toute la face Plaisanterie. Oui, la Plaisanterie! Je me réveillai en sursaut et poussai un juron.

Si deux ou plusieurs explications d'une seule action humaine se valent, que signifie alors l'action? N'est-elle pas une simple illusion — un geste que l'on fait devant l'écran noir et brumeux d'une réalité que seule la nature trompeuse du divorce humain rend palpable? Quel romancier avant Pursewarden avait considéré la question? Je n'en vois aucun.

Et en méditant sur ces terribles lettres, je découvris aussi tout à coup le véritable sens de mes rapports avec Pursewarden, et à travers lui, avec tous les écrivains. Je vis, en fait, que nous, les artistes, formons l'une de ces pathétiques chaînes humaines qui se passent des seaux d'eau pour éteindre un incendie, ou qui aident à charger un canot de sauvetage. Une chaîne ininterrompue d'humains nés pour explorer les richesses intérieures de la vie solitaire pour le compte de la communauté indifférente et impitoyable, unis par le même don comme par des menottes.

Je commençai à voir que la véritable « fiction » n'était ni dans les pages d'Arnauti ni dans celles de Pursewarden — ni même dans les miennes. C'était la vie même qui était une fiction —

nous disions tous cela, chacun à notre façon, chacun le comprenant selon sa nature et ses dons.

C'est maintenant seulement que je commençais à voir comment la mystérieuse configuration de mon existence avait tiré sa forme des propriétés de ces éléments qui se tiennent en dehors de la vie relative — dans le royaume que Pursewarden appelle « l'univers héraldique ». Nous étions trois écrivains, livrés à une ville mythique dont nous devions tirer substance, au sein de laquelle nous devions confirmer nos dons. Arnauti, Pursewarden, Darley — tels le passé, le présent et le futur d'un même verbe! Et de même dans ma propre vie (ce courant qui s'écoulait mollement du flanc blessé du Temps!), trois femmes se disputaient les humeurs du grand verbe Amour : Melissa, Justine et Clea.

En réalisant cela, j'éprouvai tout à coup une grande mélancolie et un grand désespoir, reconnaissant les limites de mes propres pouvoirs, me voyant cerné par une intelligence trop puissante en soi, et manquant d'un vocabulaire proprement magique, manquant d'élan, de passion, pour réaliser cet autre monde de l'accomplissement artistique.

Je venais à peine de replacer ces lettres insoutenables dans la valise et je méditais sur ces choses, lorsque la porte s'ouvrit et Clea apparut, belle et souriante.

— Eh bien, Darley, que fais-tu donc assis par terre, avec cet air lugubre? Mais, mon chéri, tu as les yeux pleins de larmes.

Aussitôt elle vint s'agenouiller près de moi pour me prodiguer sa chaude tendresse.

— Oui, des larmes d'exaspération, dis-je, et je la serrai contre moi. Je viens de comprendre à l'instant que je n'étais pas un artiste. Et que je ne le serai jamais. C'est sans espoir.

— Que t'est-il donc arrivé?

— J'ai lu les lettres de Pursewarden à Liza.

— Tu l'as vue?

— Oui. Keats est en train d'écrire je ne sais quel livre absurde...

— Mais je viens de le rencontrer à l'instant. Il arrive du désert et vient passer douze heures en ville.

Je me redressai aussitôt. Je sentis brusquement qu'il me fallait aller le trouver pour essayer de voir quels étaient au juste ses projets.

— Je crois qu'il allait prendre un bain chez Pombal, dit Clea. En te dépêchant, tu le trouveras peut-être là-bas.

Keats! Lui aussi avait son rôle à jouer dans ce spectacle

d'ombres. Il y a toujours un Keats pour interpréter, pour traîner après lui sa trace de bave sur la pauvre vie embrouillée d'où l'artiste, au prix de quels tourments, tire d'étranges joyaux solitaires. Après ces lettres, il me paraissait plus que jamais nécessaire de mettre des personnages tels que Keats hors d'état de se mêler de choses qui ne les regardent pas, qui ne les concernent pas. En tant que journaliste, une histoire romantique comme celle-là (le suicide est bien l'acte le plus romantique que puisse accomplir un artiste) devait certainement l'émoustiller. Génie et Faits Divers dans un même papier; je voyais déjà le genre! Je croyais connaître mon Keats — mais, une fois de plus, évidemment, j'avais complètement oublié de tenir compte de l'action du Temps, car Keats avait changé comme nous tous, et mon entrevue avec lui fut aussi inattendue que tout le reste concernant la ville.

J'avais oublié ma clé, et je dus sonner pour qu'Hamid vienne m'ouvrir. « Oui, me dit-il, M. Keats est là-haut, en train de prendre un bain. » Je traversai le corridor et frappai à la porte derrière laquelle j'entendais un bruit d'eau et un sifflotement joyeux.

— Par exemple, Darley! Magnifique! s'écria-t-il quand je me fus annoncé. Entrez pendant que je me sèche. J'avais appris votre retour.

Sous la douche, je vis un dieu grec! Je fus si surpris de la transformation que je m'assis sur le rebord du lavabo pour mieux observer cette... apparition. Keats avait une peau brûlée par le soleil, et ses cheveux étaient presque complètement décolorés. Bien qu'il fût plus mince, il avait l'air d'être dans une forme physique remarquable. Sa peau foncée et ses cheveux pâles donnaient un éclat plus lumineux à ses yeux bleus. Il ne ressemblait absolument pas au souvenir que j'avais gardé de lui!

— Je ne fais que passer, vous savez, me dit-il, d'une voix chaude et au débit rapide qui était encore une nouveauté. J'ai attrapé une de ces foutues saloperies du désert, vous voyez, cette espèce de plaie qui suppure, là au coude. Je ne sais pas ce qui donne ça, personne n'en sait rien; c'est peut-être toutes ces saletés en boîte qu'on bouffe là-bas! Mais je suis heureux de vous revoir, Darley. J'ai tellement de choses à vous raconter. Ah, cette guerre! Ça fait rudement du bien, un peu de flotte. On se sent renaître.

Je ne l'avais jamais connu aussi exubérant.

— Vous avez l'air en pleine forme.

— Pas mal, pas mal, dit-il en s'assenant de joyeux coups de poing sur la poitrine. Rudement chouette de se retrouver à Alex. C'est le contraste, sans doute. Il fait si chaud dans ces tanks qu'on se sent frire comme des goujons. Dites, soyez chic, passez-moi donc mon verre.

Je vis, posé à même le carrelage, un verre à moitié rempli de whisky, où flottait un cube de glace.

— Écoutez tinter la glace, dit-il d'un air ravi. Douce musique pour l'âme, le tintement de la glace.

Il leva son verre, me fit un clin d'œil et but à ma santé.

— Vous n'avez pas l'air en trop mauvaise forme, vous aussi, dit-il, et ses yeux bleus s'allumèrent d'une lueur malicieuse toute nouvelle chez lui. Maintenant, quelques fringues propres et ensuite... mon cher ami, je suis riche. Je vous emmène souper au Petit Coin. Et ne dites pas non. Pas question, hein? Justement, je voulais vous voir. J'ai des nouvelles pour vous.

Il bondit littéralement jusque dans la chambre pour s'habiller et je m'assis sur le lit de Pombal afin de lui tenir compagnie pendant ce temps. Son exubérance était contagieuse. Il ne tenait pas en place. Son cerveau bouillonnait d'idées qui voulaient sortir toutes à la fois. Il descendit l'escalier en caracolant comme un gamin, et sauta les cinq dernières marches à pieds joints. Dans la rue Fouad, je crus qu'il allait se mettre à danser.

— Non, mais sérieusement, dit-il tout à coup en me serrant le coude si fort que je pensai en garder un bleu. *Sérieusement*, la vie est magnifique.

Et comme pour illustrer le sérieux de cette grande parole, il partit d'un éclat de rire qui retentit jusqu'au bas de la rue.

— Quand je pense que nous passions notre temps à broyer du noir et à nous faire du souci. (Apparemment, il m'incluait dans cette nouvelle vision euphorique du monde.) J'ai honte quand je me rappelle ce temps-là!

Au Petit Coin, nous réussîmes à occuper une table à l'écart, après une aimable joute avec un lieutenant de marine, et appelant aussitôt Menotti, il commanda du champagne. Où diable avait-il pris cette autorité enjouée qui imposait instantanément le respect et la sympathie?

— Le désert! dit-il, comme s'il répondait à ma question non formulée. Mon vieux Darley, quand on ne connaît pas ça, on n'a rien vu.

D'une vaste poche de sa vareuse, il tira un volume de *Pickwick Papers.*

— Merde! Il ne faut pas que j'oublie de remettre ce bouquin. Sans ça, les gars me maudiront.

C'était une petite édition bon marché aux pages cornées, avec un trou de balle dans la couverture toute tachée de graisse.

— C'est tout ce que nous avons en fait de bibliothèque, et il y a un corniaud qui a dû se torcher le cul avec. J'ai juré de le rapporter. Il y en a un exemplaire à l'appartement. Je pense que Pombal ne fera pas une histoire si je le lui fauche. C'est idiot. Quand le secteur est calme, on s'allonge dans le sable et on se le lit à haute voix, à tour de rôle, sous les étoiles. C'est complètement idiot, mais tout le reste est encore plus con. De jour en jour, plus con.

— Vous avez l'air heureux, dis-je, non sans l'envier quelque peu.

— Oui, dit-il en baissant le ton, et pour la première fois, il parut relativement sérieux. Oui, je suis heureux. Darley, laissez-moi vous faire une confidence. Promettez-moi de ne pas rire.

— C'est promis.

Il se pencha en avant et me dit dans un murmure, en plissant les yeux :

— Je suis enfin devenu écrivain! Mais vous avez promis de ne pas rire, ajouta-t-il en retrouvant toute sa gaieté.

— Je n'ai pas ri.

— Non, mais vous avez haussé le sourcil, je l'ai bien vu. Vous auriez dû crier : « Hourrah! »

— Ne criez pas si fort, ou on va nous prier de sortir.

— Pardon. C'était plus fort que moi.

Il vida sa coupe de champagne d'un trait, se renversa sur sa chaise, puis me lança un regard moqueur, et de nouveau cette petite étincelle malicieuse illumina le bleu de sa prunelle.

— Qu'avez-vous écrit? lui demandai-je.

— Rien. Je n'ai pas encore écrit un mot. Mais tout est déjà là, dit-il en se frappant la tempe. Mais maintenant, au moins, je sais que ça y est. Que je l'écrive ou pas, d'ailleurs, ça n'a aucune importance; devenir écrivain, ce n'est pas seulement dévisser son stylo et se mettre à écrire, comme je le croyais.

Un orgue de Barbarie se mit à moudre sa triste mélopée dans la rue. Un vieil instrument anglais qu'un vieil Arif aveugle avait dû dénicher dans un dépôt d'ordures et rafistoler sommairement.

Il lui manquait des notes, et certains accords étaient désespérément faux.

— Écoutez, dit Keats d'une voix émue, écoutez le vieil Arif!

Il était dans ce merveilleux état d'inspiration que donne le champagne lorsqu'il triomphe pour un temps de la fatigue — une légère ivresse mélancolique qui vous donne courage. Puis il se mit à chanter tout doucement, d'une voix enrouée : « *Taisez-vous, petit babouin* », en battant la mesure avec un doigt. Enfin il poussa un gros soupir de satiété, alla choisir un cigare dans la grande boîte d'assortiment de Menotti, et revint sans se presser, s'asseoir à table en face de moi, en souriant béatement.

— Cette guerre, dit-il à la fin, non, vraiment, il faut que je vous dise... ça ne ressemble à rien de ce que j'avais pu imaginer.

Sous l'effet grisant du champagne, il avait retrouvé en partie son sérieux.

— Quand on voit ça pour la première fois, il y a quelque chose en vous qui se met à crier : « Non, c'est de la folie! Ça ne peut pas durer! » Eh bien, mon vieux, si vous voulez connaître le niveau moyen de l'humanité, allez donc sur un champ de bataille. L'idée générale peut se résumer par cette formule expressive : « Si tu ne peux ni le bouffer, ni le baiser, alors chie-lui dessus. » Deux mille ans de civilisation qui partent en fumée en un clin d'œil! Grattez avec l'ongle de votre petit doigt, et vous retrouverez le sauvage sous le vernis! Comme ça!

Il fit le geste de gratter l'air entre nous deux avec son coûteux cigare.

— Mais le plus étrange, c'est qu'elle a fait de moi un homme, comme on dit, cette guerre. Et non seulement un homme, mais encore un écrivain! Et je suis lucide, croyez-moi. Vous me preniez pour un type fini, hein, avouez? Eh bien, j'ai fini par m'y mettre, à ce sacré bouquin. Il est en train de se fabriquer, joyeusement, chapitre par chapitre, dans ma vieille cervelle de journaliste — non, il n'y a plus de journaliste, il n'y a plus qu'un *écrivain!* (Et il partit de nouveau d'un grand éclat de rire à cette idée absurde.) Darley, quand je regarde autour de moi, la nuit sur un champ de bataille, j'en reste extasié de honte... tous ces projecteurs de couleur qui tapissent le ciel... alors je me dis : « Il a fallu que tout cela arrive pour que le pauvre Johnny Keats devienne un homme. » Voilà ce que je me dis. Je n'y comprends rien, et pourtant je suis absolument certain de cela. C'était le seul moyen d'y arriver pour moi, parce que je suis trop *bête*, vous comprenez?

Il se tut un moment et tira sur son cigare d'un air distrait. On aurait dit qu'il pesait chaque mot de cette conversation pour en éprouver la solidité, comme on vérifie successivement toutes les pièces d'un moteur. Puis il ajouta, prudemment, lentement, comme un homme s'aventurant sur un terrain peu familier :

— L'homme d'action et l'homme de réflexion ne sont en réalité qu'un seul et même personnage, opérant dans deux domaines différents. Mais en vue du même résultat! Attendez, ce début peut paraître un peu bête.

Il se frappa la tempe d'un air de reproche et fronça le sourcil. Après un moment de réflexion, il poursuivit, le front toujours barré d'un gros pli :

— Voulez-vous que je vous dise ce que j'en pense, de cette guerre? Ce que je crois, moi? Eh bien, je crois que le désir de faire la guerre fait partie de notre nature; c'est un mécanisme biologique de choc destiné à précipiter une crise spirituelle chez les êtres limités. Les moins sensibles d'entre nous ont du mal à se représenter la mort, et encore plus à s'accommoder joyeusement de cette idée. Les puissances qui arrangent les choses pour nous ont donc estimé qu'elles devaient la concrétiser, afin d'intégrer la mort dans notre présent. Dans un but purement salutaire, si vous voyez ce que je veux dire! (Il se remit à rire, mais lugubrement, cette fois.) Naturellement c'est un peu différent maintenant que le spectateur est frappé plus durement que le type qui est au front. Ça n'est pas juste pour le gars qui voudrait que sa femme et ses gosses soient relativement en sécurité avant de se convertir à cette religion primitive. Pour ma part, je crois que cet instinct s'est quelque peu atrophié et qu'il est en train de disparaître; mais par quoi le remplacerons-nous...? Je me le demande! Moi, Darley, tout ce que je peux dire, c'est que cinq ou six maîtresses françaises, plusieurs tours du monde et d'innombrables aventures en temps de paix ne m'ont pas appris autant que cette guerre. Vous vous rappelez comment j'étais? Eh bien regardez-moi, maintenant : je suis devenu un adulte — mais un adulte qui vieillit vite, évidemment; oui, bien trop vite! Ça doit vous paraître idiot ce que je dis là, mais voir que la mort n'est qu'un des visages de la vie — seulement un visage en pleine accélération pour ainsi dire — ça vous donne une idée de ce que doit être la Vie éternelle! Et c'était pour moi le seul moyen d'y arriver. Et je serai probablement frappé en pleine possession de mon imbécillité, comme vous diriez.

Il partit de nouveau d'un grand éclat de rire, et parut se féliciter intérieurement de cette haute envolée métaphysique. Puis il me fit un clin d'œil, se versa une autre coupe de champagne, et conclut d'une voix un peu pâteuse :

— La vie n'a de sens que pour ceux qui sympathisent avec la mort !

Je vis qu'il était maintenant passablement ivre, car l'effet apaisant de la douche chaude s'était dissipé et les fatigues du désert reprenaient le dessus.

— Et Pursewarden? dis-je, sentant que c'était le moment de lâcher son nom dans la conversation.

— Pursewarden ! répéta-t-il d'un ton différent — un mélange de mélancolie, de tristesse et d'affection. Mais, mon cher Darley, c'était justement quelque chose comme cela qu'il s'efforçait de me dire, à sa façon un peu revêche. Et moi? Je rougis encore de honte quand je pense aux questions que je lui posais. Pourtant ses réponses, qui me semblaient alors rudement énigmatiques, me sont *maintenant* tout à fait claires. La vérité est à double tranchant, vous savez. Il n'est pas possible de l'exprimer avec des mots, cet étrange instrument fourchu avec sa dualité fondamentale ! Les mots ! Que fait l'écrivain? Il s'acharne à utiliser, avec le plus de précision possible, un instrument dont il connaît parfaitement l'imprécision fondamentale. C'est un combat désespéré mais qui n'en est pas moins réconfortant pour autant, car c'est la lutte en soi, c'est cette volonté de se mesurer avec un problème insoluble qui grandit l'écrivain ! Et ça, il l'avait compris, le vieux satyre ! Vous devriez lire ses lettres à sa femme. Malgré tout le génie qui éclate à chaque page, il pleurnichait, s'aplatissait, et s'humiliait comme un être méprisable — exactement un personnage de Dostoïevsky affligé d'une névrose dégoûtante ! On n'imagine pas l'âme banale et mesquine qui se révèle dans cette correspondance. C'est stupéfiant !

Ce point de vue de Keats me laissa rêveur, moi qui étais encore sous le coup de l'éblouissement que j'avais éprouvé à la lecture des terribles lettres secrètes...

— Keats, dites-moi, écrivez-vous un livre sur lui?

Il vida lentement sa coupe, puis la reposa d'une main mal assurée avant de me répondre.

— Non, dit-il en se frottant le menton; puis il se tut.

— On m'a dit que vous prépariez quelque chose, insistai-je.

Mais il se contenta de hocher obstinément la tête et contempla son verre d'un œil vague.

— J'y ai songé, finit-il par admettre lentement. J'ai publié un jour un long article sur lui dans une petite revue. Là-dessus j'ai reçu une lettre de sa femme : *elle* voulait que quelqu'un écrive un livre. C'est un grand cheval d'Irlandaise, toute en os, le genre souillon et hystérique; pas laide, d'ailleurs. Mais toujours en train de se moucher dans une vieille enveloppe. Toujours en pantoufles. Je dois dire qu'après l'avoir vue, je me suis senti pris de sympathie pour lui. Mais je mettais les pieds en plein dans un nœud de vipères. Elle avait pour lui une véritable aversion, et je dois dire que cela paraissait assez justifié. Elle m'a raconté pas mal de choses, et donné des masses de lettres et de manuscrits. Une mine découverte tout à fait par hasard. Seulement, mon vieux, je ne pourrai jamais utiliser des matériaux de ce genre, pour la bonne raison que je respecte sa mémoire et son œuvre. Non. Non. Je l'ai bluffée. Je lui ai affirmé qu'elle ne trouverait jamais personne pour publier de telles choses. On aurait dit qu'elle tenait à passer publiquement pour une martyre, afin de lui rendre la pareille — pauvre Pursewarden! Non, je ne pourrai jamais faire une chose pareille. D'ailleurs, c'était à vous faire dresser les cheveux sur la tête, ce que j'avais en main. Mais je n'ai pas envie de parler de ça. Vraiment, je ne pourrais répéter ça à personne.

Nous restâmes un long moment à nous observer en silence, presque à nous épier. A la fin, je lui demandai s'il avait eu l'occasion de rencontrer Liza. Il hocha lentement la tête.

— Non, pourquoi? J'ai tout de suite abandonné le projet, et je ne voyais pas la nécessité d'entendre son histoire. Je sais qu'elle a un tas de manuscrits, parce que sa femme me l'a dit. Mais... elle est ici, n'est-ce pas?

Ses lèvres se retroussèrent en une moue de dégoût.

— Sincèrement, je n'ai aucune envie de la voir. Le plus moche de l'histoire, je crois, c'est que la personne que ce vieux Pursewarden a le plus aimée — je veux parler d'un amour purement spirituel — ne comprenait pas du tout son état d'âme, pour ainsi dire, quand il est mort; n'avait même pas la moindre idée du niveau où il était parvenu. Non, elle était tout entière occupée de ses relations avec Mountolive qui désirait légaliser leurs rapports. Je suppose qu'elle craignait un scandale si elle épousait un diplomate. Je me trompe peut-être, mais c'est l'impression que j'ai eue. Je crois qu'elle voulait auparavant faire écrire un livre qui l'aurait blanchie. Maintenant, en un sens, j'ai mon petit Pursewarden personnel, mon exemplaire unique si vous préférez. Cela me suffit. Qu'importent les détails, et pourquoi ferais-je la connaissance de sa sœur? C'est son œuvre et non sa vie qui nous est nécessaire — qui nous propose une des nombreuses significations du mot à cinq faces!

J'eus envie de m'écrier que cela n'était pas juste, mais je me retins. Il est impossible de faire rendre pleinement justice à quiconque en ce monde. Keats avait les paupières qui se fermaient.

— Venez, dis-je en demandant l'addition, il faut rentrer maintenant. Vous avez besoin de dormir un peu.

— Je commence à me sentir un peu fatigué, murmura-t-il.

— *Avanti.*

Un vieux fiacre passait justement par là. Keats se plaignait d'avoir mal aux pieds; son bras aussi commençait à le faire souffrir. Il se laissa aller sur le siège délabré du véhicule et ferma les yeux en souriant, ivre de fatigue autant que des nombreuses libations qu'il s'était accordées ce jour-là.

— Dites, Darley, dit-il, la langue pâteuse, j'voulais vous dire quelque chose, mais j'ai oublié. M'en voulez pas, vieux pote, hein? J'sais que vous et Clea... Oui, j'suis bien content. Mais c'est drôle, hein, j'ai la curieuse impression que je l'épouserai un jour. Sans blague. Vous frappez pas, allez. Naturellement, je n'en soufflerai mot, et ça arrivera longtemps après cette connerie de guerre. Mais j'ai dans l'idée qu'on se mettra en ménage un jour, elle et moi.

— Bon, et comment dois-je prendre ça, à votre avis?

— Ben, il y a mille façons. Moi, si on me disait une chose pareille, je me mettrais à gueuler tout de suite. Je vous foutrais mon poing sur la gueule et je vous ferais descendre de ce fiacre sur-le-champ.

Le fiacre s'arrêta en hoquetant devant la maison.

— Nous sommes arrivés, dis-je en aidant mon compagnon à descendre.

— Je ne suis pas tellement soûl, me dit-il en riant et en repoussant mon bras, c'est la fatigue, vieux, voilà tout.

Pendant que je débattais avec le cocher le prix de la course, il fit le tour du fiacre pour aller tenir une longue conversation avec le cheval.

— Je lui ai donné quelques bons conseils, m'expliqua-t-il tandis que nous gravissions lentement l'escalier raide. Mais le champagne m'embrouille les idées. Qu'est-ce que Shakespeare disait déjà sur l'amant et le cocu qui s'entendaient bien tous les deux en cherchant cette chose vaine qu'on appelle Renommée jusque dans la bouche du canon?

Il prononça la dernière sentence de cette étrange voix monocorde à la Churchill (comme un homme qui scie du bois) :

— Ou quelque chose sur les nageurs bondissant dans la pureté de l'eau — une maison préfabriquée dans l'esprit éternel, rien que ça!

— Vous les massacrez toutes les deux!

— Bon dieu, ce que je suis fatigué. Et on dirait qu'il n'y a pas de bombardement ce soir.

— Ils se font plus rares.

Il s'affala sur son lit tout habillé, délaçant lentement ses bottes et balançant les jambes jusqu'à ce qu'elles tombent à terre.

— Vous n'avez jamais lu le petit bouquin de Pursewarden intitulé *Choix de Prières pour les Intellectuels anglais?* C'était drôle. « Cher Jésus, je te supplie de me garder le plus longtemps possible XVIIIe siècle; mais sans l'érection. »

Il émit encore un petit gloussement ensommeillé, mit ses bras derrière sa tête et se laissa glisser en souriant dans le sommeil. Comme j'éteignais la lumière, il poussa un gros soupir et dit :

— Même les morts nous accablent tout le temps sous leur tendresse.

Tout à coup j'eus une vision de lui en petit garçon courant au bord d'une falaise pour dénicher des œufs de mouettes. Un faux pas...

Mais je ne devais jamais le revoir. *Vale!*

V

Les dix doigts avides de ma Muse aveugle
Enflamment mon visage de leur désir sensuel.

Ces vers me trottaient par la tête quand je vins sonner à la Résidence d'été le lendemain soir. Je tenais à la main la valise de cuir vert qui contenait les lettres secrètes de Pursewarden — cette fusillade ininterrompue de mots qui explosaient encore dans mon souvenir comme un feu d'artifice, qui m'écorchaient. J'avais téléphoné à Liza de mon bureau dès le matin pour prendre rendez-vous. Elle vint m'ouvrir, pâle, grave et tendue.

— Bien, murmura-t-elle quand j'eus décliné mon nom, entrez.

Elle se retourna et me précéda d'une démarche raide qui la faisait ressembler à une petite fille déguisée en reine Élisabeth pour un bal costumé. Elle paraissait lasse, mais une étrange fierté émanait de toute sa personne. Je savais que Mountolive était retourné au Caire dans la matinée. Je fus surpris de voir brûler un grand feu de bûches dans le salon, car la saison était déjà avancée. Elle s'approcha de la cheminée, renversa la tête et se frotta les mains devant les flammes comme si elle avait froid.

— Vous avez fait vite, très vite, dit-elle presque sèchement, comme avec une nuance de reproche dans la voix. Mais j'en suis heureuse.

Je lui avais déjà rapporté au téléphone l'essentiel de ma conversation avec Keats et révélé qu'il n'écrivait pas le livre sur son frère.

— Je suis heureuse, parce que maintenant nous allons enfin pouvoir prendre une décision. Je n'ai pas pu dormir la nuit dernière. Je vous imaginais lisant les lettres. Je l'imaginais en train de les écrire.

— Elles sont merveilleuses. Je n'ai jamais rien lu de pareil de toute ma vie.

Je perçus une note de regret dans ma voix.

— Oui, dit-elle avec un soupir. Et cependant je redoutais que vous pensiez cela; j'avais *peur* que vous ne partagiez l'opinion de David et ne me conseilliez de les conserver *à tout prix*. Il m'a pourtant expressément demandé de les brûler, *lui*.

— Je sais.

— Asseyez-vous, Darley. Dites-moi ce que vous pensez réellement.

Je m'assis, et déposai la petite valise à terre à côté de moi.

— Liza, il ne s'agit pas d'un problème littéraire, à moins que vous ne décidiez de le considérer comme tel. Vous n'avez besoin de l'avis de personne. Mais naturellement, après les avoir lues, qui ne regretterait leur perte?

— Mais Darley, si ces lettres étaient les vôtres, si vous les aviez écrites à quelqu'un que vous... aimiez?

— Alors je serais soulagé de savoir que ma volonté a été respectée. Du moins je présume que c'est ce *qu'il* éprouverait, où qu'il soit maintenant.

Elle tourna son visage aveugle et lucide vers la glace et eut l'air d'examiner attentivement son reflet, le bout des doigts posé sur le bord de la cheminée.

— Je suis aussi superstitieuse que lui, dit-elle à la fin. Mais c'est plus que cela. J'ai toujours fait ce qu'il me demandait parce que je savais qu'il voyait plus loin que moi et qu'il comprenait plus de choses que moi.

Ce reflet prisonnier de soi,
Sa beauté ne s'y peut abreuver

La poésie de Pursewarden me devenait évidente et limpide comme du cristal maintenant que je connaissais Liza! Son visage scrutant sa propre cécité dans le grand miroir (ses cheveux noirs rejetés sur ses épaules) lui conférait une dimension plus pathétique, plus forte!

Quand elle se retourna, je vis la tendre supplication qui baignait son visage, que ses orbites vides rendaient plus hallucinant encore, plus expressif. Elle fit un pas vers moi et dit :

— Eh bien, alors, c'est décidé. Seulement vous m'aiderez à les brûler, n'est-ce pas? Il y en a beaucoup. Cela prendra du temps.

— Si vous voulez.

— Asseyons-nous devant le feu.

Nous nous assîmes l'un en face de l'autre sur le tapis. Je posai la valise entre nous et fis jouer le couvercle.

— Oui, dit-elle. Il ne peut en être autrement. J'aurais dû savoir depuis toujours que je lui obéirais.

Je pris les enveloppes percées une à une, dépliai chaque lettre et les lui tendis pour qu'elle les place elle-même sur les bûches enflammées.

— Nous nous asseyions ainsi quand nous étions enfants, notre caisse à jouets entre nous, devant le feu, en hiver. Bien souvent, et toujours ensemble. Il faudrait remonter très loin dans le passé pour comprendre cela. Et même alors, je me demande si vous pourriez le comprendre. Deux jeunes enfants, seuls dans une vieille ferme croulante perdue au milieu des lacs gelés, des brouillards et des pluies d'Irlande. Sans autres ressources que nous-mêmes. Il transforma ma cécité en poésie, je voyais par son esprit, lui par mes yeux. Nous nous inventions tout un monde impérissable de poésie — oui, infiniment plus poétique que le meilleur de ses livres, et je les ai tous lus avec mes doigts, ils sont tous à l'institut. Je les ai lus et relus en cherchant la clé de ce sentiment de culpabilité qui a tout gâché. Rien ne nous avait troublés jusque-là, tout conspirait à nous isoler, à nous garder ensemble. A la mort de nos parents, nous étions trop petits pour comprendre. Nous fûmes laissés à la garde d'une vieille tante excentrique et sourde qui vaquait aux soins de la maison, nous faisait à manger et nous laissait faire ce que nous voulions. Nous étions entièrement livrés à nous-mêmes. Il n'y avait qu'un seul livre dans la maison, nous le connaissions par cœur : un Plutarque. Tout le reste, c'est lui qui l'inventait. C'est ainsi que je suis devenue l'étrange reine mythique de sa vie, habitant un immense palais de soupirs, comme il disait. Parfois c'était l'Égypte, parfois le Pérou ou Byzance. Je suppose qu'en réalité je savais que c'était une vieille cuisine de ferme, aux meubles de bois blanc et au carrelage de brique. Du moins quand le sol venait d'être lavé à l'eau de Javel je *savais*, au fond de moi, que c'était le carrelage d'une ferme et non un palais aux splendides mosaïques décorées de serpents, d'aigles et de pygmées. Mais un mot de lui suffisait à me ramener à la « réalité » comme il l'appelait. Plus tard, lorsqu'il se mit à chercher des justifications de notre amour au lieu d'en être simplement heureux, il me lut un passage d'un livre. « Dans les rites funéraires de l'Afrique, c'est la sœur qui rend la vie au roi mort. En Égypte comme au Pérou le roi, qui était tenu pour Dieu, prenait sa sœur pour épouse. Mais le mobile était rituel et non sexuel, car ils symbolisaient la conjonction du Soleil et de la Lune. Le roi épouse sa sœur parce qu'en tant que Dieu errant sur la terre il est immortel et ne peut par conséquent perpétuer sa race à travers une femme étrangère, pas plus qu'il ne peut mourir de mort naturelle. » C'est pour cela qu'il fut heureux de venir ici en Égypte, parce que, disait-il, il se sentait poétiquement relié à Osiris et Isis, à Ptolémée et Arsinoé — la race du Soleil et de la Lune!

Tranquillement, méthodiquement, elle déposait les lettres les unes après les autres sur le bûcher funéraire, en parlant d'une voix triste et monocorde, plus pour elle-même que pour moi.

— Non, il serait impossible de faire comprendre cela à ceux qui ne sont pas de notre race. Mais avec les remords, notre existence poétique d'autrefois perdit de sa magie — pas pour moi, mais pour lui. C'est lui qui me fit teindre mes cheveux en noir, pour qu'on me prenne pour une belle-sœur, et non pour sa sœur. J'ai beaucoup souffert lorsque je me suis rendu compte tout à coup qu'il se sentait coupable de notre amour; mais nous vieillissions, et le monde s'imposait davantage à nous, de nouvelles vies commencèrent à empiéter sur notre univers solitaire de légendes. Il s'absentait pendant de longues périodes. Quand je restais seule, je n'avais plus que la nuit, et son souvenir; les trésors qu'il avait inventés perdaient tout éclat jusqu'à son retour, jusqu'à ce que le son de sa voix, le contact de ses mains leur rendissent la vie. Tout ce que nous savions de nos parents, la somme de notre savoir, tenait dans une vieille armoire en chêne remplie de leurs vêtements. Ils nous paraissaient immenses à nous qui étions si petits; c'étaient des vêtements de géants, des chaussures de géants. Un jour il dit que tout cela l'étouffait. Nous n'avions pas besoin de parents. Nous les emportâmes dans la cour, nous en fîmes un grand tas dans la neige, et nous y mîmes le feu. Alors nous fondîmes en larmes, je ne sais pourquoi. Nous dansâmes autour du feu de joie en chantant de vieux chants guerriers avec une sorte d'exultation sauvage, mais en pleurant tout de même.

Elle se tut un moment, la tête inclinée, revivant cette scène comme une devineresse perdue dans la contemplation du sombre cristal de la jeunesse. Puis elle poussa un soupir et releva la tête :

— Pourquoi hésitez-vous ? C'est la dernière lettre, n'est-ce-pas ? Je les ai comptées, vous savez. Donnez-la-moi, Darley.

Je la lui tendis sans un mot et elle la plaça doucement sur le feu en disant :

— Maintenant tout est fini.

LIVRE TROIS

I

L'ÉTÉ fit place à l'automne, puis l'automne à l'hiver, et petit à petit la guerre qui pesait sur la ville commença à marquer des signes de repli sur les routes côtières bordant le désert et à desserrer son étreinte sur nos esprits et nos plaisirs. En se retirant, telle une marée, elle abandonnait ses étranges trophées coprolithiques au long des plages que nous fréquentions autrefois et que nous retrouvions blanches et désertes sous le vol des mouettes. La guerre nous les avait interdites pendant longtemps, et nous les redécouvrions maintenant parsemées de tanks éventrés, de canons tordus et de tout un matériel hétéroclite qui rouillait et pourrissait là, sous le soleil du désert, et que les dunes de sable ensevelissaient déjà inexorablement. On éprouvait une mélancolie étrangement sereine à s'y baigner maintenant comme parmi des vestiges pétrifiés d'un monde préhistorique : tanks pareils à des squelettes de dinosauriens, canons plantés dans le sable comme des meubles hors d'usage. Les champs de mines constituaient un danger permanent, et les Bédouins s'y égaraient souvent en menant paître leurs troupeaux; un jour qu'elle était en voiture, Clea fit une violente embardée — la route était bloquée par le cadavre déchiqueté d'un chameau qui avait sauté sur l'une d'elles. Mais de tels accidents étaient rares, et les tanks eux-mêmes, bien que portant les traces de violentes explosions, ne recelaient aucun cadavre dans leurs flancs. On avait dû dégager les corps, pour les inhumer dans les vastes cimetières que l'on avait aménagés dans les coins les plus inattendus du désert occidental, telles des cités des morts. La ville, elle aussi, retrouvait petit à petit ses habitudes d'antan et son rythme normal; les bombardements avaient tout à fait cessé et la vie nocturne de l'Orient s'épanouissait à nouveau. Et, bien que les uniformes fussent en moins grand nombre, les bars et les cabarets faisaient encore de bonnes affaires avec les militaires en permission.

Ma vie sans histoire se partageait entre une vie personnelle tout entière consacrée à Clea et la routine du bureau qui, pour n'être pas pénible, n'en était pas moins fastidieuse et dépourvue d'intérêt. Peu de choses avaient changé; ah, si, Maskelyne avait enfin réussi à briser ses chaînes et à regagner son régiment. Il vint un jour nous faire ses adieux dans son resplendissant uniforme en pointant, non plus sa pipe mais un stick de cuir tout neuf, vers son collègue qui frétillait de la queue.

— Je vous avais bien dit qu'il y arriverait, dit Telford d'un air triomphant mais les yeux voilés de tristesse. J'en étais sûr.

Mais Mountolive restait toujours « gelé » à son poste apparemment.

De temps en temps j'allais à Karm Abu Girg faire une visite à la petite. J'eus la grande satisfaction de constater que le changement d'existence, dont j'avais redouté le pire, avait les meilleurs effets sur elle. La réalité semblait s'harmoniser parfaitement avec les rêves que je lui avais inventés. Elle les avait trouvés exactement comme je les lui avais dépeints, ces personnages de jeu de cartes au nombre desquels elle pouvait désormais se compter! Si Justine demeurait une image secrète et fantasque aux humeurs et aux silences imprévisibles, cela n'ajoutait, pour autant que je pus en juger, que plus de mystère à sa sombre figure d'impératrice détrônée. Et en Nessim, elle avait trouvé un père tendre et prévenant, un personnage plus accessible, plus familier que l'image qu'elle s'était faite de lui. Il était pour elle un délicieux compagnon, et ils partaient souvent ensemble, à cheval, à la découverte du domaine. Il lui avait donné un arc et des flèches, et une petite fille de son âge, Taor, comme servante et compagne de jeu. Et le palais que nous avions imaginé soutenait merveilleusement la comparaison avec la réalité. Son labyrinthe de pièces poussiéreuses et ses trésors vétustes faisaient ses délices. Avec ses chevaux, ses servantes et son palais, oui, elle était une véritable reine des *Mille et Une Nuits*. Ce nouvel univers paradisiaque l'absorbait si totalement qu'elle avait déjà presque oublié notre île. Je ne voyais jamais Justine lors de ces visites, et je ne fis rien pour tenter de la voir. Parfois Nessim était là, mais il ne nous accompagnait jamais au cours de nos promenades, et généralement c'était la petite qui venait, toute seule, me rencontrer au bac avec un cheval pour moi.

Au printemps, Balthazar, qui avait maintenant tout à fait remonté le courant et s'était remis au travail avec acharnement, nous invita, Clea et moi, à prendre part à une cérémonie qui émoustillait ses dispositions naturelles à l'ironie. Il s'agissait d'aller solennellement déposer des fleurs sur la tombe de Capodistria le jour anniversaire de la naissance du Grand Porn.

— J'ai l'autorisation expresse de Capodistria en personne, expliqua-t-il. D'ailleurs c'est lui qui paie les fleurs chaque année.

C'était une belle journée ensoleillée, et Balthazar tint à s'y rendre à pied. Quoique un peu encombré par le gros bouquet qu'il portait, il était en verve.

Il avait fini par livrer ses cheveux aux soins éclairés de Mnemjian, sacrifiant ainsi à la « manie de rajeunir », comme il disait, et le changement était tout à fait remarquable. Il était redevenu le Balthazar que nous avions tous connu, observant de ses yeux ironiques les faits et gestes de la ville. Il venait de recevoir une longue lettre de Capodistria.

— Vous n'imaginez pas à quoi s'adonne cette vieille brute là-bas, de l'autre côté de la mare. Il a pris la voie luciférienne et s'est plongé jusqu'au cou dans la magie noire. Mais je vous la lirai. Maintenant que j'y songe, il ne peut y avoir de lieu plus approprié pour lire le récit de ses expériences que devant sa tombe !

Le cimetière était entièrement désert sous le soleil. Capodistria ne s'était certes pas mis en frais pour donner à sa tombe une allure imposante, et l'effroyable vulgarité de sa décoration avait quelque chose de blessant pour l'esprit, avec ses chérubins de bazar, ses guirlandes et ses couronnes de fleurs du plus mauvais goût. Sur la pierre tombale était gravé ce texte ironique : « Il n'est pas perdu, il est parti en avant. » Balthazar se mit à rire en déposant tendrement son bouquet sur la tombe et en lui disant : « Joyeux Anniversaire. » Puis il se retourna, ôta son manteau et son chapeau car le soleil était déjà chaud, et nous allâmes nous asseoir sous un cyprès. Clea tira un sac de caramels de sa poche tandis qu'il ouvrait le gros paquet contenant la dernière lettre de Capodistria, la plus longue qu'il ait jamais écrite.

— Clea, dit-il, lisez-la-nous; j'ai oublié mes lunettes. Et puis, je suis curieux de voir si elle paraît aussi fantastique à l'entendre.

Elle prit docilement la liasse de feuillets dactylographiés et se mit à lire.

— « Mon cher M. B. »

— Ce sont, expliqua Balthazar, les initiales du surnom que m'avait donné Pursewarden : *Melancholia Borealis*, rien que ça ! Un hommage à mes prétendues ténèbres juives. Continuez, ma chère Clea.

La lettre était en français.

— « Je crois, mon cher ami, que je vous dois un récit plus détaillé de la vie que je mène ici que je ne l'ai fait jusque-là, car si je vous écris assez souvent, je me rends compte que j'ai pris l'habitude de passer le sujet sous silence. Pourquoi? Eh bien, j'hésitais toujours à la pensée de votre rire sarcastique. C'est absurde, car je ne me suis jamais beaucoup soucié de l'opinion de mes voisins. Autre chose. Il aurait fallu que je me lance dans une longue et ennuyeuse explication du malaise que j'ai toujours éprouvé aux réunions de la Cabale qui tentait de noyer l'Univers dans sa bonté tout abstraite. Je ne savais pas alors que ma voie n'était pas la voie de la Lumière mais celle des Ténèbres. A cette époque je les aurais confondues avec les notions du bien et du mal. Maintenant je vois que la route que je suis n'est rien de plus que le contrepoids qui maintient le faisceau de la lampe vers le haut. La magie! Je me souviens de vous avoir entendu citer un jour un passage de Paracelse que j'avais trouvé tout à fait absurde à l'époque. Vous avez même ajouté je crois qu'il n'était pas exclu qu'un tel charabia ait un sens, après tout. Je pense bien que cela a un sens! « L'alchimie qui nous enseigne à tirer ☾ ou ☉ des « cinq métaux imparfaits n'a besoin d'autres matériaux que les « cinq métaux. Les métaux parfaits sont extraits des métaux « imparfaits, d'eux et d'eux seuls; car dans les autres choses il y « a *Luna* (le phantasme) mais dans les métaux il y a *Sol* (la sagesse). »

« Je m'arrête un instant pour vous laisser rire tout votre content et jadis je n'aurais pas été le dernier à faire écho à votre hilarité! Quel gros tas d'ordures entoure l'idée de la *tincta physicorum*, faisiez-vous remarquer. Oui mais...

« Le premier hiver passé dans cette tour battue des vents ne fut pas des plus agréables. Le toit était percé, et je n'avais pas encore mes livres pour adoucir ma solitude. Je me sentais à l'étroit et je cherchais à étendre mon univers. Le domaine sur lequel est située la tour comprend également quelques petites maisons et leurs dépendances; c'est là qu'habite le couple de vieux Italiens, sourds tous les deux, qui s'occupent de ma nourriture, de mon linge, etc. Je ne voulais pas les déloger, mais je pensais que je ne pourrais peut-être utiliser les deux granges attenantes à leur bicoque. C'est alors que je découvris, à ma grande surprise, qu'ils avaient un autre pensionnaire que je n'avais encore jamais vu, un étrange personnage qui ne sortait que la nuit et portait un habit de moine. C'est un moine italien défroqué, qui s'intitule rosicrucien et alchimiste. Il vivait ici au milieu d'un monceau de manuscrits maçonniques — dont certains très anciens — qu'il s'employait à déchiffrer. C'est lui qui le premier m'a convaincu que ces recherches (en dépit de certains aspects rébarbatifs) avaient pour objet une connaissance de l'individu, des domaines intérieurs qui demeurent encore inexplorés. La comparaison avec la science quotidienne n'est pas abusive, car cette recherche est solidement fondée sur une méthode — seulement avec des prémisses différentes ! Et si, comme je viens de le dire, elle comporte certains aspects rébarbatifs, la science officielle n'en comporte-t-elle pas également ? La vivisection par exemple... Bref, je m'attaquai à la chose et je me lançai dans un domaine qui se révéla de jour en jour plus passionnant. Et je découvris enfin quelque chose qui répondait parfaitement à ma nature ! Sincèrement, tout dans ces études semblait me nourrir et me soutenir ! Et il se trouva que ma collaboration fut une aide précieuse pour l'abbé F. comme je l'appellerai ici, car certains de ses manuscrits (volés aux archives secrètes du Mont Athos, je présume) étaient rédigés en grec, en arabe et en russe, langues qu'il ne connaissait que très imparfaitement. Notre amitié se transforma en une véritable collaboration. Mais ce ne fut que plusieurs mois après notre rencontre qu'il me présenta un autre personnage plus singulier encore, qui poursuivait des études semblables : un baron autrichien qui habitait un grand manoir à l'intérieur de l'île et qui travaillait activement (non, ne riez pas) à l'obscur problème dont nous avons discuté un jour — est-ce dans le *De Natura Rerum ?* Je crois que oui — la *generatio homunculi.* Il avait un valet turc qui l'assistait dans ses expériences. Je devins bientôt *persona grata* et j'obtins la faveur de les aider au mieux de mes capacités.

« Ce baron — un personnage que vous ne manqueriez pas de trouver fort pittoresque avec sa grande barbe et de grosses dents comme des grains de maïs — ce baron avait... ah ! mon cher Balthazar, avait *effectivement fabriqué* dix homuncules qu'il appelait ses « esprits divinateurs ». Il les conservait dans de grands bocaux en verre épais, de ceux que l'on utilise par ici pour conserver les olives ou les fruits, et ils vivaient dans de l'eau. Ils étaient rangés sur un grand rayon en chêne dans son laboratoire. Ils avaient été produits, ou « modelés » pour employer son expression, au cours de cinq semaines de méditations et de rituels intenses. C'étaient de mystérieux objets d'une exquise beauté qui flottaient dans leurs récipients comme des hippocampes. Il y avait là un roi, une reine, un valet, un moine, une nonne, un architecte, un mineur, un séraphin, et enfin un esprit bleu et un esprit rouge! Il fallait les voir se balancer nonchalamment dans ces gros bocaux de verre! Un petit coup frappé du bout du doigt sur la paroi semblait les affoler. Ils ne mesuraient pas plus de vingt centimètres de long, et comme le baron désirait qu'ils atteignent une taille plus importante nous l'aidâmes à les enterrer sous plusieurs charretées de fumier de cheval. Ce gros tas fut ensuite aspergé quotidiennement d'un liquide nauséabond préparé en grand secret par le baron et son Turc et dans la composition duquel entraient certains ingrédients assez répugnants. A chaque aspersion le fumier se mettait à fumer comme si quelque feu souterrain le travaillait. Il était alors si chaud qu'on pouvait à peine y poser la main. Un jour sur trois l'abbé et le baron passaient toute la nuit en prières, en allant à intervalles réguliers encenser le fumier. Lorsque le baron estima l'opération terminée, les bouteilles furent déterrées avec mille précautions et replacées sur leur rayon dans le laboratoire. Tous les homuncules avaient tellement grandi qu'ils semblaient maintenant à l'étroit dans leurs réceptacles, et les personnages mâles se trouvaient pourvus de longues barbes. Les ongles de leurs pieds et de leurs mains avaient également atteint une longueur surprenante. Ceux qui avaient figure humaine portaient maintenant des vêtements appropriés à leur rang et à leur état. Il émanait d'eux une sorte de beauté obscène, et l'expression de leurs visages me rappelait un objet que je n'ai vu qu'une fois dans ma vie : une tête d'Indien du Pérou conservée dans la saumure! Des yeux révulsés, des lèvres blêmes retroussées sur des petites dents parfaitements formées! Dans les bocaux renfermant respectivement l'esprit bleu et l'esprit rouge on ne voyait rien. J'ai oublié de vous dire que tous les récipients étaient hermétiquement fermés à l'aide de baudruche et de cire portant l'empreinte d'un sceau magique. Mais lorsque le baron frappait avec l'ongle de son index sur la paroi des bocaux en répétant trois fois une formule en hébreu, l'eau se troublait et devenait respectivement bleue et rouge. Puis les homuncules apparaissaient, « révélaient » leur visage (comme une photographie dans un bain) qui augmentaient progressivement de taille. L'esprit bleu était beau comme un ange, mais l'esprit rouge avait une expression terrifiante.

« Tous les trois jours le baron nourrissait ces créatures avec une substance couleur de rose séchée qu'il conservait dans une boîte en argent cerclée de bois de santal. Des boulettes de la grosseur d'un petit pois. De plus, il fallait changer le liquide des bocaux (de l'eau de pluie) une fois par semaine. L'opération devait s'effectuer très rapidement parce que durant les quelques secondes où les esprits étaient exposés à l'air ils semblaient s'affaiblir et perdre conscience, comme des poissons sur le sable. Mais l'esprit bleu ne recevait aucune nourriture, tandis que le rouge se voyait attribuer une fois par semaine un plein gobelet de sang frais de quelque animal — un poulet je crois. Ce sang disparaissait instantanément dans l'eau sans la teinter ni même la troubler. Dès que ce bocal était ouvert il devenait sombre et boueux et dégageait une odeur d'œufs pourris !

« Au bout de deux mois ces homuncules atteignirent leur taille définitive, l'état divinatoire, selon les termes du baron; chaque nuit les bocaux étaient alors transportés dans une petite chapelle en ruine située dans un bosquet à quelque distance de la maison, et c'est là que l'on célébrait un nouveau rituel et que l'on « interrogeait » les bocaux sur le cours futur de certains événements. Ceci se pratiquait en inscrivant les questions (rédigées en hébreu) sur des feuilles de papier que l'on appliquait ensuite contre les parois des bocaux sous les yeux des homuncules; c'était un peu comme lorsque l'on expose du papier photographique sensible à la lumière. Je veux dire que les créatures ne paraissaient pas lire les questions, mais les deviner, lentement, avec beaucoup d'hésitations. Elles donnaient ensuite leur réponse en les traçant lettre par lettre avec leur doigt contre les parois, et ces réponses étaient immédiatement transcrites par le baron dans un grand volume. On ne posait à chaque homuncule que les questions appropriées à sa nature, et l'esprit bleu et l'esprit rouge ne pouvaient répondre que par un sourire ou un froncement de sourcils pour dire oui ou non. Ils paraissaient tout savoir, et on pouvait leur poser n'importe quelle question. Mais on ne pouvait interroger le roi que sur la politique, le moine sur la religion... et cætera. J'assistai ainsi à l'édification de ce que le baron appelait « les annales du Temps », qui est un document au moins aussi impressionnant que celui que Nostradamus nous a légué. Certaines prophéties se sont déjà révélées vraies au cours de ces quelques derniers mois, de sorte que je ne doute pas que les autres ne se vérifient aussi un jour. C'est une curieuse sensation que de plonger le regard dans l'avenir !

« Un jour le bocal contenant le moine fut renversé par mégarde et se brisa à terre. Le pauvre moine mourut après deux petits spasmes de suffocation, malgré tous les efforts du baron pour le sauver. Son corps fut enterré dans le jardin. Le baron tenta de « modeler » un autre moine, mais ce fut un échec. Tout ce qu'il réussit à produire fut une espèce d'objet ressemblant à une petite sangsue qui ne vécut pas plus de quelques heures.

« Peu après le roi parvint à s'échapper de son bocal pendant la nuit; on le trouva assis sur le bocal renfermant la reine, grattant le sceau avec ses ongles pour l'arracher ! Il était hors de lui, et d'une agilité surprenante bien que l'exposition à l'air l'affaiblît rapidement. Il fallut le pourchasser un bon moment à travers les bocaux, et nous avions très peur de les renverser. Son agilité était vraiment extraordinaire, et si ses forces n'avaient rapidement décliné, je crois que nous n'aurions jamais pu lui faire réintégrer son élément. Mais il se débattit furieusement, griffant et mordant, l'abbé en reçut une méchante égratignure au menton. Pendant cette bagarre il répandait une étrange odeur de métal chauffé. Mes doigts effleurèrent ses jambes : elles avaient une consistance caoutchouteuse et humide, et à ce contact un frisson me parcourut l'échine.

« L'égratignure que l'abbé avait reçue au menton s'envenima rapidement, lui causant une si forte fièvre qu'il fallut le conduire à l'hôpital, où il est actuellement en convalescence. Mais il devait survenir bien pire : le baron, étant de nationalité autrichienne, avait toujours été ici un objet de curiosité, surtout en ces temps de guerre où les gens deviennent si soupçonneux et voient des espions partout. J'appris que les autorités avaient l'intention de lui faire subir un interrogatoire en règle, et de perquisitionner chez lui. Il reçut la nouvelle avec un flegme désarmant, mais il était clair qu'il ne pouvait pas laisser des policiers fourrer leur nez dans son laboratoire. Il décida donc de « dissoudre » ses homuncules et de les enterrer dans le jardin. En l'absence de l'abbé, j'acceptai de l'aider dans cette tâche. Je ne sais ce qu'il versa dans les bocaux, mais toutes les flammes de l'enfer s'en échappèrent alors et bondirent jusqu'au plafond qui n'offrit bientôt plus qu'une surface calcinée. Les créatures se ratatinèrent et ne présentèrent plus que l'aspect de sangsues desséchées, ou de ces cordons ombilicaux que les villageois conservent parfois comme des reliques. Le baron poussait de temps à autre des gémissements déchirants, et la sueur lui ruisselait sur le visage. Des gémissements de femme en travail. Enfin l'opération fut terminée et à minuit nous emmenâmes les bocaux dans la chapelle et nous les enterrâmes sous une dalle, où ils doivent se trouver encore. Le baron a été interné, ses livres et ses papiers mis sous scellés. L'abbé, je vous l'ai dit, est à l'hôpital. Et moi? Eh bien, grâce à mon passeport grec, je suis moins suspect que la plupart des gens de par ici. Pour l'instant je me suis retiré dans ma tour. Il y a toujours la masse de documents maçonniques dans la grange où logeait l'abbé. J'ai décidé de m'y consacrer. J'ai écrit au baron, mais il ne m'a pas répondu, peut-être par délicatesse, craignant que je ne sois inquiété si nos relations étaient connues. Ainsi donc... la guerre continue. Je sais quand elle finira et tout ce qui suivra — jusqu'à la fin de ce siècle; tout cela est inscrit sous forme de questions et de réponses dans le grand volume qui se trouve sur ma table. Mais qui me croirait si je publiais ces prophéties? Vous moins que tout autre, assurément, mon cher docteur ès sciences empiriques, sceptique et ironiste. Pour ce qui est de la guerre, Paracelse a dit : « Innombrables sont les *ego* de l'homme; il abrite « anges et démons, paradis et enfer, toute le création animale, « tous les règnes végétaux et minéraux; et de même qu'un simple « individu peut tomber malade, de même le grand homme uni- « versel connaît la maladie, qui se manifeste de la même manière « que les maux qui affligent l'humanité prise comme un tout. « C'est sur ce fait qu'est basée la prédiction des événements « futurs. » Ainsi donc, mon cher ami, j'ai choisi la Voie des Ténèbres pour réaliser ma propre lumière. Je sais maintenant que je dois la suivre, quelle que soit la destination où elle me conduira! N'est-ce pas déjà un grand pas de fait? Peut-être que non. Pour moi, je le pense sincèrement. Mais je vous entends rire d'ici!

Votre tout dévoué,

DA CAPO. *

— Eh bien, dit Clea, riez maintenant!

— Ce que Pursewarden appelait « le rire mélancolique de Balthazar qui dénote le solipsisme », dis-je.

Et Balthazar se mit à rire, en se frappant la cuisse et en se pliant en deux comme un couteau de poche.

— Sacré Da Capo! dit-il à la fin. Et pourtant, *soyons rai-*

sonnables, aurait-il pu inventer un pareil tas de mensonges? Peut-être... Mais non, cela m'étonnerait de lui. Pourtant, vous ne pouvez tout de même pas croire à une histoire pareille... vous deux?

— Si, dit Clea.

Et ce fut à nous de sourire, car le crédit qu'elle accordait à tous les diseurs de bonne aventure d'Alexandrie la prédisposait tout naturellement à l'indulgence envers ce qui touchait la magie.

— Vous pouvez rire, dit-elle tranquillement.

— A vrai dire, dit Balthazar en reprenant son sérieux, si l'on considère la prétendue Connaissance dont nous n'avons encore que partiellement défriché le terrain, on a conscience qu'il y a encore de vastes régions de ténèbres qui appartiennent peut-être au royaume paracelsien — la partie submergée de l'iceberg de la Connaissance si vous voulez. Non sacristi, je dois admettre que vous avez raison. Nous sommes trop sûrs de nous-mêmes lorsque nous allons et venons sur la ligne de tram des faits empiriques. Il arrive qu'on reçoive sur la tête une brique qui a été lancée d'une autre région. Tenez, pas plus tard qu'hier encore, Boyd m'a raconté une histoire qui ne paraît pas moins étrange, à propos d'un soldat qui a été enterré la semaine dernière. Je pourrais naturellement fournir des explications qui éclaireraient le cas, mais sans aucune certitude absolue cependant. Ce jeune gars était allé passer une semaine de permission au Caire. Au retour il déclara qu'il s'était donné du bon temps. Peu après il devint sujet à des accès de fièvre intermittente, avec des sautes de température incroyables. Une semaine plus tard il décédait. Quelques heures avant de mourir, on observa que ses yeux se couvraient d'une pellicule blanchâtre et que des espèces de nœuds lumineux rougeâtres se formaient sur sa rétine. Durant son délire le garçon ne cessa de répéter cette phrase : « *Elle a fait ça avec une aiguille d'or.* » Rien d'autre, inlassablement. Comme je vous le disais, on pourrait peut-être émettre une hypothèse ou deux, mais pour être honnête, je dois avouer que le cas n'entrait dans aucune catégorie connue. Et l'autopsie ne nous révéla rien : analyse du sang, du liquide cérébro-spinal, de l'estomac, rien; pas même une gentille petite complication méningée classique (quoique inexplicable). La cervelle était rose et fraîche! Du moins de l'avis de Boyd, et je dois dire qu'il a pris grand plaisir à disséquer notre jeune homme.

Mystère ! Qu'avait-il bien pu faire pendant sa permission ? Impossible de le découvrir. Aucun hôtel ou centre d'hébergement de l'armée n'a gardé trace de son passage. Il ne parlait que l'anglais. Ces quelques jours passés au Caire manquent complètement dans le compte. Et cette femme à l'aiguille d'or ?

« Mais en fait, ce sont là des choses qui arrivent tout le temps, et je crois que vous avez raison, ma chère Clea, de croire à l'existence de puissances obscures et d'insister sur le fait que des gens peuvent voir l'avenir dans une boule de cristal aussi nettement que moi des microbes sous mon microscope. Pas tous, mais quelques-uns. Même des gens parfaitement stupides comme votre cher Scobie par exemple. Notez bien qu'à mon avis c'était le genre de propos incohérents qu'il tenait parfois quand il était pompette et qu'il voulait plastronner — je pense à cette histoire à propos de Narouz; c'était d'ailleurs trop dramatique pour qu'on prenne cela au sérieux. Et même si certains détails étaient vrais, il aurait pu les apprendre par les dossiers de la police. Après tout, c'est Nimrod qui a dressé le *procès-verbal* et le document a dû circuler.

— Narouz ? demandai-je, intrigué, et un peu vexé que Clea ait confié à Balthazar quelque chose qu'elle m'avait caché.

Je m'aperçus alors que Clea était devenue très pâle et détournait la tête. Mais Balthazar ne parut rien remarquer et poursuivit :

— Cette histoire contient tous les éléments d'un petit roman à quatre sous — essayer de vous attirer dans la tombe avec lui... Hein, vous ne croyez pas ? Et ces gémissements que vous entendiez ?

Il s'interrompit brusquement quand il finit par voir son expression.

— Nom de nom, Clea, reprit-il, j'espère au moins que je ne trahis pas une confidence ? Vous paraissez bouleversée tout à coup. M'aviez-vous demandé de ne pas répéter l'histoire de Scobie ?

Il lui prit les mains, et elle se mit à rougir, fit non de la tête et se mordit la lèvre, mortifiée.

— Non, dit-elle à la fin, ce n'est pas un secret. Si je n'en ai pas parlé à Darley, c'est que... eh bien, c'est que c'est une bêtise comme vous dites; de toute façon, il ne croit à rien de tout cela. Je ne voulais pas paraître plus sotte qu'il me croit.

Là-dessus elle se pencha vers moi et m'embrassa sur la joue

comme pour se faire pardonner. Elle vit ma contrariété, et Balthazar prit l'air d'un écolier en faute.

— J'ai parlé comme un étourdi. Merde. Maintenant, il va être fâché contre vous.

— Mais non, voyons, protestai-je! Mais je suis curieux, voilà tout. Je ne voulais pas être indiscret, Clea.

Elle eut un geste d'exaspération et dit :

— Très bien. Cela n'a pas d'importance. Je vais tout te raconter.

Elle se mit à parler rapidement, comme pour se débarrasser d'un sujet désagréable et oiseaux.

— C'était pendant ce dernier dîner dont je t'ai parlé. Avant mon départ pour la Syrie. Il était ivre, je le reconnais. Il m'a dit ce que Balthazar vient de te dire, puis il m'a fait la description d'un personnage qui ne pouvait être que le frère de Nessim. Il dit, en désignant l'endroit avec l'ongle de son pouce sur sa lèvre : « Sa lèvre est fendue là, et je le vois allongé sur une table, couvert de petites blessures. Il va essayer de vous attirer à lui? Vous serez dans un endroit sombre, emprisonnée, incapable de lui résister. Oui, il y a quelqu'un tout près qui pourrait vous venir en aide s'il le pouvait. Mais il n'est pas assez fort. »

Là-dessus, Clea se leva brusquement, et termina sèchement son histoire comme lorsqu'on casse une branche :

— Et alors il a éclaté en sanglots.

Ce récit absurde et inquiétant jeta un voile pesant sur nos esprits, et cette journée chaude et radieuse perdit tout à coup de son éclat. Dans le silence qui suivit, Balthazar se mit à déplier et à replier son imperméable sur ses genoux d'un air piteux, tandis que Clea s'éloignait de quelques pas pour contempler la belle courbe du grand port avec sa flottille de bâtiments décorés dans le plus pur style cubiste et les jolis pétales épars des voiliers de course qui avaient traversé le barrage du port et filaient joyeusement vers une bouée bleue située au large. Alexandrie avait pratiquement retrouvé son rythme de vie normal, s'ébrouait dans les mares profondes que la guerre avait laissées en se retirant, retrouvait ses plaisirs. Mais la journée s'était assombrie autour de nous; un trouble étrange nous oppressait — une sensation d'autant plus exaspérante qu'elle n'avait aucun objet. Je maudis Scobie et ses prétendus talents de prophète.

— Si ses dons avaient été réels, cela aurait pu lui être utile dans sa profession, dis-je avec humeur.

Balthazar se mit à rire, mais ce rire sonnait faux. Il se sentait encore manifestement plein de remords d'avoir déterré cette histoire stupide.

— Partons, dit Clea sèchement.

Elle semblait encore agacée, et lorsque je voulus lui prendre le bras, elle s'écarta d'un geste impatient. Nous trouvâmes un vieux fiacre et reprîmes le chemin du centre sans échanger une parole. Au bout d'un moment, Balthazar, n'y tenant plus, explosa.

— Enfin, quoi, zut! Nous n'allons pas rentrer comme ça; c'est trop bête! Descendons au moins jusqu'au port prendre un verre.

Et sans attendre notre avis, il donna des instructions au cocher et nous partîmes au petit trot, par les lentes courbes de la Grande Corniche, en direction du Yacht Club, devant le bassin où allait se produire une chose inoubliable et terrible pour nous tous. Je la revois si nettement, cette belle journée de printemps; une mer verte dont les reflets faisaient vibrer les minarets, frissonnant doucement par places sous de brèves risées noires. Oui, et des mandolines qui se taquinaient dans la ville arabe, et la foule de costumes rutilants comme de fraîches décalcomanies d'enfant. En un quart d'heure, la belle douceur de cette journée allait être assombrie, emprisonnée par une mort inattendue et parfaitement injuste. Mais si la tragédie éclate brusquement, l'instant du drame semble émettre de sourdes vibrations, se prolonger dans le temps comme des échos aigrelets d'un énorme gong qui paralysent l'esprit, engourdissent l'entendement. Brusquement, — mais comme cet événement est *lent* à pénétrer notre conscience — les rides se déroulent sur la raison en cercles de terreur de plus en plus larges. Et pourtant, durant tout ce temps, autour de la figure centrale du tableau pour ainsi dire, la vie normale suivait son cours, insouciante de la petite tragédie du fait divers. (Nous n'entendîmes même pas les balles, par exemple. Leur claquement brutal fut emporté par le vent.)

Mais nos yeux furent attirés, comme par les lignes de force de quelque toile grandiose, par un petit groupe de voiliers qui voguaient de conserve à l'ombre d'un des grands navires de guerre qui se profilait sur le ciel comme une cathédrale grise. Leurs voiles battaient et se tendaient, pareilles à des papillons se laissant joyeusement porter par la brise. On apercevait de vagues mouvements de rames et de bras appartenant à des personnages trop petits pour qu'il fût possible de les distinguer ou de les reconnaître de si loin. Mais cette petite agitation eut cependant le pouvoir d'attirer nos regards — qui sait, par quelle prémonition intérieure? Et tandis que le fiacre roulait en silence le long du bassin, nous vîmes la scène se dérouler devant nos yeux comme quelque merveilleuse « marine » brossée de main de maître. La variété et la diversité des petites embarcations de réfugiés de tous les coins de l'Orient — toutes les formes imaginables de silhouettes et de gréements — donnaient à cette scène une sensualité et un rythme chatoyants sur le fond de velours irisé de l'eau. Une beauté à vous couper le souffle, et si banale, si quotidienne cependant! Les remorqueurs lançaient des coups de sifflet, des enfants piaillaient, des cafés venaient le petit claquement des pions sur les jeux de jacquet et les chants des oiseaux. Tout un monde simple et naïf autour de ce petit panneau central où des voiles claquaient, où il se faisait des gestes que nous ne pouvions interpréter, où des voix ne nous parvenaient pas. Le petit voilier vacilla, des bras se levèrent puis retombèrent.

— Il est arrivé quelque chose, dit Balthazar, qui dardait ses petits yeux noirs sur la scène, et comme s'il avait compris ses paroles, le cheval s'arrêta. Un seul homme avait vu la scène à part nous; lui aussi regardait, la bouche curieusement ouverte, se rendant compte qu'il se passait quelque chose sortant de l'ordinaire. Mais partout les gens s'affairaient, les épiciers criaient. A ses pieds, trois enfants jouaient, très occupés à placer des billes dans les rails du tram dans l'espoir de les voir éclater et réduire en poudre lorsque le premier wagon les écraserait. Un porteur d'eau faisait tinter ses gobelets en criant : « Approchez, vous qui avez soif. » Et discrètement dans le fond, comme s'il glissait sur de la soie, un paquebot piquait sans bruit vers le large.

— C'est Pombal, finit par s'écrier Clea, étonnée, et elle glissa son bras sous le mien d'un geste inquiet. C'était Pombal en effet. Voici ce qui leur était arrivé. Ils avaient pris le petit voilier et s'en allaient au hasard, comme à leur habitude, et entraînés par une saute de vent, ils s'étaient un peu trop approchés d'un bâtiment de guerre français. Quelle ironie de la part des invisibles metteurs en scène, et avec quelle rapidité ils avaient agi! Les bâtiments français, bien qu'ils fussent internés, avaient conservé leurs armes légères, et un sentiment de honte les rendait si susceptibles que leurs réactions étaient souvent imprévisibles. Les sentinelles avaient ordre de tirer un coup d'avertissement à l'avant de tout canot s'approchant à moins de douze mètres. Ce n'est que pour observer la consigne qu'une sentinelle envoya une balle dans la voile de Pombal lorsque la petite embarcation s'était trouvée follement entraînée presque contre la coque du navire. Ce n'était qu'un avertissement sans aucune intention meurtrière. Cela pouvait très bien... mais non, il ne pouvait en être autrement. Car mon ami, pris de rage et ulcéré d'être traité de la sorte par ses compatriotes capitulards, devint rouge d'indignation, et abandonnant son gouvernail, se leva en brandissant son gros poing et criant : « *Salauds! Espèces de cons!* » et peut-être même cette épithète définitive : « *Lâches!* »

Entendit-il les balles? Dans la confusion qui s'ensuivit, cela est peu probable, car l'embarcation se mit à osciller, tourna sur elle-même, s'empanna et vira de bord, lui faisant perdre l'équilibre. C'est alors, comme il s'efforçait de ressaisir le précieux gouvernail, qu'il vit Fosca tomber, mais avec une lenteur infinie. Par la suite, il dit qu'il n'avait pas compris qu'elle avait été touchée. Sans doute n'avait-elle éprouvé qu'un vague éblouissement, cette fulgurante anesthésie du choc qui succède si rapidement à la blessure. Elle vacilla comme une haute tour et sentit lentement l'arrière du canot venir à la rencontre de ses joues. Elle resta étendue ainsi, les yeux grands ouverts, douce et dodue comme un faisan blessé sur un lit de feuilles mortes, l'œil encore brillant malgré le sang qui commence à couler de son bec. Il cria son nom, et n'entendit qu'un immense silence, car une petite brise s'était emparée du canot et le ramenait à vive allure vers la terre. Une nouvelle agitation se produisit alors, car d'autres barques, attirées comme les mouches par une blessure, commencèrent à s'attrouper dans un concert de cris, d'avertissements, d'exclamations de pitié. Pendant ce temps, Fosca gisait les yeux ouverts, le regard vague, souriant à elle-même, s'oubliant déjà de l'autre côté du rêve.

Et c'est alors que Balthazar sembla brusquement sortir de sa torpeur; il descendit du fiacre sans un mot et traversa le quai en courant de son étrange démarche traînante, vers la petite boîte rouge du téléphone d'urgence. J'entendis le petit cliquetis du récepteur et le son de sa voix qui parlait, patiente et mesurée. La réponse à son appel vint instantanément, presque miraculeusement, car le poste de secours se trouvait à cinquante mètres de là. J'entendis le doux tintement de la cloche de l'ambulance, et je la vis foncer vers nous sur les pavés. Puis tous les visages se retournèrent vers le petit convoi de canots — visages sur lesquels ne se lisaient qu'une patiente résignation, ou l'horreur. Pombal était agenouillé à l'arrière, la tête penchée. Derrière lui, Ali, le loueur de canots, tenait le gouvernail d'une main sûre; il avait été le premier à comprendre ce qui s'était passé et à offrir son aide. Toutes les autres barques escortaient celle de Pombal, en groupe compact, comme pour marquer leur sympathie active. Je pus lire le nom dont il l'avait fièrement baptisée six mois plus tôt : *Manon*. Tout paraissait maintenant déconcertant, tout basculait dans une nouvelle dimension où rôdaient, comme de grosses méduses, le doute et la peur.

Balthazar se tenait sur le quai, dans une impatience fébrile, les suppliant intérieurement de se hâter. J'entendais sa langue claquer contre son palais — *teck tsch* — d'un air de doux reproche; et je me demandais si ce reproche s'adressait à leur lenteur ou à la vie elle-même, à ses gestes absurdement gratuits?

Enfin ils arrivèrent. On entendait maintenant distinctement le bruit de leur respiration, et de notre côté ce fut un branle-bas précis et mesuré — claquements des lanières de brancard, tintement de l'acier poli, crissements des semelles ferrées — qui se fondit bientôt dans une confusion de gestes et de cris : ahanements, mains noires qui s'élevaient, mains qui s'abaissaient, tiraient sur la corde pour immobiliser le voilier, voix discordantes s'effilochant, lançant des ordres. « Tiens bon... » « doucement maintenant... », tout cela mêlé aux accents lointains d'un fox-trot que déversait la radio d'un navire. Une civière qui se balance comme un berceau, comme un panier de fruits sur les épaules brunes d'un Arabe. Et des portes de fer qui s'ouvrent sur une cellule blanche.

Pombal avait le teint livide, le visage décomposé, le regard fixe, hagard. Il dégringola sur le quai, comme s'il tombait d'un nuage, glissa sur les genoux et se releva. Il suivit Balthazar et les infirmiers, inconscient, bêlant comme un mouton égaré. Ses belles espadrilles blanches, achetées très cher quelques jours avant, étaient tachées de sang — le sang de Fosca sans doute. Ce sont des petits détails de ce genre qui vous frappent comme une pierre entre les yeux, dans ces moments-là. Il tenta vaguement de pénétrer dans l'ambulance, mais il fut brutalement repoussé. On lui claqua les portes au nez. Fosca appartenait désormais à la science, et non plus à lui. Il attendit, humblement, la tête baissée, comme un homme à l'église, que les portes se rouvrent et qu'on lui permette de monter. On aurait dit qu'il ne respirait plus. J'eus envie d'aller vers lui mais Clea me retint par le bras. Nous attendîmes alors tous très patiemment, comme des enfants soumis, en prêtant vaguement l'oreille aux bruits et aux mouvements qui se faisaient à l'intérieur de la voiture. Au bout d'un moment qui nous parut une éternité, les portes se rouvrirent et Balthazar sortit d'un air las en disant :

— Montez avec nous.

Pombal jeta un regard perdu autour de lui, puis, arrêtant un instant ses yeux battus sur Clea et sur moi, écarta les bras d'un geste de désespoir devant un fait incompréhensible, puis porta ses petites mains grasses à ses oreilles, comme pour ne plus entendre un bruit atroce. La voix de Balthazar craqueta alors comme du parchemin. « Allez, montez », dit-il d'une voix rauque, irritée, comme s'il s'adressait à un criminel; et comme ils pénétraient dans la cellule blanche, je l'entendis ajouter à voix plus basse : « Elle est mourante. » Les portes métalliques se refermèrent sur eux avec un claquement sec, et je sentis la main de Clea se glacer dans la mienne.

Nous restâmes assis l'un près de l'autre, sans un mot, par cette magnifique soirée de printemps qui s'enfonçait déjà dans le crépuscule. A la fin, j'allumai une cigarette et allai faire quelques pas sur le quai parmi la foule jacassante des Arabes qui décrivaient l'accident de leurs voix glapissantes. Ali se préparait à ramener le voilier à son mouillage devant le Yacht Club; il avait une cigarette à la bouche. Il s'approcha de moi et me demanda poliment la permission d'allumer sa cigarette à la mienne. Pardessus son épaule, je remarquai que les mouches avaient déjà trouvé la petite tache de sang sur le plancher du bateau.

— Je vais le laver, me dit-il, comprenant ce que je regardais.

D'un bond souple de chat, il sauta dans le bateau et largua la voile. Il se retourna et me fit un signe de la main en souriant. Il voulut me dire « une vilaine affaire », mais son anglais n'était pas très sûr. Il me cria :

— Vilain poison, Monsieur.

Je hochai la tête.

Clea, toujours assise à l'intérieur du fiacre, contemplait ses mains. C'était comme si ce brutal incident nous avait isolés.

— Rentrons, dis-je à la fin, et je demandai au cocher de nous ramener en ville.

— Prions Dieu qu'elle s'en tire, finit par dire Clea. Ce serait trop cruel.

— Balthazar a dit qu'elle était mourante. Je l'ai entendu.

— Il peut se tromper.

— Oui, il peut se tromper.

Mais il ne se trompait pas, car Fosca et l'enfant étaient morts, nous ne l'apprîmes que tard dans la soirée. Nous tournions dans l'appartement de Clea comme des fauves en cage, incapables de nous concentrer. A la fin, elle me dit :

— Tu devrais rentrer pour lui tenir compagnie, ne penses-tu pas ?

J'hésitai.

— Il préfère peut-être rester seul.

— Rentre, cela vaudra mieux, dit-elle; et elle ajouta sèchement : Je ne peux pas supporter de t'entendre rôder comme cela... Oh, mon chéri, excuse-moi, je t'ai fait de la peine.

— Mais non, je ne t'en veux pas. Je m'en vais.

Tout le long de la rue Fouad, je songeai : comment se pouvait-il qu'une si petite modification du dessin, une simple vie humaine, ait le pouvoir de déformer tout l'ensemble ? Nous n'avions jamais éprouvé cela. Nous ne pouvions tout simplement pas l'assimiler, l'intégrer au portrait que Pombal avait brossé de lui-même avec tant de soin. Ce petit événement stupide empoisonnait tout — même notre affection pour lui, car elle s'était changée en horreur et en sympathie ! De telles émotions étaient parfaitement déplacées, et ne pouvaient lui être d'aucun secours. Mon instinct me disait de l'éviter ! J'avais l'impression que je désirais ne plus jamais le revoir... pour ne pas le mortifier. « Vilain poison », en effet. Je me répétais sans cesse cette petite phrase d'Ali.

Pombal était déjà là quand je rentrai, assis dans son fauteuil de goutteux, paraissant plongé dans de profondes réflexions. Un verre plein de whisky, auquel il ne semblait pas avoir touché, était posé à côté de lui. Mais il s'était changé; il avait endossé sa vieille robe de chambre bleue ornée de plumes de paon dorées, et chaussé ses vieilles babouches égyptiennes qui ressemblaient à deux pelles d'or. J'entrai dans la chambre le plus naturellement possible et vins m'asseoir en face de lui sans mot dire. Il ne parut pas me voir, je sentis cependant qu'il avait conscience de ma présence, mais ses yeux étaient noyés dans le vague; les mains jointes, il se tapotait machinalement le bout des doigts les uns après les autres. La tête tournée vers la fenêtre, il dit tout à coup, d'une petite voix aiguë — comme si les mots avaient le pouvoir de l'émouvoir, bien qu'il n'en comprît pas du tout le sens :

— Elle est morte, Darley. Ils sont morts tous les deux.

J'eus l'impression qu'une chape de plomb me tombait sur le cœur.

— *C'est pas juste*, ajouta-t-il en français d'un air absent, en tiraillant les poils de sa barbe. Sans émotion, sans trouble, comme un homme qui se remet lentement d'une vive commotion.

Puis il saisit brusquement son verre, avala une gorgée du liquide brun, s'étrangla et toussa.

— Il est sec, dit-il surpris, dégoûté, et il reposa son verre avec un long frisson. Puis, se penchant en avant, il prit un bloc-notes et un crayon sur la table et se mit à griffonner — des spirales, des losanges, des dragons. Tout à fait comme un enfant.

— Il faudra que j'aille me confesser demain; ce sera la première fois depuis des siècles, ajouta-t-il lentement, comme avec d'infinies précautions. J'ai demandé à Hamid de me réveiller de bonne heure. Voyez-vous une objection à ce que *Clea* vienne seule?

Je fis un petit signe de tête. Je compris qu'il voulait parler des funérailles. Il poussa un soupir de soulagement.

— *Bon*, dit-il, et il se leva et reprit son verre de whisky.

A ce moment la porte s'ouvrit et Pordre apparut, l'air bouleversé. Instantanément, Pombal changea. Ce fut peut-être la présence d'un homme de sa race qui produisit cet effet. Il proféra une longue suite de sanglots, puis les deux hommes s'étreignirent en murmurant des paroles incohérentes, comme pour se consoler mutuellement d'un désastre qui les atteignait également. Le vieux diplomate leva son petit poing de femme et dit tout à coup, sottement :

— J'ai déjà adressé une énergique protestation.

A qui? Je me le demandais. Aux puissances invisibles qui décrètent que les choses doivent arriver de telle manière plutôt que de telle autre? Les mots sortaient de leurs bouches en bredouillant comme d'insignifiants postillons dans l'air frais du salon.

— Il faut que je lui écrive et que je lui raconte tout, dit Pombal. Je veux tout lui avouer.

— Gaston, lui dit son chef d'un ton de reproche, ne faites

pas cela. Cela ne pourrait qu'aggraver son chagrin dans sa captivité. *Ce n'est pas juste.* Suivez mon conseil : il faut que toute cette histoire soit oubliée.

— Oublier! s'écria mon ami comme s'il avait été piqué par une guêpe. Oublier! Il doit savoir, pour la mémoire de Fosca.

— Non, il ne doit jamais apprendre la vérité. Jamais, dit le plus âgé des deux hommes.

Ils demeurèrent un long moment en se tenant les mains et en se regardant dans les yeux à travers leurs larmes; à cet instant, comme pour compléter le tableau, la porte s'ouvrit sur la silhouette porcine du Père Paul — qui n'était jamais loin du lieu d'un scandale. Il s'arrêta et contempla la scène d'un air d'onction pateline, déguisant mal sa satisfaction.

— Mon pauvre enfant, dit-il en se raclant la gorge.

Il fit un vague geste de sa main grasse, comme s'il nous aspergeait tous d'eau bénite, et poussa un soupir. Il me faisait penser à une sorte de gros vautour chauve. Puis, à ma grande surprise, il se mit à débiter quelques formules de consolation en latin.

Je laissai mon ami à ses pesants consolateurs, soulagé en un sens qu'il n'y ait pas place pour moi dans cette incohérente parade de commisération latine. Je lui serrai simplement la main une fois encore et sortis de l'appartement sur la pointe des pieds pour aller retrouver Clea.

L'enterrement eut lieu le lendemain. Clea en revint pâle et fatiguée. Elle lança son chapeau en travers de la chambre et ébouriffa ses cheveux d'un geste agacé — comme pour chasser le désagréable souvenir de cette matinée. Puis elle se laissa tomber sur le divan et enfouit la tête dans ses bras.

— Ce fut affreux, dit-elle enfin, vraiment horrible, Darley. Et d'abord c'était une *crémation.* Pombal a tenu absolument à respecter les volontés de Fosca, en dépit des violentes protestations du Père Paul. Quelle brute, celui-là. Il s'est conduit comme si le corps était devenu la propriété de l'Église. Le pauvre Pombal était furieux. Je les ai entendus se quereller comme deux chiffonniers. Et puis... je n'avais jamais visité le nouveau Crématorium! Il n'est pas encore achevé. Cela se trouve dans une espèce de terrain vague, jonché de paille et de bouteilles de limonade, juste à côté d'un dépôt de ferraille plein de carcasses de vieilles voitures. En fait, on dirait plutôt un four crématoire organisé à la hâte dans un camp de concentration.

D'affreuses petites tombes entourées de briques avec des bouquets de fleurs fanées plantées dans le sable. Et des petits wagonnets qui emportent les cercueils sur leurs rails... Tu ne peux pas imaginer comme c'est laid! Et toutes les têtes des consuls et des officiels! Même Pombal avait l'air suffoqué par tant de laideur. Et la chaleur! Naturellement, le Père Paul était au premier plan de ce tableau, se délectant visiblement de son rôle. Et puis, avec un grincement incongru, le cercueil s'est mis à rouler sur la voie menant à une espèce de jardin et disparut brusquement derrière un panneau métallique. Nous restâmes un moment à nous balancer d'une jambe sur l'autre sans bien savoir quelle contenance prendre; le Père Paul sembla disposé à combler ce vide inattendu par des prières improvisées, mais à ce moment une radio se mit à jouer une valse de Vienne dans un immeuble voisin. Quelques chauffeurs tentèrent de la localiser pour la faire taire, mais sans succès. Je ne me suis jamais sentie aussi malheureuse que ce matin-là, dans ce poulailler, et sur mon trente et un... Une horrible odeur de brûlé s'échappait du four. Je ne savais pas encore que Pombal avait l'intention d'aller disperser les cendres dans le désert, et qu'il avait décidé que je l'accompagnerais seule dans cette excursion. J'ignorais aussi que le Père Paul — qui flairait là une occasion de nouvelles prières — avait la ferme intention d'en faire autant. Ce qui se produisit ensuite fut tout à fait inattendu.

« L'urne apparut enfin — et quelle urne! Quelque chose de véritablement offensant pour la vue : imagine une grosse boîte de chocolats bon marché! Le Père Paul tenta alors de s'en emparer, mais Pombal la tenait ferme, et nous regagnâmes ainsi la voiture. Je dois dire qu'en cette circonstance, Pombal fit preuve de beaucoup de sang-froid.

« — Pas vous, dit-il au prêtre, comme celui-ci faisait mine de monter dans la voiture. Je vais seul avec Clea. Et il me fit signe du doigt.

« — Mon fils, dit le Père Paul à voix basse, d'un ton sinistre, je viendrai aussi.

« — Il n'en est pas question, dit Pombal. Votre tâche est terminée.

— Mon fils, je viendrai, répétait l'entêté.

« Pendant un instant, nous eûmes tous l'impression que l'affaire aller tourner au pugilat. Pombal secoua sa barbe au nez du prêtre et le regarda dans les yeux d'un air farouche. Je montai dans la voiture, en me sentant tout à fait ridicule. Alors Pombal repoussa le Père Paul dans le plus pur style français — d'un bon coup dans la poitrine — monta derrière moi et fit claquer la portière. Un murmure s'éleva du groupe des consuls à la vue de cet affront public à la soutane, mais personne ne dit mot. Le prêtre était blanc de rage et esquissa une sorte de geste involontaire — comme s'il allait brandir le poing en direction de Pombal, mais il se ravisa à temps.

« Nous démarrâmes; le chauffeur, qui avait déjà reçu la consigne, prit aussitôt la route du désert. Pombal, raide sur son siège, avec cette horrible bonbonnière sur les genoux, respirait profondément en écartant les ailes du nez, les yeux mi-clos, comme s'il essayait de se reprendre après les épreuves qu'il avait endurées toute la matinée. Puis il me prit la main et nous restâmes ainsi, regardant en silence le désert dérouler ses dunes autour de nous. Nous fîmes une dizaine de kilomètres. Puis il donna l'ordre au chauffeur de s'arrêter. Il avait le souffle oppressé. Nous descendîmes et restâmes un moment au bord de la route à contempler l'horizon. Il fit quelques pas dans le sable, s'arrêta et se retourna.

« — Maintenant je vais le faire, dit-il, et il partit sur ses petites jambes grasses et mal assurées.

« J'allai alors vers le chauffeur et lui dis précipitamment :

« — Roulez pendant cinq minutes, et revenez nous prendre ici. »

« Le bruit de la voiture qui démarrait ne fit même pas retourner Pombal. Il s'était effondré à genoux, comme un enfant qui fait des pâtés; et il demeura immobile pendant un long moment. Je l'entendais marmonner, mais je n'aurais pu dire s'il priait ou s'il récitait un poème. Je me sentais désespérément seule sur cette route déserte; je voyais la chaleur scintiller sur le goudron.

« Puis il se mit à gratter dans le sable devant lui, prenant de pleines poignées qu'il répandait sur sa tête, comme un musulman. Il poussait de curieux petits gémissements. A la fin, il se prosterna le front dans la poussière et resta immobile. Les minutes s'écoulaient. Bientôt j'entendis, très loin encore, la voiture qui revenait nous chercher; elle roulait au pas.

« — Pombal, dis-je à la fin. Mais il ne répondit pas.

« Je me décidai alors à aller le chercher — je sentais mes chaussures qui se remplissaient de sable brûlant — et lui touchai l'épaule. Il se releva aussitôt et épousseta ses vêtements. Il me parut effroyablement vieilli tout à coup.

« — Oui, dit-il en jetant un regard vaguement étonné autour de lui, comme s'il venait de réaliser à l'instant l'endroit où il se trouvait. Ramenez-moi à la maison, Clea.

« Je le pris par la main — comme on conduit un aveugle — et je le tirai lentement vers la voiture qui s'était arrêtée devant nous.

« Il s'assit à côté de moi et demeura un long moment hébété; puis, comme s'il venait brusquement d'être frappé par un souvenir, il se mit à pousser un hurlement, comme un petit garçon qui vient de se fendre le genou. Je mis mon bras autour de ses épaules. J'étais heureuse que tu ne sois pas là à ce moment — ton âme anglo-saxonne se serait recroquevillée sur les bords à ce spectacle. Mais il répétait : « Comme cela a dû paraître « ridicule. Comme cela a dû paraître ridicule. » Et brusquement, il partit d'un éclat de rire nerveux. Il avait encore la barbe pleine de sable. « Je viens de me rappeler la « tête du Père Paul », m'expliqua-t-il en pouffant encore spasmodiquement comme une petite fille. Puis il reprit le contrôle de lui-même, s'essuya les yeux et dit, en soupirant tristement : « Je suis complètement « épuisé, je suis vidé. Je crois que je pourrais dormir une semaine « d'affilée. »

« Et c'est probablement ce qu'il est en train de faire. Balthazar lui a donné un puissant somnifère à prendre en rentrant. Je l'ai quitté en bas de chez lui et la voiture m'a amenée ici. Je suis presque aussi éreintée que lui. Mais Dieu merci, tout cela est fini maintenant. Il va être obligé de repartir de zéro. »

Comme pour illustrer cette dernière proposition, le téléphone sonna et la voix de Pombal, lasse et embarrassée, déclara :

— Darley, c'est vous? Bon. Oui, je pensais que vous étiez là. Avant d'aller dormir, je voulais vous le dire : Pordre m'envoie en Syrie, en mission. Je pars de bonne heure demain matin. Je toucherai une indemnité de déplacement, ce qui me permettra de conserver une partie de l'appartement jusqu'à ce que je revienne. Hein, vous êtes d'accord?

— Ne vous tracassez pas pour cela, dis-je.

— Ce n'était qu'une idée, comme cela.

— Allez dormir, maintenant.

Il y eut un long silence. Puis il ajouta :

— Mais bien entendu, je vous écrirai, hein? Oui, Très bien. Ne me réveillez pas si vous rentrez ce soir.

Je lui promis de ne pas faire de bruit.

Mais les précautions que je pris en rentrant dans la soirée, se révélèrent inutiles, car il ne dormait toujours pas. Il était allongé sur son fauteuil, l'air angoissé, désespéré.

— Ce truc que m'a donné Balthazar ne vaut rien, dit-il. C'est un léger calmant, sans plus. Le whisky me fait plus d'effet. Bah, de toute façon, je n'ai pas envie de dormir. Qui sait quels rêves je pourrais faire?

Je finis par le persuader de se mettre au lit; il accepta à la condition que je resterais près de lui et que je lui parlerais jusqu'à ce qu'il s'endorme. Il était relativement calme maintenant, et parlait d'une voix détendue, comme lorsque l'on s'adresse à un ami imaginaire sous l'effet d'un anesthésique.

— Je suppose que cela passera. Cela finit toujours par passer. Je pensais aux gens placés dans la même situation. Mais pour certains, ça ne passe pas facilement. Un soir Liza est venue ici. J'ai été surpris de la voir à la porte, avec ces yeux qui me donnent la chair de poule — comme un lapin aux yeux vitreux chez le marchand de volaille. Elle voulait que je l'emmène dans la chambre de son frère, à l'hôtel Mont-Vautour. Elle disait qu'elle voulait la « voir ». Je lui demandai ce qu'elle pourrait bien voir. Elle m'a répondu avec colère : « Je vois à ma façon. » Je ne pouvais pas refuser. Et je me suis dit que cela ferait peut-être plaisir à Mountolive. Mais j'ignorais que le Mont-Vautour n'était plus un hôtel, qu'il avait été transformé en bordel pour les troupes. Nous avions déjà gravi la moitié de l'étage quand je m'en rendis compte. Toutes ces filles nues et ces soldats débraillés et en sueur, leurs crucifix tintant contre leurs plaques d'identité. Et une odeur de rhum et de parfums bon marché. Je lui dis que nous ferions mieux de repartir car l'établissement avait changé, mais elle se mit à frapper du pied et à insister comme une enfant capricieuse. Alors, nous avons continué. Il y avait des portes ouvertes à tous les étages, et on voyait tout ce qui se passait à l'intérieur. Je me dis que c'était une chance qu'elle fût aveugle. A la fin, nous parvînmes à sa chambre. Il y faisait noir. Une vieille femme dormait sur le lit de Pursewarden, une pipe de haschisch posée à côté d'elle. La pièce sentait l'égout. Mais Liza était très surexcitée. « Décrivez-la-moi », me dit-elle. Je fis de mon mieux. Elle s'avança vers le lit. « Il y a une femme qui dort là », lui dis-je en essayant de la retenir. « C'est devenu une maison mal famée, Liza, c'est ce que j'essayais de vous faire comprendre. » Savez-vous ce qu'elle me répondit ? « *Alors tant mieux!* » Je n'en revenais pas. Elle posa sa joue sur l'oreiller à côté de la vieille femme qui se mit à pousser des petits gémissements. Liza lui caressa le front comme elle aurait fait avec un enfant en disant : « Là, là, dors maintenant. » Puis elle chercha ma main, en hésitant. Elle fit ensuite une curieuse grimace et me dit : « J'espérais trouver son empreinte sur l'oreiller. Mais c'est inutile. On doit tout essayer pour retrouver le souvenir. Il a tellement de cachettes. » Je ne comprenais pas ce qu'elle voulait dire. Nous redescendîmes. Sur le palier du premier étage je vis monter plusieurs soldats australiens ivres. Je compris à leur air qu'il allait y avoir du grabuge. L'un d'eux s'était fait voler ou quelque chose comme ça. Ils étaient terriblement éméchés. Je pris Liza dans mes bras et fis semblant de faire l'amour avec elle dans un coin du vestibule en attendant qu'ils fussent passés. Elle tremblait, mais je n'aurais su dire si c'était de peur ou d'émotion. Puis elle me dit : « Parlez-moi de ses femmes. Comment étaient-elles ? » Je lui répondis alors, en la prenant par l'épaule comme une vieille amie : « Là, maintenant, vous devenez banale. » Elle cessa de trembler et devint pâle de colère. Dans la rue elle me dit : « Trouvez-moi un taxi. Je ne vous aime pas. » Je hélai un taxi, l'aidai à monter et elle partit sans ajouter un mot. Plus tard, j'ai regretté ma grossièreté, car elle souffrait; il y a des moments où les choses arrivent trop vite pour qu'on les remarque. Et on ne connaît jamais assez les gens et leurs souffrances pour tenir les réponses toutes prêtes au moment voulu. Par la suite, je lui ai dit des tas de choses gentilles en esprit, mais c'était trop tard. C'est toujours trop tard.

Un léger ronflement s'échappa de ses lèvres, et il se tut. J'allais éteindre sa lampe de chevet et quitter la chambre sur la pointe des pieds lorsqu'il poursuivit son monologue, mais comme de plus loin, et en suivant un autre fil de pensée.

— Et quand Melissa fut à l'agonie Clea a passé toute la journée avec elle. A un moment, elle dit à Clea : « Darley faisait l'amour comme s'il avait du remords, comme par désespoir. Je suppose qu'il pensait à Justine. Il ne m'a jamais excitée comme le faisaient d'autres hommes. Le vieux Cohen, par exemple, c'était un saligaud, mais il avait toujours les lèvres humides de vin. J'aimais ça. Je le respectais pour ça, parce que c'était un homme. Mais Pursewarden me traitait comme un beau vase de porcelaine, comme s'il avait peur de me briser, comme un meuble de prix. Que c'était bon pour une fois de se reposer ! »

II

Et le temps s'écoulait, par un hiver de vents et de gelées plus mordantes que les chagrins, et par un bref printemps, pressé, semblait-il, de céder la place à ce dernier et splendide été. Il arriva par de somptueux détours, comme de quelque latitude longtemps oubliée que l'Éden aurait longuement savourée en rêve avant qu'il éclose miraculeusement parmi les pensées dormantes de l'humanité. Il fondit sur nous, telle une nef fabuleuse, jeta l'ancre devant la ville, et replia ses voiles blanches comme les ailes d'une mouette. Ah, je cherche les métaphores qui pourraient évoquer le bonheur pénétrant trop rarement accordé à ceux qui aiment; mais les mots furent inventés pour combattre le désespoir; les mots sont trop grossiers pour refléter les harmonies sereines d'une âme en paix avec soi-même et avec le monde. Les mots ne sont que les miroirs de nos mécontentements; ils renferment tous les œufs énormes non encore éclos de tous les chagrins du monde. A moins qu'il ne fût peut-être plus simple de répéter à mi-voix quelques vers arrachés à un poème grec, écrit un jour à l'ombre d'une voile, sur un promontoire brûlé par la soif à Byzance. Quelque chose comme...

Pain noir, eau claire, ciel pur.
Gorge apaisée, belle, incomparablement.
Esprit lové sur l'esprit.
Des yeux doucement clos sur des yeux.
Des cils qui palpitent, des corps nus.

Mais ces mots sont privés d'âme dans toute autre langue; il faut entendre leurs sonorités grecques tomber doucement d'une bouche meurtrie de baisers, sinon ils ne sont que les pâles photographies d'une réalité qui trahit l'univers du poète. Il est triste que le brillant plumage de cet été ne puisse être ressaisi — car nos vieux jours n'auront que ces quelques souvenirs sur quoi fonder leur nostalgique bonheur. La mémoire le retiendra-t-elle, cet incomparable dessin des jours? Je me le demande... Dans l'ombre mauve et épaisse des voiles blanches, sous les sombres lanternes des figues, à midi, sur les routes légendaires du désert où s'étirent les caravanes d'épices et où les dunes s'adoucissent jusqu'au ciel pour capter dans leur sommeil ébloui les claquements d'ailes qui passent, qui s'éloignent en un poudroiement scintillant de mouettes? Où les coups de fouet glacés des vagues s'écrasent contre les frontons abolis des îles oubliées? Et le serein qui tombe sur les ports déserts où de vieux amers arabes pointent comme des doigts rongés de lèpre? La somme de toutes ces choses subsistera sûrement quelque part. Mais elles ne hantaient pas encore la mémoire. Les jours succédaient aux jours sur le calendrier du désir, chaque nuit se retournant doucement dans son sommeil pour renverser l'obscurité et nous inonder à nouveau de la lumière royale. Tout conspirait à cette harmonie sereine.

Et je comprends sans peine, maintenant, que tout cela était *déjà arrivé*, avait été ordonné dans toute sa rigueur. Nous ne vivions, pour ainsi dire, que le « passage » de ce temps qui coulait — sa manifestation. Mais le scénario avait déjà été préparé ailleurs, les acteurs choisis, la mise en scène répétée dans ses moindres détails dans l'esprit de cet invisible auteur... qui en fin de compte n'était peut-être nul autre que la ville elle-même : l'Alexandrie de la condition humaine. En nous sont jetées les semences des événements futurs qui se dévoilent ensuite selon les lois de leur propre nature. Voilà qui est difficile à concevoir, oui, quand on songe à la perfection de cet été et à ce qui suivit.

La découverte de l'île y fut pour beaucoup. L'île! Comment avions-nous pu l'ignorer si longtemps? Il n'y avait pas un coin de cette côte que nous n'eussions visité, pas une plage dont nous n'eussions goûté l'eau, pas une crique où nous n'eussions jeté l'ancre. Et pourtant, elle avait toujours été là, nous crevant les yeux. « Si tu veux cacher quelque chose, dit le proverbe arabe, cache-le dans l'œil du soleil. » Elle était là, nullement cachée, un peu à l'ouest du petit sanctuaire de Sidi El Agami — ce tertre blanc, cette croupe neigeuse d'un tombeau émergeant d'un éparpillement de palmiers et de figuiers. Elle n'était rien de plus qu'un affleurement de granit qu'un tremblement de terre ou quelque convulsion sous-marine avait soulevé au-dessus des eaux dans quelque passé lointain. Lorsqu'une haute vague déferlait sur elle, elle la noyait entièrement; mais il est étrange que les cartes de l'Amirauté l'aient ignorée jusqu'ici, car elle pouvait constituer un danger pour les navires de moyen tonnage.

C'est Clea qui la première découvrit la petite île de Narouz.

— Qu'est-ce que c'est que ça? dit-elle avec étonnement.

Son poignet brun manœuvra vigoureusement le gouvernail du cotre et l'amena contre son flanc. Le rocher de granit était assez gros pour nous abriter du vent. Un cercle d'eau bleue et immobile au milieu de la houle. Sur le versant qui faisait face à la terre, on voyait un grossier « N » gravé dans le roc au-dessus d'un vieil anneau rouillé qui permettait d'amarrer solidement un canot. Quant à la « côte », elle consistait en une étroite bande de galets d'un blanc éblouissant de la largeur d'un pied.

— Oui, c'est elle, c'est l'île de Narouz, s'écria-t-elle à la fois bouleversée et ravie de la découverte, car ce rocher était idéal pour la solitude.

On pouvait y être aussi tranquille et anonyme qu'une mouette. La plage était tournée vers le continent. De là, on découvrait toute la ligne ondulante de la côte avec ses forts en ruine et ses dunes fuyant en direction de Taposiris. Nous sortîmes nos provisions avec un frisson de bonheur, car ici on pouvait se baigner nus et se dorer au soleil sans crainte des importuns.

C'était donc là que cet étrange frère de Nessim, le solitaire Narouz, passait son temps à pêcher.

Je m'étais toujours demandé où sa fameuse île pouvait bien se trouver. Je la croyais plus à l'ouest, au-delà d'Abu El Suir. Nessim n'a jamais pu me le dire. Tout ce qu'il savait, c'est qu'il y avait un grand fond avec une épave.

— Il y a un « N » gravé ici.

Clea battit des mains de plaisir et se débarrassa de son maillot de bain.

— J'en suis sûre. Nessim disait que pendant des mois il s'est battu en duel avec un gros poisson qu'il ne pouvait identifier. C'est lorsqu'il m'a donné la carabine et le harpon qui appartenaient à Narouz. N'est-ce pas étrange? Je l'ai toujours conservée dans le coffre. Je pensais que je pourrais tirer quelque chose un jour. Mais elle est si lourde que je ne peux m'en servir sous l'eau.

— Quelle sorte de poisson était-ce?

— Je ne sais pas.

Elle alla chercher dans le coffre du canot le gros paquet de chiffons enduits de graisse qui enveloppaient cette singulière arme. C'était un engin très laid, une carabine à air comprimé, avec une crosse évidée. Elle lançait un fin harpon d'acier de près d'un mètre cinquante de long. Il se l'était faite spécialement construire en Allemagne. Cette arme, assez effrayante, semblait bien capable de tuer un très gros poisson.

— Elle est horrible, hein ? dit-elle en mordant dans une orange.

— Il faut l'essayer.

— C'est trop lourd pour moi. Tu y arriveras peut-être. Moi, je n'ai jamais pu la tenir convenablement. C'était un tireur d'élite, au dire de Nessim, et il a réussi quelques belles prises. Mais il y en avait un, un très gros, qui venait souvent rôder par ici. Pendant des mois il est venu l'attendre. Il le guettait, et l'a tiré plusieurs fois, mais il l'a toujours manqué. J'espère que ce n'était pas un requin — j'en ai affreusement peur.

— Il n'y en a pas beaucoup en Méditerranée. C'est dans la mer Rouge qu'on en rencontre le plus.

— Je vais tout de même ouvrir l'œil.

Je décidai que c'était un instrument trop lourd à manœuvrer sous l'eau; d'ailleurs la chasse sous-marine ne présentait pour moi aucun attrait. Aussi l'enveloppai-je à nouveau dans ses chiffons graisseux et remis-je le tout dans le coffre du bateau. Clea s'étendit au soleil, entièrement nue, somnolant comme un phoque et fumant une cigarette avant d'aller explorer l'île plus avant. Le grand fond dont avait parlé Nessim brillait sous la quille scintillante du canot comme une vivante émeraude; de longs rubans de lumière laiteuse y pénétraient lentement, s'y enfonçaient comme des sondes dorées. Au moins quatre brasses, me dis-je, et prenant une profonde inspiration je me laissai couler comme une pierre.

C'était d'une beauté fascinante. On avait l'impression de plonger dans la nef d'une cathédrale dont les vitraux laissaient filtrer le soleil à travers des centaines d'arcs-en-ciel. Les bords de l'amphithéâtre — car la fosse s'évasait progressivement vers le large — semblaient avoir été sculptés par quelque artiste fatigué de l'ère romantique en une douzaine de galeries inachevées, bordées de statues. Certaines de ces formes ressemblaient tellement à de véritables statues que je crus un instant avoir fait une découverte archéologique. Mais ces cariatides brouillées étaient le fruit des vagues, avaient été pressées et moulées, par le hasard des houles, en déesses, en nains et en clowns. Une fine algue marine aux reflets jaunes et verts les avait dotées de barbes — transparents rideaux visqueux que balançait doucement la houle, qui s'écartaient et se refermaient, comme pour mieux révéler leurs secrets, puis les masquer à nouveau. Je glissai mes doigts à travers cette épaisse et gluante chevelure pour les appuyer sur le visage aveugle d'une Diane ou le nez crochu d'un nain gothique. Le sol de ce palais désert était fait d'une argile jaunâtre, douce au toucher et pas du tout grasse. De la terre cuite ayant pris à la cuisson des dizaines de nuances de mauve, de violet et d'or. Du côté de l'île, sa profondeur n'excédait pas une brasse et demie peut-être — mais elle s'abaissait profondément à l'endroit où la galerie s'ouvrait vers le large, et les franges d'eau les plus profondes s'estompaient du vert émeraude au vert pomme et du bleu de Prusse à un noir intense qui laissait pressentir les grandes profondeurs. C'était là aussi que se trouvait l'épave dont Clea avait parlé. J'espérais y découvrir une ou deux amphores romaines peut-être, mais hélas ce n'était pas un navire très ancien. A la courbe évasée de la poupe je reconnus le dessin égéen — ce type de caïque que les Grecs appellent « *trechandiri* ». Il avait été éperonné par l'arrière. Le fond avait éclaté, il était rempli d'un chargement d'éponges mortes et noires. J'essayai de repérer les yeux peints à la proue ainsi qu'un nom, mais tout était effacé. Le bois était recouvert d'une couche de vase et les moindres crevasses étaient habitées par des colonies de bernard-l'hermite. Je pensai qu'il avait dû appartenir à des pêcheurs d'éponges de Kalymnos, car tous les ans leurs flottilles venaient pêcher au large des côtes africaines, remportant leurs cargaisons dans les îles du Dodécanèse pour les traiter.

A ce moment un paquet de lumière aveuglante creva le plafond, et le corps délicat de Clea fila vers le bas comme une flèche, les bras étendus, ses cheveux explosant derrière elle en longues torsades d'or. Je l'attrapai au passage et, roulant et tournoyant dans les bras l'un de l'autre, nous jouâmes comme des poissons, jusqu'à ce que le souffle nous manque, nous obligeant à remonter à la lumière du soleil. Puis nous restâmes un moment à barboter sur le bord en soufflant et en reprenant haleine, les yeux brillants de plaisir.

— Quelle merveilleuse piscine, dit-elle à la fin en battant des mains.

— J'ai vu l'épave.

Puis, regagnant le petit croissant de la plage aux galets tièdes, ses longs cheveux gorgés d'eau caressant son dos elle dit :

— J'ai pensé à autre chose. Cette île doit être Timonium. Ah, je voudrais pouvoir me rappeler tous les détails plus nettement.

— Timonium? Qu'est-ce que c'est?

— On n'a jamais retrouvé le site, tu sais. Je suis sûre que ce doit être ici. Oh, faisons comme si c'était elle, veux-tu? Lorsque Antoine est revenu après la défaite d'Actium, tu sais, quand Cléopâtre a fui avec sa flotte, prise de panique, et a percé une brèche dans la ligne de bataille d'Antoine, le laissant à la merci d'Octave; quand il est revenu après cette inexplicable maladie de nerfs, et qu'il ne leur restait plus qu'à attendre une mort certaine quand surviendrait Octave — c'est alors qu'il s'est aménagé une cellule dans l'îlot. Elle tire son nom d'un célèbre reclus et misanthrope — un philosophe peut-être : Timon. Et c'est ici qu'il a dû vivre en attendant la mort. *Ici*, Darley, qu'il a dû passer et repasser toute l'affaire dans sa tête. Cette femme et le charme extraordinaire qu'elle répandait. Toute sa vie ruinée. Et puis le passage du dieu, et tout cela et son adieu à Alexandrie — tout un univers!

Les yeux brillants, elle m'interrogeait d'un sourire songeur. Elle posa ses doigts sur ma joue.

— Tu attends que je te dise que c'est vrai?

— Oui.

— Très bien. C'est vrai.

— Embrasse-moi.

— Ta bouche sent l'orange et le vin.

Elle était si petite, cette plage — à peine plus large qu'un lit. C'était étrange de faire l'amour ainsi, les chevilles baignant dans l'eau bleue, le dos picoté par la brûlure du soleil. Plus tard nous essayâmes de localiser la cellule, ou quelque chose qui pût correspondre à sa fantaisie, mias en vain; sur le versant face au large un effroyable chaos de chicots granitiques tombaient à pic dans l'eau noire. Les vestiges d'un ancien port naturel englouti peut-être, ce qui expliquait cette propriété de briser le vent et les vagues qu'avait l'île. Il y régnait un tel silence; on n'entendait que le faible murmure du vent contre le bord de l'oreille, lointain comme l'écho de la mer dans un minuscule coquillage. Oui, et de temps en temps un goéland venait planer au-dessus de la plage, évaluant la profondeur de l'eau pour voir s'il pouvait constituer un théâtre d'opération favorable. Pour le reste, nos corps ivres de soleil se laissaient aller aux rythmes paisibles du sang qui ne répondaient qu'aux rythmes profonds de la mer. C'était un havre de bonheur purement animal que les mots ne peuvent enfermer.

Durant tout ce mémorable été, nous entretînmes avec la mer un véritable commerce charnel. Un bonheur presque aussi profond que le lien tissé par les baisers nous saisissait dès que nous entrions ensemble dans le rythme des vagues, chaque regard, chaque caresse trouvant aussitôt sa réponse en l'autre, dans le jeu incessant de la houle. Clea avait toujours été très bonne nageuse, ce qui n'était pas mon cas. Mais durant mon séjour en Grèce j'avais eu l'occasion d'acquérir quelque pratique et je pouvais maintenant me mesurer honorablement à elle. Nous jouions sous l'eau et explorions le monde sous-marin de notre « piscine » comme nous appelions la grande fosse, insouciants comme des poissons au cinquième jour de la Création. Éloquents et silencieux ballets qui ne nous permettaient de communiquer que par gestes et par sourires. Le silence aquatique transformait toute la gamme humaine en mouvement, et nous étions semblables aux projections colorées d'ondines peintes sur ces merveilleux écrans d'algues et de rochers, imitant et recréant les rythmes de l'eau. La pensée elle-même s'évanouissait ici pour se muer en une joie de l'effort physique insondable. Je revois la lumineuse silhouette de Clea traversant ce firmament crépusculaire comme une étoile, comme une comète à la longue chevelure tourbillonnante et multicolore.

Mais ce bonheur ne se limitait pas à notre île. Si l'on est amoureux d'un de ses habitants, une ville contient tout l'Univers. Toute une nouvelle géographie d'Alexandrie se découvrait à travers Clea, ravivant d'anciennes significations, rajeunissant des sensations à demi oubliées, déposant comme une nouvelle couche de couleur vive sur une ancienne histoire, une ancienne biographie. Souvenir de petits cafés le long du bord de mer où nous nous attardions sous les marquises de toile rayée qui voletaient doucement sous la brise de minuit, en regardant la lune cuivrée se lever sur le Delta et enflammer nos verres. Soirées à l'ombre d'un minaret, ou sur un banc de sable illuminé à la flamme vacillante d'une lampe à huile. Nous allions cueillir des brassées de fleurs printanières au Cap des Figues — cyclamens éclatants, éclatantes anémones. Ou bien nous partions ensemble visiter les tombeaux de Kom El Shugafa, respirer les humides exhalaisons de l'obscurité que dégageaient ces étranges lieux de repos d'Alexandrins morts depuis longtemps; tombeaux taillés dans un sol brun comme du chocolat, empilés les uns sur les autres, comme des couchettes dans un navire. Sépulcres suffocants, air putride, humidité glacée qui vous pénétraient jusqu'aux os. « Tiens-moi la main. » Et ce n'étaient pas des prémonitions de la mort qui la faisaient frissonner, mais la pensée de cet énorme poids de terre entassée sur nos têtes. Quelle créature du soleil n'aurait frissonné ainsi? Cette robe d'été à ramages engloutie par les ténèbres. « J'ai froid. Allons-nous-en. » Oui, il faisait froid là-bas. Mais avec quel plaisir nous ressortions de ces profondeurs pour nous retrouver dans le tumulte et la merveilleuse anarchie de la rue. C'est ainsi que le dieu-soleil avait dû naître, se dégageant de l'étreinte humide du sol, souriant au ciel bleu qui l'appelait, au triomphe sur la mort, au renouveau de toutes créatures.

Oui, mais les morts sont partout. On ne peut simplement leur tourner le dos. On sent leurs tristes doigts aveugles, dépossédés, appuyer sur les panneaux de nos vies secrètes, quêtant notre souvenir, suppliant qu'on leur donne à nouveau un rôle à jouer dans la vie de la chair — campant parmi les battements de nos cœurs, s'immisçant dans nos étreintes. Nous portons tous en nous les trophées biologiques qu'ils nous ont légués en ne réussissant pas à vivre : dessin d'un œil, courbe d'un nez, ou des formes plus fugitives encore telles qu'une intonation morte dans un rire, ou une fossette qui perpétue un sourire enterré depuis longtemps. Le plus simple des baisers que nous échangions avait un pedigree de mort. Par eux, en eux, nous aidions à revivre des amours depuis longtemps oubliées. Chaque soupir a des racines dans le sol.

Et lorsque les morts montent en troupe à l'assaut de la vie? Car ils émergent parfois en chair et en os. Cette splendide matinée, par exemple, où tout était si banalement normal lorsqu'elle jaillit de la piscine comme une fusée en s'écriant dans un souffle, mortellement pâle : « *Il y a des hommes morts, là en bas!* » Sa voix plus encore que le sens de ses paroles me donna la chair de poule. Mais elle ne se trompait pas, et lorsque, rassemblant tout mon courage, je me décidai à plonger à mon tour... oui, je les vis : ils étaient sept, assis dans le demi-jour de la fosse, avec un air de scrupuleuse attention, comme s'ils prêtaient l'oreille à quelque important débat qui déciderait de leur sort. Ce conclave de figures silencieuses formait un demi-cercle un peu au large de la piscine. Enfermés dans des sacs, ligotés et lestés aux pieds, ils se tenaient maintenant tout droits, comme des pièces d'échec ayant la taille d'un homme. On voit parfois des statues ainsi emmaillotées traverser une ville sur un camion à destination de quelque triste musée de province. Légèrement accroupis, les cordes qui les entouraient dessinant vaguement les contours de leurs corps, sans visages, ils se tenaient néanmoins debout, oscillant et tremblotant légèrement comme les personnages des premiers films muets. Lourdement capitonnés dans la mort par les toiles grossières qui les enveloppaient.

C'étaient des marins grecs qui se baignaient près de leur corvette lorsqu'une mine sous-marine avait éclaté. L'onde de choc les avait tués sur le coup sans endommager leur corps. Luisants comme des maquereaux, on les avait repêchés à grand-peine dans un filet pare-torpille et on les avait laissé sécher sur les ponts avant de leur faire les funérailles traditionnelles et de les jeter par-dessus bord dans le linceul des marins. La houle et les courants les avaient entraînés là, à la porte de l'île de Narouz.

Il semblera peut-être étrange que nous nous soyons accoutumés si vite à la présence de ces visiteurs silencieux. Au bout de quelques jours, ils faisaient partie de notre paysage, et lorsque nous partions au large, nous passions entre eux, nous les frôlions en adressant un petit salut ironique à leurs têtes inclinées, attentives.

Ce n'était pas pour railler la mort, mais bien plutôt parce qu'ils étaient devenus les symboles amicaux et appropriés de ce lieu, ces personnages patients, vigilants. Ni les épaisses enveloppes de grosse toile, ni les solides cordes qui les ficelaient ne montraient de signes de désagrégation. Au contraire, ils étaient recouverts d'une rosée argentée et dense, comme du mercure, que la toile fortement imperméabilisée attire lorsqu'elle est immergée. Nous songeâmes à une ou deux reprises à demander aux autorités navales grecques de les emmener dans des eaux plus profondes, mais je savais de longue expérience qu'elles se montreraient réticentes si nous le faisions, et nous abandonnâmes ce projet d'un commun accord. Un jour, je crus apercevoir l'ombre tremblotante d'un grand loup marin entre leurs silhouettes, mais je n'en eus pas la certitude. Plus tard, nous pensâmes même à leur donner des noms, mais la pensée qu'ils en possédaient déjà un nous découragea — d'absurdes noms de philosophes et de généraux de l'Antiquité sans doute : Anaximandre, Platon ou Alexandre...

Ainsi cet été de bonheur et de paix s'acheminait doucement

vers sa fin, sans le moindre mauvais présage, en une longue succession de jours brûlés de soleil. Ce fut, je crois, vers la fin de l'automne que Maskelyne fut tué au cours d'une sortie dans le désert. Cette nouvelle ne suscita aucun écho en moi, tant le personnage vivant n'avait eu que peu de substance à mes yeux. Mais ce fut, en vérité, une chose très étrange que de trouver Telford assis derrière son bureau, les yeux rougis, un après-midi, répétant d'une voix brisée, en se tordant les mains :

— Le cher général s'est fait descendre. Ce pauvre cher général.

Je ne savais que dire. Telford poursuivit, avec cet air touchant.

— Il n'avait personne au monde. Vous ne savez pas? Il m'a donné comme son plus proche parent.

Il semblait touché au-delà de toute mesure par cette marque d'amitié. Mais c'est avec une mélancolie pleine de vénération qu'il se mit à faire l'inventaire des maigres effets personnels de Maskelyne. Il n'héritait pas grand-chose : quelques vêtements civils trop grands pour lui, plusieurs étoiles et médailles de campagne, et un compte de quinze livres à la succursale de Totenham Court Road de la Lloyds Bank. Des reliques plus intéressantes à mes yeux étaient renfermées dans un petit portefeuille en cuir : un carnet de paie tout délabré et un certificat de démobilisation en parchemin ayant appartenu à son grand-père. L'histoire que racontaient ces documents, c'était toute l'histoire d'une tradition. En l'année 1861, un jeune garçon de ferme du Suffolk avait été enrôlé à Bury Saint-Edmunds. Il servit dans le deuxième régiment de la garde à pied pendant trente-deux ans, ayant été démobilisé en 1893. Durant son service, son mariage fut célébré à la chapelle de la Tour de Londres et sa femme lui donna deux fils. Il y avait une photographie très jaunie de lui, prise à son retour d'Égypte en 1882. Elle le montrait coiffé du casque colonial blanc, vêtu d'une veste rouge et d'un pantalon de serge bleue avec d'élégantes guêtres de cuir noir et des baudriers bien astiqués. Sur sa poitrine était épinglée la médaille de Guerre égyptienne avec une barrette pour la bataille de Tel-el-Kebir et l'Étoile du khédive. Du père de Maskelyne il n'y avait aucune trace dans ses effets.

— C'est tragique, dit le petit Telford avec émotion. Mavis ne pouvait plus s'arrêter de pleurer quand je lui ai appris la nouvelle. Et elle ne l'avait rencontré que deux fois. Cela montre l'effet que peut produire un homme de caractère. Il fut toujours un parfait gentleman, ce vieux général.

Mais je contemplais d'un air rêveur cette vieille photographie, ces yeux tristes et cette lourde moustache, ces baudriers luisants de cirage et ces médailles de campagne. Elle semblait rehausser l'image de Maskelyne lui-même, la mettre au point. N'était-elle pas l'histoire d'une réussite — une réussite parfaite à l'intérieur du dessin conventionnel de quelque chose de plus grand qu'une vie individuelle : une tradition? Je doutais que Maskelyne eût désiré autre chose pour lui-même. Chaque mort contient une petite graine qui peut être source d'enseignements. La discrète disparition de Maskelyne n'eut que peu de répercussion sur mes propres sentiments, mais je fis ce que je pus pour apaiser la douleur du pauvre Telford. Les invisibles lignes de marée de ma vie commençaient alors à me tirer vers un avenir imprévisible. Oui, c'est au cours de cet automne magnifique, avec son torrent de feuilles jaunissantes qui se répandaient en pluie brune dans les jardins publics, que Clea devint pour moi un sujet de préoccupations. Était-ce vraiment parce qu'elle avait entendu ces gémissements? Je ne sais. Elle ne l'avoua jamais ouvertement. Parfois j'essayais d'imaginer que je les avais entendus moi aussi — un vagissement de bébé, ou la plainte d'un petit chien enfermé; mais je savais que je n'avais rien entendu, absolument rien. Naturellement on pouvait considérer cela d'un esprit plus réaliste et le classer dans l'ordre des événements naturels que le temps corrige ou renouvelle selon ses caprices. Je veux dire que l'amour peut se faner comme n'importe quelle plante. Peut-être l'amour se retirait-il simplement d'elle? Mais pour rapporter les phases de ce retrait, je me sens presque obligé de le présenter comme quelque chose d'autre — pour aussi absurde que cela paraisse — comme l'apparition d'un agent, d'une puissance initiée à quelques régions insolites situées au-delà du champ habituel de l'imagination. En tout cas, son attaque fut définitive, marquée comme une date sur un mur vierge. C'était le 14 décembre, juste avant l'aube. Nous avions passé ensemble toute la journée précédente à flâner dans la ville, à bavarder et faire de menus achats. Elle avait acheté notamment une partition de piano, et je lui avais offert un nouveau parfum au Bazar des Parfums. (A l'instant même où je m'éveillai et où je la vis debout, ou plutôt accroupie devant la fenêtre, je fus brusquement assailli par le mélange des parfums que la vendeuse avait essayés sur mon poignet.) Il avait plu cette nuit-là. Son délicieux chuintement avait bercé notre sommeil. Nous avions lu à la lueur des chandelles avant de nous endormir.

Elle écoutait, tout son corps raidi dans une attitude attentive. Elle penchait légèrement la tête de côté, comme pour présenter son oreille à la fenêtre sans rideaux derrière laquelle, très vaguement encore, une aube toute lavée par la pluie commençait à poindre sur les toits de la ville. Qu'écoutait-elle donc? Je ne l'avais jamais vue ainsi. Je l'appelai, et elle se retourna vivement, dans un mouvement d'impatience, comme si ma voix avait brisé le fragile équilibre de sa concentration. Puis elle s'écria, d'une voix étranglée : « *Oh, non!* », et pressant ses mains sur ses oreilles, elle glissa brusquement sur les genoux en frissonnant. On aurait dit qu'une balle venait de lui traverser la tête. J'entendis craquer ses jointures, tandis qu'elle restait accroupie là, le visage tordu par une grimace. Ses mains étaient serrées si fort sur ses oreilles que je ne pus les écarter, et lorsque je voulus la soulever par les poignets, elle retomba simplement à genoux sur le tapis, les yeux clos, comme une démente.

— Clea, pour l'amour du ciel, qu'y a-t-il?

Pendant un long moment, nous demeurâmes agenouillés là, sous la fenêtre. J'étais très intrigué, très inquiet. Elle gardait les yeux obstinément clos. Je sentais le vent frais se glisser dans la chambre. Le silence était total. A la fin, elle poussa un grand soupir, exhalant longuement son souffle dans un sanglot, ôta ses mains de ses oreilles, étira lentement ses membres, comme pour les délivrer d'une crampe douloureuse. Puis elle me regarda et secoua doucement la tête, comme pour dire que ce n'était rien. Elle se dirigea ensuite vers la salle de bains en titubant, et alla vomir dans le lavabo. Je restai figé devant la fenêtre, comme un somnambule; comme un arbre qu'on aurait déraciné. Puis elle revint, se glissa dans le lit et tourna la tête vers le mur.

— Que se passe-t-il, Clea? lui demandai-je à nouveau, me sentant ridicule et importun.

Je m'approchai d'elle et touchai son épaule; elle tremblait et claquait des dents.

— Ce n'est rien, rien du tout. Un mal de tête épouvantable, voilà tout. Brusquement. Mais c'est passé. Laisse-moi dormir maintenant, veux-tu?

Le matin elle se leva de bonne heure pour préparer le petit déjeuner. Je la trouvai extrêmement pâle — de cette pâleur qui survient après une longue et déchirante rage de dents. Elle se plaignait de se sentir lasse et distraite.

— Tu m'as fait peur cette nuit, lui dis-je, mais elle ne répondit pas et détourna la conversation, d'un air bizarrement inquiet, désemparé.

Puis elle me pria de la laisser seule; elle voulait peindre et ne voir personne. Je partis faire une longue marche à travers la ville, tourmenté par des pensées à demi formulées et des pressentiments que je n'arrivais pas à m'expliquer. Il faisait une journée magnifique. De hautes vagues accouraient du large et venaient se briser en cadence sur la jetée, avec la régularité d'une gigantesque machine. D'énormes nuages d'embruns jaillissaient très haut dans un fracas d'explosion pour retomber en sifflant sur la crête de la vague suivante. Je restai un long moment à contempler ce spectacle, dans le vent et les poussières d'eau glacée qui venaient me harceler les joues. Je crois que c'est à cet instant que j'ai compris que tout allait changer d'une manière subtile, insaisissable; que nous étions entrés dans une nouvelle constellation du sentiment pour ainsi dire, qui allait modifier tous nos rapports.

On parle de changements, mais en fait il n'y eut rien de brutal, de cohérent, de définitif. Non, la métamorphose se produisit avec une relative lenteur. Cela fondait, disparaissait, revenait puis se retirait, comme une marée. Il y avait même des périodes, des semaines entières parfois, où tout semblait redevenir comme avant, et où nous retrouvions les anciennes joies avec une acuité exacerbée par le sentiment de leur fragilité. Brusquement, pendant une brève période, nous nous sentions plus unis que nous ne l'avions jamais été, inséparables : le voile d'ombre s'était levé. Je me dis maintenant — mais je ne sais pas encore dans quelle mesure cela est vrai — que ces périodes étaient celles durant lesquelles elle n'entendait plus ces gémissements qu'elle m'avait un jour, il y avait longtemps, décrits comme les plaintes d'une chamelle en détresse ou le grincement de quelque horrible jouet mécanique. Mais que pouvaient signifier de telles absurdités pour tout autre qu'elle — et quelle lumière cela pouvait-il porter sur ces autres périodes où elle s'enfonçait dans un silence lugubre, devenait une version triste et nerveuse de son ancienne personnalité? Je ne sais. Tout ce que je puis dire c'est que ce nouveau personnage était maintenant sujet à de longs silences distraits, et à des fatigues inhabituelles. Il lui arrivait, par exemple, de se laisser aller sur un divan et de s'endormir au milieu d'une réunion d'amis, même de se mettre à ronfler, comme si elle avait été terrassée par la fatigue accumulée de plusieurs nuits blanches. Elle commençait aussi à souffrir d'insomnies, contre lesquelles elle usait alors de barbituriques à doses massives. Et elle fumait à l'excès.

— Qui est cette personne nerveuse que je ne reconnais plus? me demanda Balthazar très perplexe, un soir qu'elle lui avait fait une algarade à la suite d'une banale plaisanterie, puis avait quitté la pièce en claquant la porte.

— Il y a quelque chose qui ne tourne pas rond, dis-je.

Il me considéra un instant d'un œil perçant derrière la flamme de son allumette.

— Elle est enceinte? me demanda-t-il à la fin.

— Non, dis-je; mais je crois qu'elle commence à en avoir assez de moi.

Il m'en coûta de prononcer ces mots. Mais ils avaient le mérite de proposer une explication plausible à ses étranges sautes d'humeur — à moins que l'on ne préférât penser qu'elle était rongée par des craintes secrètes.

— Patience, dit-il. On n'en a jamais trop.

— Je songe sérieusement à m'éloigner quelque temps.

— C'est peut-être une bonne idée. Mais pas trop longtemps.

— Je verrai.

Parfois, à ma façon maladroite, j'essayais de sonder cette angoisse par quelques taquineries.

— Clea, pourquoi regardes-tu toujours par-dessus ton épaule... qui cherches-tu?

Mais c'était là une fatale erreur de tactique. Ses réponses étaient toujours acerbes ou excédées, comme si toute allusion à sa maladie, même voilée, contenait une raillerie. C'était intimidant de voir avec quelle rapidité son visage se rembrunissait, ses lèvres se pinçaient. C'était comme si j'avais tenté de porter la main sur un trésor secret qu'elle était prête à défendre au prix de sa vie.

Il y avait des jours où elle était particulièrement nerveuse. Un soir que nous sortions du cinéma, je sentis sa main se crisper sur mon bras. Je tournai la tête et vis qu'elle regardait avec horreur un vieillard au visage affreusement tailladé de cicatrices. C'était un cordonnier grec qui avait été touché au cours d'un bombardement et affreusement mutilé. Nous le connaissions tous très bien de vue, c'était même Amaril qui avait fait ce qu'il avait pu pour réparer les dommages. Je lui tapotai légèrement le bras pour la rassurer, et elle parut s'éveiller brusquement d'un mauvais rêve. Elle se raidit alors et me dit :

— Viens. Allons-nous-en.

Elle eut encore comme un frisson de terreur et m'entraîna vivement.

D'autres fois, lorsque je m'étais imprudemment laissé aller à faire quelque allusion à ses préoccupations intimes — cet air exaspérant qu'elle avait d'*écouter* quelque chose — les tempêtes et les récriminations qui suivaient ne me prouvaient que mieux le bien-fondé de mon hypothèse, à savoir qu'elle désirait que je m'en aille.

— Je ne te vaux rien, Darley. Depuis que nous sommes ensemble, tu n'as pas écrit une seule ligne. Tu ne lis presque plus.

Ses yeux si beaux étaient devenus durs, et son visage parut se troubler. Mais je ne pus m'empêcher de rire. En vérité je savais alors, ou du moins le croyais-je, que je ne deviendrais jamais écrivain. Je n'avais plus aucun désir de me confier au monde par ce moyen, tous mes élans dans ce domaine s'étaient effrités. La pensée de ce triste petit monde des mots imprimés sur du papier m'était devenue insupportable. Et pourtant cette idée que l'élan m'avait abandonné ne me causait aucun malaise, aucun regret. Au contraire, j'en éprouvais du soulagement — soulagement d'être délivré de la contrainte de ces formes qui semblaient un instrument si inapte à traduire la vérité des sentiments.

— Clea, ma chérie, dis-je en souriant encore faiblement, tout en désirant d'une certaine manière répondre à son accusation et la confondre, je médite en ce moment d'écrire un ouvrage de critique.

— De critique! s'écria-t-elle outrée, comme si le mot était une insulte.

Et là-dessus, elle me gifla sur la bouche — une fameuse claque qui me fit venir les larmes aux yeux et me coupa l'intérieur de la lèvre contre les dents. J'allai dans la salle de bains examiner la blessure, car je sentais le goût du sang m'emplir la bouche. Je contemplai un instant avec intérêt le sang qui dessinait le contour de mes dents. Je ressemblais à un ogre qui vient d'arracher une bonne bouchée de chair fraîche à sa victime. Je me rinçai la bouche et je sentis monter une bouffée de fureur. Elle entra et s'assit sur le bidet, l'air contrite.

— Pardonne-moi, je t'en supplie. Je ne sais pas ce qui me prend parfois. Darley, je t'en prie, pardonne-moi.

— Si tu recommences, je te donne un de ces coups entre tes jolis yeux dont tu te souviendras.

— Je suis désolée.

Elle mit ses bras autour de mes épaules, et m'embrassa le cou. Le sang avait cessé de couler.

— Mais bon Dieu, qu'est-ce qui ne va pas? demandai-je à son image dans le miroir. Qu'est-ce qui te prend ces jours-ci? On s'éloigne tous les deux, Clea.

— Je sais.

— Pourquoi?

— Je ne sais pas.

Mais son visage s'était déjà refermé et avait repris son expression butée. Assise sur le bidet, elle se caressa le menton d'un air préoccupé. Puis elle alluma une cigarette et regagna le salon. Quand je revins elle était assise devant un tableau et le regardait fixement, méchamment presque.

— Je crois que nous devrions nous séparer quelque temps.

— Si tu veux, lança-t-elle machinalement.

— Tu le désires aussi?

Brusquement elle fondit en larmes et dit :

— Oh, cesse de me questionner. Si seulement tu pouvais t'arrêter de me poser des questions, toujours des questions! C'est pire que d'être devant un juge, jour après jour.

— Très bien, dis-je.

Ce ne fut là qu'une scène entre bien d'autres. Je compris qu'il était préférable que je quitte la ville pendant quelque temps. Pour qu'elle se sente plus libre. Pour lui donner le temps et la distance nécessaire à... quoi? Je ne savais. Plus tard, cet hiver, il me sembla qu'elle faisait un peu de fièvre tous les soirs et je provoquai encore une scène le jour où je demandai à Balthazar de l'examiner. Mais, malgré sa colère, elle se soumit au stéthoscope avec un calme relatif. Balthazar ne décela rien d'alarmant, à part un pouls un peu rapide et une pression sanguine légèrement supérieure à la normale. Il lui prescrivit quelques calmants qu'elle négligea de prendre, naturellement. Depuis quelques semaines, elle maigrissait.

A force de patientes intrigues, j'avais fini par découvrir un poste qui paraissait devoir répondre à mes capacités et qui cadrait d'une certaine manière avec le rythme général des choses — car cette séparation avec Clea, je ne l'envisageais pas comme une chose définitive, comme une rupture. Non, ce ne serait qu'une retraite de quelques mois, afin de lui laisser décider de l'avenir avec plus de sérénité. De nouvelles considérations intervenaient aussi, car avec l'arrêt de la guerre, l'Europe redevenait lentement accessible; c'était un nouvel horizon qui s'ouvrait par-delà les champs de bataille. On avait presque cessé de rêver à cette Europe mystérieuse pilonnée par les bombardiers, nivelée par la famine et le mécontentement. Mais du moins était-elle toujours là. Aussi, quand je vins lui annoncer mon départ, ce fut sans chagrin ni mélancolie; ce n'était qu'une décision d'ordre pratique qu'elle accueillit très simplement. Seule la façon dont elle me dit : « Tu t'en vas, vraiment? », le souffle légèrement oppressé me laissa supposer pendant un instant que peut-être, après tout, elle avait un peu peur de rester seule.

— Tu t'en vas, vraiment?

— Ce n'est que pour quelques mois. On va construire une station-relais dans l'île, et ils ont besoin de quelqu'un qui connaisse l'endroit et parle la langue.

— Tu retournes dans l'île? dit-elle doucement — et cette fois je ne pus interpréter ni le timbre de sa voix ni la courbe que suivait sa pensée.

— Ce ne sera que pour quelques mois.

— Très bien.

Elle fit un moment les cent pas sur le tapis, d'un air perplexe, la tête baissée, plongée dans ses réflexions. Brusquement, elle leva les yeux vers moi, et je lus dans ces yeux une douceur que je reconnus avec un serrement de cœur : ce mélange de remords et de tendresse que l'on éprouve lorsque l'on inflige de la peine à un être cher sans le vouloir. C'était le visage de l'ancienne Clea. Mais je savais que cela ne durerait pas, que l'ombre de sa tristesse si particulière obscurcirait bien vite nos relations. Il était inutile d'espérer plus qu'un court répit.

— Oh, Darley, dit-elle, en me prenant les mains, quand dois-tu partir?

— Dans une quinzaine. Mais je pense qu'il vaut mieux ne pas se revoir. Il est inutile de nous blesser l'un l'autre par ces querelles.

— Comme tu voudras.

— Je t'écrirai.

— Oui, bien sûr.

C'était là des adieux bien indifférents après les jours de grand bonheur que nous avions partagés. Une sorte d'anesthésie lugubre paralysant nos émotions. Une vive douleur était tapie tout au fond de moi, mais ce n'était pas du chagrin. La poignée de main insensible que nous échangeâmes n'exprimait qu'une étrange et sincère lassitude de l'esprit. Elle prit une chaise et se mit à fumer tranquillement en me regardant rassembler mes affaires et les fourrer dans le vieux sac de cuir que j'avais emprunté un jour à Telford et que j'avais oublié de lui rendre. La brosse à dents perdait ses poils. Je la jetai. La veste de mon pyjama était déchirée à l'épaule, mais le pantalon, dont je ne m'étais jamais servi, était encore lié comme s'il venait d'être repassé. Je réunis ces objets comme un géologue triant des échantillons d'une ère très ancienne. Quelques livres, des papiers. Tout avait quelque chose d'irréel, mais je ne puis dire qu'il s'y mêlait la plus petite pointe de regret.

— Comme cette guerre nous a vieillis, dit-elle tout à coup, comme pour elle-même. Autrefois, on aurait pensé à se quitter pour de bon, comme on dit, à changer de peau. Mais peut-on oublier *ça*...

Maintenant que j'écris ces mots dans toute leur banalité, je me rends compte qu'elle essayait vraiment de dire adieu. Quelle fatalité pèse sur les volontés humaines? Pour moi, l'avenir se présentait grand ouvert, libre; je ne me sentais pas engagé; et je n'imaginais pas l'avenir sans la présence de Clea. Cette séparation était... comme de changer les pansements jusqu'à ce que la blessure soit guérie. N'étant guère imaginatif, je ne pouvais songer à un avenir qui réclame de moi des décisions inattendues; qui fût quelque chose d'absolument nouveau. Il se modèlerait de lui-même, il trouverait une forme à partir du vide présent. Mais pour Clea, l'avenir s'était déjà refermé, présentait déjà un mur vide. La pauvre enfant avait peur!

— Eh bien, voilà, dis-je à la fin, en fourrant le sac sous mon bras. Si tu as besoin de quelque chose, téléphone-moi, je serai à l'appartement.

— Oui, je sais.

— Voilà, je pars pour quelque temps. Au revoir.

En refermant la porte du petit appartement, je l'entendis m'appeler par mon nom une fois — mais cela encore était une de ces petites fraudes, un de ces petits accès de tendresse ou de pitié qui vous abusent. Il aurait été absurde d'y prêter attention, de revenir sur mes pas et d'inaugurer un nouveau cycle de déceptions. Je descendis l'escalier, décidé à laisser à l'avenir toutes les chances de se guérir.

C'était une belle matinée de printemps ensoleillée et les rues étaient inondées de couleurs. Le sentiment de n'avoir rien à faire ni nulle part où aller était à la fois déprimant et exaltant. Je regagnai l'appartement et trouvai sur la cheminée une lettre de Pombal où il me disait qu'il serait très prochainement transféré en Italie et qu'il ne pourrait plus garder l'appartement. J'en fus heureux pour lui, car je n'allais bientôt plus être en mesure de partager la location.

Ce fut d'abord un peu étrange, peut-être même un peu engourdissant, de me trouver entièrement livré à moi-même, mais je m'y habituai assez rapidement. De plus, je ne manquai pas d'occupation durant cette quinzaine qui précéda mon départ : il me fallait initier mon successeur au poste que j'occupais à la censure, et je devais en même temps réunir un certain nombre de renseignements pratiques pour la petite unité de techniciens qui allaient installer le poste émetteur dans l'île. Pendant tout ce temps, je tins parole et ne cherchai pas à revoir Clea. Le temps s'écoulait dans une sorte de torpeur entre le monde du désir et celui de l'adieu; mais aucune émotion bien nette ne se précisait en moi : je n'éprouvais, au niveau de la conscience, ni regrets ni désirs.

C'est ainsi que lorsque le jour fatal arriva, il se présenta sous les dehors souriants d'une belle lumière de printemps, assez chaude pour encourager les mouches à éclore derrière les vitres. Ce fut leur bourdonnement qui m'éveilla. Le soleil ruisselait dans la chambre. Pendant un moment, ébloui par cette lumière, je ne reconnus pas la silhouette assise au pied de mon lit, attendant que j'ouvre les yeux. C'était Clea, une copie originale de Clea presque oubliée pour ainsi dire, vêtue d'une très jolie robe d'été imprimée de feuilles de vigne, en sandales blanches, et coiffée dans un style entièrement nouveau. Elle fumait une cigarette dont la fumée se déroulait en volutes grises veinées d'argent dans la lumière, et son visage souriant était entièrement détendu, sans l'ombre du moindre souci. Je la regardai, presque incrédule, car elle ressemblait d'une manière terriblement précise à la Clea que je n'aurais jamais oubliée : et cette malicieuse tendresse était de nouveau dans ses yeux.

— Bon, dis-je d'une voix encore endormie et étonnée, qu'est-ce qui...

Je sentis son haleine tiède sur ma joue lorsqu'elle se pencha pour m'embrasser.

— Darley, dit-elle, j'ai brusquement réalisé que c'est demain que tu pars; et aujourd'hui c'est le Mulid d'El Scob. Je n'ai pas pu résister à l'envie de passer cette journée ensemble et d'aller faire une visite au sanctuaire ce soir. Et il fait assez chaud pour aller nous baigner; nous pourrions emmener Balthazar.

Je n'étais pas encore tout à fait réveillé. J'avais complètement oublié la fête du vieux pirate.

— Mais la Saint-Georges est passée depuis longtemps, dis-je. N'est-ce pas vers la fin d'avril?

— Au contraire. Avec leur absurde manière de compter à l'aide du calendrier lunaire, c'est devenu une fête mobile comme toutes les autres. Maintenant il monte et descend le calendrier comme un saint local. En fait c'est Balthazar qui m'a téléphoné hier et qui me l'a dit, sans cela je l'aurais complètement oubliée moi aussi.

Elle se tut un instant; puis elle ajouta, plus lentement :

— Nous ne pouvons pas la laisser passer comme cela, n'est-ce pas?

— Mais non, bien sûr! Tu as bien fait de venir.

— Et l'île? Peux-tu venir avec nous?

Il était juste dix heures. Je pouvais facilement téléphoner à Telford pour le prévenir et m'excuser. Mon cœur bondit de joie.

— J'en serai ravi. Comment est le vent ce matin?

— Calme comme une nonne, avec des petits courants d'est. Un temps idéal pour le cotre. Tu es bien sûr que tu as envie de venir?

Elle avait amené un panier et une bonbonne cerclée d'osier.

— Je vais aller faire les provisions; habille-toi et viens me retrouver au Yacht Club dans une heure.

— Oui. C'est une merveilleuse idée.

Cela me donnait le temps de passer au bureau et d'examiner le courrier du matin.

Oui, c'était une merveilleuse idée, car la journée était radieuse et contenait déjà la promesse d'un chaud après-midi estival. En descendant la Grande Corniche, au rythme nonchalant d'un vieux fiacre, j'observai la ligne brumeuse de l'horizon et l'étendue plate et bleue de la mer avec un frisson de plaisir. La ville scintillait au soleil comme un diamant. Des dizaines de petites embarcations allaient et venaient dans l'avant-port, parodiées par leurs reflets luisants. Les minarets brillaient d'un éclat intense. Dans le quartier arabe, la chaleur avait fait éclore les odeurs familières des immondices et de la boue séchée, d'œillet et de jasmin, de sueur animale et de trèfle. Dans Tatwig Street, des gnomes bistres perchés sur des échelles, le pot de fleur écarlate sur la tête, tendaient des guirlandes de drapeaux multicolores entre les balcons. Je sentais le soleil me chauffer les doigts. Nous passâmes devant l'emplacement de l'antique Pharos dont les débris encombrent encore les hauts-fonds. Toby Mannering, cela me revenait maintenant, avait eu un jour l'intention de se lancer dans le négoce des souvenirs en vendant des fragments du Pharos pouvant servir de presse-papiers. C'est Scobie qui devait les tailler à coups de marteau aux dimensions voulues et les expédier dans le monde entier! Pourquoi l'affaire n'avait-elle pas marché? Je ne me rappelais plus. Scobie avait peut-être trouvé la tâche trop pénible. Ou bien l'idée avait-elle été abandonnée au profit de cette autre consistant à vendre aux Coptes de l'eau du Jourdain à un prix défiant toute concurrence? Quelque part, une musique militaire s'exerçait.

Ils m'attendaient déjà sur l'appontement. Balthazar agita joyeusement sa canne quand il m'aperçut. Il portait un pantalon blanc, des sandales et une chemise de couleur, le tout surmonté d'un vieux panama jaunissant.

— Le premier jour de l'été, lui lançai-je gaiement.

— Vous vous trompez, grogna-t-il. Regardez cette brume. Il fait déjà trop chaud. J'ai parié mille piastres à Clea que nous aurons un orage avant ce soir.

— C'est un oiseau de mauvais augure, dit Clea en souriant.

— Je connais bien mon Alexandrie, allez, dit Balthazar.

Et ainsi, en plaisantant doucement, nous prîmes la mer. Clea tenait la barre de son petit bateau. Il n'y avait pas un souffle de vent dans l'avant-port et nous ne pûmes gagner le large qu'en nous laissant porter par les courants capricieux qui s'infléchissaient lentement vers l'entrée du port. Nous glissâmes sous les paquebots et les bâtiments de guerre; la grande-voile pendait encore mollement. Enfin, nous atteignîmes l'entassement de forts gris marquant l'entrée du port. Là il y avait toujours un paquet de vagues turbulentes refoulées par la houle du port, et nous fûmes un moment ballottés comme un bouchon, jusqu'à ce que la voile se gonfle brusquement et tende son beaupré. Nous nous mîmes alors à siffler sur la mer comme un poisson volant, comme si nous partions à l'assaut d'une étoile pour l'empaler. Je m'allongeai sur l'écoutille et regardai le soleil d'or briller à travers les voiles en écoutant le clapotis des vagues sous la proue racée du cotre. Balthazar fredonnait un air. Le poignet brun de Clea reposait négligemment sur la barre, mais c'était une nonchalance trompeuse. Les voiles étaient pleines. Je me laissai griser par une jouissance grave faite de silence, de soleil, de vent et des légères douches glacées des embruns qui nous giflaient de temps en temps. Nous gardâmes longtemps le cap à l'est avant de virer de bord et de piquer à nouveau sur la terre. Nous avions si souvent accompli cette manœuvre qu'elle était devenue une seconde nature chez Clea : dépasser la petite île de Narouz et juger le moment exact pour tourner dans l'œil du vent et rester engourdis, flottant comme un cil, jusqu'à ce que j'aie serré la voile et mis pied à terre pour amarrer le cotre...

— Beau travail, approuva Balthazar en sautant dans l'eau; bon Dieu, mais c'est fantastique comme elle est chaude!

— Qu'est-ce que je vous avais dit? dit Clea en s'affairant dans le coffre.

— Une preuve de plus que nous aurons de l'orage.

Et juste à ce moment, un roulement de tonnerre très lointain retentit dans ce ciel sans nuage.

— Là, dit Balthazar d'un ton triomphant. On va se faire joliment tremper et vous me devrez de l'argent, Clea.

— Nous verrons.

— C'était une batterie côtière, dis-je.

— Bêtises! dit Balthazar.

Le cotre amené, la voile serrée, nous débarquâmes nos provisions. Balthazar s'étendit sur le dos, le chapeau sur son nez, de fort belle humeur. Il refusa de se baigner, prétextant qu'il préférait la terre ferme, et nous plongeâmes, Clea et moi, dans notre piscine que nous avions négligée tout l'hiver. Rien n'avait changé. Les sentinelles étaient toujours là, groupées en une conférence muette; les marées d'hiver les avaient simplement rapprochées de l'épave. Nous les saluâmes ironiquement, mais avec respect, retrouvant dans ces gestes d'autrefois et ces sourires sous-marins toute la joie que nous avions de nager ensemble une fois encore. C'était comme si le sang s'était remis à couler dans des veines desséchées faute d'avoir servi depuis longtemps. Je l'attrapai par un talon et la fis rouler en un long saut périlleux vers les marins morts; se retournant habilement, elle me rendit la monnaie de ma pièce en arrivant sous moi pour m'enfoncer les épaules et filer vers la surface avant que je puisse user de représailles. Ce fut là, fendant les eaux en spirale, ses cheveux s'éparpillant en tourbillons derrière elle, que l'image de Clea me fut restituée tout entière. Le temps l'avait rendue intacte, « naturelle comme la Muse aux yeux gris d'une ville », pour citer le poème grec. Les doigts qui appuyaient sur mon épaule venaient de l'évoquer à nouveau en une image fugace et précise, tandis que nous glissions entre les eaux de la piscine silencieuse.

Et, comme avant, nous nous assîmes sous la lumière nue, buvant le vin rouge de Saint-Menas tandis qu'elle coupait la miche encore chaude de pain bis, et cherchait dans le panier le fromage ou une grappe de dattes; Balthazar se mit à discourir d'une manière décousue (à moitié endormi) de la vigne d'Ammon, des rois du royaume du Harpon et de leurs batailles, ou du vin de Mareotis auquel cette commère d'Horace imputait les désordres d'esprit de Cléopâtre... (« L'Histoire sanctionne tout, pardonne tout — même ce que nous ne pardonnons pas à nous-mêmes. »)

Ainsi l'après-midi coulait lentement sur nos corps étendus au soleil; et bientôt — à la grande joie de Balthazar et à la déconvenue de Clea — le tonnerre annoncé éclata, précédé par un gros nuage livide qui arriva de l'est et s'accroupit au-dessus de la ville, meurtrissant tout le ciel. Et tout aussi soudainement — comme lorsqu'un calmar affolé lâche son nuage d'encre dans l'eau claire — la pluie se déversa en lames scintillantes, tandis que le tonnerre beuglait avec insistance. A chaque grondement Balthazar battait des mains de joie — non pas seulement parce-qu'il avait vu juste, mais simplement parce que nous étions assis en plein soleil, bien à l'aise, mangeant des oranges et buvant du vin devant une mer d'un bleu inaltéré.

— Cessez donc de croasser, dit Clea sévèrement.

C'était un de ces orages capricieux si fréquents au début du printemps, avec ses brusques changements de température provoqués par la mer et le désert en conflit. En un clin d'œil, ils transformaient les rues en torrents, mais ne duraient jamais plus d'une demi-heure. Une rafale de vent venait bientôt chasser le nuage, qui disparaissait comme par enchantement.

— Et vous verrez, dit Balthazar, grisé par le succès de sa prédiction, quand nous rentrerons au port, tout aura séché, tout sera de nouveau sec comme un os.

Mais l'après-midi nous réserva la plaisante surprise d'un autre phénomène assez insolite en été dans les eaux d'Alexandrie et qui se produit durant les jours précédant les orages d'hiver, quand le baromètre tombe brusquement. L'eau de la piscine se fonça considérablement, parut cailler, puis devint phosphorescente. Ce fut Clea qui remarqua le prodige.

— Regardez! s'écria-t-elle avec ravissement en enfonçant ses talons dans l'eau pour en voir jaillir de petites étincelles pétillantes. Du phosphore!

Balthazar se lança alors dans une dissertation savante sur les organismes qui sont à l'origine de ce spectacle, mais nous ne l'écoutâmes pas et sans nous concerter, nous plongeâmes en même temps et nous nous laissâmes couler au fond de l'eau. Transformés en silhouettes de flammes, des étincelles jaillissaient du bout de nos doigts et de nos orteils dans un miroitement d'électricité statique. Un nageur vu sous l'eau ressemble à une peinture primitive de la chute de Lucifer, littéralement en feu. Le crépitement électrique était si brillant que nous étions émerveillés de ne pas en ressentir de brûlure. Nous nous ébattîmes ainsi, pareils à d'éblouissantes comètes, parmi les matelots tranquilles qui nous observaient peut-être dans leurs pensées, répondant faiblement aux secousses de la houle dans leurs sacs de toile.

— Le nuage se lève déjà, me cria Balthazar quand je remontai respirer à la surface.

Bientôt la fugitive phosphorescence pâlirait et s'éteindrait. Je ne sais pour quelle raison, il était remonté sur le cotre; peut-être pour gagner un peu de hauteur et observer plus commodément l'orage au-dessus de la ville. Je reposai mes avant-bras sur le plat-bord en reprenant mon souffle. Il avait extirpé la vieille carabine à air comprimé de Narouz, de ses chiffons gras et la tenait négligemment sur ses genoux. Clea émergea à son tour, en s'ébrouant de plaisir, resta hors de l'eau juste le temps de reprendre haleine, et nous cria :

— Que le feu est beau!

Puis elle replia son corps agile et replongea.

— Que faites-vous avec ça? lui demandai-je distraitement.

— Je regarde comment ça marche.

Il avait introduit le harpon dans le canon. J'entendis un déclic.

— Méfiez-vous, elle est armée, dis-je.

— Oui, je vais la désamorcer.

Puis Balthazar se pencha en avant et fit la seule remarque sérieuse qu'il ait prononcée ce jour-là.

— Vous savez, dit-il, je crois que vous devriez l'emmener avec vous. J'ai l'impression que vous ne reviendrez pas à Alexandrie. Emmenez Clea avec vous!

Je n'eus pas le temps de répondre, car c'est alors que l'accident survint. Tout en parlant, il tripotait l'engin. Il lui glissa des doigts et le canon heurta le plat-bord, à moins de vingt centimètres de mon visage. Et, au moment où je me rejetais instinctivement en arrière, j'entendis le sifflement du compresseur, tel un cobra en colère, puis le claquement sec de la détente. Le harpon fusa et fila dans l'eau en entraînant son long fil vert derrière lui.

— Nom de Dieu! m'écriai-je.

Balthazar était devenu pâle de honte et d'inquiétude. Il grommela quelques excuses indistinctes et son air de stupéfaction horrifiée m'amusa.

— Je suis affreusement désolé.

J'avais entendu le léger claquement de l'acier atteignant une cible, quelque part, au fond de la piscine. Nous restâmes figés une seconde, car une même pensée nous était venue. En voyant ses lèvres former le mot « Clea », je sentis un voile de ténèbre descendre brusquement sur mon esprit — un voile noir qui se soulevait et tremblait sur les bords; puis un mouvement précipité, comme le frémissement d'une aile géante. Je m'étais déjà retourné avant qu'il ait prononcé le nom. Je me jetai à l'eau et suivis ce fil d'Ariane, étreint par une angoisse qui n'osait pas s'avouer; et à cela s'ajoutait le poids d'une lenteur que seule peut causer une inquiétude déchirante. Je savais que je nageais vigoureusement — mais j'avais l'impression de me mouvoir comme dans ces films passés au ralenti où les gestes humains semblent étirés comme de la guimauve. Combien d'années-lumière me faudrait-il pour atteindre le bout de ce fil? Il s'enfonçait, s'enfonçait toujours, dans la phosphorescence qui allait en s'obscurcissant, dans les profondes ténèbres glacées de la piscine.

Enfin, près de l'épave, je distinguai un mouvement convulsif de torsion, et je reconnus vaguement la forme de Clea. Elle paraissait se livrer à quelque jeu sous-marin puéril comme nous en avions souvent inventé. Elle tirait sur quelque chose, ses pieds prenant appui sur la carcasse de l'épave, tirait de tout son corps tendu en arrière. Bien que le fil vert me conduisît à elle, j'éprouvai une onde de soulagement — peut-être s'efforçait-elle simplement d'arracher le harpon pour le ramener à la surface avec elle... Mais non, car je voyais qu'elle roulait sur elle-même comme un homme ivre. Je me glissai près d'elle comme une anguille, les mains tendues en avant. Me sentant près d'elle, elle tourna la tête comme pour me dire quelque chose. Ses longs cheveux brouillaient ma vision, mais je ne pouvais lire sur son visage la détresse qui devait le crisper — car l'eau transforme toutes les expressions du visage en grimaces idiotes et grossies comme par une loupe. Elle cambra de nouveau les reins et rejeta la tête en arrière pour laisser flotter ses cheveux plus librement au-dessus de sa tête — du geste de quelqu'un qui déchire sa robe pour exhiber une blessure. Alors je vis : sa main droite avait été transpercée et clouée à une poutre de l'épave par la flèche d'acier. « Au moins, elle ne lui avait pas traversé le corps », s'écriait mon esprit dans un élan de soulagement, essayant de se consoler. Mais le soulagement se changea bien vite en un désespoir proche de la nausée lorsque, saisissant la tige d'acier, je m'arc-boutai contre le bois, tirant de toutes mes forces jusqu'à ce que je sente mes muscles craquer. Le harpon ne bougea pas d'un cheveu. (Non, mais tout ceci faisait partie d'un rêve incompréhensible, issu peut-être de l'esprit mort des sept personnages immobiles qui assistaient avec tant d'attention, tant d'intérêt aux évolutions compliquées que nous accomplissions maintenant — nous qui n'étions plus libres et agiles comme des poissons, mais gauches, embarrassés comme des langoustes prises dans une nasse.) Je m'acharnais frénétiquement sur cette flèche d'acier, tout en surveillant du coin de l'œil la longue chaînette de bulles blanches qui s'échappaient de la gorge de Clea. Je sentais que ses muscles se relâchaient, cessaient de lutter. Elle se laissait lentement aller à la somnolence de l'eau bleue, lentement envahir par le sommeil aquatique qui avait déjà englouti les marins. Je la secouai.

Je ne saurais affirmer que tout ce qui suivit dépendît de ma propre volonté — car la rage aveugle qui s'était emparée de moi n'appartenait pas à la gamme d'émotions que j'aurais jamais reconnues pour miennes. Cela surpassait en violence tout ce que j'avais éprouvé jusque-là. Dans cet étrange rêve sous-marin, en dehors du temps, je sentais mon cerveau carillonner comme la cloche d'une ambulance, dissipant la langoureuse et somnolente pulsation des ténèbres glauques. Je fus brusquement éperonné par une terreur suraiguë. Ce fut comme si je me trouvais pour la première fois en face de moi-même — ou peut-être d'un *alter ego* ayant l'apparence d'un homme d'action en qui je n'aurais jamais imaginé me reconnaître. D'une seule secousse, je remontai à la surface, pour émerger juste sous le nez de Balthazar.

— Le couteau, dis-je en aspirant profondément.

Ses yeux plongèrent dans les miens, comme s'ils étaient au bord de quelque continent englouti, avec une expression de pitié et d'horreur; émotions conservées, fossilisées depuis quelque période glaciaire de la mémoire humaine. Et une peur toute nue. Il se mit à bégayer toutes les questions qui se pressaient dans son esprit — des mots comme : « Quoi », « où », « quand », « comment » — mais il ne put articuler qu'un vague son étouffé par l'angoisse : « Qu... ? »

Le couteau dont je venais de me rappeler l'existence était une baïonnette italienne qui avait été meulée en poignard et affûtée comme un rasoir. C'est Ali le batelier qui l'avait fabriqué avec orgueil. Il s'en servait pour couper des cordages lorsque les agrès avaient besoin d'être remplacés. Je restai là une seconde pendant qu'il allait le chercher, fermant les yeux, ouvrant toute grande la bouche comme pour boire tout le ciel. Puis je sentis le manche de bois entre mes doigts et, sans oser jeter un nouveau regard à Balthazar, je repris le chemin des abîmes, en suivant le fil.

Je la retrouvai inerte, flottant mollement comme une poupée de son, ses longs cheveux se déroulant lentement derrière elle; les pulsations de la houle couraient le long de son corps, semblaient le traverser comme un fluide courant électrique nonchalant. Tout était immobile, le faisceau d'argent de la lumière tachetant le fond de la piscine, les observateurs silencieux, les statues dont les longues barbes bougeaient lentement, onctueusement. Et lorsque je commençai à taillader dans sa main, je me préparais mentalement un grand espace qui devrait s'accommoder de l'idée de sa mort. Un grand espace comme un sous-continent inexploré sur les cartes de l'esprit. Très vite, je sentis le corps se dégager sous ce cruel traitement. L'eau était noire. Je lâchai le couteau et, d'une grande poussée, envoyai le corps de Clea rouler loin de l'épave, puis, la saisissant sous les bras, je remontai avec elle. Cela me parut prendre une éternité — une interminable succession de battements de cœur — dans ce monde de gestes au ralenti. Pourtant, nous heurtâmes le ciel avec un choc qui me coupa le souffle — comme si je m'étais cogné la tête contre le plafond de l'Univers. Prenant pied, je traînai la lourde bûche trempée de son corps. J'entendis les fausses dents de Balthazar tomber dans le bateau quand il sauta dans l'eau pour me rejoindre. Nous hissâmes son corps sur les galets en ahanant comme des débardeurs. Balthazar, pendant ce temps, cherchait à saisir cette main blessée qui perdait un flot de sang. Il était comme un électricien qui essaie de prendre et d'isoler un fil à haute tension qui s'est rompu. Réussissant à la saisir, il la maintint comme dans un étau. Je le vis tout à coup comme un petit enfant inquiet tenant la main de sa mère au milieu d'une foule d'autres enfants, ou traversant un parc où des garçons lui avaient un jour jeté des pierres... Entre ses gencives roses, il parvint à prononcer le mot « cordeau »... et, par chance, il y en avait une pelote dans le coffre.

— Mais elle est morte, dis-je.

Et le seul fait de prononcer ces mots ralentit les battements de mon cœur au point que je me sentis près de défaillir. Balthazar était accroupi, les pieds et les fesses dans l'eau, cramponné à cette main que je pouvais à peine supporter de regarder. Mais à ce moment, cet autre moi-même, cet homme d'action dont la voix me parvenait de très loin m'aida à ajuster un tourniquet dans lequel je passai un crayon que je lui tendis. Puis, avec un effort, je la soulevai, l'allongeai bien à plat sur le ventre, et me laissai tomber de tout mon poids sur son dos. Je sentis rebondir ses poumons lourdement gorgés d'eau, sous ce cruel choc. Et je me mis à les presser, à les écraser, lentement, mais le plus violemment que je pouvais, inlassablement, dans un pitoyable simulacre de l'acte sexuel — sauver la vie, donner la vie. Balthazar avait l'air de prier. Alors apparut un faible signe d'espoir car les lèvres s'entrouvrirent dans ce visage horriblement pâle, et un peu d'eau de mer mêlée à des vomissures s'en écoula. Cela ne signifiait rien, naturellement, mais nous l'accueillîmes comme un présage favorable. Fermant les yeux, je bandai mes poignets pour aller chercher la vie au fond de ces poumons noyés, pour les écraser et les vider. Je continuai à pomper sur elle suivant ce même rythme barbare, je sentais craquer ses os délicats sous mes doigts, mais elle restait toujours inerte. Je ne voulais cependant pas accepter l'idée qu'elle pouvait être morte, bien qu'une partie de mon esprit me criât le contraire. Et je m'acharnais, et je prétendais, au mépris de toute raison peut-être, contrecarrer les desseins de la nature et, par un acte de ma volonté, la forcer à vivre. Cette détermination m'étonnait moi-même, car elle se dessinait comme une image claire et très précise sur le fond de fatigue, de gémissements et de sueur de tout ce travail. Je me rendis compte que j'avais déjà pris la décision de la ramener à la vie ou de rester là, au fond de la piscine avec elle; mais d'où, de quelle zone secrète de la volonté cette décision était-elle venue? Je ne pouvais le dire! Il faisait chaud, maintenant. J'étais en nage. Balthazar tenait toujours sa main, cette main de peintre, humblement, comme un enfant aux pieds de sa mère. Des larmes coulaient le long de son nez. Sa tête ballottait d'un côté et de l'autre, dans ce geste de remords désespéré typiquement juif, et ses gencives nues formaient le son de l'antique Mur des Lamentations : « Ayeii, Ayeii... » Très doucement comme pour ne pas la déranger.

Mais, à la fin, nous fûmes payés de nos peines. Brusquement, comme une gouttière qui dégorge dans le ruisseau toute l'eau d'une averse, sa bouche s'ouvrit toute grande et expulsa un flot de vomissures et d'eau de mer, mêlée à des fragments de pain détrempé et d'orange. Nous contemplâmes ces débris avec une sorte d'orgueil voluptueux, comme on caresse du regard un trophée durement gagné. Je sentais les poumons répondre à la pression de mes mains. Encore quelques coups de pompe énergiques et un léger frisson sembla parcourir la membrane de son corps. Maintenant, chaque pression sur ses poumons lui faisait rendre un peu d'eau, douloureusement, comme avec répugnance. Puis, au bout d'un long moment encore, nous entendîmes une faible plainte. Cela devait être douloureux, comme sont douloureuses les premières gorgées d'air que prend un nouveau-né. Tout le corps de Clea protestait contre cette seconde naissance forcée qui lui était imposée. Et tout à coup, les traits de cette face blanche bougèrent, se composèrent pour exprimer quelque chose comme la souffrance et la protestation. (Oui, mais tout comprendre c'est tout souffrir.)

— Allez, tenez bon, me cria Balthazar, d'une voix toute changée, tremblante et triomphante.

Je n'avais pas besoin d'encouragements. Son visage se contractait un peu maintenant, faisant une petite grimace de douleur à chaque pression de mes mains. C'était comme de mettre en route un moteur diesel très froid. Et, à la fin, un autre miracle se produisit : elle ouvrit une seconde ses yeux très bleus et aveugles pour observer les galets devant son nez. Puis elle les referma. La souffrance assombrit ses traits, mais cette souffrance était encore une victoire, car au moins elle exprimait enfin des émotions vivantes, des émotions qui avaient remplacé le pâle et immobile masque de la mort.

— Elle respire! Balthazar, elle respire!

Elle respirait, à petits spasmes de douleur. Mais déjà nous n'étions plus seuls : du secours nous arrivait. Nous étions si absorbés par nos efforts que nous n'avions pas remarqué le bateau qui était entré dans le petit port. C'était une vedette de la patrouille portuaire. Ils nous avaient vus et avaient deviné qu'il se passait quelque chose d'anormal.

— Loué soit Dieu! s'écria Balthazar en agitant ses bras comme un vieux corbeau.

Des voix anglaises aux intonations chaleureuses nous demandèrent si nous avions besoin d'aide; deux marins mirent pied à terre auprès de nous.

— Nous allons la ramener en quelques minutes, dit Balthazar en souriant de ses lèvres tremblantes.

— Donne-lui du cognac, dit l'un des marins à son compagnon.

— Non, cria Balthazar, non, pas de cognac surtout!

Les matelots amenèrent à terre une bâche, et nous l'emmaillotâmes doucement, comme une Cléopâtre. A leurs bras musclés, elle devait paraître aussi légère qu'un duvet de chardon. Leurs gestes gauches et pleins de tendresse étaient touchants; j'en avais les larmes aux yeux.

— Là, doucement, vieux. Doucement avec la dame.

— Ce tourniquet, il faut le surveiller. Allez avec elle, Balthazar.

— Et vous?

— Je ramènerai le cotre.

Nous ne perdîmes pas de temps. Quelques instants plus tard, les puissants moteurs de la vedette l'emmenaient vers la ville à dix bons nœuds. J'entendis un matelot demander :

— Et une bonne tasse de Bovril bien chaud?

— Parfait, dit Balthazar.

Il était trempé jusqu'aux os. Son chapeau flottait sur l'eau près de moi. Puis brusquement il se rappela quelque chose, et se penchant à l'arrière de la vedette, il me cria :

— Mes dents! Ramenez-moi mes dents!

Je les regardai disparaître, puis je m'assis et me pris la tête dans les mains. Je fus surpris de m'apercevoir que je tremblais de tout mon corps, comme un cheval terrorisé. Un épouvantable cerne de douleur m'étreignit alors la tête. Je grimpai dans le cotre en titubant et cherchai une cigarette et le flacon de cognac. La carabine était là, qui semblait me narguer. Je la jetai par-dessus bord avec un juron, et la regardai s'enfoncer lentement dans notre piscine. Puis je déferlai le foc et tirai sur l'ancre pour amener le cotre sous le vent. Cela me prit plus de temps que je ne pensais, car le vent avait tourné de quelques points et il me fallut décrire un grand arc de cercle avant d'y parvenir.

Ali m'attendait. Il était déjà au courant et venait me dire, de la part de Balthazar, qu'on avait conduit Clea à l'hôpital juif.

Je pris le premier taxi que je pus trouver, et traversai la ville à vive allure. Les rues et les maisons défilaient autour de moi, dans une sorte de flou. Mon angoisse était si vive que je les apercevais comme à travers une vitre rayée de pluie. J'entendais le cliquetis du compteur qui battait comme un pouls. Là-bas, dans une chambre d'hôpital aux murs blancs, Clea était allongée, buvant le sang par le trou d'une aiguille. Goutte à goutte, il passerait dans la veine médiane, pulsation après pulsation. Je me dis qu'il n'y avait aucune raison de s'inquiéter; puis, en repensant à cette main déchirée, je me mis à frapper du poing la paroi capitonnée du taxi.

Je suivis l'infirmier de service au long de corridors verts dont les murs peints à l'huile exsudaient l'humidité. Les globes électriques phosphorescents qui ponctuaient notre marche étaient tapis dans la pénombre comme des vers luisants enflés. Je me dis qu'on avait dû la mettre dans la petite chambre à l'unique lit garni d'un rideau qui était autrefois réservée aux cas désespérés. C'était maintenant la pièce réservée aux urgences. C'était dans cette chambre que j'étais venu voir Melissa. Clea devait être couchée dans ce même petit lit de fer, dans le coin près du mur. (« Ce serait bien de la vie d'imiter l'art à ce point. »)

Mais, dans le corridor, je rencontrai Amaril et Balthazar — je leur trouvai une curieuse expression désabusée — près d'un chariot qu'un infirmier de service venait d'amener. Plusieurs radiographies encore humides et luisantes, que l'on venait de développer, y étaient pincées sur un fil. Les deux hommes les examinaient gravement, inquiets, comme s'ils étudiaient une combinaison aux échecs. Balthazar m'aperçut et son visage s'éclaira.

— Elle va très bien, dit-il, mais d'une voix brisée.

Il me serra longuement la main. Je lui tendis alors son dentier, qu'il glissa dans sa poche en rougissant. Amaril portait des lunettes à grosse monture d'écaille. Se tournant vers moi, il s'écria :

— Qu'est-ce que vous voulez que je fasse d'un tel gâchis? avec une expression de rage impuissante et un geste insolent de sa blanche main vers les clichés qui pendaient à leur fil. Devant cette accusation voilée, je perdis le contrôle de moi-même et aussitôt nous nous mîmes à nous quereller comme deux chiffonniers, les yeux pleins de larmes. Je crois que nous en serions venus aux mains, tant nous étions surexcités, si Balthazar ne s'était interposé. Aussitôt, toute notre fureur tomba et Amaril passa devant Balthazar pour venir m'embrasser et me murmurer des excuses.

— Elle va bien, murmura-t-il en me tapotant l'épaule pour me rassurer. Nous avons pris soin d'elle.

— Laissez-nous faire, dit Balthazar.

— J'aimerais la voir, dis-je avec une pointe de jalousie — comme si de l'avoir ramenée à la vie me donnait une sorte de droit de propriété sur elle. Est-ce possible?

En ouvrant la porte et en me faufilant dans la petite cellule comme un avare, j'entendis Amaril dire d'une voix maussade :

— C'est très joli de parler comme cela des miracles de la chirurgie moderne...

La petite chambre aux longues fenêtres était immensément tranquille et blanche. Elle reposait, le visage tourné vers le mur, sur l'inconfortable petit lit de fer à roulettes garnies de caoutchouc jaune. Un parfum de fleurs flottait dans l'air, bien que je ne visse pas le moindre bouquet; je ne pus l'identifier. C'était peut-être un parfum synthétique que l'on avait vaporisé — de l'essence de myosotis? Je tirai doucement une chaise à côté du lit et je m'assis. Elle avait les yeux ouverts et contemplait le mur d'un air hébété — sous l'effet de la morphine et de la lassitude. Bien qu'elle n'ait marqué par aucun mouvement qu'elle m'avait entendu entrer, elle dit brusquement :

— C'est toi, Darley?

— Oui.

Sa voix était claire. Alors elle poussa un soupir et remua un peu sous le drap, comme si elle était soulagée que je sois venu.

— Comme je suis heureuse. Je voulais te dire merci.

Il y avait dans sa voix une petite note chantante qui laissait penser que, quelque part, au-delà des limites de sa souffrance et de sa lassitude présentes, une nouvelle confiance en elle lui était venue.

— C'est Amaril que tu aimes, dis-je — ou plutôt lui lançai-je au visage.

Ce fut tout à fait involontaire, et cette remarque me causa une vive surprise. Et brusquement, j'eus l'impression qu'un volet se tirait sur mon esprit. Je me rendis compte que ce que je venais d'énoncer, je l'avais toujours su, *mais sans avoir conscience que je le savais!* Si absurde soit-elle, la distinction était réelle. Amaril était comme une carte à jouer qui avait toujours été présente, à plat sur la table devant moi, mais que je n'avais pas encore retournée. J'ajouterai qu'il n'y avait rien d'autre dans ma voix qu'une simple note de surprise scientifique; pas la moindre douleur, simplement une grande sympathie. Entre nous, nous n'avions jamais usé de cet effroyable mot — ce synonyme de dérangement ou de maladie — comme si, en l'employant maintenant, je voulais marquer le caractère autonome de la chose. Un peu comme si j'avais dit : « Ma pauvre enfant, vous avez un cancer! »

Après un moment de silence, elle dit, d'une voix curieusement traînante :

— Il faut dire cela au passé, maintenant, hélas! Et j'appréciais ton tact, croyant que tu l'avais reconnu dans mon aventure syrienne! Vraiment, tu ne l'avais pas compris? Oui, c'est Amaril qui a fait de moi une femme, je suppose. Oh, n'est-ce pas dégoûtant? Quand serons-nous tous enfin des adultes? Non, mais je l'ai chassé de mon cœur, tu le sais. Ce n'est pas ce que tu imagines. Je sais que ce n'est pas l'homme qu'il me faut. Rien n'aurait pu me persuader de prendre la place de Semira. Je le sais parce que j'ai couché avec lui, parce que je l'ai aimé! C'est drôle, mais cette expérience m'a empêchée de le prendre pour l'autre, le seul, l'unique, le vrai. Où et qui est-il? Voilà ce qui reste à découvrir. Je n'ai pas encore réellement affronté les vrais problèmes, je le sais. Ils sont encore au-delà de ces simples épisodes. Et pourtant — cela peut sembler pervers — c'est bon d'être près de lui, même sur la table d'opération. Comment peut-on toucher du doigt une seule vérité du cœur humain?

— Veux-tu que je remette mon départ?

— Mais non. Je ne veux pas cela du tout. J'ai besoin d'un

peu de temps pour me retrouver, maintenant que me voici délivrée enfin de l'horreur. Tu as au moins fait cela pour moi — tu m'as rejetée dans le courant et tu as chassé le dragon. Il est parti et il ne reviendra plus. Mets ta main sur mon épaule et serre-la fort, mais ne me donne pas de baiser. Non, ne change pas tes plans. Maintenant, enfin, nous pouvons prendre les choses un peu plus aisément. Sans hâte. Ici, je serai bien soignée, tu le sais. Plus tard, quand ton travail sera terminé, nous verrons, n'est-ce pas? Essaie de m'écrire. Je crois qu'un répit te permettra de prendre un nouveau départ.

— Oui.

Mais je savais qu'il n'en serait rien.

— Il y a une chose que j'aimerais que tu fasses. Va ce soir au Mulid d'El Scob pour me le raconter; tu sais, c'est la première fois depuis la guerre qu'ils pourront illuminer ce quartier comme autrefois. Ce sera amusant à voir. Je ne voudrais pas que tu manques ça. Tu iras, n'est-ce pas?

— Oui, bien sûr.

— Merci, mon chéri.

Je me levai, et, après un moment de silence, je lui dis :

— Clea, qu'est-ce que c'était exactement que cette *horreur?*

Mais elle avait refermé les yeux et sombrait doucement dans le sommeil. Ses lèvres bougèrent, mais je ne pus saisir sa réponse. Une légère ombre de sourire apparut au coin de ses lèvres.

Une phrase de Pursewarden me vint à l'esprit tandis que je refermais doucement la porte de la petite chambre derrière moi. « L'amour le plus riche est celui qui s'en remet à l'arbitrage du temps. »

***

Il était déjà tard quand je finis par trouver un fiacre pour revenir en ville. A l'appartement, je trouvai un message m'informant que mon départ était avancé de six heures; la vedette quitterait le port à minuit. Hamid était là, immobile et patient, comme s'il connaissait déjà le contenu du message. Un camion de l'armée était venu prendre mes bagages dans l'après-midi. Il ne me restait plus qu'à tuer le temps jusqu'à minuit, et je décidai d'employer les quelques heures qui me restaient de la façon que Clea m'avait suggérée : en allant assister au Mulid d'El Scob. Hamid se tenait toujours devant moi, accablé par la tristesse d'un nouveau départ.

— Vous pas revenir, cette fois, me dit-il en clignant son œil unique d'un air affligé.

Je regardai le petit homme avec émotion. Je me rappelai le récit qu'il m'avait fait du sauvetage de son œil. C'était parce qu'il était plus jeune et plus laid que son frère. Sa mère avait crevé les deux yeux de son frère pour l'empêcher d'être enrôlé dans l'armée; mais lui, Hamid, étant chétif et laid, s'en était tiré avec un seul œil crevé. Son frère était maintenant un des *muezzins* aveugles de Tanta. Mais comme il se sentait riche, Hamid, avec son unique œil! Il représentait pour lui une fortune car il lui permettait de travailler pour les riches étrangers, pour un honnête salaire.

— Je viendrai chez vous, à Londres, dit-il sincèrement, plein d'espoir.

— Très bien. Je t'écrirai.

Il avait déjà revêtu ses plus beaux habits pour le Mulid — manteau pourpre et bottes de maroquain rouge; un mouchoir blanc et propre était glissé dans sa poitrine. Je me rappelai que c'était son jour de liberté. Pombal et moi nous nous étions cotisés pour lui faire un cadeau d'adieu. Il prit le chèque entre le pouce et l'index, en inclinant la tête avec gratitude. Mais ce cadeau n'atténuait pas le chagrin qu'il éprouvait de nous quitter. Aussi répéta-t-il, pour se consoler : « Je viendrai chez vous à Londres » et, disant cela, il croisa les mains et les éleva à son menton.

— Très bien, dis-je pour la troisième fois, quoique j'eusse du mal à imaginer Hamid le borgne à Londres. Je t'écrirai. Ce soir, je vais assiter au Mulid d'El Scob.

— Très bon, dit-il.

Je lui serrai les deux épaules, et la familiarité de ce geste lui fit incliner la tête. Une larme perla au coin de son œil et roula jusqu'au bout de son nez.

— Au revoir ya Hamid, dis-je, et je descendis l'escalier en le laissant à l'étage, immobile comme s'il attendait quelque signal de l'espace extérieur. Puis, brusquement, il se précipita derrière moi, me rejoignit à la porte, et me glissa dans la main, en guise de cadeau, la photo qui lui était si chère, où l'on voyait Melissa marchant à mon bras dans la rue Fouad par un après-midi oublié.

III

Le quartier tout entier somnolait sous les ombres mauves du crépuscule. Ciel de velours palpitant, que découpaient les incandescences dures de centaines d'ampoules électriques. Elle était tendue au-dessus de Tatwig Street, cette nuit, comme une écorce satinée. Seuls les épis brillants des minarets se dressaient encore sur leurs frêles tiges invisibles et semblaient suspendus dans le ciel, tremblant légèrement dans la brume comme des cobras prêts à gonfler leur capuchon. Me laissant emporter sans but par ces rues du souvenir, je m'étourdissais des odeurs de chrysanthèmes, d'ordures, de parfums, de fraises, de sueur humaine et de pigeons rôtis — odeurs à jamais associées au souvenir de la ville arabe. La procession n'était pas encore arrivée. Elle se formerait quelque part derrière le quartier des prostituées, parmi les tombes, et serpenterait en direction du sanctuaire, sur un rythme lent et syncopé; s'arrêtant en chemin devant chaque mosquée pour offrir un verset ou deux en l'honneur d'El Scob. Mais la fête profane battait déjà son plein. Dans les ruelles obscures, les gens avaient dressé leurs tables en pleine rue, et disposé des bougies et des roses. Ainsi attablés, ils pouvaient écouter les voix de fausset des chanteuses qui occupaient déjà les plates-formes installées devant les cafés, perçant la nuit lourde de leurs quarts de ton éraillés. Toutes les rues étaient pavoisées, et les grandes scènes encadrées et hautes en couleur des circonciseurs se balançaient parmi les torchères et les bannières. Au fond d'une cour, je les vis qui versaient le sucre bouillant, rouge et blanc, dans les petits moules de bois d'où naîtrait tout le bestiaire de l'Égypte — canards, cavaliers, lapins et chèvres. Les grandes figurines en sucre du folklore du Delta étaient là aussi — Yuna et Aziz, les amants soudés l'un à l'autre, se pénétrant, et les héros barbus tels qu'Azu Zeid armé jusqu'aux dents au milieu de ses brigands. Elles étaient magnifiquement obscènes — voilà bien le mot le plus idiot de notre langue — et peintes de couleurs vives avant d'être revêtues de leurs habits de papier, de paillettes et de filaments d'or, et disposées sur des éventaires pour exciter la gourmandise des enfants. Sur toutes les petites places, étaient dressées des baraques abritées par des auvents de toile peinte déjà en action et portant les emblèmes de leur négoce. Les joueurs étaient déjà en action — Abu Firan, le « Père des Rats », appelait joyeusement ses clients, derrière une grande planche posée sur des tréteaux; les douze maisons étaient marquées d'un numéro et d'un nom. Au centre se trouvait le rat vivant, le corps zébré de peinture verte. On plaçait son argent sur le numéro d'une maison, et si le rat y entrait, on avait gagné. Plus loin, c'était une variante du même jeu, mais avec un pigeon, cette fois; lorsque toutes les mises avaient été placées, on semait une poignée de grain au centre et le pigeon, tout en les picorant, pénétrait dans une des petites boîtes numérotées.

J'achetai un couple de figurines en sucre et m'assis à la terrasse d'un café pour observer les chatoiements primitifs de cette parade chaotique et nonchalante. Ces petites « arusas » ou fiancées, j'aurais aimé les conserver, mais je savais qu'elles s'effriteraient ou seraient dévorées par les fourmis. Elles étaient les petites cousines des santons de Provence et des bonshommes de pain d'épice de nos fêtes campagnardes d'autrefois. Je commandai une cuillerée de mastika pour prendre avec le sorbet glacé et pétillant. De mon poste d'observation, à l'angle de deux ruelles, je pouvais voir des prostituées se farder devant une fenêtre avant de descendre se poster à l'intérieur de leurs petites tentes criardes, parmi les fakirs et les illusionnistes; Showal le nain, du seuil de sa baraque, leur lançait de tendres quolibets qui les faisaient piailler de rire. Il avait une petite voix pointue qui portait loin et, en dépit de sa taille réduite, ses tours d'acrobatie étaient un spectacle de choix. Le visage barbouillé, la bouche peinte en une grotesque et souriante grimace de clown, il parlait sans arrêt, même quand il se tenait sur la tête, et ponctuait son bavardage de doubles sauts périlleux. Plus loin, assis sous un rideau de cuir, Faraj le devin exerçait déjà son art, à l'aide d'encre, de sable et d'une curieuse boule poilue ressemblant à des testicules de taureau, mais couverte de poils noirs. Une prostituée d'une saisissante beauté était accroupie devant lui. Il lui avait rempli le creux de la paume d'encre et il lui ordonnait de prophétiser en regardant la boule.

Petites scènes de la rue... Une vieille folle qui débouche brusquement à un carrefour, l'écume aux lèvres, en lançant de si terribles imprécations que le silence tombe autour d'elle et que les sangs se figent. Ses yeux luisent comme ceux d'un ours sous sa toison hirsute de cheveux blancs. Mais sa folie lui confère une sorte de sainteté et personne n'ose affronter les terribles imprécations qu'elle profère, car elles pourraient porter malheur à celui sur qui elles tomberaient. Puis un gamin dépenaillé jaillit de la foule et la tire par la manche. Aussitôt elle se calme, lui prend la main et se laisse emmener au fond d'une ruelle. La fête se referme sur elle comme une paupière se ferme sur le souvenir d'une image.

J'étais assis là, grisé par le spectacle, lorsque la voix de Scobie en personne retentit à mes oreilles.

— Et maintenant, mon vieux, dit la voix de Scobie, quand on a des Tendances, il faut avoir les coudées franches. C'est pour ça que je suis venu au Moyen-Orient, si vous tenez à le savoir...

— Bon Dieu, vous m'avez fait sursauter, dis-je en me retournant.

C'était Nimrod, le policier qui avait été le supérieur du vieillard dans la police égyptienne. Il se mit à rire et vint s'attabler à côté de moi, en ôtant son tarbouche pour s'éponger le front.

— Vous avez cru qu'il était ressuscité, hein?

— Exactement.

— Vous voyez, je connais bien mon Scobie.

Nimrod déposa son chasse-mouches devant lui, frappa dans ses mains et commanda un café. Puis, en me faisant un clin d'œil, il poursuivit, avec la voix du saint :

— C'est justement ça qui n'allait pas avec Budgie. A Horsham, pas possible d'avoir les coudées franches. Sans ça, il y a des années que je l'aurais rejoint dans son affaire de seaux hygiéniques. Ce type a le génie de la mécanique, je dois l'avouer. Et, sans autre revenu que ce que le vieux calomniateur — comme il l'appelle plaisamment — lui rapporte, il a le trou barré. Il est coincé. Vous ai-je jamais parlé du Bijou Hygiénique? Non? C'est drôle, je croyais vous avoir raconté. Eh bien, c'était un engin superbe, le fruit de longs et patients tâtonnements. Budgie est F. R. Z. S., vous savez. Il prenait des cours du soir. Ce qui vous montre quel cerveau il a, ce type. Bref, c'était une sorte de levier avec une espèce de bouton à ressort. Oui, mon vieux, le siège du seau était monté sur une sorte de ressort : quand vous vous asseyiez, il s'abaissait, mais quand vous vous releviez, il se relevait tout seul, en envoyant une pelletée de terre dans le seau. Budgie m'a dit que cette idée lui était venue en regardant son chien gratter la terre avec ses pattes. Mais comment il a adapté l'idée, voilà ce que je n'arrive pas à comprendre. Il a du génie, voilà tout. Vous avez une petite boîte par derrière, que vous remplissez de terre ou de sable. Et quand vous vous relevez, le ressort joue et hop! Il se fait dans les deux mille livres par an avec ce machin, il faut bien le reconnaître. Naturellement, ça prend du temps pour monter une affaire comme celle-là, mais les frais généraux ne sont pas très élevés. Il n'a qu'un ouvrier avec lui pour fabriquer les boîtes, et il achète les ressorts — c'est lui qui a fait le dessin et il les fait exécuter d'après son modèle, à Hammersmith. Et ils sont très joliment peints aussi, et décorés de signes du zodiaque tout autour. Ça fait un peu étrange au premier abord, je dois l'admettre. En fait, ça leur donne un côté hermétique. Mais c'est un magnifique appareil, le petit Bijou. Une fois, il a eu des ennuis, ce pauvre Budgie. C'était pendant que j'étais en permission au pays pour un mois. En arrivant, je l'ai trouvé en larmes. Le type qui l'aidait, Tom le charpentier, il lui arrivait de picoler et il avait dû mal placer les roues dentées sur toute une série de Bijoux. Les plaintes ont commencé à affluer. Budgie disait que ses seaux hygiéniques étaient devenus complètement fous dans tout le Sussex et qu'ils s'étaient mis à lancer de la terre à tort et à travers, d'une manière tout à fait antihygiénique. Les clients étaient furieux. Alors, il ne lui restait plus qu'une chose à faire, c'était d'enfourcher son vélomoteur et d'aller visiter ses paroissiens pour réparer les mécaniques. Je n'avais pas beaucoup de temps et comme je ne voulais pas me priver de sa compagnie, il m'a emmené avec lui. Quelle aventure, je n'ai pas besoin de vous le dire! Il y en a qui l'ont reçu très mal, ce pauvre Budgie. Il y avait une femme qui disait que le ressort était si puissant que son seau envoyait de la terre jusqu'au milieu du salon. Cela nous a pris du temps pour la calmer. Je l'ai aidé dans cette tâche, je n'ai pas peur de le dire, en lui prêtant mon influence pacifiante, pendant que Budgie rafistolait le ressort. Je racontais des histoires pour qu'ils puissent garder leur sang-froid pendant ce fichu travail. Mais, à la fin, tous les ressorts ont été réparés, et c'est maintenant une industrie prospère, avec des succursales partout.

Nimrod but son café d'un air songeur et m'adressa un cocasse clin d'œil, visiblement fier de son imitation.

— Et maintenant, dit-il en élevant les mains, El Scob...

Une troupe de filles peinturlurées descendit la rue, éblouissantes comme des perroquets des tropiques, riant et jacassant presque aussi fort.

— Maintenant qu'Abu Zeid a pris le Mulid sous son patronage, dit Nimrod, nous allons avoir du travail. Il y a tellement de monde dans ce quartier. Ce matin, il a envoyé toute une caravane de chameaux mâles en chaleur à travers la ville, avec leurs chargements de *bercim*. Vous savez comme ils sentent mauvais. Et quand ils sont en chaleur, il leur pousse sur le cou cette espèce d'horrible excroissance molle comme de la gelée. Ça doit les irriter ou suppurer, je ne sais pas, parce qu'ils se frottent tout le temps contre les murs et les poteaux. Il y en a deux qui se sont battus. Il a fallu des heures pour régler cette affaire. Tout le quartier était bloqué.

Soudain, une série de détonations crépitèrent du côté du port, et des fusées de couleurs s'élevèrent dans la nuit, éclatèrent en bouquets et retombèrent en pétillant et en sifflant.

— Ah! dit Nimrod avec satisfaction, voilà la marine. Je suis heureux qu'ils n'aient pas oublié.

— La marine? dis-je, tandis qu'une autre salve multicolore jaillissait et empanachait toute une portion de la nuit tiède.

— Oui, les gars du H. M. S. *Milton*, dit-il en gloussant. J'ai dîné à bord hier soir; un pur hasard. J'ai obtenu un franc succès auprès des officiers avec mon histoire du marin anglais qui a été béatifié. Je ne leur ai pas donné trop de détails sur Scobie, bien entendu; je ne leur ai surtout pas parlé des circonstances de sa mort. Mais je leur ai laissé entendre qu'un petit feu d'artifice offert gracieusement par les marins de Sa Majesté ferait bien dans le tableau, ajoutant que ce serait là une délicatesse de bonne politique qui leur gagnerait l'estime des croyants. L'idée a été adoptée avec enthousiasme, et ils ont demandé l'autorisation à l'amiral. Et voilà!

Nous restâmes un moment en silence à contempler le feu d'artifice et la foule ravie qui saluait chaque salve de longues exclamations ululantes de plaisir. « All... ah! All... ha! » A la fin, Nimrod se racla la gorge et dit :

— Darley, puis-je vous poser une question? Savez-vous ce que Justine manigance?

Je le regardai sans comprendre.

— Je vous demande cela, poursuivit-il aussitôt, parce qu'elle m'a téléphoné hier pour me dire qu'elle avait l'intention de manquer à sa parole aujourd'hui; elle vient en ville, et elle désire que je l'arrête. Cela paraît complètement absurde — je veux dire de faire tout ce chemin pour venir se faire arrêter. Elle m'a dit qu'elle voulait par ce moyen attirer l'attention de Memlik et le forcer à venir lui parler. Cela paraît un peu incohérent, vous ne trouvez pas? Enfin, j'ai pris rendez-vous avec elle à la Gare centrale, dans une demi-heure.

— Je ne suis au courant de rien.

— Je me demandais si vous saviez quelque chose. En tout cas, gardez ça pour vous.

— Comptez sur moi.

Il se leva et me tendit la main.

— Vous partez cette nuit, je crois. Bonne chance.

Il allait descendre de la petite plate-forme de bois lorsqu'il se retourna et ajouta :

— A propos, Balthazar vous cherche. Il est quelque part du côté du sanctuaire... Quel mot!

Et avec un dernier clin d'œil, sa haute silhouette se perdit dans le tourbillon bigarré de la rue. Je réglai ma consommation et pris le chemin de Tatwig Street, bousculé et cahoté par la foule en liesse.

Des rubans, des drapeaux de papier et d'immenses bannières de couleur pendaient à tous les balcons de la rue. Le petit terrain vague derrière la voûte de pierre s'était transformé en un salon des plus somptueux. On avait dressé d'immenses tentes surchargées de lourdes broderies chatoyantes, qui délimitaient une aire à peu près circulaire où se dérouleraient les chants et les danses cérémoniels, lorsque la procession serait arrivée à destination. Mais, pour l'instant, cet espace était livré aux ébats surexcités des enfants. Du sanctuaire où brûlaient quelques pâles lumignons, montait un grave bourdonnement de prières, ponctué par les trilles aigus des femmes. Les suppliantes invoquaient la baignoire de Scobie, l'adjurant de leur accorder la fécondité. Les longs versets chevrotants des Suras tissaient dans la nuit leur toile fragile et mélodieuse. Je partis à la recherche de Balthazar, me glissant à travers la foule en furetant comme un chien de chasse. Je finis par l'apercevoir assis un peu à l'écart, à la terrasse d'un café de fortune. Je me faufilai dans sa direction.

— Ah, bien, dit-il. Justement je vous cherchais. Hamid m'a dit que vous partiez cette nuit. Il m'a téléphoné pour me demander de lui trouver une nouvelle place et il m'a mis au courant. Et puis, j'avais envie de partager avec vous ce mélange de honte et de soulagement que j'éprouve après cet atroce accident. Honte de ma stupidité, et soulagement qu'elle ne soit pas morte. Les deux. Je suis presque ivre de soulagement, et abruti de honte.

Effectivement, il paraissait un peu ivre.

— Mais tout ira bien maintenant, Dieu merci, conclut-il.

— Que pense Amaril?

— Rien encore. Du moins, s'il a une opinion, il préfère ne rien dire pour l'instant. Il lui faut vingt-quatre heures de bon repos avant qu'on puisse se prononcer. Mais vous partez vraiment? (Sa voix tomba comme un reproche.) Vous savez, vous devriez rester.

— Elle ne désire pas que je reste.

— Je sais. J'ai été un peu choqué quand elle a dit qu'elle vous avait demandé de partir. Mais elle a ajouté : « Vous ne comprenez pas; je verrai si je peux le décider à revenir. Nous ne sommes pas encore mûrs l'un pour l'autre. Cela viendra. » J'étais étonné de la voir si pleine de confiance, si radieuse à nouveau. Vraiment étonné. Asseyez-vous, mon cher ami, et tenez-moi compagnie : j'ai envie de boire un ou deux petits verres. D'ici, nous verrons très bien la procession. Et puis, on n'est pas serrés dans la foule.

Il frappa dans ses mains quelque peu tremblantes et commanda deux verres de mastika.

Quand on nous eut servis, il resta un long moment silencieux, le menton dans ses mains, le regard lointain. Puis il poussa un soupir et hocha tristement la tête.

— Qu'y a-t-il? demandai-je en prenant son verre sur le plateau et en le posant devant lui.

— Leila est morte, dit-il tranquillement — mais d'avoir prononcé ces mots sembla l'accabler de chagrin. Nessim m'a téléphoné ce soir pour m'apprendre la nouvelle. Le plus étrange, c'est qu'il semblait tout joyeux. Il a pu obtenir une permission pour prendre l'avion et préparer ses funérailles. Savez-vous ce qu'il m'a dit? (Balthazar posa sur moi son regard noir et indulgent avant de poursuivre.) Il a dit : « Oui, je l'aimais *et tout ça*, mais sa mort vient de me délivrer d'une étrange façon. Une nouvelle vie s'ouvre à moi maintenant. J'ai l'impression d'avoir rajeuni. » Je ne sais pas si c'était le téléphone, mais effectivement sa voix semblait plus jeune, plus vibrante, et comme gonflée d'impatience. Il savait naturellement que nous étions de vieux amis, Leila et moi, mais il ignorait sans doute que durant cette longue période d'exil elle n'avait cessé de m'écrire. C'était une belle âme, Darley, une des fleurs rares d'Alexandrie. Elle m'écrivait : « Je sais que je vais mourir, mon cher Balthazar, mais cette agonie est trop lente. Ne croyez pas les docteurs et leurs diagnostics, mon ami. En bonne Alexandrine, je meurs de crève-cœur. »

Balthazar se moucha dans une vieille chaussette qu'il tira de la poche de poitrine de son manteau, la replia soigneusement comme il eût fait d'un mouchoir propre et bien repassé, et la remit en place d'un geste pédantesque.

— Oui, reprit-il gravement, crève-cœur — quelle expression ! Et il me semble (d'après ce que vous m'avez dit) que pendant que Liza Pursewarden signifiait à son frère son arrêt de mort, Mountolive portait la même botte à Leila. Ainsi nous nous passons la coupe d'amour à la ronde, la coupe empoisonnée ! Il hocha la tête et vida son verre d'un trait. Puis il poursuivit lentement, avec effort et application, comme un homme qui traduit un texte obscur et difficile.

— Oui, de même que la lettre que Liza écrivit à Pursewarden pour lui dire que l'étranger était enfin apparu fut pour lui le coup de grâce en quelque sorte, Leila reçut, je suppose, exactement la même lettre. Qui sait comment ces choses se passent ? Peut-être exactement dans les mêmes termes. Les mêmes mots de gratitude passionnée. « Je vous bénis, je vous remercie de toute mon âme d'avoir, grâce à vous, reçu le don précieux qui ne peut jamais échoir à ceux qui sont ignorants de ses pouvoirs. » Ce sont là les propres termes de Mountolive. Leila m'a cité cette phrase. Tout ceci après son départ en exil. Ce fut comme si on lui avait arraché Nessim de sa propre chair, comme si elle n'avait plus personne à qui se raccrocher, à qui parler. Ce qui explique les longues lettres pleines de cette merveilleuse candeur et d'une lucidité pénétrante que j'aimais tant chez elle. Elle refusait de se faire illusion. Oui, mais elle s'est assise entre deux chaises, la pauvre Leila, entre deux vies, entre deux amours. Elle me disait à peu près ceci pour me l'expliquer : « J'ai d'abord pensé, en recevant cette lettre, qu'il ne s'agissait que d'une nouvelle passade — comme cela lui était arrivé autrefois pour cette ballerine russe. Il ne me cachait jamais rien de ses amours, c'est cela qui rendait le nôtre si sincère, si indestructible en un sens. C'était un amour sans réticences. Mais cette fois, tout devint clair pour moi lorsqu'il a refusé de me dire son nom, de la partager avec moi pour ainsi dire ! J'ai compris alors que tout était fini. Certes, dans un autre coin de mon esprit, j'avais attendu ce moment depuis toujours; et depuis toujours, je m'imaginais faisant face à cela avec magnanimité. Je me suis alors aperçue, à ma profonde surprise, que cela était impossible. C'est pour cela que, pendant longtemps, bien qu'il fût en Égypte et très impatient de me rencontrer, je n'ai pas pu me résoudre à le voir. Naturellement j'ai invoqué d'autres raisons, des raisons purement féminines. Mais ce n'était pas vrai. Ce n'était pas parce que j'avais peur de l'affronter avec un visage ravagé, non ! Car en réalité, j'ai un cœur d'homme. »

Balthazar resta ensuite un moment à contempler le fond de son verre vide, le regard perdu, les mains jointes. Son histoire ne signifiait pas grand-chose pour moi — sauf que j'avais quelque peine à imaginer Mountolive capable d'éprouver de profonds sentiments, et que je fus très surpris d'apprendre qu'il avait eu des relations secrètes avec la mère de Nessim.

« L'hirondelle noire ! s'écria Balthazar. Nous n'en reverrons plus comme elle. »

Mais petit à petit la nuit rauque enflait autour de nous, et la rumeur de la procession qui approchait se faisait plus distincte. On apercevait les lueurs roses des torches entre les toits. Les rues, déjà embouteillées, étaient noires de monde et bourdonnaient comme une ruche, frémissant d'impatience et de plaisir anticipé. On percevait déjà les roulements des tambours et les éclaboussures métalliques et sifflantes des cymbales qui battaient la mesure selon les rythmes étranges et compliqués de la danse péristaltique — un pas de marche relativement lent, haché par d'insolites haltes pour permettre aux danseurs, lorsque l'extase les prenait, de tourbillonner en s'écartant de leurs rythmes syncopés avant de reprendre leur place dans la procession. Elle se frayait un passage à travers les entonnoirs des rues engorgées comme un torrent que sa force fait bondir hors de son lit; car toutes les ruelles adjacentes grouillaient de curieux qui venaient se presser contre le courant et se laissaient irrésistiblement posséder par son rythme.

Des jongleurs et des acrobates affublés de masques aux rictus grotesques ouvraient la marche, roulant et se contorsionnant, faisant des bonds inattendus ou marchant sur les mains. Ils étaient suivis par une file de charrettes bourrées de candidats à la circoncision, revêtus de robes de soie vive, coiffés de bonnets brodés, et entourés de leurs marraines, les dames du harem. Ils passaient, graves et fiers, chantant de leur voix juvénile et saluant la foule : on aurait dit des agneaux bêlants sur le chemin du sacrifice.

— Il va neiger des prépuces, ce soir, ironisa Balthazar. C'est étonnant qu'il n'y ait pas d'infection. Savez-vous qu'ils utilisent de la poudre à canon et du jus de citron comme antiseptiques?

Puis ce fut le défilé des divers ordres avec leurs bannières qui oscillaient, se couchaient et se redressaient par secousses; sur chacune d'elles, on pouvait lire, peint en lettres grossières, le nom de leur saint respectif. Elles tremblaient comme un feuillage dans le vent. C'étaient des sheiks aux magnifiques atours qui les portaient, et ils avançaient posément, lentement, à cause de leur poids, mais ils ne déviaient pas de la ligne de la procession. Les prêcheurs ambulants marmottaient les cent noms sacrés. Un bouquet de torches dessinait les faces altières et barbues d'un groupe de dignitaires qui portaient d'énormes lanternes de papier, pareilles à des ballons, suspendues à des perches devant eux. Puis ils furent engloutis dans le flot qui s'écoulait au long de Tatwig Street en lentes vagues de couleur, et nous vîmes les divers ordres de derviches surgir des ténèbres inférieures et émerger à la lumière, chaque ordre se distinguant par sa couleur. A leur tête se trouvaient les rifaias, les mangeurs de scorpions aux pouvoirs légendaires, coiffés de leurs turbans noirs. Ils poussaient de brefs aboiements, ce qui indiquait qu'ils étaient déjà possédés par l'extase religieuse. Ils jetaient autour d'eux des regards hébétés. Certains s'étaient passé de longues aiguilles en travers des joues, d'autres léchaient des lames de poignards rougies au feu. Enfin parut l'élégante silhouette d'Abu Zeid, à la tête de son escorte montée sur des poneys aux caparaçons éblouissants de broderies et de pierreries, leurs manteaux flottant derrière eux, leurs armes levées au-dessus de leur tête en manière de salut, tels des chevaliers se rendant au tournoi. Devant eux courait une troupe désordonnée de prostitués mâles au visage poudré et aux longs cheveux flottants, gloussant et piaillant comme des poulets dans une basse-cour. Et à toute cette étrange masse d'humanité désordonnée, quoique se conformant cependant à un certain ordre, la musique prêtait une sorte d'homogénéité; elle l'unissait et l'enfermait dans la pulsation des tambours, les sons aigres des flûtes, le grincement des cymbales. En tournoyant, avançant, s'arrêtant... tournoyant, avançant, s'arrêtant, la longue ligne dansante se dirigeait vers la tombe, jaillissant à travers les grands portails de la demeure de Scobie comme une marée haute, et se répandant sur la place illuminée dans un nuage de poussière.

Au moment où les chantres s'avançaient pour réciter les textes sacrés, dix derviches Mevlevi vinrent brusquement occuper le centre de la scène, se déployant lentement en éventail pour former un demi-cercle. Ils portaient d'éblouissantes robes blanches qui descendaient jusqu'à leurs babouches et de grands chapeaux bruns en forme de *bombes glacées*. Et ils se mirent à tourner sur eux-mêmes, calmement, superbement, ces « toupies de Dieu », tandis que la musique des flûtes enroulait autour d'eux ses trilles aigus et déchirants. Au fur et à mesure qu'ils prenaient de la vitesse, leurs bras, qu'ils tenaient croisés au début, les mains sur les épaules, se dépliaient sous l'effet de la force centrifuge, pour s'écarter bientôt, de toute leur envergure, la paume droite tournée vers le ciel, la gauche vers le sol. Et ainsi, la tête oscillant légèrement sous leur énorme coiffure ronde, leurs pieds semblant à peine effleurer le sol, ils demeuraient miraculeusement droits, comme des axes de la terre, tournant, tournant inlassablement dans cette merveilleuse imitation des corps célestes emportés dans le tourbillon du mouvement perpétuel, tournaient, tournaient de plus en plus vite, jusqu'à ce que l'esprit se lasse de les suivre. Je songeai aux vers de Jalaluddin que Pursewarden récitait parfois. Dans les cercles extérieurs, les rifaias avaient commencé leurs exhibitions de mutilations, si horribles à voir, et pourtant apparemment inoffensives. Il suffisait qu'un sheik posât le doigt sur toutes ces blessures percées dans les joues et les poitrines pour qu'elles guérissent instantanément. Ici un derviche s'enfilait une aiguille dans les narines, un autre se laissait tomber sur la pointe d'un poignard qui lui transperçait la gorge et s'enfonçait jusque dans son crâne. Mais le nœud central des danseurs poursuivait sa giration perpétuelle dans les sphères de l'esprit.

— Seigneur, s'écria tout à coup Balthazar, avec un petit rire, il me semblait bien que je le connaissais. Mais c'est le Magzub en personne. Regardez, celui-là, là-bas, le dernier de la file. C'était une vraie terreur, presque complètement fou. C'est lui qui a volé l'enfant pour la vendre à un bordel, paraît-il. Regardez-le.

Je vis un visage empreint d'une grande sérénité, ou peut-être d'une immense lassitude des choses d'ici-bas; les yeux clos, ses lèvres dessinaient un sourire lointain. Le mouvement ralentit, la danse s'arrêta; je vis alors cette mince et haute silhouette à l'air absent comme un enfant qui invente un jeu prendre un bouquet d'épines et, l'allumant à un brasier, glisser cette torche enflammée dans sa poitrine, contre sa peau, et se remettre à tournoyer comme un arbre en flammes. Lorsque le cercle fit une nouvelle pause, il le retira de sa poitrine pour en frapper le visage du derviche qui se trouvait près de lui.

A ce moment, une douzaine de cercles se formèrent spontanément pour raviver le rythme un instant vacillant, et la petite cour ne fut plus alors qu'un tourbillon multicolore de silhouettes vertigineuses. Du petit sanctuaire montait le bourdonnement monotone des saintes paroles, entrecoupé par les trilles de langues adoratrices.

— Scobie en aura du travail cette nuit, dit Balthazar avec irrévérence, pour compter tous ces prépuces, là-haut dans le paradis de Mahomet.

Quelque part, très loin, la sirène d'un navire me rappela à moi. Il était l'heure de partir.

— Je vous accompagne, dit Balthazar.

En jouant des coudes nous nous faufilâmes péniblement à travers la foule pour reprendre le chemin de la Corniche.

Nous trouvâmes un fiacre où nous nous installâmes sans mot dire, en écoutant décroître la musique et les battements des tambours. La lune brillait clair dans le ciel, éclaboussant la mer de ses flèches mouvantes. Les palmiers chuchotaient en hochant la tête. Nous descendîmes cahin-caha les petites rues étroites et tortueuses et nous arrivâmes au port avec ses navires silencieux comme des spectres. Quelques lumières brillaient çà et là. Un paquebot appareillait et s'apprêtait à gagner la haute mer — long croissant de lumières scintillantes.

La petite vedette qui devait m'emmener avait terminé son chargement de provisions et de bagages.

— Eh bien, Balthazar, dis-je. Ne faites pas de bêtises.

— Nous nous reverrons bientôt, dit-il tranquillement. On ne se débarrasse pas facilement de moi. Je suis le Juif Errant, vous savez. Mais je vous donnerai des nouvelles de Clea. Je vous dirais bien quelque chose comme « Revenez-nous vite » si je n'avais l'impression que vous ne reviendrez pas. Du diable si je sais pourquoi. Mais nous nous reverrons, de cela je suis certain.

— Moi aussi, j'en suis sûr, dis-je.

Nous nous étreignîmes chaleureusement, puis il se dégagea d'un geste brusque et remonta dans le fiacre.

— N'oubliez pas ce que je vous dis là, dit-il, tandis que, dans un claquement de fouet, le cheval se mettait en marche.

Je restai un moment à écouter le martèlement des sabots décroître sur les pavés du quai, jusqu'à ce que le silence de la nuit se referme sur la ville. Alors, je me tournai vers les tâches qui m'attendaient.

IV

Ma chère Clea,

TROIS longs mois déjà, et pas un mot de toi. Je serais mort d'inquiétude si le fidèle Balthazar ne m'avait ponctuellement posté sa carte pour me tenir au courant des progrès de ta guérison; mais naturellement il ne me donne pas de détails. Et je me doute bien que mon silence a dû t'irriter de jour en jour davantage. Tu ne mérites pourtant pas cette paresse, et sincèrement j'en ai honte. Je ne sais quelle curieuse inhibition m'a retenu jusqu'ici, et j'ai été incapable de l'analyser ou de réagir contre cela. C'était comme une poignée de porte qui ne voulait pas tourner. Pourquoi? Cela est d'autant plus étrange que tu étais sans cesse présente à mon esprit, que tu partageais toutes mes pensées. Tu étais comme une lame de couteau très froide que je maintenais contre mon esprit palpitant. Est-il possible que j'aie chéri ta pensée plus encore que ta présence vivante en ce monde? Ou est-ce parce que les mots me semblaient une bien pauvre consolation au regard de la distance qui nous sépare? Je ne sais. Mais maintenant que les travaux ici sont presque achevés, j'ai l'impression de recouvrer l'usage de la parole.

Les choses ont bien changé sur cette petite île depuis que je l'ai quittée. C'est notre invasion qui a tout bouleversé ici. On a peine à croire que dix techniciens puissent modifier à ce point la vie d'une petite communauté. Mais nous avons importé de l'argent, déplacé de la main-d'œuvre et payé des salaires astronomiques, et cet argent est en train de transformer lentement mais radicalement toute l'économie de l'endroit, créant toutes sortes de nouveaux besoins dont les heureux habitants n'avaient pas la moindre notion avant notre venue. Des besoins qui, en dernière analyse, détruiront la structure encore féodale de ce village, ses relations familiales séculaires, ses traditions, ses vendettas et ses fêtes archaïques. Son unité va s'effriter en un temps très court sous la pression de ces présences étrangères. Tout était si bien tissé, si bien assemblé — beau et symétrique comme un nid d'hirondelle. Et voilà que nous démolissons tout cela comme des garnements inconscients du mal qu'ils font. Cette destruction de l'ordre ancien des choses que nous avons amorcée sans le vouloir, il ne sera plus possible de l'enrayer maintenant. Et avec quelle simplicité de moyens cela s'est opéré : quelques poutrelles d'acier, une pelle mécanique, une bétonneuse, une grue! Et aussitôt le ver est entré dans le fruit. Une nouvelle forme de cupidité est apparue. Cela commence tout doucement par quelques boutiques de barbier, et cela finira par modifier toute l'architecture du port. Dans dix ans, ce sera un fouillis méconnaissable d'entrepôts, de dancings et de bordels pour les marins de passage. Qu'on nous en laisse seulement le temps!

L'emplacement choisi pour la station de relais est situé sur le versant est de l'île, dans sa partie montagneuse, c'est-à-dire à l'opposé de la côte que j'habitais. Obscurément, je m'en félicite. Tu sais comme je m'attache aux vieux souvenirs — mais ils sont encore plus doux à la faveur d'un léger déplacement de la gravité; ils s'en trouvent tout aussitôt rafraîchis et rajeunis. En outre, ce coin est tout différent du reste de l'île : c'est un plateau vallonné couvert de vignes qui domine la mer. Le sol a des tons d'or, de bronze et d'écarlate — je suppose qu'il est fait d'une sorte de marne volcanique. Cette terre donne un vin rosé et légèrement pétillant, comme si le volcan sommeillait dans chaque bouteille. Oui, ici les montagnes grincent des dents (on peut les *entendre* pendant les fréquentes secousses sismiques!) et ces roches métamorphiques sont lentement broyées et réduites en une poussière de craie. J'habite une petite maison carrée de deux pièces au-dessus d'un cellier. Une cour en terrasse, pavée de brique, la sépare de diverses autres resserres et caves pleines de tonnes où dort ce vin frais.

Nous sommes au cœur des vignobles. De part et d'autre de la ligne de crêtes des coteaux bleus au-dessus de la mer, descendent les rigoles d'humus et de terreau entre les plants de vigne symétriques qui sont maintenant en pleine force. Ces galeries, ces boulodromes, sont revêtus d'une terre d'un brun cendreux dont chaque poignée a été tamisée par les doigts industrieux des femmes de l'île. Çà et là, des figuiers et des oliviers rompent la monotonie de ces ondulations de feuillage, de cet épais tapis de vigne. Il est si dense, ce feuillage, que lorsque l'on s'y accroupit on n'y voit pas à plus d'un mètre — comme une souris dans un champ de blé. Tandis que j'écris ceci, une douzaine de filles invisibles grattent la terre dans ces tunnels comme des taupes. J'entends leur voix, mais je ne vois personne.Elles partent au travail avant l'aube : souvent, quand je me réveille, c'est aux intonations d'une vieille chanson du folklore grec — et je me lève tous les matins à cinq heures ! Les premiers oiseaux sont salués par des petits comités d'accueil de chasseurs optimistes qui leur lâchent négligemment une envolée de plombs ou deux avant de s'égailler sans hâte dans les collines en bavardant et en plaisantant.

Un gros mûrier ombrage ma terrasse; c'est un arbre qui donne des fruits blancs d'une taille remarquable, qui pendent comme de grosses chenilles. Les fruits sont mûrs et les guêpes les ont trouvés : tout au long du jour, elles sont ivres de sucre, et se conduisent exactement comme des êtres humains, riant très fort à propos de rien, titubant, trébuchant et se prenant de querelle avec tout le monde...

Le travail est dur, mais cette vie est saine. Quelle joie de se servir de ses mains, de suer à la tâche ! Et pendant que nous dressons, pièce par pièce, ce fragile et mystérieux ex-voto d'acier dans le ciel, les vignes mûrissent doucement pour témoigner que longtemps après que l'homme aura cessé de jouer avec les instruments de mort par lesquels il exprime sa peur de la vie, les sombres dieux antiques seront encore là, sous la terre, enfouis sous le tendre humus du monde chthonien (un des mots favoris de P.). Ils sont à jamais enracinés dans le rêve des hommes. Ils ne capituleront jamais ! (Si je laisse ma plume divaguer ainsi, c'est simplement pour te donner une idée de l'existence que je mène ici.)

On commence à moissonner l'orge. On voit marcher des meules, oui, des meules avec juste une paire de pieds par-dessous qui avancent péniblement le long des sentiers rocailleux. Et ces cris étranges que lancent les femmes — pour appeler leur bétail ou pour s'interpeller d'un coteau à l'autre ! « *Vouoh* » « *Hououch* » « *Goaïônu* ». On étale ensuite cet orge sur les toits en terrasse pour le battre au fléau. L'orge ! On prononce rarement ce mot avant que débutent les longues processions de fourmis, longues chaînes d'insectes noirs, qui essayent d'emmener leur part de butin dans leurs greniers. Cela attire les lézards jaunes, qui viennent alors guetter les fourmis : immobiles, clignant de l'œil, ils dardent brusquement leur langue. Et, à leur tour, comme pour obéir aux lois de causalité de la nature, voici les chats qui partent en chasse et mangent les lézards. Beaucoup, d'ailleurs, paient cette folie de leur vie et meurent empoisonnés. Mais j'imagine que l'excitation de la chasse est plus forte que leur instinct. Et encore? Eh bien, de temps en temps, une vipère pique un chat et l'étend raide mort. Et l'homme, d'un coup de bêche, tranche la tête du serpent. Et l'homme? Les fièvres d'automne fondent sur l'île avec les premières pluies, et les vieillards choient dans leur tombe comme des fruits trop mûrs. *Finita la guerra!* Ces gens ont connu l'occupation italienne et quelques-uns ont appris la langue, qu'ils parlent avec l'accent siennois.

Sur la petite place, il y a une fontaine où les femmes se retrouvent. Elles exhibent fièrement leurs bébés, vantant leurs prouesses et leur intelligence comme s'ils étaient à vendre. Il y en a des gras, il y en a des maigres. Et les gars vont et viennent dans la rue en lançant aux filles des regards brûlants et timides. L'un chante d'un air espiègle, « *Solo, per te, Lucia* ». Mais les filles font des moues dédaigneuses et continuent à papoter. Un vieillard apparemment complètement sourd, vient remplir sa cruche. Mais cette phrase traverse tout à coup sa surdité : « Dmitri est mort à la grande maison », et le soulève en l'air comme une violente décharge. « Mort? Qui est mort? Hein? Quoi? » Il a l'ouïe bien fine tout à coup.

Il y a encore une petite acropole que l'on appelle maintenant Fontana, là-haut dans les nuages. Oui, ce n'est pas loin. Mais il faut emprunter le lit à sec d'un torrent, une rude escalade sur des roches pointues et branlantes, au milieu des essaims de mouches; en chemin, on rencontre des troupes vagabondes de chèvres noires qui vous regardent un moment d'un œil satanique, puis disparaissent dans un bond prodigieux. Au sommet, il y a un minuscule hospice avec, pour tout habitant, un moine fou; perché sur son étroite plate-forme, on dirait un four à biscottes. De là on embrasse toutes les courbes indolentes de la côte ouest de l'île qui sommeillent sous la brume.

Et l'avenir?

Eh bien, ceci n'est que l'esquisse d'un présent presque idéal et qui ne durera pas toujours; un présent qui va bientôt s'achever. Encore un mois, et ma présence ici ne sera plus nécessaire. Je n'ai pas d'autres ressources, et à ce moment, il me faudra aviser. Non, l'avenir ballotte au fond de moi comme une cargaison mal arrimée dans les cales d'un navire. Si je n'avais tellement envie de te revoir, je crois que je ne retournerais pas à Alexandrie. Je sens que cette ville s'estompe en moi, qu'elle se déprend de mes pensées, comme un mirage qui s'éloigne, comme la triste histoire d'une grande reine dont le destin s'est perdu dans la déroute des armées et les sables du temps! Mon esprit se tourne de plus en plus vers l'Occident, vers le vieil héritage de l'Italie ou de la France. Il y a peut-être encore bien des trésors à retirer de leurs ruines... Je ne sais. C'est à toi qu'appartient la réponse. Je ne suis encore engagé sur aucune route, mais ce sont celles de l'Ouest et du Nord qui semblent m'attirer. Il y a d'autres raisons aussi. Au terme de mon contrat, je peux bénéficier d'un « rapatriement » gratuit, comme ils disent; je pourrais regagner l'Angleterre sans bourse délier. Avec la coquette prime à laquelle j'aurai droit, j'aimerais m'offrir des vacances en Europe. Mon cœur bondit de joie à cette idée.

Mais je sens qu'il ne m'appartient pas de décider; quelque chose, au cœur de tout cela, s'en chargera pour moi.

Pardonne-moi ce silence, je t'en conjure, car je n'ai aucune excuse, et écris-moi un mot.

Samedi dernier, comme j'avais trente-six heures de liberté, j'en ai profité pour traverser l'île avec mon baluchon et je suis allé passer une nuit dans la petite maison que j'habitais durant mon précédent séjour. Quel contraste avec ces plateaux verdoyants que ce promontoire sauvage et battu des vents, ses vagues d'un vert acide et sa côte déchiquetée qui ressuscitaient devant moi! Oui, c'était comme une autre île — j'imagine que le passé est toujours ainsi. Là, pendant une nuit et un jour, j'ai vécu comme un écho, songeant au passé et à nous dans le décor de ce passé, nous, les « fictions sélectives » que la vie bat comme un jeu de cartes, mélange et sépare, éloigne et réunit. Il me semblait que je n'avais pas le droit d'être si calme et si heureux, d'éprouver un tel sentiment de plénitude quand la seule question qui demeure sans réponse est celle qui se lève toutes les fois que ton nom effleure mes lèvres...

Oui, une île différente, plus rude, plus belle. Je tenais le silence de la nuit dans le creux de ma main; je le sentais fondre lentement, comme un glaçon dans la main d'un enfant! A midi, un dauphin bondit sur les vagues. Un lointain tremblement de terre qui ébranle la ligne d'horizon. Le grand bois de platanes à la peau noire, que le vent écorche par grandes plaques, découvrant leur douce chair gris cendre... Mille détails que j'avais oubliés.

Il est à l'écart des sentiers fréquentés, ce petit promontoire; on n'y rencontre guère que les cueilleurs d'olives quand la saison est venue, et les charbonniers qui parcourent à cheval, le bois, chaque matin avant l'aube, avec ce tintement caractéristique de leurs étriers. Ils ont creusé de longues tranchées étroites sur la colline. Ils sont accroupis devant tout le jour, comme de noirs démons.

Mais le plus souvent on est aussi seul que si l'on habitait sur la lune. Bruissement de la mer, stridulation patiente des cigales dans la lumière. Un jour j'ai trouvé une tortue sur le seuil de ma porte; sur la plage, j'ai vu un œuf de tortue écrasé. Petits détails qui se plantent dans la pensée comme des notes isolées appartenant à une plus vaste symphonie que, je suppose, nous n'entendrons jamais. Les tortues sont des compagnes charmantes et discrètes. J'entends Pursewarden dire : « Frère Baudet et sa tortue : le mariage des purs esprits! »

Quant au reste : l'image d'un homme faisant des ricochets sur les eaux calmes de la lagune, le soir, attendant qu'une lettre surgisse du silence.

***

Mais je venais à peine de confier cette épître au muletier qui descend notre courrier à la ville, quand je reçus une lettre portant un timbre égyptien, dont l'écriture m'était inconnue. Elle était ainsi conçue :

« Tu ne l'as pas reconnue, n'est-ce pas, cette écriture sur l'enveloppe? J'avoue que je riais sous cape en la rédigeant, avant de commencer cette lettre : j'imaginais ta tête, je te voyais la retourner dans tes doigts un moment d'un air perplexe avant de l'ouvrir, en essayant de deviner qui t'écrivait!

« C'est la première lettre sérieuse que j'entreprends, à part quelques notes brèves, avec ma nouvelle main : cette étrange complice dont le cher Amaril m'a munie! Je voulais qu'elle soit bien au point avant de t'écrire. Naturellement, elle me terrorisait et me répugnait au début, tu l'imagines. Mais j'ai maintenant beaucoup de respect pour ce bel et délicat appareil d'acier qui repose devant moi, sur la table, si paisible dans son gant de velours vert! Les choses ne se passent jamais comme on les imagine. Jamais je n'aurais pensé que je l'accepterais si complètement — l'acier et le caoutchouc semblent de bien étranges alliés de la chair humaine. Mais cette main s'est révélée presque aussi compétente qu'un membre de chair et de sang ordinaire! En fait, elle semble même si douée que j'en ai un peu peur. Elle peut accomplir les travaux les plus délicats — même tourner les pages d'un livre — tout comme les plus grossières. Mais surtout — ah, Darley, je tremble en écrivant ces mots : elle peut aussi *peindre!*

« J'ai traversé la frontière et pris possession de mon royaume, et cela grâce à la Main. Rien de tout cela ne fut prémédité. Un jour, elle a pris un pinceau, et j'ai assisté à la naissance de tableaux d'une originalité et d'une autorité troublantes. J'en ai déjà cinq. Je les regarde avec étonnement et vénération. D'où viennent-ils? Mais je sais que c'est la Main qui en est l'auteur. Et cette nouvelle écriture, haute, réfléchie et tendre, est encore une de ses inventions. Tu crois que je me vante? Non, je dis cela en toute objectivité, car je sais que je n'y suis pour rien. C'est la Main seule qui m'a permis de franchir les barrières et de me trouver enfin en compagnie des Véritables, comme disait Pursewarden. Mais c'est tout de même un peu effrayant; le joli gant de velours garde bien son secret. Et si je porte deux gants, la voilà parfaitement anonyme! Je la regarde avec étonnement et avec une certaine méfiance, comme une belle et dangereuse petite panthère apprivoisée. Il semble qu'il n'y ait rien qu'elle ne puisse faire incomparablement mieux que moi. Ceci t'expliquera mon silence, et l'absoudra, j'espère. J'ai été tout entière occupée par le langage de cette nouvelle main, ainsi que par les bouleversements intérieurs qu'elle a opérés! Tous les chemins se sont ouverts devant moi, et, pour la première fois, tout me paraît possible maintenant.

« J'ai là, sur la table, à côté de moi, un billet de bateau pour la France; hier, la certitude absolue m'est venue que je devais aller là-bas. Pursewarden disait que « les artistes, comme les « chats malades, reconnaissent d'instinct l'herbe qui les gué- « rira », tu te souviens? « Et la douce-amère qui les révélera à « eux-mêmes ne pousse que là-bas, en France. » Eh bien, dans dix jours, je serai partie! Et entre tant de certitudes, il y en a une qui se détache : la certitude que tu me suivras là-bas, lorsque le temps sera venu pour toi. Je parle de certitudes, et non de prophéties... J'ai définitivement rompu tout commerce avec les augures, tu sais!

« Tu vois à quel point cette Main m'a changée. J'accepte cette métamorphose avec joie, avec gratitude — et résignation aussi. Cette semaine j'ai fait mes visites d'adieu, car je crois que je ne reviendrai pas à Alexandrie avant longtemps. Cette ville a maintenant perdu tout attrait à mes yeux. Mais pouvons-nous nous empêcher de chérir en secret les lieux qui nous ont fait le plus souffrir? D'ailleurs, il souffle un vent de départs en ce moment, comme pour éparpiller nos vies et les redistribuer sur une nouvelle trame. Car je ne suis pas la seule à partir, tant s'en faut. Mountolive, par exemple, s'en va dans deux mois : par un merveilleux décret du sort, il s'est vu attribuer le poste le plus envié dans sa profession : Paris! Cette nouvelle a levé tous les anciens voiles d'incertitude en lui : la semaine dernière, il s'est marié secrètement. Tu devines avec qui.

« Autre sujet d'encouragement : la guérison et le retour de ce cher Pombal. Il a maintenant réintégré les Affaires étrangères, nanti d'un poste important, et il paraît avoir retrouvé toute sa forme d'antan, à en juger par la longue et exubérante lettre qu'il m'envoie. « Comment ai-je pu oublier, écrit-il, qu'il n'y a « d'autres femmes au monde que les Françaises? Voilà qui est « très mystérieux. Ce sont les créatures les plus adorables du « Tout-Puissant. Oui, mais... ma chère Clea, *elles sont tellement* « *nombreuses*, et toutes plus parfaites les unes que les autres. Que « peut un pauvre homme contre un tel nombre, une telle armée? « Pour l'amour de Dieu, envoyez-moi du renfort, n'importe qui. « Ce vieux Darley ne voudrait-il pas venir à la rescousse d'un « vieil ami, en souvenir du bon vieux temps? »

« Je te transmets l'invitation pour ce qu'elle vaut. Amaril et Semira ont eu un enfant ce mois-ci — un enfant avec le nez que j'ai inventé! Il part en Amérique pour un an faire un stage dans je ne sais quel hôpital, et il les emmène avec lui. Même Balthazar part en voyage : Smyrne, Venise... Mais la nouvelle la plus piquante, je te l'ai gardée pour la fin. *Justine!*

« Tu n'en croiras probablement pas tes yeux, mais la chose mérite que je te la rapporte. En descendant la rue Fouad, un beau matin de printemps, vers dix heures, je la vois venir vers moi dans une pimpante robe d'été d'une coupe très suggestive; et devine qui marchait à côté d'elle, poussif et sautillant comme un gros crapaud : l'affreux Memlik! Bottines à élastiques et demi-guêtres gris perle; canne à pomme d'or; et un tarbouche flambant neuf sur son crâne crêpelu. J'ai bien cru que j'allais me trouver mal! Elle le traînait littéralement comme un bouledogue en laisse. Elle m'embrassa avec effusion et me présenta son captif qui se tortilla d'un air gêné et me tourna un compliment de sa grosse voix graillonnante de saxophone baryton. Ils avaient rendez-vous avec Nessim au Select, et me proposèrent de les accompagner. Tu penses que je ne me fis pas prier! Tu sais comme je suis curieuse. Elle rayonnait d'une joie malicieuse, et me lançait mille petits clins d'yeux amusés dans le dos de Memlik. Jamais elle ne m'avait paru plus heureuse ni plus jeune. C'était comme si, telle une puissante machine de destruction, elle s'était brusquement remise en marche. Quand nous nous retirâmes un instant pour nous poudrer le nez, je ne pus m'empêcher de m'écrier : « Justine! Memlik? Mais que « se passe-t-il? » Elle égrena un rire et me dit, en me poussant du coude : « J'ai trouvé son point faible. Il rêve d'être introduit « dans la bonne société d'Alexandrie et de rencontrer des femmes « *blanches*, beaucoup de femmes blanches...! » Nouveau rire prolongé. « Mais dans quel but? » demandai-je, étonnée. Elle retrouva aussitôt son sérieux, mais ses yeux lançaient toujours des étincelles de pure malice. « Nous avons mis quelque chose « sur pied, Nessim et moi. Nous avons fini par percer une brèche. « Clea, je suis si heureuse, j'en pleurerais. Et, cette fois, c'est « quelque chose de beaucoup plus grand, c'est une affaire inter- « nationale. Nous allons partir en Suisse l'année prochaine, pro- « bablement pour de bon. La chance de Nessim a brusquement « tourné. Je ne peux pas vous raconter tous les détails. »

« Quand nous regagnâmes la salle, Nessim était arrivé et bavardait avec Memlik. En l'apercevant, je restai saisie : il paraissait tellement plus jeune, plus élégant, plus maître de lui. Et j'éprouvai aussi un petit serrement de cœur quand je vis comment ils s'embrassaient Nessim et Justine, passionnément, comme si le reste du monde n'existait plus. Là, au milieu de ce café, avec un tel transport que je ne savais plus de quel côté tourner mes regards.

« Memlik s'assit, en posant ses gants ultra-chics sur ses genoux et en souriant doucement. Il était visible qu'il appréciait fort la fréquentation de la haute société, et je vis, à la façon dont il m'offrit une glace, qu'il goûtait fort aussi la société des femmes blanches!

« Mais elle commence à se sentir fatiguée, cette main miraculeuse. Je veux que cette lettre parte par le courrier de ce soir. J'ai encore mille choses à faire avant de me mettre à la corvée des valises et des malles. Quant à toi, homme sage, j'ai le pressentiment que, toi aussi, tu as franchi le seuil pour entrer dans le royaume de ton imagination, et pour en prendre possession une fois pour toutes. Écris-moi et dis-moi si je me trompe — ou bien économise un timbre et offre-toi un café sous les marronniers, dans la brume d'automne, au bord de la Seine.

« J'attends, parfaitement heureuse et sereine; je me sens devenue une créature humaine réelle, une artiste enfin.

« CLEA. »

***

Mais je ne devais pas attendre longtemps pour voir les nuages s'écarter devant moi, et me découvrir le paysage secret auquel sa lettre faisait allusion, et qu'elle allait désormais s'approprier, touche après touche. Elle avait été si longue à se former en moi, cette précieuse image, que j'étais aussi peu préparé qu'elle. Cela vint, par une belle journée radieuse, tout à fait à l'improviste, sans aucun signe précurseur, et jamais je n'aurais imaginé que cela pût se faire avec une telle *aisance*. Je me rendis compte alors que j'avais été jusque-là pareil à une jeune femme timide, qu'effraie la pensée de mettre au monde son premier enfant.

Oui, un jour je me surpris à écrire, d'une main tremblante, les quatre mots que tous les conteurs de la Terre prononcent depuis le commencement du monde pour réclamer l'attention de leur auditoire. Des mots qui annoncent simplement qu'un artiste est entré dans sa maturité. J'écrivis : « Il était une fois... »

Et je sentis que tout l'Univers venait de me faire un clin d'œil!

APPENDICE

L'histoire de Darley et Melissa, contée par Hamid.

⁂

La fille de Mountolive et de Grishkin la danseuse. — L'issue d'un duel. — Les lettres de Russie. — Comme elle eut peur de Liza lorsqu'à la mort de sa mère elle fut envoyée à son père.

⁂

Memlik et Justine à Genève. Nouvelles spéculations de Nessim.

⁂

La rencontre de Balthazar et d'Arnauti à Venise. — Les lunettes de soleil, le manteau déchiré, les poches bourrées de miettes pour les pigeons. — La scène au Florian. — La démarche traînante de la diaplégie. — Conversations sur le balcon de la petite pension au-dessus des eaux pourrissantes du canal. — Justine était-elle réellement Claudia? — Il ne peut l'affirmer. — « Le Temps est le souvenir, dit-on; cependant l'art a pour tâche de le faire revivre tout en évitant de se rappeler. Vous parlez d'Alexandrie. Je ne peux même plus l'imaginer. Elle s'est dissoute. Une œuvre d'art est quelque chose qui ressemble davantage à la vie que la vie elle-même! ». — La mort lente.

⁂

Le voyage de Narouz vers le Nord, et la grande lutte aux bâtons.

⁂

Smyrne. — Les manuscrits, les Annales du Temps.

QUELQUES NOTES POUR CLEA

par Pursewarden.

* Page 858.

Les grands progrès ne procèdent pas des analyses, mais de la vision directe. Sans doute, mais *comment?*

⁂

L'art n'est digne de ce nom que lorsqu'il menace votre existence même. Pourriez-vous répéter cela, je vous prie, plus lentement?

⁂

A mesure que l'on vieillit et que l'on souhaite davantage mourir, un étrange bonheur vous envahit; on s'aperçoit soudain que tout art doit s'achever par une célébration. C'est justement cela qui rend l'impuissant fou de rage. Les impuissants sont incapables de faire naître la fructueuse contrainte du Présent, quand bien même leur scrotum serait aussi duveteux que les groseilles du Cap.

⁂

Peine dure! Préféreriez-vous lire Henry James ou mourir écrasé sous de lourds fardeaux? Pour moi, mon choix est fait. Je crois à la Sainte Fierté et à la Communion des Saints. Je n'appartiens pas à l'école du Courant-de-Pomposité ni à celle des pères du désert — ces dévorants du vide.

⁂

Le langage n'est pas un accident de la poésie, mais son essence même. Le jargon, c'est le petit délice.

⁂

Dévot adepte de la secte des Ophites,
Le membre plus ou moins dressé droit,
L'amour du serpent est tout ce que je crois,
Et j'y croirai jusqu'à trop vieux pour être néophyte.
Le serpent aux mille tours symbolise
Plus de cent freudiennes surprises;
Avec le mien je fais le tour indien,

Mais il devient un peu trop épais
Pour comme la corde rester dressé —
Je laisse cela à la ligue antialcoolique.
Pas davantage je ne réussis le kundalini
Et j'en joue comme Paganini...
Pauvre tige surmontée d'une tour,
Comme la vis sans fin, je ne fais que des tours,
Comme à l'échelle de Jacob, je grimpe, main sur main, curieuse main,
Jusqu'à entendre les carillons du beffroi
Jusqu'à entendre quelque agréable dame demander
S'il reste du miel pour le thé.

⁂

Peut-être vaudrait-il mieux récrire La Rochefoucauld, en commençant avec quelque aphorisme comme « *Jouir, c'est pourrir un peu ?* »

⁂

Il faut vous imprégner profondément, psychologiquement parlant.

⁂

Une expression de Bacon : « Des taureaux primés rendus farouches par un sombre entretien. »

⁂

Ah, mes compatriotes! A quoi peut-il servir à un homme de devenir triste jujube utilitaire? D'aller chaque matin en frissonnant dans son landau électrique aux bureaux du Spectator? Jusqu'à quelle bassesse pouvez-vous vous élever?

⁂

Se faire poète, c'est prendre pour domaine tout le champ de la connaissance humaine et du désir humain; sans doute, mais ce champ, on ne peut le couvrir tout entier qu'au prix de continuelles abdications intérieures.

⁂

Plus j'en apprends dans mes lectures sur ces artistes qui ont atteint les limites de la connaissance humaine — et ce qu'il est possible à l'homme de connaître a en effet une limite acceptable — et plus il me semble manifeste que l'affirmation devient plus facile à mesure qu'elle devient plus profonde. Finalement, elle atteint la platitude. Et l'on commence alors à comprendre la religion quand elle prétend que seuls les initiés peuvent communiquer entre eux parce qu'ils se servent, non de concepts, mais de symboles. Pour eux, tout discours fondé sur le concept devient indiscrétion; on ne peut réellement échanger que ce qui est compris mutuellement. Dans ce sens, toute œuvre d'art est une indiscrétion, — mais une indiscrétion *calculée*.

***

La mort est une métaphore; personne ne meurt à soi-même.

***

Il doit toujours rester un souffle d'espoir à qui veut apprécier pleinement la qualité de son désespoir; oui, et souvenez-vous aussi que là où il y a foi, il y a doute.

***

L'art est aussi peu important que la finance, sauf lorsqu'il procède d'un esprit de libre jeu — alors il est vraiment la finance.

***

La vision est un exorcisme.

NOTES DANS LE TEXTE

* Page 791.

LE SOLEIL DE L'APRÈS-MIDI

Cette petite chambre, comme je la connais bien!
Elle est louée maintenant, celle-ci et sa voisine
A des entreprises commerciales : toute la maison
Est occupée par des bureaux de courtiers,
De marchands, de compagnies...
Ah, comme je la connais bien, cette petite chambre!
Le divan était ici, près de la porte,
Et au pied il y avait un petit tapis de Turquie,
Juste ici. Et là, l'étagère avec les deux
Potiches jaunes, et à droite...
Non, attendez : en face (comme le temps passe)
La vieille armoire à glace.
Et ici, au milieu, la table
Où il venait toujours s'asseoir pour écrire,
Et autour, les trois grandes chaises de paille.
Comme les années passent... Et là, près de la fenêtre
Le lit où nous nous sommes aimés tant de fois.
Ces pauvres meubles... Ils doivent encore
Exister quelque part...
Et près de la fenêtre, oui, ce lit.
Le soleil de l'après-midi arrivait jusqu'au milieu.
Nous nous sommes quittés à quatre heures un jour,
Quittés pour une semaine seulement.
Ah, pouvais-je savoir
Que sept jours allaient durer toute une vie?

Traduction libre de C. P. CAVAFY.

* Page 792.

TRÈS LOIN

Cette mémoire fugitive... comme je voudrais
Pouvoir l'évoquer. Mais elle s'amenuise...

Déjà n'en subsistent plus que d'imprécises traces,
Car elle gît si loin, au fond
De mes années adolescentes,
Lorsque mes dons ne s'étaient pas encore éveillés.
Une peau de jasmin... doux pétales... un soir,
Un soir d'août... mais était-ce en août ?
Je me souviens à peine, à peine...
Ces yeux, ces yeux splendides...
(Ou était-ce septembre ?... oui, la fin de l'été...)
Ils étaient bleus je crois... oui, plus bleus
Que l'œil bleu d'un saphir.

Traduction libre de C. P. CAVAFY.

* Page 818.

L'UN DE LEURS DIEUX

A travers la place du marché, à Seleukeia,
Vers le crépuscule, voici que l'on vit s'avancer
Un jeune homme, grand, d'une beauté et d'une perfection peu com-
[munes
Et la joie extatique de l'incorruptibilité absolue
Se lisait dans son regard, et sa sombre
Chevelure parfumée et toute en désordre attirait
Les regards curieux des passants.
Ils s'arrêtaient pour se demander entre eux qui était ce jeune homme
Un grec de Syrie peut-être, ou bien quelque habitant d'un pays
[étranger
Mais ceux des passants qui étaient un peu plus clairvoyants s'écar-
[tèrent.

C. P. CAVAFY.
Traduction de Bernard Willerval.

* Page 886.

CHE FECE... IL GRAN RIFIUTO

Pour certains d'entre nous, il vient, ce jour implacable
Où il nous faut choisir de dire
Le grand OUI, ou le grand NON.

Celui qui le tient prêt en soi, ce OUI,
Le manifestera tout de suite.
Les routes de sa vie s'ouvriront aussitôt
Et l'estime des autres accompagnera ses pas.
Mais cet autre qui refuse,
Nul n'osera dire qu'il ment;
Il affirmerait NON plus fort
Si on l'interrogeait à nouveau.
C'est son droit — et pourtant cette petite différence,
Un NON pour un OUI, oppresse toute sa vie
Et l'enlise.

Traduction libre de C. P. CAVAFY.

* Page 947.

Les incidents relatés dans la lettre de Capodistria sont inspirés d'une note dans l'ouvrage de Franz Hartmann : *La Vie de Paracelse.*

Cet ouvrage
a été reproduit
et achevé d'imprimer
par G. Canale et C. S. P. A.,
Borgaro T.se (Turin) en septembre 2000